KB064182

전 5권 중 제 2권

임득호 여행수필집

전라도

7순 노부부가 다녀온

두꺼비와 칸나의 황혼여행

THE 삶

두꺼비와 칸나의 황혼여행
전 5권 중 제 2권 / 전라도 편

1판1쇄 발행 / 2022년 6월 27일

발행인 김삼동
편집 · 디자인 선진기획
인쇄 선진문화인쇄
펴낸곳 도서출판 THE삼
전화 (02)383-8336 **주소** (03427) 서울시 은평구 서오릉로21길 36 현대@101동 401호
전자우편 ksd0366@naver.com

도서출판 THE**삼**은 문학브랜드입니다.

7순 노부부가 다녀온

두께비와 칸나의 황혼여행

전라남도

황혼여행의 첫 나들이

2013년 9월 5일(목)

어느새 황혼을 바라보는 나이다. 우리는 취미가 뭔지도 모르고 일 밖에 모르고 살았다. 퇴근 후면 삼삼오오 탁배기 한 사발에 젓가락장단에 맞춰 목청껏 노래 부르는 것 밖에 아는 게 없었다. 달력에 빨간 글씨 있는 날이면 집에서 퍼질러 잘 수 있는 것도 행복이라 여기며 살았다. 80년대 스포츠 중계방송이 생기면서 주말은 그것이 유일한 소일거리였다.

광석수신기를 귀에 꽂고 폼 잡던 시절의 사람이다. 스피커에서 흘러나오는 동네방송을 들으며 자랐다. 1970년 대 고장이 잦은 일제 중고 TV라도 들여놓으니 남자들 귀가시간이 빨라지더라는 우스갯소리를 들으며 청춘을 보낸 세대다.

주모가 그리운 막걸리집도 그 흔했던 다방도 없어져 가던 시절, 흥겨웠던 환갑잔치가 슬그머니 자취를 감추었다. 갈 곳을 잃은 노인이 많아지기 시작했다. 모임 날이면 친구들과 식사하고 술 한 잔 걸치는 것이 유일한 낙이다. 카페에 앉아 눈치 보며 묵은 얘기 꺼내며 먼지 털고 다음에 만나면 또 끄집어내어 실없이 웃고 떠들어도 뭐랄 친구는 없다. 60대는 모임 날이 많거나, 배낭 메고 산에 가는 친구를 부러워하며 정말 힘겹게 버티며 살았다.

산행도 취미와 건강이 서로 맞아떨어질 때 가능한 이야기라며 위안 삼았던 나는 당시 44년 생 잔나비에 아내는 닭띠였다. 공자를 빌려오지 않아도 나이 70이면 먹을 만큼 먹었다는 얘기다.

그런 내가 그동안 병수발 드느라 고생한 아내에게 보답하는 길은 없을까. 생각해낸 것이 남들이 별로 부러워하지도 않는 이 짓거리였다. 패키지 여행은 병원 다니는 날을 피해 일정 잡는 것도 쉽지 않다보니 생각해 낸 것이 국내여행이었다. 급하면 병원으로 바로 달려갈 수 있고, 아직은 핸들을 잡을 수 있는 게 이유였다.

자기야! 말이 통하는데 뭐가 걱정이우. 우리 맛난 거 사먹으며 다니자? 콜! 새끼손가락도 걸었다. 그로부터 몇날 며칠 여행계획을 짜면, 아내는 여행가방을 챙겼다. 훗날 아내가 여행의 편린들을 퍼즐 맞히 듯 문득 그곳에 남겨진 우리 둘만의 추억을 되새길 수 있었으면 좋겠다는 생각뿐이다.

준비는 여행의 재미

2014년 봄

아침에 눈뜨기 바쁘게 집을 나서려면 마음을 먼저 그곳으로 보내 놓아야 수월하다. 그것이 계획을 세우는 우선 순위다. 첫 여행이다 보니 준비기간이 여행일 수만큼이나 길었다.

내 나라 여행한다고 하면 주변사람들로부터 곧잘 듣는 얘기가 있다.

"손바닥만 한 땅덩어리 가봐야 거기가 거기지 볼 게 뭐 있다고. 둘러보는데 하루면 되지."

좁은 땅 같지만 그래도 볼 것이 널려있고 감정과 말이 통하는 곳, 맛난 음식이 기다리고 있다. 시간에 억매이지 않아도 되고 마음이 가는 데로 다니면 된다. 여유 부려도 되고 피곤하면 언제든 쉴 수가 있다. 숙제하러가는 것이 아니라 숙제의 답을 맞춰보기 위해 떠나는 여행이라 생각하면 된다. 정, 오답이 필요한 것이 아니라 그저 맑은 공기 마시며 놀다 쉬다 오는 것이다.

가끔은 어디 가면 뭐가 있고, 뭐가 맛나지. 그걸 알고 있는 게 중요한 것이 아니라 찾아다닌다는 재미에 푹 빠지면 된다. 물론 실망이 클 때도 있지만 흡족할 때가 대부분이다. 있는 그대로 만족하며 다닌다. 기억의 한계는 메모장이 있지 않은가.

장시간 드라이브 한다는 생각에 마음은 언제나 구름 타고 가는 기분이다. 이번엔 꽃놀이에 낭만과 그리움을 담아보기로 했다. 입이 즐거울 수 있으면 좋지만 굳이 찾아다닐 생각은 없다. 그랬더니 놀랍게도 가슴이 콩닥거리는 거 있지요.

남도 마수걸이 여행

2015년 9월 2일(수)

첫날 이른 아침. 길 따라 걷기만 해도 행복해진다는 섬진강
언제나 그렇듯 마음도 꽁무니 따라가랴 바쁘다.
망향휴게소에서 목에 근육 풀고
여산휴게소에선 작은집 들러 팔다리운동
전주한국관 육회비빔밥 한 그릇은 청포묵이 신의 한수
아내는 행복에 젖고 난 보고 있기만 했는데도 배가 부르네.
오수휴게소에서 허리 펴고 사패터널을 통과하면
노고단 자락에 몸 숨기고 살포시 얼굴만 드러낸 구례온천.
하얀 시트 두르고 곤하게 잠이 든 여보
당신의 그 얼굴을 보고 있으면 난 머슴이어도 행복한 사람.

9시 15분. 새벽 댓바람을 맞으며 88올림픽고속도로
나주할매곰탕집에서 수육 한 접시에 수육곰탕 한 그릇

화순 도곡면의 닭장떡국은 말도 꺼내보지 못했고
김삿갓 길을 달려 돌아와 보니 구례5일장이네
장보러 나온 토박이들의 잡담으로 장터는 시끌벅적
민어회, 전어회 써는 솜씨는 칼날이 안 보이네
게르마늄과 탄산나트륨의 유황온천
피부병에 효험 있다니 내 몸 흉해보이는 건 변명거리도 안 된다네
배꼽에서 육수가 터지는 바람에 엄청 당황하긴 했지만
오늘은 입, 눈, 몸이 함께 호강한 날이었으니 이 몸 뭘 더 바랄까.

다슬기수제비 한 그릇 비웠으니 지리산 연곡사라
피아골계곡에 물을 보탠다는 노고단까지 걸을 기세라
저승삼문을 통과해야 오를 수 있다는 그 길은 먼발치로만 보고
직전마을까지 1.2km, 표고단원까지 1.5km 걸었으면 되었다.
물 흐르고 나뭇잎 흔들리는 소리만 듣다 왔는데도 반나절이라
연곡사 법당에는 국화 빝 틈새로 꽃무릇이 제 먼저 멋 부린다.
새끼를 지키는 아빠고기, 봄이면 놀러오는 은어, 개울가에 피라미
섬진강의 아름다운 물줄기에 풍요로운 자연까지 담았으니
된장베이스에 아욱, 다슬기, 수제비 떠 넣은 다슬기 토장탕
오늘은 지리산과 섬진강을 내 두 눈과 입에 가득 담았다네.

아침을 술 빵으로 해결했더니 취하기 전에 화엄사에서 오라 하네.
박혁거세의 어머니가 지리산 산신이 된 남악산을 휘 둘러보고 나면
곡우절이면 산신제를 지낸다는 화엄사의 일주문이 지척이라
자연과 사람의 손이 절묘하게 만났으니 그것이 신앙의 힘이다
사람의 마음을 겸손하게 하는 지혜까지 주었으니 성스러운 곳일 밖에
마음 풀고 나오다 차 한 잔 마신 것밖엔 없었는데
지리산이 고향이라는 취나물과 고사리가 그냥 보낼 생각이 없나보다.

어제는 피아골에서 내 마음을 몽땅 빼앗긴 탓이고
오늘은 화엄사 각황전에서 몸과 마음이 넉넉해진 탓인 게다.

이야기가 있고 긴 여행의 쉼터가 되는 순천만국가정원.
번잡한 건 말 할 것도 없고 사람에 치이겠네.
시끌벅적 잔치 집이니 몽고텐트 주변을 기웃거리기만 해도 된다.
그들 틈에 끼어 정원을 들락거리는 내 마음은 젊은이가 부럽지 않았다.
세검정에 올라와보니 옛사람도 그리워지고
편백숲길, 억새길을 활보하며 걷는 우린 있는 게 시간뿐이다
꽃동산에서 한 눈 팔다 눈에 담기 역부족이면 가슴에도 담아 보든가
바위정원, 미로길, 호수풍경까지 이고 갈 생각은 마시게
쉼터에 앉으면 주전부리도 입에 넣어야 멋쟁이라며.
스카이큐브를 탔더니 자연의 푸르름이 얼굴에 가득했다네.

이순신은 구례에서 병사를 모으고 순천에서 무기와 화살을 구하니
곡성의 군관들이 수군재건에 힘을 보태기로 했네.
보성 장흥을 거쳐 강진에서 첫 전투를 치를 줄은 생각이나 했을까
해남을 시작으로 대첩은 진도에서 마무리 했더군요.
그 발자취를 밟아갔더니 곡성은 역시 은어와 민물매운탕
순천정원에서 점찍어둔 곡성능금을 잊지 못해 달려왔으나 허탕
곡성에서 기차타고 열지도 않은 시간에 평상에 자리부터 잡았더니
민물매운탕은 헛소문이 아니고말고.
장미공원에선 꽃구경보다 입이 얼얼했던 양은냄비빙수
우린 은어의 갑옷도 벗기고 있었다.

1박 2일 구례 5일장은 승기가 다녀갔다는 수구레국밥과 자장면
백반 집은 맛이 간 나물 탓에 젓가락 갈 데가 없어 애먹은 건

5일장 뒤끝이라 그랬을 게야 조기찌개마저 없었더라면 어쩔 뻔 했누.
저녁은 순두부찌개
남원시 주천면의 1코스, 지리산 둘레길 걷자며 나선 길이었는데
화엄사의 산채비빔밥, 하동재첩, 장수어죽이 다 물 건너갔구먼.
돌아오는 길은 길이 막힐까 조바심 내는 것은
야간운전을 피하려는 생각이 점점 더 간절하게 느껴지는 걸 보면
나이 들어간다는 증거일까 운전에 경륜이 쌓였다는 믿음일까

젊어선 꿈을 먹고 살지만 나이 들면 추억을 먹고 산다는 인간들
잊혀져가는 빈 추억을 끄집어내느라 애쓰지 말고
새 추억을 만들다 보면 어느 날부터는
새 추억 하나씩 끄집어내며 사는 노년이 지루하지 않을 터
네 잎 크로버의 행운에 귀 열지 말고
흔한 세 잎 크로버를 보듬으며 사는 행복에 감사하자
낯선 거리 걷고 맛난 음식 찾아나니며 품평회도 곁들이며
그러다보면 여행은 꿈같은 하루하루를 선물로 안겨주는 보물
다녀오면 기다려지고 한동안 지루할 시간이 없었네.
책갈피의 끼워둔 단풍을 꺼내보는 것은 고와서만은 아니었을 게다.

구례온천호텔

강 진

가우도(駕牛島)

2017년 9월 13일(수)

두근두근 감성여행의 날이 밝았다. 안개가 대단하다. 좀 늦게 출발해도 되는데 마음이 바쁜 건 가우도 갈 생각에 마음이 급했나보다.

가우도에 들어가려면 망호출렁다리를 건너야 한다. 그렇게 길 따라 걷다 보면 강진이 낳은 시인 영랑의 '모란이 피기까지 쉼터' 가 기다린다. 쉬어가는 사람이 그리 많지 않은 쉼터. 우린 걸음을 멈추었다. 그의 시 한 구절을 읽으며 호수 같은 바다를 보며 쉬어갈 생각이다.

누이는 놀란 듯이 치어다보며 "오–매! 단풍들 것네…!"

단풍이 잎사귀 깊숙한 곳에서 화장하느라 바쁜 계절에 어울리는 동시 같다. 그 시를 읽고 걸으면 새털처럼 마음이 가벼워져서 그런가. 힘이 안 든다.

'저두출렁다리' 까지는 멀지 않다. 건너보지도 않고 귀찮다고 돌아서면 두고두고 후회할지 모른다. 왕복 1km가 안 되는 거리다. 다리 위에서 바닷바람에 온몸을 맡겨보고 섬으로 돌아오면 된다.

다리 위에서 우린 뭐 했게요. 근심걱정에 미움, 원망까지 바다에 몽땅 버리고 가자고 새끼손가락 걸은걸요. 마음을 비우는 것도 욕심이라면 바다에 버리고 온 대신 솔향기, 칡꽃 냄새에 취해 걸을 자격하나 건져 왔다.

7~8월이면 흰색과 분홍색의 꽃잎을 피운다는 '나무수국' 이 지천으로 널려있는 곳이다. 키도 앉은뱅이라서 바다 경관도 해치지 않고 소나무의 왕성한 혈기도 다칠 리 없으니 좋은 선택인 것 같다.

'강진 가우도 마을쉼터' 에서 회덮밥(1.2) 한 그릇씩 뚝딱 해치웠지요. 첫 숟갈엔 "무슨 맛이 이래!" 했다. 수저를 들수록 멋 부린 건 없는데 나무랄 데가 없다. 접시 하나에 담아내 온 찬은 말끔히 비웠다. 망호출렁다리가 또 다른 아름다움은 시선과 함께 추억 하나를 우리의 안주머니에 깊숙이 찔러 준 걸 알았다.

월출산이 하얀 반달 모자를 쓰고 배웅해 주었다. 그의 손끝에서 이는 바람은 매서운 골바람이었다. 날아갈까 봐 다리난간을 꽉 잡고 건너야만 했다.

석문산 구름다리와 달개비

석문공원은 가족이나 연인이 한여름 더위를 식히는 피서지로 조성한 곳이다. 오늘은 오가는 사람이 별로 보이지 않아 한적하다. 그런데도 마음 편하게 벤치에 앉아 경치나 보며 바람 쏘일 분위기는 아닌 것 같았다. 우리는 바삐 가야 할 곳이 있는 보부상처럼 걸었다.

'사랑 +구름다리' 는 오르는 길이 어렵지는 않았다. 동행이 그다지 필요치 않은 산길이다. 올망졸망한 바위들이 많은 산이다 보니 소나무가 주연이다. 그러니 한 순간도 눈을 뗄 수 없는 경치가 곳곳에서 기다리고 있었다.

우린 잉크 빛 달개비에 홀딱 반했다. 눈길이 가는 곳 마다 무더기로 피어있다. 어쩌다 길섶에 하나둘 눈에 띈다 해도 무심히 지나치는 꽃이었다. 그만큼 꽃이 여리고, 눈을 마주치기 부담될 정도로 애잔해 보일 때가 있다. 그런 풀꽃이다. 여기선 무더기를 이룬 채 꽃을 피우고 있으니 고울 수밖에.

그 꽃이 올라오는 숲길 여기저기서 무리지어 인사하는 모습은 아내를 이 길로 다시 하산하게 한 결정적인 이유가 되기도 했다.

"달개비 꽃. 예쁘잖아요. 고 녀석들 내려갈 때 한 번 더 보면 좋지… 그 길로 내려가요. 흔들다리 건너갔다 오는 건 좋지만 저 긴 계단으로 내려가서 굴다리 밑을 지나 공원으로 들어가려는 것 아니유. 난 싫은데요. 우리 오던 길로 가요."

구름다리 위에서 보면 강진의 산촌마을이 고스란히 드러난다. 그 대신 전망대까지 갔다 오는 것으로 합의 보았다. 근처 돌계단에 아무렇게나 걸터앉아 귤로 목을 축였다. 앞을 봐도 옆을 봐도 기암괴석들이 당당하다. 석문산은 내 가슴에 들어올 듯 편안하고, 만덕산 봉우리는 금방이라도 꽃다발을 들고 달려올 것만 같은 반가운 모습이었다.

언제든 걸음만 옮기면 올라갈 수 있는 산이란 걸 몸이 알고 있는데 오늘은 숙소까지 찾아가야 하는 여정이 남아있으니 힘을 아껴 두라고 하네요.

달빛한옥마을 휘엉청

영란생가가 있는 고장, 강진. 모란공원은 대구 경주 김씨 고택에서 옮겨왔다는 '모란왕' 이 주인공이었다. 꽃 중의 꽃이 모란이란 말이 있긴 하다. 설총이 모란은 꽃들을 대표하는 꽃 중에 왕이라 했다는 기록이 '화왕계' 에 있다고 한다. 그 글 한 줄을 핑계로 세계까지 붙인 건 발상이 좀 그렇다. 경주 김씨들의 작은 욕심이 공무원의 무사안일과 합작하여 빚어낸 과욕이 아닐까.

하긴 지자체가 주관하는 대회에 국제니 세계니 그런 글자 갖다 붙이는데 재미든 기왕이면 우주를 붙이지 그랬나. 그런 생각을 해봤다. 영랑의 모란

꽂 시 한 수를 살리기 위해 그랬을까. 어쨌건 티가 난다. 속이 들여다보이는 발상이다.

저녁은 뭘 먹고 들어가지 한정식. 유명하다는 도가니 먹을까. 그러다 차 세우기 편한 '서문맛집' 에서 김밥 한 줄 사들고 강진한옥마을로 간다.

'달빛즙기 휘엉청' 은 젊은 부부가 퇴임 후 새 인생을 설계한 한옥마을민박집이다. 잠자리가 그런데다 방 안에 냉장고도 없다. 텔레비전도 없다. 나도 처음엔 꼭 시골 고모 집에 내려와 어쩔 수 없이 방 한 칸 빌려 며칠 신세지는 기분이었다.

신기한 것은 우리 몸이다. 온돌방에 앉았다 누웠다 일어나는 것이 만만치 않겠다며 큰 각오를 했었다. 귀밑머리는 우두둑 서리고, 입에선 어구구 소리가 저절로 나온다. 남세스러워서 어디. 그런 내가 신기하게도 몇 번 누웠다 일어났다 했을 뿐인데 몸이 방바닥에 맞춤처럼 되는 게 신기했다. 적응이 무척 빨랐다. 온돌의 장기인 따끈한 방바닥 때문인 모양이다.

오늘은 매주 수요일 강진공무원들이 한옥마을을 찾아와 여러 집에 분산 숙박하며 저녁엔 놀이마당에서 굿거리며 마당극을 하는 날이라고 한다. 볼만 할 거라며 잠깐 눕겠다더니 아내는 일어 날 생각이 없다. 마당극을 끝까지 보지 못하고 들어온 것은 순전히 방에 남아 있는 아내가 맘에 걸려서다.

한옥마을 새벽산책하며 월남사지까지

2017년 9월 14일(목)

여행 중에 새벽바람 쐬자며 떼쓰는 일이 흔한 건 아니다. 논두렁이 깨우고 아내가 앞장서니 마을이 들썩거렸다. 벼는 주인의 발소리 듣고 큰다지 않는가. 우린 그런 황금들녘의 예고편을 보러 가는 길이다.

잘 자라 준 벼도 보이지만 피 등 잡초가 웃자란 논도 있다. 피도 작물이라며 키우는지는 모르겠다. 농사 잘 지었다고 방심하다 보면 주인만 모르는 수가 있다. 이렇듯 자연은 할 말을 다 한다. 주인 흉도 보고, 도랑을 건던 나그네 손도 잡아준다. 옛날처럼 품앗이가 그립다며 떼를 쓸지도 모른다. 그들은 대답을 듣자는 것이 아니라 어쩌면 손님의 발걸음 소리를 듣고 싶어 그러는지도 모른다. 관심을 받고 싶은 게다.

눈짓 하나하나에 답해 줄 시간은 충분했는데도 걷는데 정신 팔려 놓친 건 아닐까. 우릴 야속해 하면 어쩐다. 잠시 머물다 가는 객이니 예쁘게 봐달라 그럴까. 땅아! 거짓말은 하지 마시게나. 계절마다 주인에게 돌려주는 넉넉함은 잊어선 안 된다네. 그렇게 말하고 싶었다.

'月南寺址' 까지 다녀왔다. 고려시대에 지었다는 월출산 남쪽의 사찰 하나가 어느 날 갑자기 사라진 이유가 뭘까? 그 이야기가 궁금했다. '삼층석탑을 짓고 있던 석공은 고심 끝에 자신이 돌아오기를 기다리다 돌이 된 아내를 옮겨와 눈물로 이 석탑을 완성했다는 이야기' 가 있다. 뒷이야기는 탑의 틈새에 귀 대고 있으면 사랑하는 누군가가 부르는 소리가 들린다고 한다.

기다림은 이처럼 더 아름답고 위대한 유산을 남긴다는 것도 기억해야겠군요. 아참 사라진 이유를 물어본다는 걸 깜빡했네요. 아침 산책에 눈은 물론 입까지 바빴던 모양이다. 배가 푹 꺼졌다. '휘엉청' 의 아침상에 나의 눈이 번쩍 떠졌다.

아침상이 이렇게 깔끔하고 멋스러우면 이건 반칙이다. 대접받는 것처럼 아침상을 받다니 믿어지지가 않는다. "너무 잘 먹겠습니다." 그런 말이 불쑥 튀어 나오리라곤 전혀 예상하지 못했다.

간이 순해 입에 딱 맞는다. 상차림을 보고 우리 마님 입이 싱글벙글한다. 편육에 조개구이, 묵은 지, 석박지, (콩, 호박, 가지, 도라지나물), 귀한 견과류 얹은 샐러드. 거기에 된장국이 구수하면서 된장 맛을 제대로 살렸네요. 접시를 싹 다 비웠다. 게걸스럽게 먹었다고 흉잡히진 않았는지 모르겠다.

강진 한국민화 뮤지엄

"박물관이나 전시장이라면 될 걸 굳이 '뮤지엄' 이란 간판을 내 건 이유가 따로 있어요?"

표 끊으면서 물어보았다. 초창기에 행사를 치를 때 쓰던 명칭을 그냥 사용하다 보니 그리된 것 같은데 고칠 생각이란다. 개인 소유라도 이를 추진하고 수집하고 정리한 사람들은 전문가들이었을 텐데.

민화는 서민화가의 손으로 취향에 따라 새와 꽃, 동물을 등장시키는 그림이다. 액땜을 위해 대문에 붙였던 '처용문배' 가 우리 민화의 시초일 만큼 민초들의 애환이 담긴 그림이라면 당연 이름도 걸맞아야 한다. 그런데 뮤지엄이라니.

대상을 받은 '김 은' 작가는 정조대왕이 어머니 혜경궁 홍씨와 함께 사도세자 능을 찾아가는 능행도, 이경숙 작가는 경기전에 봉안된 이성계의 어진을 그린 것이 상을 받은 게 썩 좋아보이진 않았다. 우리 부부는 옆방에 걸린 김홍도, 신윤복, 채용신의 미인도를 기본으로 현대성을 가미해 그렸다는 여덟 여인을 표현한 '여인의 향기' 라는 창작품에 더 높은 점수를 주고 싶었다.

민화에 등장하는 '봉황' 의 봉은 수컷, 황은 암컷이라네요. 오동나무 아래에만 깃들고 삼천 년에 한번 열린다는 대나무 열매 죽살을 먹고 사는 동물이란다. 그래서 봉황, 오동나무, 죽살을 함께 화폭에 그리는 걸 옛사람들은 좋아했다고 한다.

장수하며 행복하게 살기를 바라는 십장생그림처럼 우리의 혼이 담기고 시대에 맞는 민화가 많이 그려지고 또한 주목받는 그런 날이 오길 기다릴 뿐이다.

강진 청자박물관

청자박물관 앞 깃대에 오성홍기가 반기로 걸려있다. 의도적으로 그랬으면 사드문제로 불편한데 누군가의 애국심에 잔잔한 물결박수를 보낼지도 모르지만, 실수면 이건 안 되는 일이다.

우리는 고급스러워 보이는 유물들을 보고 있느라 머리 싸매는 것보다, 1930년대부터 강진지역에서 사용했다는 민초들의 애환이 담긴 옹기에 더 관심이 있다. 이것들을 실내가 아닌 야외전시장 '장독대' 에 모아 놓았다. 어머니의 품 같고 따사로운 햇살 같은 그런 것들이었다. 우리 음식문화의 곁다리가 아니라 당당히 안주인 곁을 지켜온 우리의 옹기다. 아이들을 위해서라도 옹기 하나하나 정성을 들여 그 용도를 큼지막한 글씨로 써 붙였으면 좋겠다. 청자박물관이 전시기능보다는 교육기능을 더 중시하는 곳이기 때문이라고 하니 더욱 그렇다. 옛것을 익히고 그것을 미루어서 새것을 안다. 온고이지신(溫故而知新).

강진 전라병영성과 하멜

'마량놀토시장' 에 갔더니 당신을 만나면 반가워해 줄 테니 토요일에 오라네요. 어쩌죠. 내일은 강진을 떠나야 할 목요일인데. 발목 잡힐 수도 없고. 지금은 누가 바지 끈 잡고 늘어지면 못 이긴 척 며칠 더 눌러 앉을 것만 같은 몸이긴 하다.

물회가 4만원이면 우리 둘이 먹기엔 비싸지만 그 값을 했다. 우리는 구수한 된장맛과 시원함 때문에 포항에서보다 더 맛있게 먹은 것 같다.

"아주머니! 정말 끝내주는데요. 이 물회. 상표등록 하실 생각 없으세요."

엄지를 들어보였더니 웃으신다. 강진 가면 꼭 먹어보라는 된장 물회가 바로 이 맛이었다.

'전라병영성' 은 성문과 성벽은 잘 복원되어 있어 겉모습만 보고도 잘 왔네. 그랬다. 성벽 밟기 할 수 있어서다. 성벽을 밟고 걸으면 건강장수 한다는 속설도 있고, 노랫가락을 흥얼거리며 걸어도 뭐랄 사람이 없을 것 같아서 좋다. 가을 햇살만은 피부 걱정 해야 할 수준인 것 같다. 아내의 손끝이 바쁘다.

아직도 발굴 조사가 한창 진행 중이던데 제 모습 드러내는 그 날이 정말 보고 싶다. 태종 때 '마천목' 장군이 축조하고 그 후로 역사의 전환기에 설 때마다 이를 극복했던 흔적이 배어있는 곳이니 잘 복원해야 한다. 효종임금과 하멜의 만남도 이곳에서 시작되었다지 않는가. 우린 그 기회를 살리지 못했고 일본은 대국으로 나아가는 디딤돌로 삼았다는 교훈은 더더욱 잊지 말아야 한다.

하멜기념관에는 효종의 북벌정책에서 하멜의 도움을 받아 '홍이포(서양대포)' 를 만든 내력이며, 네덜란드의 동인도회사가 유럽에 동양(일본)의 미술작품을 전하고 동양에는 원근법과 투시도법 등 미술기법을 전수했다는 내용도 있었다. 그 미술기법을 사용해 호랑이의 시선이 돌아가는 작품을 만든 민화를 어제 민화 뮤지엄에서 보고 온 것을 떠올렸다.

'네덜란드의 델프트도자기' 가 임진왜란 당시 일본에 잡혀간 '이삼평' 이라는 조선도공이 만든 '일본식 청화백자 아리타도자기' 와 정말 유사하던데. 그렇다고 그 뿌리가 어쩌고 따지는 것은 유치하고 부끄러워해야 한다. 당시 도공들이 이 땅에서는 어떤 대접 받고 살았는지 안다면 그런 말 하면 안 된다.

테니스 운동도 머슴 시킨다는 양반네들이 어디 사람대접 해줬던가요. 지금은 어때요. 달라진 거 같나요?

달빛한옥마을 휘엉청

만남과 헤어짐

2017년 9월 15일(금)

아침산책을 다녀왔다. 노란분꽃과 토종 맨드라미가 너무 귀여워 시간이 좀 지체되긴 했지만 상관없다. 공기가 차긴 했어도 농촌 풍경이 온전히 피부에 와 닿는 상쾌한 아침이었다. 마을이 한 눈에 들어온다는 앞산 전망대를 찾아 나섰다. 길이 보이면 걷는 것이 버릇이 돼서 그랬나 보다. 가파르고 시멘트를 발라놓아 걷기 힘든 길인데도 기어이 올라갔다.

올라갈 땐 거시기 했어도 기분 째지던 순간은 잊을 수가 없다. 월출산 구정봉과 옥판봉. 고 녀석들 사이좋은 건 여전하던데요.

정성이 가득 담긴 상차림에 어제는 먹느라 정신 줄 놓았는데 오늘은 맛을 음미하며 먹다보니 식사시간이 길어졌다. 청국장국이 메인이었다. 갈치구이, 전, 멸치볶음, 깻잎버섯볶음, 도라지무침, 콩자반, 고구마 순, 후식으로 견과류와 멜론. 휘엉청의 마음이 보인다.

장혜숙과 유헌 씨와의 인연도 여기까지. 만남과 헤어짐을 반복하며 사는 우리네 삶이 또 한 번 그 시간을 기다리고 있었다. 아침에 왜 하필 쫓기듯 나왔냐고요. 실은 느긋하게 있다가 점심 가까이에 길 나설 생각을 하고 있었는데 말입니다.

그건 '휘엉청 부부' 가 모처럼 산에 가실 거면 좋은 시간대에 오르시라고 티 안 나게 한다는 것이 서툴러 들켜버렸네요.

"우리 일정은 고무줄 같은 것이라 늦추거나 당기면 되요. 마음 쓰지 않으셔도 됩니다." 그러고 나왔습니다.

강진 무위사와 노 노 케어

극락보존을 보고 있으면 이웃집 아저씨가 삽 한 자루 둘러메고 나와 논으로 물꼬 트러 나설 것 같은 그런 곳이다. 잘 사는 친구 집에 놀러간 기분이기도 하고. 그만큼 편안해 보이고 군더더기 없는 수수한 모습에 마음이 편안해지는 사찰이었다.

극락보존은 맞배지붕이다. 건물이 단정하고 아담해 보이는 것이 소박한 멋과 아름다움과 잘 어울리는 절이다. 흙냄새 나는 표현으로 하면 괜찮은 절이다. 건물들도 수수하고 찾는 사람들을 편하게 하는 마력이 있다. 한편 한창 잘나가는 어느 여배우의 분칠 안한 민낯을 본 기분이기도 하다.

이 절에 대한 흥미는 자연 관찰로를 걸어보면 답이 나온다고 한다. 걷고 싶은 길이라고 해서 우리가 찾아갔다. 그런데 공교롭게도 공사 중이라지 뭡니까. 이런 낭패가 있나. 솔직히 새소리 벌레소리에 취하다 갈 생각에 10시쯤 들를까 그 생각까지 하며 왔는데. 몽땅 허사가 되고 말았다.

광주에서 할머니들이 무위사에 단체관광 온 모양이다. 버스에서 내리자 조용하던 절이 술렁이기 시작한다.

"아이고 이거 큰일 났네. 자기야! 빨리 빨리. 여의치 않으면 남자화장실로 들어가. 알았지?"

나는 왠지 아내가 걱정이 되면서도 재밌어 하고 있었다. 할머니들도 만만치 않았다. 잠시 우왕좌왕 하는가 싶더니 화장실 방향으로 쏠린다. 같이 가자며 친구 부르는 소리부터 어수선해졌다. 또 한 대의 버스 문이 열리자 이번엔 아예 달음박질을 한다. 남자화장실을 기웃거리는 가 싶더니 이내 빨려 들어 갔다. 여자들에겐 급하면 그 방법이 잘 먹힌다. 남자들은 급할 때 써먹는 방법이 따로 있다. 뒤 켠.

남들보다 앞서가려면 뜀박질이라도 해야 하는데 마음먹은 대로 몸이 움직여주질 않는가보다. 처지고, 포기하고, 무릎이 아파 더 못 걷겠다고 주저앉는 할머니들이 나오기 시작한다. 진풍경이 웃게 만든다. 이게 웃을 일이냐고요.

'노노 돌보미' 를 자원한 할머니들의 나들이 풍경이었다. 노노(老老)케어란 노인이 노인에게 도움을 주는 걸 말한다. 왕래할 가족도 없는 분들이 행복한 삶의 마침표를 찍을 수 있게 도와주는 교육을 받는 분들이란다. 건강한 노인들에겐 일자리가 생겨 좋고, 돌봄이 필요한 분들에겐 의지할 수 있는 친구가 생겨 좋은 일이다.

이 제도가 전국으로 확산되면 노인들의 삶의 질이 향상될 것이다. 독거노인 안부 살피기, 이야기 들어주기, 심성이 고운 할머니들은 너끈히 할 수 있는 일이다. 이 노인 분들의 경험이 전문가 양성에 도움이 될 수 도 있다. 그러니 광주할머니들 파이팅 하고 싶다. 우리 부부도 손길이 필요한 예비 고객이니까.

백운동 별서정원

별서정원은 실학자 정약용 선생도 교유가 있었다는 담양소쇄원, 완도부용동과 함께 조선 3대 정원으로 불린다고 한다. 자연을 있는 그대로 간직하고 있는 곳이다. 우린 뒷문으로 들어갔으니 언덕을 내려올 수밖에 없었다. 그 덕에 정원의 깊이를 더 느낄 수 있어 좋았다. 숲속에서 또 하나의 숲을 보며 걸었다. 조선 선비들의 은거 문화를 알 수 있을 것 같단 생각도 해 보았다.

'담장 뚫고 여섯 굽이 흐르는 물이 고개 돌려 담장 밖으로 다시 나간다. 어쩌다 온 두세 분 손님이 있어 편히 앉아 술잔을 함께 띄우네.'

싯구를 읽으니 이솝우화의 개미와 베짱이가 떠오른다, 겨울을 대비해 음식을 모으는 개미와 따뜻한 계절 노래만 부르며 시간을 보내는 베짱이, 농부는 개미요 베짱이는 선비다.

옆 동네 경포대도 다녀왔다. 물이 맑아 마치 거울에 비친 무명베를 널어놓은 누대와 같다했다는데 그런 건 잘 모르겠고, 물소리 바람소리 벌레소리에 지친 몸 쉬어가기에는 제격인 것 같았다. 참 휘엉청 부부가 이 계곡으로 올라가 월출산 구정봉까지 갔다 온다고 했는데 지금 얼마쯤 올라갔을까. 마음이 쓰인다.

강진 한정식 해태식당

2019년 1월 15일(화)

아침 7시, 진주 남강이 차는 물론 가로등까지 덩달아서 바쁘다. 늦잠 자는 아내에 대한 배려는 조용과 무관심이다. 오늘 아침은 강진으로 한정식 먹으로 가는 날이다.

강진 한정식은 먹기 참 어렵다. 예향, 청자골 종가집은 4인 예약만 받는다고 단칼에 거절이고 보니 4인 예약해서 둘이 먹지 뭐. 그 생각도 했었다. 해태식당이 2인 예약도 받는다기에 접었다. 차선이긴 하지만 해태식당도 인사동 생지에 김과 미불이 실따라 나는 메뉴가 올라오는 3대 한정식 중 하나라고 하니 예약하고 믿고 가는 길이다.

9시 반에 진주에서 출발했다, 168km를 달려 2시간 반 만에 도착했다. 가격대비 만족했다. 상다리가 휘어질 정도란 표현을 알 것 같은 상차림이었다. 경주에서 분위기를 먹고 왔다면 강진은 푸짐함이었다. 놋그릇과 플라스틱그릇의 품격의 차이는 무시 못 할 만큼 컸다. 경주에서 고급스런 대접을 받았다면 강진은 떡 벌어진 한상차림의 손님대접을 받았다.

맛이야 없을 수 있나요. 맛의 고장 강진이라 안 캅니까. 입에서 착착 감기는데 도리 없어요. 접시의 바닥을 보고서야 일어난 것 같은데요. 찬 그릇을 쌓아 올리는 건 여전하다만 상차림이 기대에 5% 못 미치는 것은 내가 갖고 있는 눈높이 때문이라고 해두지요.

'매생이무침, 생굴, 생채, 조기, 홍어삼합, 우엉조림, 시금치나물, 도라지볶음,

꼬막무침, 광어회, 두부된장찌게, 대구전, 홍어회무침, 고추장아찌

토하젓, 갓김치, 찰밥, 새우장, 버섯탕수육.

겹쳐서 쌓은 음식은 돼지고기구이, 잡채, 탕탕이. 멍게, 육회'

매생이 굴국에 김치를 곁들여 밥이 나오면 끝. 이것이 해태식당상차림이었다. 서울과 중부지방이 중국 발 미세먼지 폭력으로 시달린다는데 그것

이 강진까지 들이닥쳤다. 뿌연 하늘이 영 찜찜하다. 이럴 땐 호텔에서 쉬는 게 최선이다.

강진 프린스 행복호텔 802호

백련사의 동백숲과 다산박물관

2021년 2월 24일(수)

예전부터 강진은 남도의 후진 곳이지만 '편안한 나루' 라는 별칭 그대로 먹고 살 걱정이 없는 마을이다. 우리 부부도 이 땅에서 풍요로움을 누려보고 갈 수 있을까 하는 기대에 다시 찾긴 했지만 걱정이 안 되는 건 아니다. 어쨌건 먹을 수 있을 것이라는 기대로 해남에서 강진까지 여유부리며 드라이브를 즐기며 왔다.

도로의 무법자를 만난 아찔한 경험을 했다. 설마 그렇게까지야. 반신반의 했었다. 그러기에 트럭이라도 뒤 따라오면 무조건 피하고 보는 것이 내 운전습관이었다. 그런데 오늘은 어디서 나타났는지 갑자기 덤프트럭이 속력을 내며 달려들 듯 꼬리를 물며 클락션을 눌러대고 헤드라이트까지 번쩍거린다. 여차하면 밀어붙일 기세로 꽁무니까지 바싹 붙일 기세가 아닌가.

순간 어땠게요. 내가 뭐 운전을 잘못했나. 아차해서 사고라도 나면, 아니 해코지 당하는 건 아니겠지. 그 생각이 들어 차를 갓길에 세우고 길을 비켜주었더니 같이 멈추는 거예요. 시비, 폭행. 생각만 해도 끔찍한데 생각할 겨를이 있나요. 내 빼는 방법밖에. 그 운전수는 무슨 생각으로 그랬을까요. 도움을 청하려고 그랬을까요. 난 지금도 악몽을 꾸고 있는 것 같은데.

그렇게 숨차게 도착한 곳이 강진 '백련사' 라는 절이었다. 입구부터 달랐다. 마음이 포근했다. 일주문을 지나 해탈문, 그리고 대웅보전까지 걸어보니 비움이 뭔가를 알 것 같았다. 덤프트럭의 섬뜩한 악몽이 순간 깨끗이 날아가 버렸다. '천연기념물동백숲길' 걷는 것을 선호도 영순위에 두었기 때문에 백련사는 대충이었다. 절을 둘러싸고 있는 1,500여 그루의 동백이 숲을 이루고 있다지 않는가.

황토길로 들어서는 순간 끝없이 펼쳐지는 동백숲의 규모에 놀라고, 지고 피는 동백꽃에 그만 눈이 휘둥그레졌다. 동백숲길을 걷는 것이 아니라 퐁당 빠져 있었다는 표현이 적절하지 않을까. 그 붉은 꽃잎 하나하나가 숨 막힐 듯이 아름다웠다. 이 길은 초의선사와 다산이 교류했던 사색이 있는 구도의 길과 통해 있었다. 다산초당까지는 1.3km. 유서 깊은 길이다보니 욕심이 생긴다만 사양하기로 했다. 거리가 아니라 내 무릎을 사랑하기 때문이다. 포기는 빠를수록 행복하더란 말 실천에 옮겨보았다. 다산초당으로 가는 길에서 산길 [illegible] 백련사 방향으로 튼 것은 지금 생각해도 잘한 일이었다.

우린 절에서 일주문까지 또 다른 동백숲길을 따라 사색하듯 걷는 기쁨을 누렸다. 하나를 잃은 대신 하나를 얻은 셈이다. 이럴 땐 걸음이 빠르면 손해다. 뚝뚝 떨어진 붉은 동백꽃을 모아 하트를 만들고 간 연인은 누굴까. 오늘은 땅에 떨어진 동백이 더 예쁘네. 웃음을 흘리는 것도 여유다.

다산박물관에서는 '사람을 귀하게 여기는 것은 信義가 있기 때문이다. 만약 무리 지어 모여서 함께 즐거워하다 흩어지고 난 뒤에 서로 잊어버린다면 이는 짐승의 도리다.' 라는 말을 담아왔다.

다산초당은 400m쯤 남겨진 지점에서 또 포기했다. 산길에 나무뿌리가 용트림하고 있는 것이 너무 거칠어 보여 무릎 재활에 도움이 안 될 것 같아서였다. 그 대신 입구에 자리 잡은 '다산찻집' 에 들렀다. 솔잎차와 발효차를 시켜놓고 '밉게 보면 잡초 아닌 풀이 없고, 곱게 보면 꽃 아닌 사람이 없으니….' 찻집 안에 써 붙인 주인장의 구수한 입담에 여행의 고단함을 풀었다.

강진 자연이 좋은 사람들 펜션 모란봉

청자골에 들러 고바우공원 전망대

2021년 2월 25일(목)

하늘이 재미 들린 걸 보니 봄이 턱밑까지 오긴 온 모양이다. 봄 날씨는 변덕스럽다는 건 경험이다. 하루 날 좋으면 하루는 그렇다. 오늘은 무언가 토해낼 것 같은 날씨다. 바람이 차지는 않았다.

늦장 부려도 되는 날이다. 예약이 11시 30분이니 아점이다. 청자골 종가집에서 2인분에 10만원하는 한정식을 떡 벌어지게 한 상 들여보낼 텐데. 솔직히 말하면 오늘은 배가 행복할 날이다. 맘껏 먹자고 몇 번이고 약속했게요.

드디어 출발. 꼬물거리는 하늘이 야속하겠다만 행복할 생각만 했다. 3번의 도전 끝에 일궈낸 식사인데 어찌 안 그렇겠는가. 4인상만 손님을 받는다니 우리 같은 부부 여행객에겐 난감할 밖에. 이번이 삼세번이다. 코로나 덕을 보았다.

서울서부터 이번엔 꼭 성공하고 말겠다고 다짐했었다. 2인이라고 거절하면 코로나19로 4인이 모이기 힘든데 이건 반칙이라고 항변해 보다가 그도 안 먹히면 4인 수라상으로 주세요. 그럴 판이었다. 근데 어제 전화속의 여인은 목소리부터가.

"청자 골이지요. 내일 11시 30분 예약하려는데 되겠습니까?"

"예, 몇 분이신데요?"

"우린 둘인데요."

"네 그러세요. 10만원, 6만원이 있는데 어떤 걸로 하시겠어요?"

"10만 원짜리요."

"예 알았습니다. 예약하신 분 성함은요."

비로 깨끗하게 쓴 한옥마당과 정원이 맞아주었다. 우리가 첫손님이었다. 나올 땐 매화꽃이 배웅했다. 한 끼 밥 먹으로 들어간 것이 아니라 한상 귀한 손님 대접받고 나오는 기분이었다. 밑반찬에 낙지찜, 홍어삼합(홍어, 묵은 지, 삶은 돼지고기), 송이버섯탕수, 대구뽈찜, 진간장불고기, 생고기육회, 전복회, 광어회, 홍어무침, 식사메뉴로는 손바닥만 한 보리굴비, 가자미찜과 배춧국. 후식으로 매실차.

과연 식객의 발길을 붙들 만했다. 들여온 음식들을 깨끗하게 비웠다. 대합탕과 키조개가 빠졌으니 고배상이 아니고 진연상 받은 거네요. 오늘은 시작부터 강진의 풍요로움을 한껏 누렸으니 좋은 날이다.

고바우전망대의 경관 숲은 강진 상록회에서 지역사회의 쾌적한 생활공간을 위해 조성한 숲이라고 한다. 그곳에 도착하니 바람이 지름길로 먼저 와서 기다리고 있었다. 어찌나 심하게 불어제치는지 걸으며 구경조차 하기 힘들 정도였다. 바다와 맞닿은 옛 나루터를 보며 'Love sea forever' 의 붉은 하트에서 기념사진 한 장 겨우 박고 바람을 피해 전망대 아래 '분홍나루 카페' 로 달려갔다는 거 아닙니까.

따끈한 커피 한 잔과 커피콩, 빨대 하나. 그것으로도 충분히 행복했다. 음산한 날씨가 더 멋있어 보이는 건 순전히 분위기 탓이었을까요. 창가에 오랫동안 앉아 있었던 것 같다.

오는 길에 '엄마손 김밥' 집에서 김밥 두 줄 사들고 왔는데 두어 줄 더 살 걸 하고 후회한 경험이 있다. 소화제까지 찾아 먹었다.

강진 자연이 좋은사람들 펜션 모란봉

강진 강진달빛한옥마을, 강진프린스행복호텔, 자연이 좋은 사람들 펜션

고 흥

거금도 일주여행
녹동시장 전어회와 된장물회
팔영산 능가사

거금도 일주여행

2017년 9월 10일(일)

눈이 늦게 떠지는 바람에 바다를 붉게 물들인 태양을 보면서 오! 아름다워라, 바다여! 태양이여! 할 수 있었다.

여행은 언제나 시처럼 달콤한 것은 아니다. 어느 날은 퍼질러 자기도 하고 이곳저곳을 들쑤시듯 쏘다닐 때도 있다. 어떻게 보내든 하루는 온전히 우리의 것이다.

아내는 '산딸나무 통나무집' 의 요정들에 둘러싸여 꿈속에서 소꿉장난 하고 계시나 아니면 파도 소리를 벗 삼아 모래사장을 걷고 계시나. 아침에 이리 곤하게 주무실 때는 다 이유가 있을 게다.

아침은 호텔에서 일러준 산장어구이집에서 백반을 시켰다. 간장꽃게장에 바닷장어구이까지 나왔으니 입이 호강했다. 도라지, 호박나물이 혀에 착 감긴다. 그보다 식당마당에서 분꽃들이 풍년가을 볏단만큼이나 풍성하게 핀 것에 홀딱 반했다. 이 집 마스코트 노릇을 톡톡히 하고 있었다. 이른 아침은 민낯이라 그럴 테지만 낮 손님들에겐 방긋방긋 웃으며 맞을 테니 그 손님들이 부러웠다.

"아! 너무 곱다." 우리는 이렇듯 토종 꽃만 보면 좋아 죽는다. 나이가 있어 어릴 적 그 꽃들이 그리운 거다.

해안 길을 따라 차를 모는 데 마을은 바닷가에 있는 영락없는 농촌풍경이었다. 황금면류관을 쓴 벼들이 수줍은 듯 머리 숙여 아침문안을 하고 웃자란 조도 덩달아 머쓱하게 고개를 굽히는 모습을 보며 달렸다. 어촌은 말간 공기에 살랑살랑 바람에 날릴 것만 같은 새털구름, 물수제비 띄우는 듯 물결치는 바다가 서로 닮고 싶어 하는 모습인데 포구에 널브러진 어구들의 모습이 어째 늙은이 어깨에 매달려 있는 빈 망태 같다.

'소록대교' 를 건너면 마음이 복잡해진다. 소록도 들어가요 말아요. 화장실 다녀와선 '거금대교' 를 건너고 있다.

'익금해수욕장' 의 백사장은 마치 햇살이 내려앉은 해변에 화장기 없는 여인이 민 빛으로 멋이 있는 소도의 여인 같다. 바다는 아들을 보고 싶은 어미 마음 같고, 금모래는 맨발로 걷고 싶다는 유혹을 뿌리치기가 쉽지 않겠다.

"모래밭에 술병 깨진 조각이라도 있으면 어쩌려고 그래요. 큰일 날 소리 하시네. 발바닥에 유리조각이라도 박히면 그땐 어쩌실 건데. 꼼짝없이 집으로 돌아가야지 별수 있어요. 그러니 맘대로 걸으려면 걸어보시던가."

한사코 만류하니. 백사장 끄트머리까지 걷다오는 것으로 합의 보았다. 작은 능선에 걸린 나무계단이 유혹한다. "이런 길은 안 가보면 평생 후회할 걸." 앞장섰다. 내가 분위기 좀 잡으며 죽이네. 그러면 그렇긴 하네. 우리의 대화는 그게 전부다. 그렇게 우린 발소리까지 죽여 가며 웃자란 풀들을 헤치고 거미줄을 걷어내며 걸었다. 해안가가 내려다보이는 곳까지다. 잡풀이 무성해서 더 이상은 무리였다. 가끔 얼굴을 덮어씌우는 거미줄 때문에 청정지역인 건 알겠는데. 진드기가 겁나긴 했다.

'오천몽돌해변' 은 모나지 않은 주먹만 한 돌들이 널브러진 해변이다. 뛰어 노는 백사장이 아니라 바다 저 어딘가 먼 곳을 바라보는 곳. 경사까지 심해 여유 갖고 가지 않으면 바다에 손 담가보고 가기 쉽지 않은 곳인데도 데이트 족들에겐 뭔가 있는 모양이다. 엄마아빠 따라나선 녀석들이 그 돌들을 밟고 해안가까지 갔다간 네 발로 올라오며 웃는 모습이 너무 귀엽고 멋있어 보여 “어우 대단하십니다. 왕자님들” 박수까지 쳐주니까 엄마아빠가 더 좋아한다.

‘소원동산’ 은 ‘오천몽돌해변’ 에서 ‘명천행복마을’ 까지의 ‘섬 고갯길’ 의 중간지점에 있다. 드라이브 족들이 잠시 쉬었다가는 오아시스 같은 곳이다. 여기선 정자에 올라가 먼 바다를 보다 사진 찍고 조용히 떠나면 된다. 우리도 그랬다. 정자에 올라가면 누구 말처럼 바다 속에서 뭔가를 찾고 있는 것이 아니다. 마음 줄 놓고 바닷바람이 불어오는 바다 풍경에 빠져 있으면 아무 생각 안 날 것 같은 그런 곳이다.

월포마을(월포항)은 해안선 따라 가로수를 예쁘게 심고 가꾸었다. 누군들 이 길을 지나면서 가로수에 감탄하지 않을 사람이 몇이나 될까. 우리도 환하게 웃었다.

녹동시장 전어회와 된장물회

가을전어 1kg을 회로 먹겠다니까 생선가게에서 국수발처럼 썰어주었는데 접시에 담긴 양이 한눈에 봐도 엄청나다.

“이걸 어떻게 다 먹어. 양이 엄청난데. 배 터지는 거 아니야. 이 거 다 먹으면.” 그러면서 결국 둘이 그걸 다 해치우고서도 부족한 듯 하며 일어났다는 거 아니유.

그것이 물회 때문이었다. 2층 식당은 단체손님들이 먼저 자리를 차지하고 있어 시끄럽기가 말도 못한다. 물론 예약손님이겠죠. 정신없긴 종업원도 마찬가지다. 예약손님 아니라니까 엄지손가락으로 옆집을 가리킨다. 그리 가보면 또 다음 집. 그렇게 떠밀려 결국 끝집 한 귀퉁이에 엉덩이를 붙였다. 앉은 사람들은 떠밀리고 밀려서 온 같은 처지의 가족단위 손님들이었다.

우린 옆 테이블을 유심히 살피며 뭐 안 나온 거 없나 살피는 것이 내 일이었다. 종업원들도 이렇게 손님이 한꺼번에 밀려들면 정신 못 차리나보다.

테이블 세팅을 마쳤다는데 뭔가 상이 허전하다. 옆 테이블에는 있는데 우린 없다.

"그거 대접에 있는 거 따로 돈 받는 거예요."

"아닌데요. 이거 빠졌네. 달라고 하세요. 물회 안 왔다고 하면 알아요."

"여기요. 총각. 우린 물회 안줘요."

우린 전어 1kg을 회로 초장에도 찍어 먹고 물 회에 담가도 먹고 그랬다. 그거 없었으면 어쩔 뻔 했어요. 너무 맛있는 거예요. 입에 넣으면 꿀떡 꿀떡입니다. 시원하고, 달달하고, 매콤하고, 새콤한 맛인데 죽여주네요. 어디서도 먹어본 적이 없는 맛. '된장물회' 라고 아세요? 갓지에서 먹은 그때 그 맛인 거 있죠. 손님이 바글바글, 시끌시끌한데서 먹어서 그런가. 오늘 더 맛있게 먹은 것 같다.

가을전어는 굽는 냄새로 집나간 며느리도 돌아온다면서요. 요즘은 전어를 구워 먹지 않는 이유가 집나간 며느리가 돌아올까 봐 그런다네요. 우스갯소리지요.

쌍충사는 잠시 소화도 시킬 겸 걸어갔다 둘러보고 올만 한 곳이다. 이대원과 충장공 정운을 배향한 사당이란다. 녹동항이 내려다보이는 언덕바지에 동네 노인 분들이 마실 와 쉬고 있는 모습이 아주 넉넉해 보이는 곳이다.

충무사까지 둘러보고 갔다. 선조 13년에 이순신이 이곳 발포만호로 부임하면서 처음 수군으로 재직한 곳이라 하여 성을 복원했고 군민의 힘으로 사당까지 지었다니 재미있는 일화도 많이 남아 있을 것 같긴 하나 나그네에게 그 속내까지 들여다 볼 수 있게 할 것 같지 않으니 자리를 뜰 밖에. 오늘 구경 한번 잘했다. 입맛다셔가며 원 없이 한번 먹어봤구먼.

고흥 빅토리아호텔

팔영산 능가사

2021년 3월 27일(토)

그제는 하늘이 맑다 못해 눈이 부실 정도로 푸르더니 어제는 오리가슴털이 흩날리는 것 같은 하늘이었다. 그런 새털구름이 어디서 친구들을 불러 모았는지 오늘은 아침부터 잔뜩 구름 낀 것이 심상치 않아 보인다.

비를 부를 것 같은 하늘이 바람까지 동반했으니 나그네 마음은 심란할 수밖에 없다. 언제 퍼부을지 모르니 길을 나서면서도 걱정되고 조심스럽다. 그렇다고 일정을 조정할 수도 없는 일. 날씨 걱정을 땅이 꺼져라 해놓고는 옷은 초봄 겉옷에 여름 티. 따뜻한 봄 날씨에 익숙하다 보니 아무생각 없이 그랬나보다.

고흥 팔영산은 바다가 가장 아름답게 보이는 산이라기에 오래전부터 별렀던 등반계획이었다. 더구나 남도 제일의 명산이라 하지 않는가. 팔영산을 등반하겠다고 나선 우리는 출발부터 변덕이 죽 끓듯 하고 있다. 날씨 때문이었다. 팔영산을 힘닿는 데까지 만이라도 올라갔다 내려올 것인가. 아니면 능가사부터 둘러보며 날씨를 지켜볼 것인가.

천왕문으로 들어가기로 했다. 너른 들 마당 저만치에 대웅전이 북향으로 앉아 있다. 능가사는 팔영산 깊은 골짜기에 있어 등반 중에 보는 절이 아니라 평지사찰이었다. 419년에 고구려의 아도화상이 보현사를 이곳에 창건한 것이 시초였다고 하는데 매력은 딴 데 있었다. 팔작지붕의 대웅전, 웅진당의 목조삼존불, 주역에 나오는 팔괘를 몸통에 문신했다는 동종이 아니라 스님들이 손수 씨앗 뿌리고 거두는 사찰농장이 볼거리였다. 우리 마님은 텃밭을 보더니 좋아죽는다. 가까이 가서 아직도 푸릇푸릇한 채소들을 들여다보며 떠날 줄 모르니 이럴 땐 영락없는 소녀다.

또 있다. 벌거벗은 배롱나무에 거목으로 자란 벚나무. 지금이 벚꽃 철이니 말해 무엇 할까. 고즈넉한 절만이 사찰이 아니라는 걸 보여주었다. 빗방울이 떨어지니 어쩌겠는가. 도리가 없다. 팔영산을 오르는 건 포기하고 팔

봉의 봉우리만 가슴에 담아가기로 했다.

오가며 유사시 중앙선만 정리하면 비행장이겠네 그러며 뻥 뚫린 우주항공로를 달려봤다는 거 아닙니까. 점 저를 먹으러 고흥여자만에 있는 낙지탕비빔밥이 유명하다는 수문식당까지 빗속을 달렸다. 허름한 식당처럼 보이는데 밥 먹는 내내 드르륵 문 여는 소리가 끊이질 않는다. 맛있는 음식을 대접받고 나오는 기분이었다.

봄비치곤 제법이다. 저녁은 꼬막비빔밥을 먹었다. 새콤, 달콤, 매콤에 시원한 된장국까지. 별미였다. 마님은 남은 음식 싸가겠다며 꼬막전과 장떡, 술빵을 챙기더니 현미누룽지까지 샀다.

벌교 비즈니스호텔 415호

고흥 빅토리아 호텔

곡 성

곡성 기차마을
곡성 토란 웰빙식품
동악산 도림사와 도림계곡

곡성 기차마을

2013년 9월 5일(목)

여행이라기 보단 나의 반쪽에게 남은 생애 그리워하며 살아 갈 추억을 만들어주려는 것이다. 긴 인생의 여정을 접을지도 모를 언젠가를 향해 감사하는 마음으로 떠나는 것이다. 그러니 내 생에 가장 기쁘고 행복한 날을 꼽으라면 주저 없이 오늘이다. 그 날까지 계속될 특별한 날의 첫발을 내딛는 날이다.

새벽 4시 반, 집을 나서서 정안휴게소에서 잠시 쉬고 내쳐 달려 도착한 곳이 구례곡성기차마을이다. 주차장에서 기지개 한번 거하게 펴자 머리가 맑아지고 파란 곡성의 하늘까지 눈에 가득 들어왔다.

4년 전 초가을, 당시도 이맘 때 쯤으로 기억하고 있다. 우리 부부는 순천행 열차를 타고 순천만으로 낭만을 주우러 가자며 호기부리며 달려왔던 기억이 난다. 당시 주말에만 열차를 운행한다는 말을 듣고 돌아섰을 때의 그 마음을 어찌 다 표현하랴. 다만 육두문자만 골라가며 중얼거리다 목구멍으로 넘긴 기억이 있다.

"이것이 우리 관광의 현주소요 생 얼이라니까. 이래 가지고 관광대국은 무슨. 아무 데나 갑시다. 젠장. 이번 여행은 초장에 잡쳤네."

한동안 볼이 부어 있었던 기억이 난다. 보성강과 섬진강이 흐르고 심청이가 중국양자강 어귀의 '보타섬' 으로 건너가 귀인이 되었다는 심청설화의 발상지인 마을이 곡성에 있다는 건 알았지만 장미공원은 뜻밖이었다. 구름다리를 걸어 놓은 아담한 연못에 수련마저 장미의 계절이 못내 아쉬웠는지 자리를 못 내주고 버티고 있는 모습이 목숨 줄 잡고 놓지 않으려는 날 닮아 보였다. 영님인 아주 만족해하는 눈치다. 성큼성큼 앞서 걸어간다거나 멈춰서 꽃에 취해 있는 것이 그 증거다. 출발이 좋다.

섬진강 물줄기를 따라 옛 철길을 요샛말로 달린다는 표현은 썰렁하다. 기차가 멋을 부릴 줄 안다. 삑---! 기적소리 울리며 칙칙폭폭 경쾌한 음을 토해내며 움직이기 시작한다. 덜컹덜컹. 손님도 다양하다. 마실을 가는 아저씨들과 견학 가는 유치원학생들, 중년의 부부와 젊은 연인들에 섞여 푼수도 모르고 웃는 우리 같은 나그네까지. 멋 부릴 줄 아는 모두는 한통속이었다. 경치도 멋져 부려!

강정역까지 30분, 강정마을에서 관광객들을 내려주곤 30분의 시간을 준다. 느린 걸음으로 다리를 건너갔다 오면 딱 맞는 시간이다.

점-저로 여수게장백반. 간장게장, 양념게장을 먹을 수 있는 곳이다. 꽃게장과는 입 안에 도는 향이 달랐다. 매콤 달달한 것이 환상적인 맛이다. 거기에 잘 익은 갓김치에 된장찌개. 밥은 양푼이다. 간장이건 양념이건 입에 넣는 순간 이게 남도 맛이구먼. 우리 노부부의 황혼여행은 뭐니 뭐니 해도 편한 잠자리와 이런 먹을거리가 받쳐주기만 한다면야 뭘 더 바랄까.

시골 사람들의 고단함을 그리고 나그네에겐 추억을 실어 나르던 순천행 열차가 아니라 아쉽긴 하지만 섬진강관광열차로 탈바꿈한 것을 보고 난 이런 생각을 했다.

"오래 살아야 하구말구. 세상이 해가 다르게 이리 좋아지는데 벌써 죽는다면 많이 속상하지 않을까."

여수관광호텔 2013년 9월 5일(목)

곡성 토란 웰빙식품

2021년 2월 26일(금)

밤새 비를 뿌린 것이 미안했는지 따스한 공기를 선물로 주고 갔다. 110km를 달려 곡성 도림사를 찾아왔는데 주변에 산과 길밖에 없는데 내비가 멈추었다. 이런 난감한 경험은 처음이라 무척 당황했다.

주소가 잘못된 모양이네. 그리곤 곡성역으로 갔다. 관광지도를 구하는 것도 뜻대로 되지 않았다. 계절 탓인지 역사는 썰렁했고, 관광지도는 어디에서도 보지 못했다. 실수의 연속이었다. 아내는 마음에 두지 말라며 위로하지만 내 허술한 준비에 자존심이 많이 상했다. 실수를 연발해서 그런가. 속이 헛헛하다. 이럴 땐 따끈한 국물이 최고라며 찾아간 곳이 곡성의 '순수한 우 명품관' 토란국이 유명한 식당이다.

악마의 손길은 밥 한 숟가락 떠서 탕에 넣는 순간 내게로 왔다. 그 순간 탕 맛은 묘해지고 숟가락이 탕 그릇에 들락거리는 속도가 현저히 줄어들며 깔짝거리고 있었다. 국에 밥을 마는 식습관 때문이었다. 토란탕은 그냥 탕으로 즐겨야 했다. 탕 속에 토란, 당면만으로도 탄수화물은 넘치는데 밥이 들어가니 맛이 묘해지고 우선 양이 많아진다.

먼저 들깨국물과 토란과 당면의 맛을 음미하는 것이 순서인 것 같다. 들깨와 토란의 궁합이 잘 맞는 것 같은데 당면을 좋아하는 나도 오늘은 입맛을 배렸네요.

내친김에 '모차르트제과점' 까지 찾아갈 밖에요. 우리 밀에 곡성의 토란을 사용해 빵을 만드는 노력의 산물이라지 않습니까. 우린 머핀, 토란 빵, 쿠키를 샀다.

오후에는 곡성의 바람이 심술을 부려 걷고 싶지가 않았다. 곡성기차마을에서도 내리기만 했다. 여행이 막바지에 들면 이러고 싶은 날이 왕왕 있다. 따끈한 방에 등 지지고 눈감으면 무얼 더 바랄까. 바람 때문인지 피곤해서인진 잘 모르겠지만 숙소로 들어가는 걸 서두르고 있었다.

철쭉꽃이 피는 계절이면 대단하겠는데 했다. 섬진강을 끼고 달리면 곡성의 자랑인 버섯모양 철쭉의 사열을 받을 수 있다. 그 생각만으로도 기분이 좋아졌다. 가정역에 와선 여긴 어떠냐고 물어도 대답이 없다. 그건 피곤하니 그냥 가자는 표현이다. 압록유원지에서 오른쪽으로 방향을 틀면 대황강. 오늘의 목적지가 지근거리다.

아내는 눕는 것이 소원이라며 서두르고, 나의 눈은 대황강 물줄기를 오르내리고 있었다. 이번 여행은 봄을 맞으며 매일 매일이 축제 같은 하루였으면 하는 마음으로 떠난 여행이 아닌가. 봄을 한발 먼저 맞고 싶었다. 금년 봄에는 마스크에서 자유로웠으면 하는 간절함도 담았다. 매화 몇 송이로도 좋아 주는 이유일 것이다.

곡성 화이트 빌리지 펜션 104호

동악산 도림사와 도림계곡

2021년 2월 27일(토)

아내만 바라보며 늘그막을 보내던 아내 바보가 오늘 아침엔 느닷없이 가깝게 지냈던 사람들의 얼굴을 하나씩 떠올리고 있었다. 몸이 불편하면서부터 잊고 싶었던 얼굴들이었다. 그 바람에 밤새 뒤척였다.

여행 중이라 고단할 법도 하고 따라다니느라 힘들었을 텐데도 내색 한번 안하던 아내도 밤새 잠을 설쳤단다. 둘 다 늦잠을 자고 잠을 설치긴 했어도 이상하리만치 머리는 맑다. 기분이 상쾌해져서 좋았다. 차는 도림계곡 주차장에 세워두었다. 굳이 절 마당까지 차를 끌고 가고 싶지 않아서였다.

도림사는 계곡이 일주문이었다. 시쳇말로 불심이 아니라 유생들이 너르고 반듯한 계곡의 바위마다 자작시도 아닌 한시 한 구절씩을 바위에 파 놓은 흉물스런 모습이 더 대접받는 곳이다.

1곡 쇄연문(鎖烟門) 자욱한 운무에 뒤 덮여 멀리 떨어진 듯하네.
2곡 무태동천(無太洞天) 신선이 사는 별천지로 경치가 뛰어네요.
3곡 대천벽(戴天壁) 사람은 살면서 하늘의 은혜를 받고 산다.
4곡 단심대(丹心臺) 충성스런 마음을 표현한 누대.
5곡 요요대(樂樂臺) 물이나 산을 좋아하는 사람이 함께 좋아할 누대.
6곡 대은병(大隱屛) 몸은 조시에 있어도 뜻은 산림에 두는 사람.
7곡 모원대(暮遠臺) 날은 저물고 갈 길은 멀다.
8곡 해동무이(海東武夷) 중국 무의산에 있는 계곡처럼 절경을 이룬다.
9곡 소도원(小桃源) 중국의 도화원과 비슷한 경치.

도림사는 도를 닦는 승려들이 수풀처럼 모이라는 의미라는데 조선시대에는 승려가 아니라 유생들이 풍악을 울리며 걸판지게 놀다 한시 몇 줄 읽었다고 이런 멋진 바위에 흠집 내고 간 흔적들이다.

아직도 중국은 이 땅을 자기의 변방이라며 공공연히 떠들어대는데 말 한마디 못하고 눈치만 살피는 정권을 보니 통일이라는 망상에 잡혀 사대의 잔재에서 벗어날 생각이 없어 보인다.

동악산 갈림길에서 우린 '토닥토닥 걷는 길' 로 들어섰다. 쉬엄쉬엄 걸으면 배넘이재 까진 갔다 올 수 있겠다만 오늘도 무릎이 변수였다. 욕심이 생길수록 더 조심해야한다며 조금만 더 조금만 더하더니 결국 어디선가에서 되돌아섰다.

하늘은 새벽의 절집 마당 같고, 산과 계곡은 봄을 노래하기 위해 몸단장하느라 바쁜 하루였다. 바람 한 점 없는 날씨에 따스함까지 보탰다면 오늘은 걸을 수 있는 사람이면 누구나 산에 가자고 부추기고 싶은 날이다. 여행은 삶을 풍요롭고 맛깔나게 해주는 매력이 있다.

돌아가면 또 다음 여행을 준비하는 이유다. 가끔은 나도 여행하듯 이렇게 열심히 살아본 적이 있었나. 아니 가랑비라도 담는 그릇은 되었었나 생각해 본적은 있다. 그렇게 뒤돌아보게 하는 것 또한 여행이었다.

오늘은 자연은 정성을 다해 봄을 맞느라 애 쓰고, 우린 곡성 축협 하나로 마트에 가서 회며 초밥까지 한 보따리 챙긴 김에 오붓하게 황혼여행을 위한 잔치라도 해야 할 것 같다며 좋아 죽는다.

곡성 화이트 빌리지 펜션 104호

구 례

지리산 노고단

2013년 9월 9일(토)

여행이 즐거운 것은 돌아갈 집이 있기 때문이다. 누구의 삶이건 그럴 것이다. 돌아갈 곳이 필요하다. 천당이니 극락이니 하며 죽음 후에도 돌아갈 집이 있어야 마음에 안정이 된다. 바로 영혼의 안식처다. 사람들은 그곳이 있다는 것을 믿고 싶어 한다. 그래야 긴 인생의 여정이 외롭지 않다. 그리 믿고 싶은 것이다.

호텔뷔페는 배부르게 먹다 보니 하루 세끼가 살찌는 것 때문에 부담스럽지 않았다면 거짓말이다. 집으로 가는 길이다. 그렇다고 해서 곧장 집으로 향하는 것은 아직은 내 여행의 품격과는 거리가 있다.

그래 선택한 곳이 노고단이다. 안개가 자욱하게 낀 지리산자락을 굽이굽이 돌아 숨이 턱에 차도록 차가 달려 올라간 곳이 노고단주차장. 거기서 노고단까지 걸어서 2시간이라지만 우리의 걸음걸이를 안다. 넉넉히 3시간을 잡으면 된다.

1964년 6월 초여름 어느 날이었다, 학창시절, 무전여행 중에 구례 화엄사에서 하룻밤을 묵고 올랐는데 점심시간을 훌쩍 넘겨 노고단에 도착한 것으로 기억하고 있다. 당시는 혼자였지만 오늘은 짝이 있는 것이 다르다. 물론 오르는 코스는 다르지만 노고단이란 종착역이 같다.

구름을 동무삼아 걷고 있다. 계곡을 건너면 가파른 바위를 더듬어 올라가야 하고, 크고 작은 돌덩이가 나뒹굴던 그런 험한 길이 아니다. 지금 걷는 길은 경사가 그리 가파르지도 않다. 넓고 반듯하게 다듬어 놓기까지 했다. 나무계단이 나오고 그 계단을 오르면 또 비슷한 길. 그것의 연속이다. 돌계단이 나오면 피하지 않고 밟고 가면 된다. 정상에 오른 기분이 그때와 지금이 다른 것은 뭘까.

이 길은 지리산의 깊고 깊은 원시 자연으로 데려다 주는 길이다. 노고단을 걸어올라 자연을 벗 삼다 내려가면 그 만족감에 한동안 몸과 마음이 기뻐할 것이다. 벌써 효과를 본 모양이다. 마님께서 배고프지 않다니 신기하다. 자연에 푹 빠진 탓일 게다. 실은 나도 갔다 왔다는 만족감에 취하긴 매한가지였다.

빙어철인 줄 뻔히 알면서도 광양까지 가서도 하동이 멀다고 포기했었다. 지리산노고단에서 얼마 안 내려오면 남원골이다. 숙박도 되는데 빙어회도 판단다. 도저히 그냥 갈 수가 없더라고요.

빙어회 한 접시를 시키고는 큰 걱정부터 한걸요. 다 못 먹을 것 같은데 어쩌지. 그것도 잠시 향긋한 수박 향에 뼈째 먹는 고소함에 홀딱 반했나 보다. 오죽 맛있었으면 마님이 여기서 하룻밤 묵어갔으면 좋겠다고 그랬을까.

구례 천은사에서 가이드의 진면목

금강산도 식후경이란 말 이럴 때 쓰는 말이다. 먼 길을 달려왔으니 시장할 때가 되었다 싶은 시간에 식당 앞에 내려놓는다. 이것도 센스다. 잠결에 어리둥절한 채 내리자 "어서 오세요!" 하는 아줌마의 인사에 화들짝 놀라면서도 아무렇지도 않은 듯 익숙한 걸음으로 들어갔다.

초가원은 사찰음식으로 유명한 곳이다. 연꽃을 띄워 만든 연잎대통밥이 대표음식. 밥 내음을 맡으면 은은하게 퍼지는 향에 머리가 맑아지는 것 같다며 너스레를 떨지만 몽땅 거짓말은 아니었다. '아~ 이것이 사찰음식이구나~!' 하는 생각이 절로 들게 하는 식당이었다. 지리산 자락의 제철 나물에 간장, 된장. 거기에 자연의 맛을 입혔으면 되었다. 나물은 씹을수록 입안 가득 향이 배어 고소한 맛이 일품이나 장아찌가 많이 짠 것이 흠이었다.

천은사에서 부터 하나투어 가이드의 해박한 지식이 나온다. 해설을 잘 들어야하는데 바람이 장난이 아니다. 오늘따라 화장실에서 자꾸 보고 싶다니 난감하다.

"일주문에 써진 '지리산 천은사' 는 원교 '이광사' 가 해남으로 유배 가던 중 이 절에 들러 물이 귀하다는 말을 듣고 위에서 아래로 물 흐르는 듯 특이한 필체로 쓴 후론 물이 풍부하게 흘렀다는 설이 전해져 오고 있답니다. 이 절의 물맛이 좋고 물을 마시면 정신이 맑아진다 하여 그 물을 감로수라 불렸는데 임진왜란 때 모두 불에 타서 없어졌다고 합니다.

절을 다시 짓기 위해 감로수 우물 속에 사는 구렁이를 사람들을 시켜 잡게 한 후로는 샘물이 마르고 절에 불이 자주난다 하여 '샘 천' 자를 '숨을 은' 자를 써서 천은사(泉揔寺)라 했다고 합니다."

"일주문은 사바의 세계에서 피안의 세계로 들어가는 문입니다. 모든 번뇌를 버리고 한 가지 생각만을 갖고 들어가라는 의미라고 해요. 수홍루(垂虹樓)는 누각이 물 위에 있다하여 붙인 이름으로 부처님의 세계로 가려면 물을 건너고, 불을 건너고, 구름을 건너야 하는데 바로 부처님세계에 한 발짝 들여놓았다는 의미로 세워진 것입니다. 정자와 누각의 차이, 누가 아세요? 저것이 누각이거든요. 그럼 정자는?"

"..."

"절 안엔 법고, 범종, 목어, 운판을 한곳에 모아둔 '범종각' 이란 곳이 있어요. 그런데 법고의 양옆은 소의 암, 수 가죽을 씌운 것은 아시죠? 살생을 금하는 불교와는 맞지 않는데 임진왜란 때 승병들이 쓰던 것이라 절로 가져오면서 있게 되었다고 합니다. 운판은 공양간에서 치던 것을 옮겨놓은 것이랍니다. 날아다니는 중생을 계도 하는 의미를 지니고 있고. 용의 머리 물고기꼬리를 한 목어는 공부하기 싫어하는 스님을 물고기로 만들어 연못에 넣었더니 물 만난 고기처럼 놀더랍니다. 그 스님이 물고기 시절을 생각하며 치던 것이랍니다. 이 목어가 법당에 들어가 목탁이 되었고요. 들을수록 재밌지요? 이 넷은 예불 전에 의식을 행하는데 사용하였는데 중생은 물론 하늘, 물속, 땅속에 사는 모든 미물들을 위한 의식이라고 합니다. 이것이 발전하여 오늘의 사물놀이가 되었다네요.

조선시대 양반들은 스님을 천민취급 했다고 해요. 신분이 낮고 천한 백성을 천민(賤民)이라고 하는데 그 양반네들이 천민(天民)은 천리를 아는 백성이란 것을 빈 거지요. 그래서 남볼래 절을 찾게 되었고 시주를 받치다 보니 절에 돈이 모이게 되더랍니다. 그래서 절에서 공부만하는 스님을 이판이라 불렀고, 돈을 관리하고 절의 살림을 관장하는 스님을 사판이라 했는데 이것이 후에 이판사판 공사판이 된 거래요.

이 절의 명품은 뭐니 뭐니 해도 300년 된 보리수나무일 겁니다. 불가에선 이 열매로 만든 염주를 지니고 있으면 좋은 일이 있을 것이라는 믿음이 있거든요."

들을수록 지혜가 되는 말이다.

구례 산수유마을

<u>2016년 3월 29일(화)</u>

"너무 서두는 것 같은데. 피곤할 텐데 이른 새벽에 이렇게 꼭 출발해야 해요?" 예쁜 투정을 부리는 아내가 나에게는 늘 든든한 지원군이다. 그런 걸보면 여행에서 우린 찰떡궁합이다.

"자 준비하지요. 집에서 5분은 길에서 30분인 거 알죠."

벌써 며칠째 쌌다 풀었다 한 짐이다. 다시 싼다. 그렇게 우린 05시 05분

전에 집을 나섰다. 목적지 순천까진 346km 약 6시간 거리다.

첫 목적지는 3월 중순이면 노란 산수유 꽃이 만개한다는 구례 산수유마을이다. 까만 밤을 안고 떠나지만 동이 트는 새벽을 열고 아침을 맞으며 달리게 된다. 그리 도착했는데 이미 마을에는 먼저 도착한 관광객들로 북적북적거린다. 우리 부부도 자연스럽게 그들과 섞였다. 사진도 찍고 꽃길을 걷기도 하고 감사해하며 신기해하며 그리 즐기다 왔지롱.

아이들이 많아 참 좋았다. 요즘은 거 뭐더라 있다던데. 부모님 따라 현장학습 하는 거. 나는 노란 산수유에 취하고 예쁜 아이들에게 눈길 마음 다 뺏겨가며 1980년 어느 봄날을 떠올렸다. 그러면서도 노란 병아리 입술은 원 없이 보고 간다. 장터는 이미 파시라 썰렁한 분위기지만 그래도 우린 설탕절임 생강과 쑥떡 한 봉지를 사들고는 어깨 폈다. 까르르 웃는 아이들의 웃음소리에 자꾸 뒤돌아보게 된다.

구례 화엄사 홍매화

휴게소에서 육개장을 앞에 놓고 깨작거렸는데도 배고픈 줄 모르는 것은 눈이 풍요로워서인 게다. 배고플 겨를이 있나요.

아침 6시경에 화엄사 홍매화를 보고 지리산 산수유마을로 가면 봄꽃을 제대로 즐길 수 있을 것이다. 특히 산수유가 빛을 발할 때쯤인 3월 중순이면 구례 화엄사의 홍매화가 진가를 드러낼 것이니 매화의 신비로운 빛깔에도 취해 보란 말일 게다.

우린 거꾸로 산수유 마을을 들러 그리로 가는 길이다. 새벽 이슬 머금을 재간은 없어도 산사의 분위기와 매화가 잘 어울릴 것 같다는데 놓칠 순 없다. 그곳에는 450년 거목으로 자란 구례 화엄사의 홍매화가 있다지 않습니까.

이른 봄의 화엄사는 뭐니 뭐니 해도 각황전의 홍매화, 아니 흑매다. 그가 사람들을 불러 모은다고 들었다. 어찌나 꽃잎이 붉은지 검은빛이 감돈다 해서 흑매란 이름이 붙었다는데. 금색의 꽃술이 있고 4월 1일쯤이면 핀다. 영롱한 붉은 빛의 흑매가 참으로 볼수록 눈에 담기도 버겁단다.

헤프다싶게 웃음을 흘리면서도 자리 뜰 생각은 없었다. 색깔 참 곱다. 그 늠름한 자태에 어떻게 저런 고운 빛깔을 그려낼 수 있을까. 부럽고 닮고 싶었다. 노탐이라는 건 알지만 그런 욕심 쯤 부린들 누가 뭐랄까. 다른 사람들도 자리 뜰 생각을 않는다. 쉽지가 않은 모양이다.

꽃구경 나온 젊은이들에 섞이다보니 몸은 꽃 분홍으로 물들고, 마음은 푸른 하늘빛을 닮아간다. 깊이를 알 수 없는 화려함은 젊음과 흑매가 참으로 미의 대비 [illegible]. [illegible] 찍느라 오늘삽 떠는 것은 닮고 싶어서 일게다. 눈이 충분히 호강했는데도 발걸음이 떨어지지 않는 건 나도 닮고 싶어서일 게다.

섬진강 벚꽃축제

2016년 4월 2일(토)

꽃비 내리는 4월이면 바람나고 싶다' 어느 시인이 읊조렸지요. 나의 오늘이 그 날이고 싶다. 하늘의 축복이 있는 날. 산들바람에 적당히 깔아놓은 얇은 구름이 섬진강 물빛과 꼭 닮아 있는 하늘과 합작으로 얼굴을 내민 날. 화사한 어느 봄날 가족들과 봄나들이 나갔는데 느닷없이 강물에 뛰어들어 멱 감고 싶다는 개구쟁이 아들 녀석을 말리느라 애먹는 풍경이 연상되는 그런 날이다.

"너무 늦으면 차들이 밀려서 고생할 걸. 순천까지 내려와서 기다린 보람이 반감한다니까 대도시에서 내려오기 전에 우리가 먼저 도착하자고. 날씨도 좋은데."

아내를 재촉한다. 아침은 식당 앞에 서서 오프닝 시간을 기다리는 해프닝까지 벌리며 의자에 앉았다. 음식이 덜됐다며 기다리라지만 우린 빵 한 조각에 쨈을 발라먹고 주스 한 잔.

오늘이 '12회 섬진강 벚꽃축제' 의 첫날이다. '일명 오산과 함께하는 섬진강길 벚꽃 나들이' 구례군 문학면 죽마리 417-7 행사장. 타이밍이 좋으면 좋은 자리에 주차 할 수 있다. 그러면 기분이 좋다. 행사장은 무대 마무리에 장터를 열려는 사람들의 손길까지 바쁘다. 8시가 조금 넘었는데 벌써 사람들이 하나둘 모여들면서 축제장의 분위기가 살아나고 있었다. 오는 동안에 섬진강 물줄기를 따라 달리면서 벚꽃터널에 빠지고 취하고 내 얼굴이 활짝 핀 벚꽃을 닮아버리지 않았을까 은근히 기대한 건 나뿐이겠는가. 벚꽃보다 더 아름다운 아내도 그랬을 것이다.

축제장을 뒤로하고 꽃길을 걷기로 했다. 젊은이들 속으로 들어가는 거다. 참으로 난 이럴 때 표현이 딸린다. 마음은 풍선처럼 붕 떠 강둑을 따라 날고 있는데 몸은 자꾸 뒤처진다. 벚꽃이 어우러진 섬진강에서 젊은이들은 아름다운 추억을 만들기에 바쁜데 우리 둘은 그리운 추억을 주워 담고 있었다. 꽃잎이 떨어질라 소리 내어 웃을 수도 없다. 저들의 웃음소리가 너무나 해맑아 우리는 듣는 것만으로도 행복하니 잔잔한 미소를 짓는 게 고작이다.

한동안 그 분위기에 취해 우린 벚꽃 얘기라니요. 그냥 벚꽃에 내 모든 것을 내어주고 눈만 뜨고 있었던 걸요.

햇살 머금은 벚꽃 잎이 한둘 휘날리는 섬진강의 그 길. 순간 저승길도 이런 꽃길이었음 좋겠다. 그런 생각까지 했다니까요. 그러려면 내 남은 인생 어찌 살아야할지 알 것 같기도 하다.

오산 사성암

벚꽃길 저 끝까지 걷다 되돌아오는 길이다. 길 한편에 사람들이 길게 줄을 서고 있다. 택시가 와서 실어 날랐다. 어디 가는 걸까. 궁금하면 자기도 저기 가서 줄 서자고. 그런데 웬일이래요. 줄 서서 기다리는 7~8분 동안에 우리 뒤로 사람들의 줄이 엄청 길어졌다는 거 아닙니까.

오산 사성암까지 택시 한 대 이용하는데 8천원. 마침 우리 뒤에 두 사람이 있어 넷이 탔는데 우리가 5천원 냈다.

사성암은 계획에 없었다기 보단 몰랐다는 표현이 맞다. 택시에서 내린 후에도 또 한참을 가파른 길을 걸어야 한다. 그리 어렵게 절에 도착했는데 화장실이 없다. 계단 따라 가면 길게 잡아 10분이면 기암절벽 위로 아슬아슬하게 걸려 있는 절 뒤로 올라가서 평사리도 볼 수 있을 테고, 전라도와 경상도를 가로지르는 섬진강이 흐르는 모습도 볼 수 있으련만 접어야 했다.

[illegible] 꽃이 봄빛을 즐기는 사람들이 [illegible]기만 하더구먼. 우리는 도착하자마자 바빴다. 급한 일 해결하는 것이 먼저였다. 뒤돌아 한참을 내려와서야 만날 수 있었다. 아내는 시원하게 일을 해결하는 사이에 난 깨끼 한 개 입에 물었다.

우린 길트임 행사는 관심 끄기로 했다. 해가 하늘에 걸려있을 때만 움직이기로 했으니 그럴 밖에. 그래도 엿도 사고 마을 부녀회가 운영하는 곳에서는 순대 한 접시만 비웠겠습니까. 벚꽃풍선나누기에서 난 빨강 아내는 축제파랑풍선까지 받아들고 왔으니 장터마당에 동참한 거 맞지요.

"장터마당에서 좀 더 놀다 올걸 그랬나."

순천 베네치아관광호텔

화엄사 길상암의 들매화

2021년 3월 24일(수)

3월 개학이면 얼마 동안은 으스스한 냉기가 옷소매를 파고들어 덜덜 떨며 출근하던 때가 있었다. 노란 주전자가 걸터앉은 연탄난로가 귀한 대접을 받던 시절이다. 빙 둘러서선 따끈한 옥수수차 한 잔으로 몸을 녹이며 수다를 떨고 나서야 하루를 시작할 수 있었던 아련한 추억을 떠올리며 달렸다. 오늘 날씨 좋네요.

매, 난, 국, 죽. 옛 문헌이나 그림에 자주 등장하는 꽃의 하나를 보러 떠나는 여행이다. 코로나로 몸과 마음은 여전히 한겨울이지만 450년은 된 고목에서 핀다는 구례화엄사 각황전의 홍매화(화엄매. 각황매)를 보러간 김에 화엄사 길상암에서 핀다는 들매화까지 찾아볼 수만 있다면 봄눈 녹듯 풀리지 않을까.

새벽 출발에 아침은 구례의 지리산 수랏간. 이웃에 추천하고 싶은 식당이다. 강된장비빔밥을 시켰는데 찬이 10여 가지. 쑥부쟁이, 방풍나물에 묵사발. 우거지된장국은 별미였다. 찬마다 정갈하고 음식 맛 나무랄 데 없겠다. 친절하기까지 하다면 뭘 더 바랄까.

벚꽃은 4월. 금년은 매화부터 시작해서 철철이 피는 꽃구경을 다니다보면 코로나로 힘든 요즘 조금은 희망이 되고 우리 부부의 몸에 생기가 돌지 않을까. 그런 마음을 한 보따리 안고 달려가는 중이다. 그런데 구례에 들어서면서 꽃놀이 계획을 수정해야겠단 생각에 혼란스러웠다.

4월에 필 벚꽃이 이미 만개해 있었으니 말이다. 와! 이거 어떻게 된 거야. 우린 입을 다물지 못했다. 달려오면서 봄기운이 완연하다며 좋아하긴 했다만, 봄이 우리 곁에 성큼 다가와 있을 줄은 생각도 못했다. 거리가 온통 벚꽃천지가 되었다.

오늘은 새벽 5시쯤 출발했다. 놀러 가는데 새벽부터 그 뭔지 엉킬 수도 있지만. 스케줄을 짜다보면 그럴 수밖에 없는 경우가 왕왕 있다. 차가 몰리는 시간대를 피하려는 의도가 1순위였다. 그런데도 긴 시간 운전한 탓인지는 몰라도 화엄사 입구의 돌계단도 만만치가 않은 걸 보니 가는 세월은 어쩔 수 없는가 보네요.

각황전 주변은 먼저 온 탐방객들의 환한 얼굴로 가득해서 기분이 좋았지만 붉은 매화를 보는 순간 나는 작은 실망을 감추지 못했다. 6년 전만 해도 각황전의 흑매화가 절집의 검은색 기와와 어우러져 너무 곱더란 말을 실감했었는데 오늘은 붉은 빛마저 힘을 잃은 듯 보였기 때문이다. 겨울 가뭄 탓일까, 한 살 더 먹어 그런가. 올 벚나무로 자꾸 눈이 간다. 홍매화에 비하면 화사하다 못해 눈이 시릴 정도로 부시니 어찌 안 그렇겠는가. 내 눈이 외도를 하고 있다.

산사에 오면 철마다 다른 빛과 향기로 채워주는 고목들이 있다는 것이 얼마나 고마운 일인지 모른다. 오늘도 그랬다. 부처님에게 혼날 일이긴 하지만 각황전을 돌아 동백나무 숲을 찾으면 동박새 새소리도 요란하다. 어쨌거나 홍매화를 보러온 우리로선 횡재한 것이다. 보고 또 봐도 지루할 것 같지 않은 하루를 그렇게 시작했다.

들매화를 보려거면 구층암 가는 길로 들어서야 한다. 대나무 숲길을 걸어 구층암. 앞선 젊은이들을 졸졸 따라가면 길상암의 들매화는 어렵지 않게 찾을 수 있다

들매화는 딱 한그루의 백매화였다. 키가 멀쑥하게 크다보니 아득히 높은 곳에서 매밀 꽃보다도 작아 보이는 꽃들을 듬성듬성 피워내었으니 잘 보일 턱이 없다. 피었나, 말았나. 헷갈릴 정도지만 손을 이마에 얹고 햇빛을 가리고 보면 볼수록 흰 매화가 신비롭긴 하다.

무심코 버린 씨에서 싹이나 자란 매화라 꽃은 작지만 진한 향기가 일품이라고 하기에 우린 코를 벌름거려 보았지만 와 닿지는 않았다. 그런데도 사람들의 발길이 끊이질 않는 이유는 알 것 같다.

오는 길에 천불의 부처를 모신 천불보전과 3층 석탑 등 경내를 꼼꼼히 둘러보며 되도록 천천히 아니 뒷짐 지고 걸었다. 코로나로 힘든 세상 들꽃들이 예쁜 꽃을 피우는 모습이 잔잔한 웃음을 주고 위로가 되어주어서였을 게다.

구례 섬진강벚꽃마을

이번 기회에 율곡모자가 직접 심었다는 강릉 오죽헌의 율곡매, 큰 스님들에게 은은한 매화향기를 보태라는 의미로 핀다는 장성의 고불매도 보기 위해 달려갈 생각이다. 그럼 내년 봄까지 기다려야겠네.

여행을 다니다 보면 속된 말로 남들처럼 고급스럽게, 좀 더 멋있는 여행을 하고 싶은 생각이 들 때가 있다. 코로나를 피해 캠핑카로 가족끼리 오순도순 공기 좋은 곳을 찾아다니는 젊은이들이 늘어나는가 하면, 주말이면 별장에 가서 며칠 푹 쉬다 오는 사람들도 많다는데 내가 할 수 있는 건 고작 차 끌고 다니는 것이다.

오늘도 아내를 고생시켜 가며 내 나라 여행에 목메고 있다. 구례군 문척면 죽마리 섬진강 벚꽃마을. 전날만 해도 필까 말까 걱정하며 잠들었는데 활짝 폈을 거란 꽃소식에 순천에서 한달음에 달려와선 넋을 잃고 보았던 기억을 떠올렸다. 2016년 4월 2일 섬진강 벚꽃이 흐드러지게 피던 날이었다. 내비한테 먼저 길을 물었다. 그 순간 입을 떡 벌리게 했던 추억을 잊지 못했나 보다. 그날 환상적이라며 가슴을 쓸어내렸던 그 길에 남아 있을 추억을 주우러 가는 길이다.

아내도 어렴풋이 기억해주었다. 사성암의 추억까지 떠올리는 건 무리였나 보다. 까맣게 잊고 있었던 모양이다. 오늘도 꽃이면 무조건이라는 대답을 미소로 하는 습관은 여전했다. 벚꽃을 보자 좋아죽는다. 주차장에 들어설 때는 아예 입을 다물 생각이 없어 보였다.

“이제 생각난다. 새벽에 달려와선 여기에 주차했지. 그때 정신이 없어가지고. 그날 여기가 아마 벚꽃축제 첫날이라 준비하느라 어수선 했던 것도 기억나는데.”

한순간. 찬바람이 불기 시작한다. 벚꽃길을 걸으려니 꽁꽁 둘러싼 길은 어림도 없고 차도로 걸어야 하는데 쌩쌩 달리는 차들 때문에 그것도 쉽지가 않다. 결국 멀리는 못가고 휘 둘러보았다. 그나마 개나리와 벚꽃을 배경으로 사진 한 방 박는 데는 성공했다. 결국 벚꽃길은 드라이브스루로 즐겼다.

13시 반이면 점심식사 시간이 대충 끝날 거라고 생각한 것이 판단의 미스였다. '구례 부부식당' 에 전화했더니 지금 대기번호가 78번이란다. 오늘은 재료가 부족해서 90번까지만 받을 생각이라기에 아무 생각 없이 읍내까지 열심히 달려갔는데 이미 매진. 이해가 안 되었다. 점심은 쫄쫄 굶은 채 광양으로 달려갔다.

호텔에서 15km면 꽤 먼 거리다. 청동화로에 참숯을 피워 구리석쇠에 얇게 저민 소고기를 얹어 직접 손님이 구워먹는다. 식당주인이 고기 굽는 방법이며 손님들의 건강을 염려해서 찬을 마련한다며 친절하게 설명까지 해주었다. 시킨건 광양불고기 3인분에 비빔냉면 한 그릇.

손님들도 많은데 또 볼 수 있으면 좋겠다며 굳이 문 밖까지 나와서 인사하는데 아내는 또 왔으면 좋겠다는 건 장사수완 아니냐는 거다. 난 아니던데.

광양 호텔 락희 906호

곡성 화이트 빌리지 펜션

광양

광양 배알도 수변공원

2013년 9월 6일(금)

광양여행은 여수에서 세계 최고 높이를 자랑한다는 2,260m의 이순신대교를 드라이브하며 건너면서 시작된다. 호남의 정기를 뭉쳐놓았다는 광양제철소와 광양항 컨테이너부두를 차창으로 보며 자부심을 한껏 부풀려도 죄스럽지 않은 곳을 달렸다.

광양하면 매실이다. 매화꽃 피는 계절이면 우리나라 사람들의 혼을 쏙 빼놓는 매화꽃축제만으로도 온 국민에게 새해의 희망과 행복을 선물해주는 고장이다. 피로회복과 정신안정에 탁월한 효과가 있다는 매실엑기스와 매실장아찌를 한 조각 입에 넣는 상상만으로 침이 고인다.

배알도수변공원은 해변을 따라 조성한 산책로가 아주 낭만적이었다. 가족단위로 소풍이나 캠핑을 즐기기에 적합하도록 꾸몄다. 배구장과 공연무대도 갖추었으니 직장단위로 찾아와 친목행사를 가지면 좋겠다. 공원을 구석구석 걸어 다니다 바닷가에 서 있는데도 우리는 섬에 와서 걷고 있는 것 같은 착각을 하고 있었다.

걷기만 하는데도 웃음이 헤퍼지는 곳. 빗방울이 떨어지자 수면 위에서 춤을 추는 물방울의 현란한 몸놀림까지 환상적이었다. 푸른 잔디밭으로 눈길을 돌리자 맘껏 빗물을 튀기며 뛰고 싶은 충동이 인다. 공원과 수변공간이 잘 어우러져 있어 심신의 안정을 위한 웰빙을 위해서라면 이만한 곳도 드물겠다. 한나절 쉬어 가기 딱 좋은 곳이다. 박수. 짝 짝 짝.

섬진강 재첩회 무침

섬진강 고향집을 내비에 지정하고 나니 마음이 먼저 달려간다. 바쁘다. 오늘 저녁부터 전어축제가 열린다는 망덕포구가 한산한 건 비 때문이었다. 속 든 밤이 상하겠다.

550리를 거친 숨을 몰아쉬며 달려온 섬진강의 물줄기가 남해바다로 들어서는 길목에 있는 망덕포구는 일제강점기 때 윤동주가 절친한 후배 정병욱에게 맡긴 자필 원고를 마루 밑에 숨겼다는 집이 있는 곳이기도 하다. 그래 의당 들렀다 가야할 곳인데도 비 핑계를 댄다. 너무 배가 고파 잊고 싶었는지도 모른다.

여행은 입이 즐거워야 한다는데 첫날부터 때를 놓쳤으니 아무래도 황혼여행 중에 내 배는 늘 고단할 것 같다. 맑은 물이 자랑인 섬진강이 품어 키운 재첩을 맛보러 가는 길이다.

"와서 먹어 봐! 그러면 알아. 죽여주는 기여."

누군가 그 집의 재첩 회무침 맛을 물어본다면 그 말밖엔 할 말이 없을 것 같다. 두고두고 그 맛은 한동안 우리 부부의 입에 오르내리곤 했다. 그 맛을 표현해보라면 못하겠지만 입이 먼저 알고 입맛을 다시는 걸 보면 모르겠나. 재첩 국을 택배로 20포나 부탁했는 데도 부족하지 않겠느냐며 은근히 압력을 행사한다.

"서울 가서 맛있으면 더 시켜 먹어요. 그럼 되지. 색시는."

광양 중흥사 들러 백운산 자연휴양림

광양의 백운산이 예로부터 봉황, 돼지, 여우. 이 세 동물의 영험한 기운을 지니고 있어 대학자와 부자, 지혜로운 사람을 많이 배출한 땅이라고 들었다. 비를 뿌리는 데다 산이 높고 험해 오르기는 포기했지만 그 정기는 듬뿍 받아가고 싶었다.

중흥사에 들렀을 땐 적막강산이었다. 너무 오래되고 퇴락한 낡은 절이다 보니 전면 보수작업을 하는 중이었다. 그러니 그 너른 절 어디에도 스님 한 분 볼 수 없는 건 당연한 일. 비가 와 공사마저 중단된 터라 음산한 절간 분위기가 딱 어울린다.

이절의 물맛이 일품이라며 영님 씨는 우산 쓰고 봉황이 빚은 약수물을 담고 나는 여우처럼 요령 피워가며 날랐다.

이유는 단 하나. 만신창이가 된 내 몸을 살리는 덴 물이 한 몫을 차지할 거란 믿음이 있었다. 여행을 준비하면 물병부터 챙긴다. 약수물을 만나면 행복의 바이러스를 퍼 담는 보살의 마음으로 물을 뜬다. 물맛이 좋다거나 영험한 기운이 있는 물이라면 그냥 지나치지 않는 이유다. 물은 음식의 기본이다. 건강을 지키는 수문장이다. 그 생각에 필이 꽂혔기 때문이다. 좋은 물이 나를 건강하게 해주었다고 믿고 있기 때문이다.

휴양림은 소나무 숲에 삼나무와 편백나무가 계곡을 감싸고, 황톳길은 끝이 보이지도 않는다기에 이런 길은 분위기잡고 걸어야 제멋이라며 우산을 펴 들었다. 그리고 얼마나 걸었을까. 쉬었다 걷고 싶어도 앉을 만한 의자는 비에 젖어 그렇고, 마냥 서서 비 내리는 숲을 바라보며 바보처럼 웃는 것도 어깨 처량하고 어색하다.

그렇다고 바지자락을 더 젖게 할 수도 없는 일이다. 하룻밤 머물다 가면 좋을 곳인데도 비 탓으로만 돌릴 수 없는 사정이 있으니 아쉬움이 많다.

광양불고기도 연금 덕이구먼.

동으로 만든 석쇠로 고기를 굽는다 해서 마로화적이라고 한다는 식당을 찾아갔다. 참숯에 직접 구어 먹는 '광양불고기'. 그 맛의 비결이 생고기를 얇게 저미는데 있다 들었다. 그 맛이 그리워 광양을 다시 찾는 사람도 있다는데 난 고기 맛이 그리 좋은지는 모르겠다.

시장이 반찬이라고 상에 나온 찬은 남김없이 비웠다. 음식은 맛도 맛이겠지만 분위기도 한 몫 하는 것 같았다. 식당은 깔끔하고 친절하고 고급스러워 보인다. 맛집을 찾아다니며 행복하게 하는 일등공식은 단연 연금이다.

얄팍한 봉투로 한 달 생활하기도 빠듯한데 매달 떼어가는 돈이 얼마나 야속하고 못마땅했으면 연금은 무슨 빌어먹을 그 땐 그랬었다. 두둑한 월급봉투를 자랑하며 회사 다니는 친구들이 부러워도 가르치는 즐거움이 있지 않느냐며 자위하며 살 수 밖에 없었던 힘겨운 시절이 있었다.

그런데 그 구박받던 연금이 늘그막에 효자노릇을 톡톡히 하고 있다. 열 효자 안 부럽다. 새옹지마라고 참으로 인생사는 알다가도 모를 일이다. 이런 노후가 있을 것이라곤 전혀 그려보지 못했던 세상이다.

지금은 돈 좀 벌었다는 친구들에게도 기죽지 않고 산다. 물려줄 돈은 없어도 요령 것 쓰기만 한다면 황금알을 낳는 거위라는 통장이 있질 않는가. 황혼여행을 계획한 것도 따지고 보면 연금 덕이 크다. 노후의 삶이 풍요로움으로 아니 장밋빛 인생으로 바뀌는 마법의 통장이 아닌가.

여수관광호텔

광양 매화마을

2016년 4월 2일(토)

이왕 온 김에 화개장터 벚꽃축제도 빼먹지 맙시다. 하동 송림도 여유부리며 걸어볼 양으로 차를 몰았다. 관광버스가 줄을 섰다. 그런데 분위기가 왜 이리 다르죠. 이곳은 도떼기시장이었다. 와글와글 시끌시끌 서로 길 다투는 모습이 낯설었다. 실망했다.

방금 다녀간 그곳은 젊은이들이 주류고 이곳은 행락객이 주류라는 것 빼곤. 매화꽃 구경 나온 사람들은 맞는데 너무 분위기 차이가 난다. 아내가 도움을 준다.

"그냥 가요. 내려봤자지요. 시끄럽기만 하고 어디."

그 눈치를 모를까. 좀 전엔 젊은 사람들이 많아 싱그러웠는데 이곳은 정말 팔도의 노인들은 다 끌어다 놓은 것 같다. 그럼 우리 꽃구경 나왔는데 이 그림은 아니지. 풍경화를 즐기며 섬진강을 끼고 달렸더니 이번엔 광양 매화마을이다.

여기도 시끌벅적거리는 장터분위기이긴 매 한가지인데 뭔가 모르게 좀 다르다. 품바소리에 장사치들의 호객하는 소리. 관광객들의 웃음소리에 취객들의 불그레한 얼굴에 고음까지 섞이다보면 나도 모르게 그 분위기에 휩쓸리게 되어 있는 것이 다르다.

"여보세요! 여기 남자들 소변 보고 있는 것 안 보여요. 이거 지금 무슨 짓하고 있는 건지 알아요."

꿈쩍도 안 한다. 여유 있게 양치질하면서 할 짓 다 한다. 어떻게 아냐고요? 내가 줄 서서 차례 기다리다 소변 다 마치고 나가는데 그때도 있습디다. 혹 볼일이 급해 남자화장실로 뛰어들었다면 백번 이해하죠. 남자들이 왜 말 못하냐고요. 그 입심에 경우 없는 대꾸. 남자들 못 당해요. 나오는 데로 막 퍼부을 텐데요. 그 노인아줌마들 입심 누가 당해요. 또 내 눈만 더럽히고 말았다.

매화마을 잔치국수 때문에 입은 귀양살이지만 눈은 꽃놀이요 봄나들이였다. 속은 허전하지만 참고 먹을 것엔 눈도 안 돌리기로 했다. 매화가 한철 지나긴 했지만 늦둥이들의 반란으로 되살린 화려한 모습에 충분히 빠질 만했다. 내려가기 싫은데 하면서도 한 코스 돌고 나면 다시 들어가기는 쉽지 않다.

품바타령으로 흥을 돋우는 장마당에선 단체손님들의 걸판한 춤판이 벌어지고 난 좀 더 구경하다 가자고 고개를 들이밀고 아내는 그만 가자며 소매를 잡아당긴다. 늘 나는 지는 것이 이기는 것이고, 아내는 소원대로 되고 그리 다닌다. 오늘 일정은 여기서 마무리하고 숙소로 달릴까요? 새-악시.

내일 새벽 아름다운 절벽을 타고 걷는 둘레길의 매력은 걸어보지 않은 사람은 감히 입에 담지 말라는 여수 금오도 비렁길. 그 계획은 접어야겠다. 마님이 아무리 생각해 봐도 배가 무서워 못 탈것 같단다. 어쩔 수 없지요 뭐.

순천베네치아후텔

광양 옥룡사지 동백나무숲과 운암사

2021년 3월 25일(목)

백계산 중턱에 자리 잡은 옥룡사는 승려이자 풍수의 대가인 도선대사가 짓고 35년간 머물면서 제자를 양성하고 입적한 곳이란다. 그가 사찰을 중수할 당시, 땅의 기운을 보강하기 위해 동백나무 1만 여 그루를 심었다고 한다.

그 옥룡사는 불에 흔적만 남기고 사라졌지만 발굴현장에선 도선대사의 것으로 추정되는 유골과 관이 발견되었다고 한다. 3월 말이면 붉은 꽃송이를 토해내는 것이 장관이라고 하니 지금이 적기가 아닌가. 천년의 숲으로 달려가는 이유다.

'태조 왕건' 에 등장하는 도선과 경보대사의 발자취를 따라 동백숲길을 걸어볼 만큼 사찰 숲의 원형이 잘 유지되어 있어 호기심을 가질 수밖에 없었다. 더구나 '눈밝이 샘' 이 있어 목도 축일 수 있다지 않는가. 주차장에서 700여m 걸으니 동백나무 숲이었다.

천년의 숲에 들어서자 발길에 차이는 것이 동백꽃이요, 귀에 대고 조잘

거리는 녀석은 동박새였다. 발걸음소리가 숲을 깨우는 형국이었다. 우리는 상기되었고 정말 아름다운 길이라며 흥분을 감추지 못했다. 느릿느릿 거북이처럼 걸어 옥룡사지 앞 연못까지 와선 벤치에 앉아 한동안 넋을 잃고 앉아있다 일어났다.

그리곤 도선국사순례길로 발길을 옮겼다. 궁금한데 어쩌겠습니까. 동백숲에 취했으니 그럴 수도 있겠다. 했습니다. 다행이 그리 멀지 않은 길이었어요. 그 길의 종점은 도선국사마을이 내려다보이는 옥룡면 뒷산 밤나무숲이었다. 우린 되돌아 옥룡사지 방향으로 길을 잡곤 '귀밝이샘' 부터 찾았다. 벌컥벌컥.

옥룡사지는 이름 없는 들꽃들이 향연을 벌이는 중이었다. 함부로 발을 내딛기가 조심스러워서 뒤꿈치를 들고 걸을 만큼 들꽃들의 천국이었다. 언덕에 있는 평상에 도착해서야 한시름 놓았다. 거기서 운암사를 가려면 가파른 내리막길인 계단을 밟아야 한다. 그러면 도선대사의 제자인 경보대사의 사리탑이 제일 먼저 맞는다. 더 내려가면 옥룡사에 몰려드는 사문들을 수용하기 위해 지었다는 운암사다.

산바람이 불면 조사전의 풍경소리가 잘랑! 잘랑! 잘랑! 우린 보현보살이 타고 왔을 법한 코끼리와 부처님의 광명을 온천지에 알린다는 석등을 앞세운 청동약사여래불을 보곤 입을 다물지 못했다. 중생의 질병을 치료하고 재앙에서 구원해 준다는 약사보살은 내 눈을 의심할 만큼 엄청 컸다.

운암사를 뒤로하고 힘들게 언덕바지를 올라와선 한동안 평상 한귀퉁이를 빌렸다. 동백나무숲 입구까지 걸었는데 옥룡사지까지가 0.3km라는 '선의길' 표지판을 보곤 바로 그길로 들어섰다. 마음속엔 이곳을 뜨기가 싫었던 것이다. 능선을 20여분 걸으니 옥룡사지가 보이는 평상이 다시 나온다. 이 모두가 풍경에 취해 버린 일이다. 걸으면 마음이 편안해지는 걸 어쩌겠습니까.

구봉산 전망대

옛날 봉수대가 있던 473m 구봉산 정상에 광양의 상징을 담아 예술작품으로 승화시킨 새로운 봉수대를 세웠다. 광양항의 웅장한 모습을 파노라마처럼 한눈에 볼 수도 있고, 광양의 산들을 내려다보는 기분이 째지더란 표현이 잘 어울릴 만큼 경관이 끝내준다고 한다.

산을 굽이굽이 돌아 올라가다 보면 주차장이 나온다. 전망대를 올려다보면 가파르기도 하고 까마득히 멀게 느껴져 걸을 용기 내기가 쉽지 않았다. 화장실부터 다녀와야 했다.

여기까지 와서 [illegible] 올려다보고 살 수만은 없다며 내디딘 걸음이다. 후회는요. 계단을 하나하나 밟으며 올라갔는걸요. 계단의 폭이 높지 않아 내 무릎으로도 감당할 수 있어 그러기도 했지만, 요정 숲의 테마공간이며 활짝 피어있는 진달래가 걷는 즐거움을 보탠 것 같다. 올려다보면 까마득하고 내려다보면 올라온 것이 아깝고. 그것이 힘이 된 것 같다. 그런데 거의 다 올라와서 보니 주차장이 또 있다.

아주 잠시 몰랐다는 것에 속상하긴 했지만 한편 한발 한발 내딛는 기쁨을 저들은 모를 거라 생각하니 위로가 되던데요. 초행이 다행이라 생각하기로 했다. 남들과 달리 우린 저- 밑에 주차하고 올라왔으니 우릴 보고 대단하다 할까 멍청하다 할까 그 생각이 든 건 사실이다. 그 다음부터는 계단 폭이 높아 멀고 가파르긴 해도 평탄한 길로 정상까지 가기로 했다. 난 거뜬하게 오르는 아내의 다리 힘에, 그리고 배려해주는 마음이 고마웠다.

정상에서 사방을 둘러보며 으쓱했다는 거 아닙니까. 인증사진 남겨야 한다며 한 방 박곤 차 한 잔 마시며 호흡 조절하는 것으로 마무리 했다. 내려올 땐 계단을 피했다.

오는 길에 '광양 본가 기정떡집' 에 들러 기정떡(술떡) 한 상자 샀다는 거 아닙니까. 바리바리 싸들고 가는 손님들을 보니 잘 왔단 생각이 드네요. 저녁은 거북이초밥집에서 테이크 아웃. 이것도 다 코로나 때문이다. 여행 중에 맘 편하게 맛집 찾아다니는 것도 힘든 세상이 되었다.

광양 호텔 락희 906호

광양 광양 호텔 락희

나 주

나주 반남고분군

2014년 3월 13일(목)

영산강 길 따라 달리다보면 추억의 철길이 흔적만 남아있다. 웬일인지 가슴이 짠하다. 요즘 들어 부쩍 그러는 게 나이 탓이 아닌가 싶다. 옛것을 그리워하는 향수병 같은 것이 아닐까. 추억만 남기고 역사 속으로 사라진 나주역을 뒤로 하고 반남고분군으로 갔다.

나주시 반남군 자미산(98m)을 중심으로 낮은 구릉지에 토기항아리 속에 시신을 안치한 대형옹관고분 34개가 산재해 있는 것으로 보아 고대 지배세력의 중심이었을 것으로 추정되는 곳이다.

고분이란 당시 사회적 지위나 신분이 높은 지배층의 무덤이다. 그 고분군을 그냥 먼발치에서 보고 갈 생각이 아니라면 고분군을 둘러보며 아침 산책을 하는 것은 어떨까. 잔디는 이미 물을 함빡 머금어 바짓가랑이를 촉촉이 적셔줄 수 있을 것 같았다. 이런 분위기를 즐긴다는 것도 쉽지는 않겠다는 생각에 낭만산책에 기꺼이 도전했다. 재미있었다.

국립나주박물관은 길 건너에 있다. 박물관에서는 8만 년 전, 돌로 도구를 만들어 사용하던 영산강의 여명을 떠올리려 한 것 같다. 마한인들의 생활상을 생생하게 엿볼 수 있는 자료에서, 남도의 고인돌을 세계의 그것들과 비교 전시한 것이 특별했다.

돌을 이용하여 기념물을 만드는 거석문화는 전 세계에 골고루 남아있다. 아시아는 고인돌, 유럽등 대서양 연안은 거석기념물이 그것이다. 우리나라는 청동기시대에는 신성시되었던 고인돌이 시간이 흐르면서 자연과 어우러진 경관으로 자리 잡고 있는 것이 유럽의 그것들과 다르다.

박물관에는 ㅇㅇ대학생들로 웅성웅성 거린다. 관람객이 많으니 좋긴 하나 소란스러운 건 피할 수 없었다. 그런데 어쩜 학생들이 메모지 한 장 안 들고 박물관을 견학하는지 그게 통 이해가 안 된다. 본 것을 머리에 몽땅 기억해 간다. 그 나이면 그럴 수도 있겠다. 그러나 흥미가 있다면 뭐니 뭐니 해도 메모가 최선일 것이다. 더군다나 유아교육학과 학생들이라는데.

메모에 익숙한 일본사람들과는 달리 우리는 어떤가. 무얼 보았는지 무슨 일이 있었는지 얼마 지나면 까맣게 잊는다. 그리고 당연하게 생각한다. 그렇다 치자 학생들이 스쿨버스까지 동원해서 왔는데 얻어가는 것은 무엇이며 학생들을 인솔해서 온 교수들이 얻어 간 교육효과는 또 무엇이었을까. 나는 그것이 더 궁금했다.

나주 불회사

절 입구에 석장승이 양쪽에 버티고 서있는 모습이 예쁘면서도 특이했다. 오른쪽 석장승은 할아버지 장승. 정수리부분이 튀어나와 있고 데굴데굴 굴러다닐 것만 같은 두 눈, 커다란 코, 험상궂게 튀어 나온 송곳니, 긴 수염을 한 하원당장군(下元唐將軍)이었다.

할머니 장승은 웃고 있는 모습을 보니 조용한 분위기다. 까만 점이 눈썹에 새겨져 있는 것이 매력 있어 보였다. 콧등에 주름이 있는 주먹코의 '주장군(周將軍)' . 이는 당나라가 백제를 정벌했다는 흔적이 아닌가.

그들을 힐끔힐끔 쳐다보며 걷다보면 사천왕문이 나온다. 나무로 조각한 것이 아니라 불화다. 대웅전은 그 건물 자체가 유난히 아름답다고 한다. 비가 오니까 법당마다 문을 꼭꼭 닫아 걸어 안은 들여다 볼 수가 없다.

대웅전 뒤쪽은 부슬부슬 뿌리듯 떨어지는 빗소리가 일품이었다. 속삭이듯 다가오는 봄의 소리 같아 마음이 편안해지는 곳이었다. 낙숫물 떨어지는 소리에 귀 기울이고 있으면 우리만 느끼기엔 너무 아까운 풍경이란 생각이 든다. 이 깊은 산중에도 피해갈 수 없는 것이 있다면 봄이다. 길바닥이며 들에도 절간 구석구석 봄이 느껴진다. 마중 나오지 않았다고 투정부리는 것 같다.

절담 아래 수선화가 노란 얼굴을 빠끔히 내밀은 건 순전히 봄비 탓이다. 그 자태가 너무 여리고 고왔다. 흙을 밀치고 얼굴을 내미는 잡초(풀)들의 모습도 볼만했다. 자연의 오묘한 울림이었다.

나는 불회사의 봄을 보러온 것이 아니라 봄을 모셔다 드린 것 같아 어깨가 으쓱 했다.

무등산 관광호텔

나주 연탄돼지불고기

<u>2017년 9월 12일(화)</u>

연탄돼지고기 먹으러 가는 것도 오랜만인데. 그날 더 먹고 싶은 걸 참았다며 아내가 입에 올린다. 그날이 2016년 7월 15일이지요 아마. “언제 또 와서 먹어요. 더 시키지.” 그걸 잊지 않고 있었다.

나주로 연탄돼지불고기 먹으러 간다. 아침 한 끼 먹으러 20여km를 달려간다. 너무 사치부리는 거 아니냐고 할지 모른다. 여행 중에 이정도 사치는 부려도 좋다. 아내의 입이 먼저 그걸 기억하고 있으니 어쩌겠습니까. 우리가 첫손님이었다.

우린 밑반찬에 신경을 많이 쓰는 편이다. 몸이 어디 안 좋으면 영양섭취에 입이 먼저 반응한다는 것도 알고 있다. 양파, 마늘, 오이초절임, 콩나물, 미역냉국까지 고기가 나오기도 전에 바닥을 보였다. 연탄불향을 입혀 그런지 얇은 돼지고기가 입에서 살살 녹는다. 정신 줄 놓고 먹는 아내는 맛있다. 그 말만 한다. 물론 먹는 것에 집중하다 보면 앞사람이 보이지 않는 것이 정상이다.

"저번보다 오늘이 맛이 더 나은데. 1인분 더 시키면 탈나겠지."

아쉬웠던 모양이다. 연탄불앞에 앉아 있는 어미의 마음은 더 맛있게 구우려고 손길이 바쁜데 홀에서는 손님접대가 진심처럼 안 보인다. 이러다간 이 맛있는 음식 먹을 수 없을지도 모른다는 걱정을 지금 내가 하고 있다.

저번엔 "더 시키려면 저 줄 뒤에 가서 다시 서야 하는데. 그리고 담양에 돼지갈비 먹으러 가야하는데 오늘은 이것으로 만족합시다. 또 올 테니까. 내 약속해요." 그랬거든요. 오늘은 길게 줄 서지 않아 좋긴 한데 무언가 허전해보였다.

비가 온다. 미세먼지 걱정은 안 해도 되겠다. 긴팔 입을 정도는 아니다. 차창 밖을 보니 이슬 머금은 벼이삭도 예사롭지 않아 보인다. 배가 부르니 모든 것이 넉넉해 보인다. 맛있는 집을 다녀가는 길인데 가는 빗줄기 쯤 문제겠는가. 신바람이 절로 난다면 표현이 너무 과한 것 같으니 그냥 흥얼거리고 싶은 기분이라 해두죠.

오늘은 '어딜 가지. 얼마큼 걸을까.' 그런 걱정도 필요 없는 날이다. 맛있는 거 먹었으면 소화시킬 만한 곳 어디 없나 찾으면 된다. 부담 없는 하루의 시작이었다.

나주국립박물관

우린 나주대교를 건너와 늦은 아침으로 연탄돼지불고기 먹고 영신대교를 건너 나주박물관으로 가는 길이다. 어느새 길옆의 코스모스가 고운 계절이다. 녀석들 하늘거리는 모습이 가련해 보이던 시절도 있었다. 요즘은 추억을 불러와서 그런가. 그냥 여리서 고와서 좋다.

가을의 문턱을 들어서서 그런가. 박물관으로 가는 길은 배롱나무와 코스모스의 꽃 퍼레이드가 눈에 확 들어온다. 요즘말로 끝내준다는 말이다.

나주박물관도 많이 달라졌다. 전시물은 8만 년으로 거슬러 올라가야 한다. 그래야 영산강물 따라 조개며 고기잡이하며 살던 사람들도 만날 수 있다. 밭농사 지으면서 정착생활을 하게 되는 부락민들의 생활 모습도 보여주었다. 이런 문화의 흔적은 바로 주변 고분군에서 발견된 '껴묻거리' 덕분이라고 한다.

그들이 남긴 수백 기의 고분에는 금동신발, 칼, 창, 화살촉과 토기로 만든 크고 작은 다양한 '독널' 들을 남겨 놓았다. 박물관을 중심으로 남아있는 '반남고분군' 의 흔적도 차근차근 더듬어 보았다. 당시 세력가들이 묻힌 곳으로 추정하는 화순의 고인돌. 청동, 철기문화가 들어오면서 삼한의 중심이 되듯이 마한문화가 발전하는 계기를 마련한 배경까지를 알려주어 좋았다. 그런 것들이 백제로 이어지면서 찬란하게 꽃피운 문화의 황금기를 마지막으로 막을 내린다.

나는 박물관에서 하나 배워간다. 어느 절이든 가면 대웅전 앞에 석등이 있다. 그 석등의 부분 명칭이 궁금했었다. 이번에 풀렸다. 석등은 바닥돌, 받침돌(연꽃장식), 중간기둥, 불발기집, 지붕틀, 머리장식, 그렇게 순서대로 불린다는 것을. 어느 때 한번 아는 척하며 써 먹어야 할 텐데 그때까지 기억하고는 있으려는지 모르겠네.

나주 남평역에서 '메밀꽃국시'

2019년 2월 9일(토)

나주는 오랜 역사와 문화가 있는 도시, 삶이 녹아있는 나주평야로 더 잘 알려진 고장이다. 영산강이 보듬고 있고 고려라는 한 나라가 건국의 기틀을 다진 땅이다.

그 나주 남평역이 분칠로 꽃단장하고 차양지붕 모자 쓴 모습이 얌전하다. 겨울은 찾는 손님이 적은 시골 간이역이다. 1930년에 태어나 여수순천사건 당시 소실되었다가 다소곳한 아낙 같은 모습으로 얼굴을 드러낸 해가 1956년. 지붕의 경사가 가파른 것은 일정시대의 역의 모습이란다.

지금은 100년이 넘은 아름드리 은행나무도 있는 전국에서 가장 아름다운 간이역이란 딱지가 붙어있다. 가을철이면 코스모스꽃길과 은행나무가 뿌려준 노란 낙엽이 아름답다며 찾아온다고 한다. 봄엔 매화가 아름답고, 여름엔 고목에 녹음이 짙어질 테니 무슨 말이 필요하겠습니까. 겨울에도 눈 내리는 날이면 문득 생각나게 하는 그리움이 있을 곳 같은 그런 역이었다. 매화가 봄이 턱밑에 와 있다며 으스대고 있었다.

여기까지 왔으면 국시 한 그릇은 들고 가야한다. 남평역에서 100여m. 주차장이 너른 건 알겠는데 손님이 이리 많은 건 이해가 안 된다. 주말이라도 그렇지, 이런 시골에 국수 한 그릇 먹으려고 손님들이 찾아온다. 이해가 됩니까? 그러면서 바람은 차도 건강식품 웰빙식이니 먹어보고 가야한다며 나도 줄을 섰다 아닙니까.

우린 메밀국수 두 그릇 시켰다. 주문하면 그때 생면을 뽑아 손님상에 내오니 늦더라도 기다리시라는 글을 보고 느긋하게 기다렸다. 문제는 면은 탱글탱글하고 멸치국물이라 시원하긴 한데 양이 엄청 많았다. 한 그릇 가지고 둘이 먹어도 남을 것 같다. 반도 못 먹고 나왔다. 손님들이 힐끔힐끔 보는 것 같아 뒷덜미가 화끈거렸다. 미안해 죽는 줄 알았다. 맛있게 먹긴 했는데.

나주 영상테마파크

남평 도래마을을 둘러보고는 역사 여행의 첫발을 백제가 아닌 고구려를 유추해볼 수 있다는 나주영상테마파크부터 찾은 것이 좀 생뚱맞긴 하다.

고구려 3경이 국내성, 평양성, 한성(한홀漢忽)이란 것도 오늘 처음 알았다. 옛 고구려를 완벽에 가깝게 재현했을 뿐 아니라 고구려의 역사문화 전통생활을 체험할 수 있는 곳도 있다는데 내 눈엔 세트장의 섬세함이 떨어지는 것이 조금 아쉬웠다.

입구인 1성문인 '해자성' 을 들어서면 졸본 부여궁이 있으며 너와저잣거리도 나온다. 2성문인 '궁산성' 은 귀족 촌이다. 3성문은 '국내성' 4성문은 '한성' 을 복원하였다고 한다. 저잣거리와 기와집 사이에 성루를 만든 이유는 바로 귀족 계층과 평민 계층의 생활 장소를 구분 짓는 것이었다. 고구려가 신분에 따른 왕족, 귀족, 호민(평민)과, 소작을 위주로 하는 가난한 농민인 하호(일반인)계급이 엄격했음을 보여주는 한 예라 할 수 있다.

제일 위쪽 신단까지 갔더니 생뚱맞게 드라마 주몽에 나오는 '여미 을' 이 떠오른다. 그런 곳을 놓칠 나와 아내가 아니다. 한 컷 또 한 컷 찰칵. 우리 마님 사진 나온 거 보자며 환하게 웃는 모습에서 새색시 때의 부끄럼 타던 모습이 언뜻 보았다.

드라마 '주몽' 에선 백제시조 온조왕의 어머니 '소서노' 의 인기가 하늘을 찔렀다. 왜 안 그렇겠는가. 우리 역사상 고구려와 백제를 실질적으로 건국한 여인이 아닌가. 그녀의 총명함과 활달함에 매료되지 않은 시청자가 있었을까.

또 있다. 성군 '정조' 를 다룬 드라마 '이산' . 18세기에 가장 파란만장한 삶을 살았던 정조 임금도 여기서 촬영하였다니 더 걷고 둘러보며 기억해내고 싶어진다.

영산강 물길로 쌀, 홍어 등 생필품을 실어 나르다가 77년 마지막 배가 떠나더니 2008년 영산강에 다시 부활했다는 황토돛배. 8년 전 한 여름, 현기

내외와 함께 황포돛배를 타던 기억이 난다. 친구야! 오늘 그 황포돛배를 타고 강 위에서 그 추억을 끄집어내어볼까 했는데 아쉽게 되었다. 바람이 많이 불어 오늘은 배를 띄울 수 없다는구나.

나주 빛가람호텔 6037호

나주 곰탕 노안집과 하얀집

2019년 2월 10일(일)

우리말에 오래 삶는 것을 '곤다' 라고 한답니다. 아궁이에 솥단지 걸어놓고 소뼈를 고아낸 물에 소고기양지와 내장을 뭉텅뭉텅 썰어 넣고 고아낸 국물에 밥 말아 한 뚝배기 뚝딱하면 속이 든든했던 나주곰탕.

어제 저녁은 '노안집' 에 들렀다. 100년 전통을 가진 3대 전통 나주곰탕 노포집이란다. 역사가 있는 식당답게 종업원들도 나이가 지긋하고 서두르지 않았다. 수육곰탕 한 그릇에 따뜻한 주인장 마음까지 얹어 주어 기분 좋은 한 끼였다.

수육 한 점 한 점이 나무랄 데가 없었다. "어쩜 이렇게 고기가 부드럽지. 정말 맛 끝내준다." 며 그릇을 싹 비웠다. 거기다 곰탕국물도 더 가져다주지요 깍두기 국물을 곰탕에 넣어 먹으면 맛나다며 추천까지 해주지요. 우린 곰탕이 1/3쯤 남았을 때 깍두기국물을 넣은 맛을 처음 경험했다. 난 설렁탕에만 깍두기 국물을 넣어 먹는 줄만 알았다.

오늘 아침은 '하얀' 이었다. 수육곰탕의 그 기억을 잊지 못해 또 찾았다. 방송을 탄 탓인지 손님이 많아 편안한 식사자리는 포기해야했다. 어수선한 분위기다 보니 식사분위기가 좋단 말은 못하겠다. 맛집 가면 이 정도는 의당 각오한 일이다. 그런데 줄 서서 나주곰탕 한 그릇 먹고 나오는 집으론 전과 좀 달랐다. 종업원, 주인의 서비스는 그다지 변함없어 보이는데 곰탕에 들어가는 고기 때문이다. 장사수완이 좋은 집이구나 했다. 매스컴을 탔으면 마음이 한결같아야 하고 겸손도 챙길 줄 알아야 하는데 그걸 잠시 까먹은 모양이다.

수육곰탕에 넣은 고기가 부실했다. 노안집에서 곁들이로 내오는 소머리의 갓 고기가 보였다. 황당하다고 따지자 종업원이 실수 했다네요. 다음에 오세요. 잘 해드릴게요. 그게 끝이다. 졸깃졸깃한 식감이 좋긴 하나 그건 수육고기가 아니다.

그런 부위를 수육곰탕에 넣어 혹 눈속임하였다면 엄청 이문을 남겼겠네요. 선호도에 호불호가 있다 해도 어떤 건 너무 질겨 씹을 수가 없어 뱉기까지 했다면 문제가 있다.

카운터 아주머니한테 이런 식으로 고기 넣으면 안 되는 거 아니냐고 따졌더니 고기 담당 종업원에게 뭐라 그러는지 아세요.

"얘들아! 고기 넣을 때 신경 좀 써라."

무슨 신경 쓰라는 걸까요. 불쾌했던 이 감정 오래갈 것 같은데요.

두 발로 걸은 나주여행

나주는 천여 년 간 전라남도를 품고 다스렸던 터줏대감이다. 그 천년을 나주향리들이 읍성 안에 살면서 만들어놓은 대로와 마을의 골목길 고샅길에는 읍성과 사대문, 향교 등의 유산과 근대기에 변화해가는 모습들이 고스란히 남아있다고 하니 걸을 만하겠다.

김천일 의병장 출병식, 동학농민혁명. 학생독립운동의 역사적 사건의 현장이기도 한 고샅길을 걷는다. 생각은 행복한데 현실을 그렇지 못했다. 날씨가 나빴었거든요. 어제, 오늘 날씨가 영 맘에 안 들었다. 그래도 걸어보긴 하겠는데 모르죠 뭐, 언제 맘이 바뀔지. 차는 곰탕거리주차장에 푹 박아놓고 시작해 볼까 한다.

'금성관' 은 어제 저녁 먹고 야경 보겠다고 들어갔던 곳이다. 둘러보긴 했는데, 날씨가 차서 덜덜 떨었다는 것 밖에는 기억이 없다. 따뜻할 때 산책하긴 좋겠네. 아마 그랬을걸요. 오늘은 담 너머로 보고 갔지요. 뜰 넓네.

'목사내아' '금학헌' 은 조선시대 지방에 파견된 목사의 살림집, 정원에 들어서자 나무의 기운이 먼저 느껴진다. 금학원은 19세기에 지었다지만 팽나무는 벼락을 맞고도 끄떡없이 500년 세월 동안 이 자리를 지키고 있다니 그 위엄이 대단하지 않아요. 벼락을 맞고 두 쪽으로 갈라졌는데도 건재했다. 벼락 맞은 나무는 행운을 가져다주는 신령스런 기운이 있다. 이 두 가지 이유만으로도 다가가면 사람들에게 조곤조곤 영험한 묘책을 들려줄 것 같았다.

지금은 한옥체험 숙박을 할 수 있다는데 둘러보는데 뭐 시간 걸려요. 오늘은 자는 손님도 없는데 겨울바람만 마당을 쓸고 다니는 걸 보고 왔다.

'나주목문화관' 은 천년고도 목사고을이었음을 알리기 위한 곳이다. 나주목사행차는 그 위용이 대단했던 모양이다. 모형까지 만들어 전시했는데 정말 성 안의 구경거리로 볼 만 했겠는데요. 당시는 일생에 한번 이만한 구경거리 있겠나 싶었다. 나주목에 관한 역사까지 보았으니 이제 우린 서문안길을 걸을 일만 남았네요.

'서상문' 을 찾아가는 길입니다. 근현대사에서 동학군이 이 서성벽을 넘지 못해 전멸했다는 아픈 사연을 갖고 있는 곳이기도 하다. 먼 옛날에는 왕건의 군대가 나주를 공략하자 이에 쫓긴 견훤의 군대가 금성산성으로 들어갈 때 바로 이문을 통해 황급히 빠져나간 문이기도 하다. 구름이 잔뜩 끼어 음산하고 바람마저 부니까 몸이 자꾸 오그라드는 것 같았다. 쌀쌀한 날씨인데도 군말 없이 따라주는 아내는 역시 엄지손가락이었다. 고맙지요.

'나주향교' 는 첫눈에도 건물들이 너무 깨끗합디다. 먼발치로 볼 수밖에 없는 것이 현실이니까. 어쨌든 원형을 간직하고 있어 성균관이 화제로 소실되었을 때 나주향교를 모델로 해서 재건축했다는 설이 있어요. 그만큼 고증의 가치가 있다는 애기겠죠. 우린 걸어가느라 급급했으니까. 주워들은 것이라면 향교관광안내소에 들러 몸을 녹이면서 대성전 앞 은행나무가 태조 이성계가 심었다는 것 정도.

고샅길의 하나인 서성벽길을 걸으니 나주천이 나오네요. 길을 모르기도 하지만 찾아다니는 것이 싫어 그냥 천변을 따라 걷기로 했어요. 금성교를 건너고 남고문은 그냥 먼발치서 보기만 했다.

"빨리 갑시다. 추워 죽겠구먼. 어디 카페라도 없나." 그러며 투덜대며 걸었던 것 같다. 중앙교를 건너 곧장 곰탕거리주차장을 찾기 바빴는걸요. 아내가 그러데요.

"이만큼 걸은 게 어디유." 실은 출발은 유유자적 했지만 끝마무리는 종종걸음이었습니다. 읍내를 걷긴 걸은 거지요.

신숙주 생가와 나주역

'나주 신숙주 생가터'를 가려면 차가 있어야 한다. 노안면 한옥마을을 찾아가는 것 까지는 어렵지 않았다. 입구 표지석에 '금안 한글마을'이라 쓰여 있다. 차를 끌고 노안 누리길로 들어섰다가 좁은 골목길이라 애먹었다. 그러니 가까운 곳 어디 적당한 빈터가 있으면 차를 세우고 걸어가는 것이 좋다.

터는 신숙주의 가난한 어린 시절을 보여주고 있지만, 집은 50년 전 새마을운동이 한창일 때 올린 슬레이트지붕이었다. 어설프고 조잡하게 다듬은 나무로 처마와 지붕을 받친 기둥을 사용한 가난한 농가였다. 현재로선 어디서도 사료라고 할 자료를 찾을 수 없어서인 모양이다. 옛 모습 그대로 복원하기 어렵다면 지금 집을 헐고 빈한한 농가의 한 칸 허름한 초가집이라도 지어 놓았으면 좋으련만.

숙주나물하며 절개를 지키지 못했다는 사대에 물든 선비들의 비아냥거림보다는 한글을 창제에 큰 공을 세워 많은 사람들이 글을 읽고 쓰게 한 우리 민족자존을 높인 공은 하늘처럼 넓고 높지 아니한가.

'빛가람 전망대' 도 가 볼만 했다. 신시가지를 만들면서 조성된 시민들의 쉼터였다. 호수와 습지까지 갖추었으니 두 팔 흔들며 걷기만 하면 된다. 걸을수록 나도 모르게 조금만 더 걷지 그러며 완주하다시피 걸었다. 지금은 탁 트여 있는 너른 들판이다 보니 아직은 햇빛을 피할 곳이 부족한 것이 흠이라면 흠이라 하겠다.

우린 모노레일타고 전망대까지 올라갔다 왔다. 요금은 천원 거리는 고작 96m. 그래도 기분 낼만하다. 엘리베이터로 5층까지 올라가니 사방이 탁 트였다. 내려올 땐 돌 미끄럼틀을 이용하면 좋을 것 같다. 우린 주제파악에는 빠른 편이다. 이럴 때 쓰는 말 있잖아요. 10년만 젊었어도 타고 씽하고 내려가는 건데. 우린 계단을 타박타박 걷는 것으로 합의 봤어요.

봄이 발밑에서 눈웃음치는 것이 보이는데 어떻게 그냥 가요. 우린 한참을 아니 둑길을 따라 걷고 또 걷고 해님이 구름 뒤로 숨을 때까지 걸었던 것 같아요. 아마 따스한 햇살에 취했나 봐요.

"여름에는 덥겠다. 그늘이 적어서 그치?"

"세월이란 묘약을 먹고 나면 달라질 걸, 아니 달라지겠지."

나주역과 나주학생독립기념관을 갈 땐 서둘러야 했다. 4시를 훨씬 넘겼으니 왜 안 그렇겠어요. 1929년 10월 30일 통학기차에서 나주학생과 일본인학생 사이에 일어난 시비가 싸움으로 번진 사건이다. 나주가 11월 3일 일제 3대 독립운동의 하나인 학생독립운동의 진원지가 된 사건의 발원지다.

이런 의기가 나주였기에, 나주의 학생이었기에 꺼지지 않는 불꽃으로 어둠의 시대에 불을 밝힌 용기에 감명 받자고, 보존하고 그 기록들을 남겨 놓았다고 했다.

우린 그 진원지인 나주역을 둘러보며 숙연했고 기념관에 들어서니 당시를 일깨울 수 있도록 학생독립운동의 전개과정을 상세히 설명하고 있어 이해하기 너무 편했다. 용서는 하되 잊지는 말아야한다.

나주 구진포 장어거리에 와서는 잠시 망설였다. 썰렁한 분위기 때문이었다. 그냥 돌아가기 보단 먹고 가는 걸로 의견통일 했다. 역시 기대는 저버리지 않네요. 난 나주 구진포 장어거리 하면 대단한 줄 알았거든요. 옛 영화는 간데없고 겨우 몇 집이 그 명맥을 유지하고 있었다. 한상 가득 차려진 13가지 밑반찬이 다 맘에 들었다. 여기가 바로 맛의 고장 호남 아닌겨. 그런데 장어거리라고 이름 붙이기엔 좀 그렇지 않나.

나주 빛가람호텔 6037호

나주 빛가람 호텔

담 양

담양소쇄원

2014년 3월 14일(금)

때 되면 먹어야 한다. 우린 광주시 서구에 있는 한정식 집 '예지원' 을 예약해 놓고 점심식사 하러갔다. 걸판지게 차려낸 남도한상. 상다리 부러질 만큼 차려낸다기에 서빙아주머니한테 물어가며 적어 본 것이다.

녹두죽, 삼색나물(호박, 토란, 죽순나물), 세발나물, 머위장아찌, 매생이전, 수수부꾸미, 광어회, 홍어삼합(홍어, 돼지고기, 배추김치),떡갈비, 생고기회, 전복찜, 더덕구이, 잡채, 꼬막무침, 홍어찜, 청포묵, 삼치구이, 도가니탕, 매생이국. 식사는 누룽지에 도토리묵, 도라지나물, 꼬막양념, 오이무침, 배추김치, 굴비.

포식한 것이 아니라 호사부린 한상이었다. 잘 먹은 김에 달려간 곳이 있다.

담양소쇄원이 24km 거리였다. 완도 보길도 세연정과 경북 영양의 서석지와 함께 조선 3대 정원이라는 곳이다. 까짓것 뭐 요긴데. 봄비에 젖은 소쇄원의 대지와 산수유에 봄빛이 내려앉으면 정원은 생기가 돌고 고택들은 옛 멋이 살아나 더욱 고즈넉해 보인다는데 안 가 볼 수 없지요.

첫눈에도 소쇄원은 자연을 거스르지 않고 멋을 부릴 줄 아는 것 같았다. 오늘따라 어제 비온 뒤끝이라 햇살이 비추는 곳마다 고풍스러운 모습을 드러내고 있었다. 정각은 또 어떻고. 조선 중기 호남 사림문화를 이끈 인물들의 교류역할을 했던 곳으로 석천 임억령, 하서 김인후, 제봉 고경명, 송강 정철 등이 드나들면서 구심점 역할을 한 유서 깊은 곳이라고 한다.

'비 개인 하늘의 상쾌한 달이라는 뜻의 제월당. 비 갠 뒤 해가 뜨며 부는 청량한 바람이라는 광풍각.' 그 곳에서 협문을 통해 제월당으로 들 수 있게 공간을 배치한 것이 내 눈에도 멋져 보였다. 주변은 정리되지 않은 자연 그대로였다. 멋 부릴 줄 아는 소나무와 절개 밖에 모르는 대나무가 적당히 섞여 어우러진 모습이 아름다웠다. 아직은 그들이 섞여 사는 것에 익숙지 않거나, 다듬어지지 않은지라 우리처럼 길을 잘못 들면 한참을 헤맬 수가 있다. 길을 찾아 나오느라 애 좀 먹었거든요.

광주 무등산관광호텔

담양 삼지내마을과 국수거리

2016년 4월 3일(일)

요즘은 일기예보가 너무 잘 맞는다. 여행 다닐 때는 예보가 좀 빗나갔으면 할 때도 있다. 오늘은 남쪽 제주에서부터 비구름이 북상해서 남부지방을 촉촉이 적실 것이라고 한다. 논밭을 비롯해서 대지는 흠뻑 빗물을 머금을 테니 좋을 것이고, 난 비를 피해 도망가는 모양새니까 뒷모습이 그리 멋있어보이진 않겠다.

꿀렁꿀렁한 날씨에 서두를 게 뭐 있냐며 베네치아 호텔을 나선 것이 아마 10시 넘어서였을 것이다. 담양 창평 슬로시티를 내비에 콕 찍곤 우리 오늘 뭐 먹지 했다. 떡갈비 생각이 나서다. 순천에서 떡갈비가 짠 바람에 버린 입을 만회하기 위해서라도 여기서만은 그러고 싶었다. 그런데 그건 내 생각이었다. 아내는 달랐나 보다. 우린 서로 입을 꾹 다물었다.

삼지내 마을은 고즈넉한 한옥과 돌담들이 자연과 잘 어울리는 마을이었다. 그 옛날 양녕대군이 대궐 궁녀들과 함께 내려와 터전을 잡고 새로운 마을을 이루고 살았다고 한다. 그래서인지 집들이 규모가 다 크고 반듯하다. 그들의 삶의 흔적을 느껴보기엔 더 없이 좋은 곳이었다. 함께 내려온 궁녀들에 의해 전수되었다는 엿이 유명하고, 음식도 궁궐음식이 이 지방 서민음식과 빠르게 접목되어 맛깔스러웠나 보다.

일정시대에는 일본인들이 이 마을사람들을 감시하기 위해 지었다는 이곳 유일의 일본식 이층건물도 보인다. 이층에서 내려다보면 마을의 집 안마당을 훤히 들여다 볼 수 있게 지었다. 누가 다녀가는지, 타작을 하는지, 술판을 벌이는지 손바닥 들여다보듯 했을 것이다. 그런 사실을 알고 보면 참 씁쓸하다. 떡 한 봉지에 엿 한 묶음.

담양 신 식당으로 가자니까 이 핑계 저 핑계 대며 싫단다. 그래 찾아간 곳이 담양국수거리. 그깟 국수 한 그릇 먹겠다고 사람들이 줄을 서서 기다리는 것이 말이 된다고 생각하십니까. 난 이해가 안 되던데요. 그런데 종업원이,

“자리가 비면 자리부터 잡으세요. 거의 다 비었다 싶은 사람들 앞에 진을 치고 있으면 됩니다.”

그 소리를 들으니 머리와 몸이 따로 논다. 나도 모르게 평상 하나를 눈여겨보아 두었다가 그 앞에 서 있지 뭡니까. 앉아서 먹는 사람인들 국수를 제대로 넘기겠습니까. 놀란 것은 별 특별한 맛을 못 느꼈다는 것이다. 좀 맵고, 멸치육수 맛이 진하다는 것밖에는. 어쨌든 난 비빔국수 아내는 멸치국수를 깨작깨작 하다가 말았다.

하필 길가에 있는 평상에 자리 잡은 것이 원인일 수도 있겠다. 사람들은 턱밑에서 언제 다 먹고 일어나나 재촉하는 모양새니 깔끔한 아내의 성격상 편할 수가 있겠나. 날씨 탓만은 아닌 건 분명했다.

이런 날씨는 호텔에서 조용히 쉬고 싶은 날이다. 정읍의 금오호텔은 목욕탕이 있다기에 서울에서 찜해둔 곳이다. 그런데 와 보니 모텔을 업그레이드 한 곳이라 깨끗하긴 하겠는데 주차공간이 너무 좁아보였다.

인터넷을 검색하여 찾은 대안은 2km쯤 떨어진 모텔형의 판박이긴 하나

우선 주차장이 너르고 울타리 안에 있는 것이 강점이었다.

"숙소는 안전하고 편리하고 깨끗하다면서요. 그럼 됐네요. 날도 저물어 가는데 더 찾아 나설 필요가 뭐 있어요. 오늘 하루 수고 했어요."

정읍 H호텔

용화사 메타쉐콰이어길

2016년 7월 15일(금)

홍성에서 나주까지 단숨에 달려올 수 있었던 것은 연탄불고기의 매력 때문이었다. 11시까지 식당 옆 '커피 베이' 에서 모닝커피 한 잔 시켜 나눠 마시며 기다렸다.

불향에 기름기 싹 빠진 담백한 맛에 구수하기까지 하다. 처음 두어 점 베어 먹다 성이 안차 애기손바닥만한 고기를 척척 접어 한입에 넣었다. 상추쌈. 그거 고기 맛 버릴까 봐 쳐다보지도 않았다. 그렇게 돼지고기 먹은 것은 내 평생 처음일 것이다. 너무 잘 왔단 말이 저절로 나온다.

담양 용화사는 거대한 석가모니 석상이 인상적이긴 하다. 그러나 절간 분위기가 안온하지 않은 것이 그렇다. 절간의 분위기가 여느 사찰 같지가 않다. 한여름인데도 분위기가 썰렁하다. 누가 자꾸 등을 떠밀어 내보내려는 것 같다. 그러니 휑하니 둘러보고 나올밖에.

프로방스를 지나자 녹색 숲길이 눈에 들어온다. 아내는 얼른 내려서 걷자고 성화다. 차를 임시주차장에 세우고 걸어 들어갔다. 낙엽이 밟히는 늦가을의 그 길과 또 다른 느낌이었다. 오늘은 넉넉함과 젊음 그리고 풍요로움을 즐기며 걷기 딱 좋은 날씨다. 나무숲이 만들어 내는 터널은 모든 것을 품어주는 공간이요 어머니의 품이었다. 두어 시간 넘게 걸었을 것이다.

담양의 숯불돼지갈비까지 먹었으니 부여까지 가야 하는 여정이 남았다.

백제관광호텔을 내비에 걸었더니 청주. 후회한들 무슨 소용. 죽은 자식

거시기 만지는 꼴이지. 부랴부랴 주소를 치고 밤길에 낯선 거리를 달려 무탈하게 도착했으면 되었다.

"색시야! 오늘 밤은 말 걸지 마세요. 나 지금 엄청 창피하거든요."

영님 씨의 입은 귀에 걸려 있었다.

부여백제관광호텔

담양 골든리버 모텔

목 포

목포 유달산 들러 녹차 보리굴비

2015년 4월 16일 (목)

하나관광투어. 날씨는 맑고 따뜻한데 난 몸살감기가 온 모양이다. 몸이 으스스하니 춥다. 이순신 동상앞에서 가이드의 입은 여전히 바빴다.

"부산사람 정병조라는 사람이 목포에 도착한 일본인이 유달산을 사고 싶어 하자 내가 이 산의 주인이요. 그러나 산을 팔 생각이 없다며 시치미를 뚝 뗐다고 한다. 결국 일본인의 간청에 유달산을 팔아먹었는데 사람들이 역적이라고 하자, 이 산을 일본인한테 팔았다고 해서 어디 가져가는 것 아니지 않소. 더구나 이 산을 판 이유는 조선인들을 위한 학교를 만들기 위함이었소. 했다 한다."

작지만 큰 바위, 노적봉 앞에 서 있는 이순신장군 동상은 비록 명나라 장수의 갑옷을 입었긴 하지만 왼손에 칼을 쥐고 있어 역동적으로 보였다. 광화문의 동상은 오른손에 칼을 쥐고 있는 모습인데 이는 패장의 의미가 있긴 하지만 이젠 좀 쉬시란 뜻이기도 하단다.

목백일홍이 멋있고 우람하게 자랐다. 겉과 속이 같다하고 간지럼나무라고도 불리며 100일 동안 꽃이 피는 나무란다. 왜놈들은 이 나무에 꽃이 지면 조선으로 쌀 뺏으려간다 해서 쌀나무라고 했다 한다. 역사를 노략질하듯 노략질의 근성은 그들의 민족성이 되었다. 우린 동상 앞에서도 귀만 빌려주고 내려왔다.

노적봉아래 가면 거시기 나무를 볼 수 있다는데 왜 거긴 데려다주지 않는 걸까.

"바깥 좀 봐 구름이 걷히고 있네 뭐. 우리 여행 떠날 때 항상 날씨 좋았잖아.

"오늘 날씨 남쪽부터 갠데요."

봄기운이 스물 스물 기어들어와 꽃구경에 정신 줄 한 줄은 뜯어 먹혔나 했는데 어느새 목포. 보리굴비집이다.

"염장하여 반 건조한 조기를 보리와 함께 오지항아리에 켜켜이 쌓아 보관해 두었다가 하루 정도 쌀뜨물에 담근 후 찜통에 쪄서 먹기 전에 불에 살짝 구워내는 것이 보리굴비란다. 녹차 물에 밥을 말아 갈색굴비를 척척 얹어먹는 녹차말이.

옛날엔 굴비 한 마리로 8명이 세끼를 먹었다는 얘기도 있다. 당시는 황석어젓을 칼로 잘 다진 후 청양고추와 쪽파를 썰어 넣고 숯불에 끓이거나, 밥뜸들일 때 넣어 익혀 먹기도 했는데 그것도 아무 입에나 들어가지 않았다고 한다. 할아버지, 아버지로 이어지는, 어른들 몫이었다. 조무래기 시절, 언제나 내 차례가 오나 기다리다 드디어 한 술 뜰 차례가 왔을 때의 그 기쁨과 실망감. 에이 이거 무슨 맛이야!

오늘은 그 재미를 떠올리며 마무리했다. 무슨 말이 필요할까. 갈치속젓에 밥 비벼 쌈도 싸 먹었으면 호사했다.

목포 현대호텔

목포 갓 바위

2017년 9월 11일(월)

“니 새끼, 니 서방, 니 애미 애비 먹이듯이 정성을 다해 봐. 그래야 세상에 하나밖에 없는 맛있는 음식이 된당께.”

이야기가 있으면 그 음식점 믿음이 간다. ‘송옥정’ 에서 아내가 좋아하는 갈치조림 시켰다. 아내는 자기가 쏘겠다 카고 난 일없다 카고. 누가 이겼게요. 오늘 저녁은 들어가 쉴 만도 한데. 그러며 또 걸었다는 거 아닙니까.

출발선은 숙소에서 보이는 평화광장이었다. 이름도 예쁜 ‘스토리가 있는 연인의 거리’ 를 우린 바나노 무시한 채 앞만 보고 걸었다. 젊은이처럼 손 꼬옥 잡고 걸으니까 마치 젊은 연인들 같았을 게다. 간혹 힐끔 힐끔 보는 사람도 있긴 한데 개의치 않는다. 공연시간에 맞춰야 하니 멀리 못가는 게 흠이다. 한 20여분 밖에 안 걸은 것 같은데 어느새 ‘갓바위 해상보행교’ 에 와 있었다. 걸음이 빨랐나. 궁금하지도 않다.

우린 갓바위의 신기한 모습에 깜짝 놀랐다. 저게 갓바위래요. 긴 가민가 반신반의. 그 순서를 우리도 밟고 있었다. 갓바위는 풍화작용으로 생겨난 자연현상이라는데 어느 조작가의 혼이 담긴 작품 같았다. 윗부분은 갓 쓴 모양이고 아랫부분은 뱃가죽이 움푹 들어가 뼈만 앙상한 어느 스님의 고행하는 모습을 떠올리게 한다.

자연의 오묘함을 설명할 방법은 찾지 못하고 셔터만 눌러댔다. 경이롭기까지 한 그곳에 일몰의 햇살까지 보태니 장관일 밖에. 오늘이 우리에겐 복받은 날이다. 지중해여행을 꿈꾸는 이들에게 여기를 먼저 다녀가라고 권하고 싶다. 우리 것의 경이로움을 경험한다면 먼 나라 해안풍경이 원더풀 하고 외칠 만큼 그리 아름다운 경치가 아니라는 것을 알게 될 테니까.

갓바위는 오늘이 어제의 모습이 아니듯이 내일도. 앞으로도 늘 새로운 모습으로 자신을 보여 줄 것이다.

우리가락 피존 난타 페스티발

'평화광장' 에선 1년에 한 번 연다는 토요음악회를 내일 열 예정이었다고 한다. 그것이 태풍 때문에 하루 앞당겨 7시부터라니 그 공연만큼은 놓치고 싶지 않았다. 재능기부의 대표적인 성공사례라고 하지 않는가. 지역예능인들이 시민을 위해 자신들이 1년 동안 갈고 닦은 재주와 끼를 기부하는 날이라고 한다.

또 있다. 앞바다에 설치한 '목포 춤추는 바다분수' . 동절기를 빼고 매일 저녁 8시부터 30분 간격으로 하루 세 차례 다양한 분수 쇼를 보여준다니 빼놓을 수 없는 볼거리일 것 같았다. 그것들이 부지런히 걸음을 재촉한 이유다.

'우리가락 피죤난타 페스티발' . 오늘의 주제다. 어깨가 들썩 고개는 까닥 까딱. '국거리장단' '창부타령' '늴리리야' '진도아리랑' 의 장단에 맞추느라 바쁘다. 얼-쑤! '내 나이가 어때서' 에 이르면 청중들도 못 참는다. 연주자와 관중이 죽이 척척 맞는데. 우리 부부도 분위기에 빠질 수밖에 없다.

영님이가 웃고 박수치고 노래까지 따라 불렀다면 흥행은 따 논 당상이다. 엉덩이까지 들썩들썩하는 것 보세요. 어깨춤은 기본이지요. "제창이요 재창. 한 판 더!" 그 소리가 나도 모르게 나오더라. 그러잖아요.

'목포의 눈물' 의 난타는 지역분위기를 살린 멜로디라 자연스럽게 떼창까지 유도했다. 내 목도 쉬었다. 지나던 관광객까지 하나 되는 놀라운 흡인력에 폭 빠지다 호텔로 돌아왔다. 분수 쇼의 음악과 물 뿜어내는 소리가 등 뒤에서 들리는데 무심한 척 하게 되네요. 이렇게 멋스런 저녁을 보냈는데 오늘 밤 태풍의 영향권 안에 든다 한들 그게 뭐 대수겠습니까.

목포 상그리아비치관광호텔

국밥을 놋그릇에 담아내다

2017년 9월 16일(토)

새벽에 영님이가 배가 더부룩하고 불편해 잠을 잘 수 없다고 호소하자 정신없이 뛰쳐나갔다. 집 나올 때 가져온 소화제는 내가 다 먹었는데 데스크에는 상비약 준비가 안 돼 있단다. 알려준 편의점은 문을 닫았다. 다른 편의점을 찾아 동분서주 한 보람이 있었다. 약을 먹더니 바로 잠이 들었다.

날이 훤히 밝았는데도 눈이 떠지지 않는 모양이다. 잠든 척 누워 있으면 눈 떴을 때의 미안함이 적어질 것 같단 생각은 하면서도 입에서 나온 말은 힐링 끄시고 편하게 조금만 더 자요. 그래도 된다니까. 그러고는 난 무심하게 영산호 하구언의 전망대를 보고 있었다. 목포 바다는 바라만보아도 힐링이 된다는데 산책 나온 사람들까지 보태니 굳이 설명 안 해도 될 것 같다. 예상이 빗나갔다. 태풍이 지나가지 않아서 다행이다.

늦은 아침이다. 국밥을 뚝배기가 아닌 놋그릇에 계란지단까지 올려 담아내는 집이다. 음식은 담는 그릇에 따라 고급스러울 수 있다는 걸 오늘 새삼 느꼈다. 귀한 대접받은 기분이다. 눈뿐만 아니라 입도 즐거웠으니 상황끝. 뭘 더 바라겠어요. 이런 글이 쓰여 있는 걸보면 오늘 아침 우리 호사 한거 맞아요.

'놋그릇은 식중독균을 예방하고 음식 맛을 살려주며 거기에 담은 소머리 국밥은 영양가 높고 맛이 담백해서 부담스럽지 않은 음식이다.'

이야기가 있는 유달산

노적봉을 바라보며 왼손에 칼을 움켜쥔 장군의 기를 받기 위해 아직도 유달산 노적봉에는 발길이 끊이지 않는다고 한다. 노적봉에 얹혀있는 돌은 이순신장군이 하늘을 향해 눈썹을 치뜨고 호령하는 모습이었다.

이난영의 노래비까지 올라왔는데도 다리는 풀릴 기미가 없다. 갈 길이 멀고 험하면 돌아가면 된다. 그러니 유달산둘레길부터 걷기로 했다. 고운 백일홍이 이를 기억하는 아내의 감성을 흔들어 놓았다. 함평에서지요 빨간 천일홍을 본 것이. 깜빡깜빡하는 나이에 이정도면 대단한 거라고 엄지를 치켜세웠지요. 나보다 훨씬 똘똘한 아내를 두었으니 그냥 좋아 죽는 시늉이라도 해야 내 맘이 좋다.

시인들이 망국의 한과 우국충정을 토로했다는 목포시사(木浦詩社)와 3.1운동 당시 불같이 들고 일어나 일제 수탈의 근거지라는 오명을 말끔히 씻어낸 항일정신기린탑은 멀찌감치서 보고 가도 된다. 그러나 〈한 장수를 사랑한 세 처녀의 전설〉은 그냥 지나치면 안 된다. 세 처녀가 학으로 변하여 날아오르다가 내려앉은 곳이 세 개의 섬으로 되었다는 삼학도를 읽어보고, 뚱보나 배불뚝이가 배 비비는 것을 게을리 하지 않는다면 날씬해진다고 쓰여 있는 유달산배치기에서 시연해 보는 것도 나쁘진 않았다.

바위를 30척이나 뚫은 후 100일 만에 샘물이 솟았는데 부정한 사람이 사용하면 물이 일시에 없어진다는 전설을 안고 있는 옥정(玉井)이라는 신비의 우물이 있다는 달성사에서 옥정수는 구경도 못했다. 부정 탈까 그랬나.

유달산은 쾌적한 수면을 주는 피톤치드와 음이온의 보물창고로 목포의 자랑이요, 새들의 천국이기도 하다. 세월이 지나가는 소리를 듣고 싶으면 유달산둘레길에 도전하라고 권하고 싶다. 이야기가 있는 꽃밭에 자생식물원과 조각공원까지 만들었다면 거긴 낙원이 틀림없다. 벌 나비, 잠자리가 날고, 9월의 여왕 '꽃무릇' 이 한껏 멋 부리고 있는 꽃밭은 말 그대로 꽃 잔치였다.

조각공원에는 46점이나 되는 작품이 있었다. 숫자가 아니라, 작품을 배열한 정성과 솜씨다. 한번 휙 보고 갈 수 없게 꾸몄다. 또한 작품 하나하나가 손님의 발길을 잡기에 충분한 이유가 있다. 매력과 흥미를 더해 주는 스토리가 있기 때문이다.

'두 얼굴' 이란 작품은 서로 마주보고 두 눈을 부릅뜬 모습이 '서로 따라

보기' 란다. '물의 여인' 은 세 기둥으로 설정했는데 여인의 앞과 옆 그리고 뒤태를 표현한 작품이었다. '기다림' 은 바다에 나간 가족을 기다리며 생각에 잠겨있는 어느 여인의 운명을 잘 표현했다고 한다. 우리도 누군가를, 뭔가를 기다리고 있는데.

유달산 일등바위

조각공원이 '둘레길' 의 종점이 된 것은 작품을 보다 길을 잃었기 때문이다. 야속하게도 히니길이 따스한 햇살에 감사하며 일광욕을 즐기는 사람들뿐 누구도 이방인에게 관심을 주지 않았다.

손사래 치거나 고개를 갸우뚱하는 걸 보면 정말 모르는 것일까. 귀찮으니 대꾸하기도 싫다는 걸까. 난 모르는 것으로. 그래야 내 맘이 편하다. 구세주는 산에서 내려오는 한 외국인이었다. 그렇다고 오던 길을 되돌아갈 수 없다면 선택은 하나. 길이 있는 모양인데 방향이 맞으니까 그 방향으로 가기로 했다.

그렇게 산을 타다시피 올라가 찾아낸 길이다. 트레킹은 강도 높게 걷는 말하자면 산행과 산책의 중간 단계 코스를 말한다. 그런데 그 길이 둘레길이 아니라 트레킹 길이란 표지판이 보인다.

유달산은 가파르고 순탄한 길을 반복하며 걷는 편안한 산이라고 알고 있다. 숨 좀 돌리기도 하고 할딱거리다 땀 좀 난다 싶으면 야-호 할 수 있는 그 정도의 산이라고 보면 된다. 그래서 트레킹이라 한 모양이다. 울퉁불퉁 돌이 깔려있는 자갈길을 걷기도 하고, 계단을 오르는가 하면 산비탈도 내려가야 한다. 그렇게 오르고 내리기를 반복하다 보니 목포사람들이 죽으면 그 영혼이 모인다는 이등바위를 올려다보게 되었다.

그 영혼들이 가는 길을 따라 일등바위 정상에 올라섰으니 힘은 들었지만 보람은 있다. 일정에 잡혀 있지도 않은 뜻밖의 유달산 정상 도전은 또 다른 매력을 안겨주었다. 목포시내와 먹물을 한 방울씩 떨어뜨려놓은 것 같다는 신안의 섬들을 내려다보며 감탄하고 또 감탄하고 있었다. 자랑스러웠다. 감탄과 배고픈 건 별개다. 해결 방법은 노적봉 가는 방향만 알면 된다. 아리랑고개를 넘어 내려오기 시작했다. 내가 생각해도 엄청 빠른 걸음이었다.

마당바위, 종바위, 고래바위, 바람골 쉼터를 지나 두꺼비바위, 유선각, 유달산오포. 그리해서 원위치. 숨 가쁘게 달려와서 보니 유달산을 완주한 셈이 되었다. 둘레길 걷다 트레킹을 하고 산행으로 정상을 찍고 능선을 타고 내려오면서 하산. 오늘의 유달산 여행은 오래 기억에 남을 것 같다. 현지인이 아니면 맛 볼 수 없는 유달산의 이 코스를 완벽하게 소화한 것에 감사한다.

민어코스요리 먹고 신안선의 유물을 찾다

"여기가 택시손님들이 제일 많이 찾는 집입니다. 맛있게 드세요."

택시기사님의 안내를 받고 내렸다.

민어는 서민이 쉽게 접할 수 없는 비싼 고급 어종이었다. 여름 더위가 한창이면 서민들은 개를 잡아 보신탕을 끓여 먹을 때, 선비들은 맑은 민어탕에 수박을 곁들여 더위를 이기고 기력을 보충했으니 격이 다른 음식이다.

시절이 좋아져 지금은 누구나 생각만 있으면 입에 넣을 수 있는 음식이다. 6월~10월이 가장 맛있고, 특히 목포 임자도에서 잡히는 것을 최상품으로 친다지 않는가. 미식가들이 때 되면 목포를 찾는 이유라는데 우리 입도 보태기로 했다.

목포 만호동 민어골목의 한 식당에 들어가 민어회, 회 무침, 전, 매운탕이 나오는 민어코스요리를 시켰다. 음식이 가장 맛있을 때가 배고플 때라면서요. 한 점 안 남겼다. 그 덕에 목포 항동시장까지 걸었다는 거 아닙니까. 그제야 택시 탈 생각을 했으니까요.

신안선은 1323년 여름, 중국 칭위엔(慶元)에서 돛을 올리고 일본 교토로

항해하던 중 고려 앞바다에서 침몰한 무역선이었다. 그 배엔 대부분 중국으로 유학 간 일본의 승려와 상인들이 승객이었고, 많은 유물까지 남겼다. 원나라의 모란 무늬 화병, 항아리, 향로에 아시아의 황금이라는 향신료에 자단목까지. 황금처럼 귀하게 여겼다는 후추에 어마어마한 양의 돈다발까지 실려 있었다. 이것들이 당시 일본과 중국의 무역 규모가 어떠했는가를 짐작케 하는 자료라고 한다.

건져 올린 선박을 복원한 무역선의 모습과 발굴현장까지 재현해 놓았다. 세계의 선박발달사를 비교해보는 자리도 마련했다. 원나라의 신안선, 이집트의 태양의 배, 노르웨이의 바이킹, 고려의 태안선, 조선판옥선과 거북서 서양의 선누함 능을 비교 전시한 것도 재미있게 보았다.

해 기우는 시간이라 야외전시장은 먼발치에서 보는 것으로 가름해야 할 것 같았다. 여기서부터 달맞이공원을 지나 평화공원까지 또 걸었으니 오늘 하루는 피곤했다.

어쨌건 아름다운 예술의 도시 목포를 구석구석 둘러볼 생각을 한 것에 감사하고 싶다. 어제는 구름 속에서나마 얼굴을 내밀고 웃어주던 해님을 오늘은 서산으로 꼴깍하는 것도 몰랐다. 얼마나 바쁘고 힘들게 하루 일과를 소화했으면 음향효과까지 더하면 장관이라는 분수 쇼는 볼 생각도 못하고 호텔방으로 직행했다.

졸린 걸까. 지루한 걸까. 어쨌거나 둘이 아닌 하나는 의미가 없으니 나만 말짱하고 재미있으면 뭐하겠어요. 목욕 마치고 나왔더니 TV는 혼자 돌아가고 있었다. 피톤치드에 큰 효험을 본 모양이다. 수면에 도움을 준 댔거든요. 저녁은 편의점 간편식. 여행할 땐 그게 편할 때도 있어요.

목포 상그리아 비치 관광호텔

목포 자연사박물관

2017년 9월 17일(일)

아침에 눈을 뜨니 하늘이 바다를 닮았다. 햇살이 바다에 보석을 뿌리고 다니나 보다. 가을을 온전히 느낄 수 있을 것 같은 기대에 한껏 들떠 있었다. 기분이 찢어지는 하루의 시작이었다.

따끈따끈한 햇살에 누렇게 익어가는 벼이삭. 멀쑥하게 키만 자란 수수가 또래 녀석들을 흉내 내며 고개 숙이는 연습을 하고 있었다. 자연을 경애할 수밖에 없는 모습이었다.

목포 자연사박물관은 차로 10분 거리다. 어제 둘러본 '신안선과 그 보물'들의 맞은편에 있다. 정원에 설치한 포유동물들을 둘러보는 것도 재미가 쏠쏠하고 바다공기를 마시며 걸어도 끈적거리지 않는다. 바쁠 것 없으니 시계 볼 필요는 더더욱 없다.

박물관 내부는 눈의 충격이었다. 고생대에서부터 신석기시대에 이르기까지를 아우르는 전시관에는 표본과 화석들, 거대한 공룡까지 전시물에 관심을 기울인 흔적이 곳곳에 보였다. 거기다 관람객의 호기심을 당겼다 밀었다 하는 솜씨까지 부려 잠시도 눈을 뗄 수가 없었다.

한숨 돌리고 공룡전시실에 들어섰는데 심장이 멎는 줄 알았다. 크기와 정교함에 그리고 설치예술의 뛰어난 감각에 놀랐고, 진짜보다 더 진짜 같은 복제기술에 감탄이 절로 나왔다. 세계의 운석(철운석)과 강원도 태백에서 발견하였다는 화석까지 보태니 그 재미는 배가 되었다.

연체동물인 산호, 고동에서 지구상에서 사라진 동물 매머드까지 섭렵하고 나면 정신이 하나도 없다. 머리 좀 식히고 가요. 그 말이 저절로 나온다. 눈에 너무 들어가는 것이 많으면 머리가 터질 것 같은 현상은 자연스러운 것이라는데.

1억 2천만 년 전, 유달산의 생성과정도 보여주었다. 다른 지방박물관과는 비교를 거부할 만했다. 여태까지 보아온 지방박물관 중 최고였다. 와서 보고 가지 않으면 정말 후회할 곳이었다. 전시물도 빈약한데 머리마저 없는 지방박물관들이 너무 난립해있는 것이 현실이 아닌가.

여행지에서 아이 데리고 박물관가자고 권한 것을 후회하는 엄마들이 많다고 들었다. 그런 엄마들에게 목포자연사박물관을 추천하고 싶다. 작은 것 하나도 허투루 다루지 않고 전문성에 사명감과 예술성을 입혔다. 이건 진심이 없으면 불가능한 일이다. 그게 내 눈에도 보였다.

삼학도 김대중 노벨평화상기념관

2021년 1월 16일(토)

일찍 눈이 떠지긴 했는데 선뜻 일어나지질 않는다. 날씨로 말하면 어제와 별반 달라진 것은 없다. 춥다하긴 뭐하다만 따숩다하기도 거시기한 날씨다. 바람이 불어서 가볍게 걸을 수 있는 날씨란 말은 못하겠다.

하나로 식당에서 아침 먹고 신안이여 안녕. 씀바귀나물과 꼬막무침, 뼛국에 뽕 갔다. 마늘종도 입에 맞는데 메인인 돼지고기볶음은 어째 방금 구워 나온 것이 아닌 것 같아 젓가락이 가질 않는다. 여행하다 보면 가끔 겪는 일이긴 하다. 주인은 아직 이고, 종업원이 첫 손님 치를 때 어제 반찬 그대로 내오는 것. 그러려니 한다.

천사병원을 지나면서는 잠시 주저했다. 들어가 무릎치료 받고 갈까 잠시 망설여지더란 얘기다. 치료받지 않아도 될 만큼 좋아진 모양이다. 압해대교를 건너니까 목포다. 계획에 있던 목포해상케이블카가 바람 때문에 운행을 멈추었다니까 갑자기 갈 데가 없어졌다.

삼학도로 달렸다. 김대중 노벨평화상 기념관이 있는 곳이다. 안 들르면 두고두고 후회할 것 같다. 북에 편향적이었단 평가를 하는 사람들은 사상이 어쩌고 한다만 그건 그를 폄하하려는 사람들의 주장일 것이다. 난 자신의 정치철학을 펼 줄 아는, 미래를 설계 할 줄 아는 정치인이었다고 본다. 민주화를 위해 걸어온 그 길만은 가난을 물리치고 잘 살아 보자는 철학으로 한 시대를 살아온 박정희와 함께 우리 민족의 근대사에 양대 산맥으로 높여 마땅한 인물이라 생각하기 때문이다.

기념관에선 인동초 김대중의 평화상수상을 축하하는 메시지며, 평화와 민족의 화해를 위해 애쓴 흔적과 민주화를 위해 걸어온 그의 발자취. 그리고 대통령으로서의 업적을 보여주었다. 인간 김대중을 좀 더 깊이 있게 다루었으면 어땠을까.

요즘 정치판 돌아가는 걸 보면 그들의 큰 그릇을 알겠다. 앞선 사람들이 이룩한 민주화네 경제 강국이네는 뒷전이다. 오직 자신들의 패거리집단의 자리싸움으로 국민들의 세금을 축내고 있으니 말이다. 부강한 나라와 민주화의 큰 그림을 훼손하는 일이 정치권에서만은 없었으면 하는 생각을 하며 가름하기로 했다.

이난영 공원과 어선들을 만드는 조선소까지 둘러보면서 서민들의 역동적인 삶과 진정한 애국자들의 길이 무엇인가를 한수 배우고 가는 심정이다 보니 쉽게 발걸음이 떨어지질 않았다. 모든 사람들이 꿈꾸는 유토피아세상은 바로 자신의 자리에서 최선을 다하는 아름다운 세상일 것이다.

호텔에서 500m 거리에 있는 온금동에 '선경준치횟집' 이 있다. 먹갈치가 맛있기로 입소문난 집이다. 점심메뉴는 먹갈치조림에 병어초무침. 이집에선 사이드메뉴가 빛을 잃는 이유가 있다. 주 메뉴가 너무 맛나기 때문일 것이다. 저녁에는 준치찜 먹자고 약속까지 했지만 양갱과 견과류로 대신하자는 아내의 고집이 이겼다.

신안비치호텔 806호

목포 서산동 시화골목 풍경

2021년 1월 17일(일)

새벽까지 쌓인 눈이 해가 뜨자 사라지고 없는 기이한 풍경에 놀라고 있다. 택시를 불렀다. 요즘 여행은 레트로가 대세라면서요. 여행 중 잠시 과거로 돌아가 보는 것도 나쁘지 않겠단 생각에 목포 서산동 시화골목을 찾기로 했다. 옛 어촌마을의 골목풍경을 살려 담벼락을 시와 그림으로 채운 마을이다. 초입에 해설사의 집, 골목엔 연희네 다락방, 옛날 게시판도 있다. 세월이 느껴지는 광고포스터를 보며 과거를 떠올리는 것이 구경하는 첫 포인트다. 놀라움과 반가움이 새록새록 했다.

골목을 탐하려는 젊은이들은 입과 눈이 쉴 틈이 없어 보였다. 우리도 언덕배기는 걸을 만하다며 함께 했다. 여유부리고 싶으면 시 한 줄 읽고 벽화도 보며 그리 걸었다. 누군가에겐 새 삶의 힘이 될 수도 있고 그저 스쳐 지나치는 골목일수도 있겠지만, 난 조금새끼라는 글에 걸음을 멈추었다. 조금물때에는 어부들이 쉬는 날. 그래 집집마다 애를 갖는 물때이기도 하다는 얘기다. 영화의 주인공, 연희가 살았다는 연희네 슈퍼 앞에선 고향마을 구멍가게를 떠올렸다.

목포 근대화거리

근대화거리에서 목포근대역사관 2관을 찾아 들어가면 일제강점기 수난의 역사와 사진으로 보는 목포의 옛 모습을 볼 수 있다. 2층으로 올라가면 당시 폭도로 불렸던 영웅들의 이야기가 있다. 1921년에 동양척식회사 건물로 수탈의 중심지였다고 한다. 2층에선 개항기에 번성했던 목포와 일제에 수탈당하며 살았을 서민들의 치욕의 삶을 들여다 볼 수 있었다.

그것이 동학농민혁명에 불씨가 되었고, 호남의병활동과 4.8만세운동, 부두노동자파업 등 목포시민들의 항거의 역사가 남도 사람들의 가슴에 스며들어 자유민주주의를 꽃피게 했음을 자랑스러워하고 있었다.

목포근대역사관 1관은 목포가 한눈에 내려다보이는 언덕배기에 붉은 벽돌로 지은 구 일본영사관 건물로 목포 최초의 서구적 건축물이라고 한다. 당시의 내, 외관을 그대로 유지하고 있어 건축물 자체가 국가지정문화제라고 한다. 목포근대역사의 보물창고이기도 하다. 목포의 어제와 오늘을 보여주었다. 건물 뒤편에 있는 당시의 방공호도 보고 왔다.

'초원음식점' 은 갈치조림과 꽃게살 비빔밥이 유명하다고 한다. 허나 우린 고구마순과 시래기를 깐 병어조림을 시켰다. 어제 저녁에 먹기로 했던 것이어서 오늘 시켰다.

목포진 역사공원과 연안여객선 터미널까지는 걸었다. 바람만 거칠게 불지 않았더라면 좀 더 많은 볼거리를 찾아다니며 찬찬히 둘러볼 수 있었을 텐데. 우리는 날씨와 한바탕 전쟁을 치르고 돌아가는 전사 같단 생각을 했다.

신안 비치호텔 806호

목포 목포현대호텔, 상그리아 비치관광호텔, 신안비치호텔

무 안

무안 톱머리해수욕장

2017년 9월 19일(화)

무안사람들은 무안을 잘 발달된 갯벌과 너른 들의 황토를 접목시킨 '황토갯벌축제' 가 한여름을 뜨겁게 달군다 하고, 누리꾼들은 회산백련지의 7월의 축제를 시작으로 여름이 열린다 한다. 너른 들판이 황금들녘으로 변하는 신비로운 땅이 있는 한 잊히지 않는 고을로 남았으면 좋겠다.

국내여행을 하는 사람들이 입버릇처럼 하는 이야기가 있다. 그럼 여행하면 누가 뭐래도 호남이지. 음식 맛나지, 조용하면서도 경치 좋고 인심 좋지. 우리처럼 케어가 필요한 사람에겐 더 바라면 욕심 되는 여행지다.

오늘 아침은 안개바다가 파도소리마저 잠재울 기세면서 바닷물까지 밀려들어오는 진풍경을 바라보고 있었다. '톱 머리 해수욕장' 의 하루가 이렇게 열렸다. 안개주의보까지 내렸는데 조심해야 한다면서 해무가 걷히면 출발하기로 미적거리고 있었다. 읍내에 나가서 호롱이를 먹고 가려던 계획도 접었다.

오늘 아침은 어느 초로의 여인이 주막에서 손님을 기다리며 잔가지불쏘시개로 아궁이에 군불 때는 모습이 그려지는 날씨라고나 할까.

신안 비치호텔 806호

무안 짚불구이 '녹향가든' 은 추억 속으로

2019년 2월 11일(월)

미식가들의 입맛을 애태우는 식당이 있다고 하니 눈뜨기 무섭게 달려가는 건 당연하다. 남도의 숨은 별미, 무안의 5味중 하나라는 돼지고기짚불구이는 무안군 몽탄면 사상리에만 있는 독특한 요리라고 한다. '녹향가든'이 짚불구이로 유명세를 탄 노포집이라고 들었으니 어찌 마다하겠습니까. 그 집에 가면 짚불향이 배어 있는 고기 한 점에 무안 양파김치와 뻘게장과 함께 싸 먹으면 일품이라면서요.

짚불의 독특한 향이 입맛을 돋우고 기름기가 쏙 빠진 고소한 맛으로 남녀노소가 즐겨 먹을 수 있다는 곳이다. 우리는 아침까지 굶고 달렸다. 간판은 대문 입구에서 제자리를 지키고 있는데 마당에 심은 예쁜 수국은 어디가고 잡초만 무성하답니까. 멋있던 항아리화분은 쓰레기가 주인자리를 꿰찬 지 오래된 것 같았다.

자손이 대를 이어주지 못하면 이런 노포 집은 하나 둘 자취를 감춘다는 안타까운 현주소를 보고 왔다. 이집이 있어 지자체에서까지 공들인 흔적이 여기저기 보인다. 너른 주차장에 간이역까지 말끔하게 새 단장까지 했지만 어쩌겠어요.

낙지는 요리 방법에 따라 이름이 달라진다고 한다. 무안의 별미인 낙지를 소금물에 담가 살짝 기절시키는 것이 노하우라고 한다. 배와 양파 등 갖은 양념을 섞어 시원하면서 향긋한 맛을 내는 양념장에 넣으면 다시 살아 꿈틀거린다고 한다.

그런데 전화를 안 받으신다. 어디 아프신가. 주인아줌마가 몸이 불편해 한동안 식당 문을 닫는다는 안내문을 보았으니 돌아설 밖에요. 아쉬워도 어쩔 수 없지요 잉. '곰솔가든' 까지 허탕 쳤어라.

무안 숭어회 도리포횟집

숭어는 저녁에 먹을 생각이었다. 무안의 '겨울숭어' 가 요즘이 제철이라고 한다. 그런데 당겨서 점심때가 지나 찾아갔다. 곰솔가든이 문을 닫은 때문이다. 도리포 바다를 바라보며 자연산 회 맛을 즐기는 곳이라 했다. 특히 여름엔 민어지만 겨울엔 숭어다. 먹고 올라가야 한다.

같은 전라도라도 진도에선 숭어를 열무김치에 버무리면 맛이 끝내준다 해서 열무김치 회 또는 엉터리 회라는 이름을 붙인다고 한다. 숭어는 약재로도 귀하게 여겼다고 한다. 몸은 둥글고 검으며, 눈이 작고 노란빛을 띈다. 의심이 넓어 회를 [illegible] 때는 빈접하다. 작은 녀석은 등가리, 어린 것은 모치라고 부른다. 〈자산어보〉에 적혀있다.

도리포는 고려청자 매장해역으로 더 많이 알려진 곳이다. 사람들의 왁자지껄한 웃음소리를 들으니 편안하게 와서 잘 먹고 기분 좋아하는 분위기라는 건 알겠다. 여행을 다니다 보면 거리낌 없이 웃어대는 웃음소리가 그리울 때가 있다. 제대로 찾아왔구먼. 근데 이 사람들 어떻게 이런 촌구석까지 찾아다닌데. 내 얘기 하고 있는 거 맞아요.

"숭어회 기본이 5만원인디" 말꼬리가 길다. "주소" 우린 웃옷까지 벗고 그 많은 것을 다 먹고 나왔다는 거 아닙니까. 숭어회가 왜 이리 맛있데요. 밑반찬도 만만치 않다. 숭어껍데기와 해파리냉채만 몇 젓가락 먹었을라나. 숭어매운탕은 맛있다며 몇 술 뜨긴 했어도 밥까지 비벼먹는 건 포기했다. 원없이 먹고 간다.

오늘따라 지금이 제철이라는 간재미무침 한 점이 그리워지는지 모르겠네요. 아쉬운 건 숭어알을 염장한 어란을 맛 볼 수 있는 곳이라고 했는데 그걸 깜빡 했다는 거 아닙니까. 지갑을 열었어야 하는 건데 정말 속상해요.

집에 가야한다는 일념 때문에 야간운전 안 한다 하곤 어쩔 수 없이 야간운전 했구먼유.

무안 초의선사 탄생지

2019년 1월 16일(수)

겨울 내내 보리싹과 양파, 양배추가 생기가 든다는 들녘을 바라보고 있는 봉수산자락을 배경으로 두었다. 설중매와 대나무, 차밭이 잘 어울리는 비탈길을 걸으면 서울 용산에 있던 '추사 김정희의 정자' 를 복원한 '용호백로정' 이 보인다. 용호는 서울 용산의 옛 지명이요, 백로정이란 한강이 내려다보이는 산자락에서 백로가 노니는 모습을 본다 하여 붙여진 이름이란다.

좀 더 걸으면 초가집 한 채가 있다. 초의선사가 최초의 한문소설 '금오신화' 를 집필한 곳이라고 한다. 전형적인 시골 초가삼간으로 복원했다. 그는 이곳에서 15세까지 살다 나주 운주사로 들어가선 19세에 영암 월출산에 올랐다가 깨달음을 얻고 쓴 글이라고 한다.

'문득 산봉우리에 떠오르는 둥근달을 보고 크게 깨우친 바 있어 가슴에 맺힌 것이 시원하게 풀리니 가는 곳마다 거리낄 것이 없었다.'

그 후 해남 대흥사에서 구족계를 받고 초의라는 호를 받았으며 차(茶)와 시(詩), 선(禪)에 밝은 분이다.

홍매화가 꽃방을 틔우고는 수줍게 우릴 맞을 줄은 생각은 못했다.

무안 비치호텔

보 성

보성 차밭
제암산 자연휴양림
보성 녹차밭

보성 차밭

2016년 3월 29일

봄 섬진강의 주인공은 산수유와 매화를 첫 줄에 세운다 해도 어찌 섬진강의 아름다움이 꽃에만 있을까. 느릿느릿 흘러가는 섬진강물을 따라가다 보면 들풀들의 초록빛은 꽃의 아름다움 못지않았다.

보성차밭(대한 다원)은 아직 겨울잠에서 덜 깨어났나 보다. 이른 계절임을 감안해도 그렇다. 아름드리 삼나무가 우릴 맞아주는 길 따라 걷다보면 광장이 나오고 우린 말없이 오른쪽으로 길을 잡았다. 왁자지껄 웃고 떠들며 우르르 몰려오는 학생들이 부럽고 한편 은근히 압박이 된다. 그러니 바다전망대는 그들에게 양보해야 할 것 같다. 우리는 조용한 길, 벚꽃이 있는 향나무 숲으로 발길을 돌렸다. 폭포까지 가다가 팔각정으로 가는 길이다.

이곳의 봄은 온통 싱그러운 봄의 향기에서 한 발짝 물러서는 여유가 있었다. 화사한 꽃들에 잠시 영광을 돌리려는 것인 게다. 그러니 우리가 기대하고 온 봄은 좀 더 기다려야 할 것 같다. 학생들은 실망이 크겠다. 정상에 오르는 길목이 오르고 내리는 젊은이들로 북적거린다. 달음박질하듯 올라가서는 빠르게 뛰어내려오는 젊은이들이다. 그러니 그 길이 좁게 느껴질 수밖에.

그건 경쟁이 아니라 피가 끓어오르는 젊음이다. 우리가 피해주는 것이 맞는 거다. 우린 느긋하게 구경하고 자연에 심취하며 걷는 것만으로도 목적은 달성했다고 본다. 시간을 우리 편이 아닌 내 편으로 만들어 사용하고 있는 우리 부부가 아닌가. 바쁠 것 없는 우리다.

다원쉼터에 들러 아이스크림 한 개씩 입에 물고 있는데 우리를 본 두 팀이 합류한다. 실은 우리도 문 닫았나 기웃거리다가 유리창에 사람 얼굴이 어른거리는 걸 보고 찾아 왔고. 장사한다기에 한 개씩 물은 것뿐인데, 그들은 우릴 보고 찾아왔단다.

그런데도 우린 옷깃 스치는 친구는 될망정 같은 생각, 행동을 하는 동료란 생각은 안 들었다.

순천베네치아호텔

제암산자연휴양림

2017년 9월 11일(월)

여수, 고흥의 일기예보가 어제 밤부터 새벽까지 호우경보. 우린 그러거나 말거나 그 중심에서 태평하게 자고 눈을 떴다. 아침에도 먹구름 때문에 컴컴한데도 태평하다. 갑자기 고흥 발포해수욕장에 황토색물이 밀려들어와 그 폭이 점점 커지는 현상이 신기하고 대단하고 무섭기도 하다. 이웃마을에서 국지성폭우로 황토가 유실돼 바다로 흘러 들어가는 현상이다.

"오늘 어떻게 하냐? 비 많이 온다며. 비 그치면 떠나요. 내일 가면 안 되나. 참 거기 예약한 것은 어찌되는 거지?"

"걱정 안 해도 되요. 비는 밤새 내리고 새벽이면 갠다고 했으니 좀 있어봐요. 갤 테지 뭐. 서두를 이유도 없고, 마음 가는 시간에 떠납시다."

"배고프실 텐데."

예보가 빗나가 여수와 고흥이 아니라 부산과 통영이 물 폭탄을 맞았다고 한다. 한 뼘 차이니 기상청의 오보라고 너무 나무라지 마소. 요즘은 자고나면 새 건물이 들어서는 통에 귀신도 주소 들고 집 찾으려면 헤맨다지 않습니까. 비구름인들 안 그렇겠어요. 감쪽같이 속았겠지요.

휴양림은 숲속에 폭 파묻혀 있었다. 둘러보려면 계곡산책길부터 걸어야 할 것 같다. 아니 여기까지 오기 위해 드린 공이 얼만데 대충 둘러보고 간답니까. 온 김에 본전 뽑아야지요. 공기가 더 상큼한 것은 어제 많은 비가 내린 탓일 것이다. 예쁜 다리를 머리에 인 폭포가 쏟아내는 우렁찬 물소리에 아내의 뜬금없는 잔소리는 못들은 척 할 수 있어 좋았다.

“뭐라고 잘 안 들려요. 응, 알았어, 알았다니까.”

그것이 다 넉넉한 숲이 베푼 덕 아닙니까. 시냇물이 콸콸 흘러가는 소리에 우산을 때리는 빗소리를 배경음악 삼아 걷다보면 몽골텐트촌을 만나고, 혼을 빼앗긴 듯 걷다보면 ‘물빛언덕의 집’ 이란 숲속의 집들이 옹기종기 모여 있는 곳까지 오게 되어 있다. 이 정도 걷는 길이 여유로웠으면 상황 끝난 것 아닌가요.

우린 편백숲속 길에서 ‘차 향기가득한 집’ 이 550m라기에 한번 가보기로 하고 올라가다간 먼발치서 힐끔 보곤 그냥 내려왔다. 흥미를 잃은 것도 원인이지만 어차피 장사는 접었을 테니 빈집 기웃거리다 올 이유도 없고 충분히 좋은 공기 마시며 걸었으면 되었다고 생각했다. 몸이 무거워서 그랬을 수도 있지요.

점심은 모듬 떡갈비(소+돼). 부담도 적고 밑반찬이 깔끔해서 좋았다. 저녁은 화순 도고온천에서의 애호박찌게가 간절하긴 했지만 어쩔 수 없이 난 콧물감기약, 아내는 소화제.

긴 여행에 장사 없단 말 생각나는 날이었다. 오늘 우리가 그랬다. 몸이 먼저 알고 알려주었나 보다. 너무 걱정 안 해도 될 것 같다.

화순도고온천 스파 엔 리조트

보성 녹차밭

2021년 3월 26일(금)

보성녹차 밭 주차장에는 제법 차들이 많이 와 있었다. 우린 무엇부터 해야 할지 의견을 나누어야만 했다. 추억의 한 토막을 먼저 꺼내기에는 배가 몹시 허전한 것 같고, 아이스크림부터 먹자니 잘못하면 탈 날 것 같단 생각에 동의했다. 그때 잠시 머뭇거리던 아내가 기다려보라며 뒷좌석으로 가더니 광양기장떡을 가져왔다.

요기가 되었다. 그 덕에 우린 메타쉐콰이어길에 들어설 수 있었고, 숲이 기지개를 펴는 모습이 너무 아름답다며 한참을 넋 놓고 보았던 기억을 떠올릴 수 있었다. 숲에서 피어오르는 안개가 신기하고 경건하기까지 해서였을까. 우린 발소리까지 죽여 가며 천천히 걸었다. 그리곤 조용히 아주 조용히 우린 자연에 동화되고 있었다.

그 순간만은 코로나로부터 해방이라는 기분 좋은 생각을 하고 있었던 것 같다. 현실은 달랐다. 체온체크하고 인적사항을 적어야만 들어갈 수 있었다. 코로나라는 괴물과 맞서고 있는 우리의 현주소다. 나약한 것이 아니라 이웃에 대한 배려에 서로 앞장서 동참하고 있는 것이다.

계단을 오르다 보니 차밭은 봄을 즐기기엔 혹독한 겨울추위의 상처가 아직은 너무 커 보였다. 새순 돋는 것이 더딜 모양이나 수채화 같은 봄이 내 가슴 한켠에 둥지를 트는 것을 막긴 역부족이었다. 목련은 이미 꽃잎을 반이나 떨군 구질구질한 모습을 하고 있지만 발아래 들풀들은 지금이 한창이었다. 그들에 흠뻑 빠질 수 있었던 곳이 바로 녹차전망대 벤치였다.

부부가 백년해로 하는데 가장 중요한 것은 서로의 마음을 얻는 것이다. 함께 했던 좋은 기억들만을 떠올리며 서로의 어깨를 빌려주는 것이다. 고맙다. 미안하단 말도 필요하다. 하지만 정작 중요한 것은 서로 믿고, 의지하며 아끼는 마음이다.

녹차 밭 계단을 오르면서 슬그머니 손을 내밀어 아내의 손을 잡아주듯 말이다. 그건 힘들 때 힘이 되어 달라는 표시이기도 하다. 우리는 올 적마다 올려다보기만 했던 바다전망대로 올라가고 있었다. 한마디 하신다. "괜찮으시겠어요?"

묵언으로 고개를 끄떡이는 것이 나의 대답이다. 차밭전망대를 향해 언덕배기를 오르기 시작했다. 힘들게 올랐더니 팔랑 나비 한 마리가 마중 나왔는데 고 녀석이 힘이 되어 주었다. 이왕 내친김이라며 흙길을 밟고 힘들게 오른 보상은 충분했다. 시원하게 펼쳐지는 전경에 감격하고 또 고마워했다. 올라왔다는 뿌듯함에 어깨가 으쓱해졌으니 뭘 더 바랄까. 인증사진은 아쉽지만 셀카가 답이다.

내려올 땐 편백나무 숲길을 택했는데 돌이 많은 숲길이다 보니 발 조심하느라 붉게 핀 진달래도 위로가 되지 못했다. 다원쉼터까지 오는데 걸린 시간은 2시간 반. 으스스한 늦가을에 먹던 그 맛을 잊지 못해 오늘도 녹차아이스크림을 시켰다. 오늘 점저는 떡 벌어진 한상 받고 싶어서 보성읍 중앙로에 있다는 식당엘 예약전화 했더니 그 집도 아쉽지만 4인상이 아니면 손님을 받을 수 없단다.

새콤달콤한 꼬막무침이라도 먹으러 달려가야 할 것 같다.

벌교 비즈니스호텔 415호

보성 벌교 비즈니스호텔

신 안

다도해 바다정원 송공산 분재공원

2017년 9월 17일(일)

신안 압해도는 목포에서 압해대교를 건너면 바로다. 같은 목포생활문화권인 데다 바다의 정취가 고스란히 남아 있는 것이 다르다.

대교를 건너자마자 목포의 생활권이란 것을 잊게 하는 건 바로 섬 냄새였다. 바람에 실려 오는 비릿한 바다냄새 때문일까, 아니면 선입견 때문일까. 분명치는 않지만 섬에 들어왔다는 것을 일깨워주는 갯냄새가 있다.

읍내를 살짝 벗어나기만 해도 코끝에 스치는 진한바다 냄새를 동무삼아 코를 벌룽거리며 달려야 한다. 같은 바다를 끼고 있지만 목포의 아침과는 그래서 공기부터가 다르다. 우리가 찾아가는 곳은 분재공원.

어느 날 '다도해 바다정원 송공산 분재공원' 에 들른 '권정애' 씨는 눈앞에 펼쳐지는 바다풍경과 공원을 보는 순간 그의 소장품 '쇼나조각' 과 어울릴 거라고 생각했을 거다. 우리가 입구에서 바다를 바라보는 순간 가슴이 뛰었듯이 권정애 씨는 70여점을 선뜻 기증하면서 영혼까지 넘겼을 가능성이 크다. 그래서일까. 보기에 따라선 '분재' 가 아니라 '쇼나조각' 이 공원의 메인일 수 있겠단 생각도 들었다.

시악시도 조각품들을 제일 맘에 들어 한다. '가족의 울타리' , '여인의 외출' , '사색' 특히 머리가 없는 '여인' 이란 작품 앞에서는 고개를 갸우뚱하고 있다. 왜 머리가 없을까? 모성애로 가슴이 뜨겁다는 것을 표현하기 위해서였을까. 아님 자식 생각 외엔 모두 잊은 엄마 자신을 표현하려했을까. 둘이서도 의견이 분분했다.

볼거리는 분재원만이 아니다. 연못에 핀 수련도 나그네 마음을 흔들기에 충분했다. 너와정자, 수목원, 꽃밭, 힐링 숲길. 어느 하나 손길이 닿지 않은 곳이 없었다. 분재원에선 모과, 배롱나무, 소사나무 금송 등이 주인의 눈빛을 담고 손끝의 사랑을 받으며 살아온 긴 세월이 느껴진다

수목원에서 만난 [illegible]나무, 삼낭나무, 논나무와 눈 맞춤하기로 마나님과 손가락 걸었다. 열심히 머리에 넣어 두려고 애쓰고 있다. 기특하긴 하다만 반나절은 가야 하는데.

압해도의 시골밥상

암태도, 팔금도 뱃길이 송공항에서 출발한다. 그래서 잠깐 들렀다. 그리곤 늦점심 한 그릇 맛나게 먹겠다고 읍내로 들어갔는데 조용하다. 그때까지만 해도 주말인 걸 까맣게 몰랐다. 경북 영양에서도 점심을 굶는 줄 알고 허둥대다 지역 맛집을 찾은 그런 기적이 또 있길 기대하는 방법밖엔 없을 것 같다.

골목을 눈여겨보며 돌아다닌 것이 효과가 있었다. 골목길에 불 켜진 시골집이라면 "혹시" 하며 조용히 미닫이문을 열어보았다. 한잔 걸치는 동네어르신들의 모습이 보인다.

"주인 계세요. 여기 밥 되요?"

"들어오시오. 자리가 될라나 모르것네. 저기 선풍기 치우고 앉으시오."

시골밥상에는 연탄불구덩이원형식탁이 달랑 3개가 전부다. 선풍기 등 잡

동사니가 주인노릇을 하던 테이블에서 선풍기를 슬쩍 벽 쪽으로 밀더니 행주로 쓱 닦곤 부엌으로 가버린다. 둘이 귀퉁이에 엉덩이 붙일 공간이 생겼다.

"여기 뭐 돼요. 되는 거 이 인분 주세요."

백반을 내온다. 이빨 쑤시며 나왔다. 말이 필요 없다. 주민들이 먹는 찬이다. 식당 벽에 A4 용지에 써 붙인 센스도 반찬에 포함해야 할 것 같다. '웃음도 마음의 조깅이다.'

늦은 저녁은 호텔 옆 식당에서 먹었다. '무안명가' 가 끝내준다. 낙지는 싱싱한 것이 비법이라고 하는 집이 관광지다 보니 미덥지가 않았다. 낙지비빔밥 한 그릇이야 뭐 일단 맛이나 보자고 들어갔다가 급 낙지코스로 바꿨다. 이유요. 여기 들어온 손님들이 모두 그걸 시키던 걸요. 어느 손님이 낙지 본연의 맛을 볼 수 있는 곳이라며 추천하기에 군말 없이 시켰어요.

호롱이, 탕탕이, 무침에 탕까지. 간장새우, 물회도 서비스로 나왔다. 우린 정신 나갔었나 보다. 배고프지 않다고 해 놓고는 싹싹 비웠으니까. 내일 또 먹을까. 그날 밤 잠을 설친 모양이다. 편하게 못 잔 걸 보면.

목포 상그리아비치관광호텔

신안 지도오일장

2017년 9월 17일(월)

"오늘 컨디션이 어떠십니까? 괜찮다면 출발을 앞당겨도 될까요. 8시전후면 적당할 것 같은데…. 아침은 지도읍 5일장에 가서 먹을 생각인데 어때요. 오늘이 이 근처 섬에선 지도읍이 유일한 5일장이라니까 볼만 할 거예요. 먹을 것도 제법 있을 거고. 아마 잘만 하면 거기서 반나절 놀다 오지 뭐.

아침은 뭐 먹을까? 장터국밥, 순댓국도 맛있을 것 같은데. 우리 오늘은 허리끈 풀어놓고 주전부리도 실컷 합시다. 난 무조건 튀김. 자기는?"

이놈아! 말이 너무 많다.

"봐서. 자기 식곤증에 시달릴 텐데. 허긴 뭘 먹는다. 꽈배기 먹을까. 장흥에서 먹은 풀빵 그거 맛있던데. 아휴 뭐든 자기 좋아하는 걸로 드셔. 지갑은 내가 열 테니까."

시골 장에선 현찰이 환영 받는다는 걸 알고 잔돈까지 준비해갔다. 그런 기대완 달리 우리를 맞는 건 색동파라솔과 일방적으로 욕설을 퍼부어대는 주정뱅이의 거친 욕설이었다. 일방적인 언어폭력에 떠돌이 아지매 봉변당하고 있었다. 싸움판에 있던 동네 사람들은 불구경하듯 한다.

딴청만 핀다. 아니 무관심으로 일관하고 있다는 표현이 맞다. 떠돌이장사 거리고 젊은 아줌마한테 텃세 부리는 것이 맞는 것 같다.

장터는 어수선하면서도 인심이 살아있는 덤이 있어야 제 맛이다. 거기다 호객하는 소리까지 섞이면 분위기가 들썩들썩 할 텐데. 아침부터 욕지거리로 개판 쳤으니 한동안 장터가 싸늘하겠지. 한바탕 욕설이 오간 뒤라 장사치들도 흥이 날 리 없다. 동병상린이라 하지 않던가. 길손이 흥미를 잃는 것은 당연한 일. 이럴 땐 뜨내기는 얼른 자리를 뜨는 기여. 근데 배고파서 어쩐다니.

증도 짱뚱어 다리

짱뚱어가 마실 나와 일광욕 즐기고, 농게들이 앞다리 들어 인사하는 갯벌 위에 놓인 다리를 건너고 있다. 일명 짱뚱어다리. 갯벌 생물과 눈인사 나누기도 바쁘다. 요 녀석들은 발소리를 쿵쿵 내는 데도 더듬이도 꿈적 안하는 것이 신기했다.

건너가서 숲길 걷다 올 생각이다. '쉿 갯벌이 살아있어요.' 강렬한 색깔로 쓴 글씨의 경고문이 눈에서 머리로 금방 전달된다. 그 바람에 갯벌에 들어가서 짱뚱어와 농게 보고 오겠다던 생각을 지웠다.

'짱뚱어다리' 는 갯벌 생물들의 생활권을 침해하지 않을 높이에 만들었다. 건너갈 때는 갯벌이 훤히 들어나고 발아래로 게와 짱뚱어들이 새까맣게 깔려있는 모습에 심장이 멎는 줄 알았다.

갯벌에선 가까이 다가가려고 발뒤꿈치만 들어도 귀신같이 사라지는데 여긴 안 그렇다. 다리 위에서 사람들이 구경하건 말건 즈그들끼리 놀기만 잘하는데요. 갯벌에 찍힌 내 그림자는 두고 다녀올게요. 다리를 건너올 때는 물 위를 걷는 기분까지 얹어 주었는데 짱이었다. 자연은 이리 끊임없이 반복하며 생명을 키워내고 있는 걸 보고 왔다.

천년의 숲길에서 갯벌소금 한줌

'천년의 숲길' 은 짱뚱어다리에서 우전해수욕장의 해송 숲을 걸어서 원위치하는 코스다. 관광객들은 다리 중간까지 걸어와선 사진 몇 방 찍고는 훌쩍 떠나버린다. 그러다보니 동행해 줄 사람들이 없다. 오늘따라 외로움 좀 타는 건 썰렁한 날씨 탓도 한 몫을 했다.

우리는 우전해수욕장의 은모래사장과 하얗게 부서지는 파도소리에 취하고 솔향기를 맡으며 걷는 중이다. 숲으로 깊숙이 들어가면서부터 외로움은 까맣게 잊어버렸다. 새들이 지저귀는 소리에 취해 있는데 풀벌레들의 울음소리에 왕잠자리, 쌀·보리·고추잠자리까지 하늘에서 한꺼번에 설쳐대면 한동안 지켜보느라 정신 줄을 놓아야 한다. 이들은 한 공간에선 어지간해선 보기 힘든 곤충들이기 때문이다.

거미들이 딱 내 얼굴높이에 거미줄을 치는 이유. 혹시 아세요? 그만큼 인기척을 들은 지 오래된 길이라는 의미다. 때늦긴 했지만 까마중이 추억을 씹을 만큼의 수분은 간직하고 있는 것이 얼마나 다행인지 모른다. 한여름 고향에서 따먹던 그 맛은 아니었지만 그리 허비한 시간만큼은 행복한 시간의 늘림이었다.

행복이 뭐 별건가요. 산비둘기들이 내 발소리에 놀라 푸드득 떼를 지어 날아오를 때의 그 놀람, 꿩 꿩 하면 꿩이다! 하며 탄성을 지를 때의 그 웃음소리. 놀라고 신기하고 그러다 순간 이 길 맞나 걱정할 때의 약간의 긴장감. 증도를 닮은 하늘에 비로 쓴 듯 흩어지는 구름. 바다를 닮고 싶어 하는 하늘과 그 하늘에서 함께 살고 싶어 하는 섬들까지. 누군들 그런 곳을 꿈꾸지 않았겠는가.

마님은 선크림 더 발라야겠다며 가던 걸음 멈추고, 난 갯벌에 우리의 그림자 영혼이 빠져나간 또 다른 모습을 그려보고 있었다.

태평염전과 소금박물관을 둘러보고 나니 우리 소금의 자존심을 지키고 있는 신안갯벌소금에 피어싱 하고 싶어졌어요.

무안 비치호텔

천사대교를 건너니 암태도

2021년 1월 12일(화)

날씨 맑음. 하늘엔 구름 한 점 없다. 햇살이 황량할 것 같은 농촌풍경을 따스한 온기로 바꿔놓았다. 겨울바람도 이 때다 싶어 이웃마을로 마실 간 모양이다. 바람 한 점 없는 걸 보면.

코로나전염병바이러스 때문에 일상생활이 무너진 지도 1년. 어둡고 긴 터널. 정말 작년 1년은 어찌 보냈는지 기억하고 싶지 않은 한 해였던 것 같다. 봄이 턱밑까지 와 있던 2월 22일. 장 검사받으려고 하루 입원한다던 아내가 퇴원을 못하고, 난 근심 한 보따리 싸 짊어지고 집콕 하고 있었다. 할 수 있는 게 없다는 것에 화가 났다. 내 귀빠진 날은 그렇다 치고 며칠 후 퇴원. 2주간의 자가 격리에 들어간 일이 있었다.

중국에서 대구, 그리고 수도권으로 불어 닥친 코로나가 우리의 일상을 무너뜨리고 바꾸어놓았다. 여름은 또 어떻고. 근래에 없었던 긴 장마에 폭우,

그리고 2차코로나 대유행. 가을이면 하던 기대마저 무너지고 말았다. 3차 대유행으로 헬스장까지 문을 닫는 2.5단계가 발령되고 영하 20도를 넘나드는 북극 한파까지 가세했다.

이때 곁에만 있어도 마음이 편안해지고 행복에 겨워하며 산다는 한 사내가 꺼내든 카드가 있었다. 둘만의 겨울여행. 조용한 섬에 가서 움츠렸던 몸과 마음을 힐링하고 오자는 마음에서 이었다. 주섬주섬 여행 가방을 챙기는 아내의 모습이 고마워 곁을 떠나지 못한 걸 보면 난 아내바보가 맞는 것 같다.

코로나로부터 자유인이 된다는 생각에 가슴이 설랜다. 금년 들어 첫 나들이다. 7시 35분에 출발해서 '부여백제휴게소' 와 '정안휴게소' 에 잠깐 들른 것이 전부다. 그렇게 오롯이 드라이브 여행의 진수를 만끽한 하루였네요.

천안-논산고속도로에 들어서면서부터는 아예 천지가 눈으로 덮였다. 밤새 눈이 내린 모양이다. 우린 눈에 취해 행복한 웃음 흘리느라 좋아 죽는다. 사천-공주고속도로는 또 어떻고. 적당히 속도를 높였다 내렸다 하는 도로라서 최고였다. 시원하게 내뺄 수 있어 좋았다.

눈이 시리도록 고운 세상을 맘껏 탐하며 달려 압해대교를 건너 군청소재지 압해도의 '꽃 돼지 콩 순대' 집에서 난 순대국밥 마님은 소머리국밥. 맛나다며 입술까지 빨았다면 설명이 필요 없을 것 같다. 17km를 더 달렸다. 그 유명하다는 천사대교를 달리며 느낌표를 쏟아내다 보니 암태도다.

신안의 아름다운 설경이 펼쳐지고 있었다. 눈이 부실만큼 아름다운 눈 세상에 넋을 놓았다. 천천히 이동하며 즐긴 이유는 가슴에도 담아가고 싶어서였을 것이다. 해가 한 뼘은 더 남은 것 같은데도 많이 피곤하다. 눈 때문이었을까. 아님 나이. 저녁은 2.8km를 다시 달려 '신안 맛집' 에 가서 낙지덮밥 포장 해다 먹었다.

신안 하하 펜션 101호

팔금도, 자라도, 안좌도 드라이브에 자은도 無限의 다리

<u>2021년 1월 13일(수)</u>

오늘의 1막 1장은 아내의 꿈 얘기였다. 눈뜨자마자 첫마디가 누군가 먼 길 떠난다기에 돈을 찾아왔는데 아들이 허름한 복장에 배낭 메고 슬픈 표정으로 서 있더란다.

꿈 이야기를 듣고 보니 무심한 척할 수도 없고, 담아두기도 뭐하고 해서 그랬다.

"궁금하면 전화라도 해보던가. 개꿈이구먼."

2장은 805국도 따라 섬을 드라이브하는 것이었다. 목적지가 딱히 정해진 곳은 없다. 중앙대교를 건너자 팔금도였다. 금당산을 끼고 달려 신안 제1교를 건너면 면소재지 안좌도가 나온다. 좌측에 있는 세계화석광물박물관이 문을 열었을까 궁금하긴 했지만 별의미를 두진 않았다. 그냥 한번 흘깃 보고 자라대교를 건넜더니 자라섬 이란다. 오늘은 팔금도 안좌도 자라도까지 드라이브 하는 날. 이렇게 섬들을 둘러보는 눈요기 드라이브 관광으로 하루를 열었다.

3장은 자은도 무한의 다리. 온 길을 되돌아 달리다보면 눈에 익은 자라대교, 신안 제1교, 중앙대교를 다시 건너면 우리가 머무는 암태도가 나온다. 달리고 달려 은암대교를 건너면 805번 국도의 끄트머리에 한운리라는 마을이 있다.

포근한 날씨 탓이다. 오후 들자 신안의 아름다운 설경이 흙냄새 풍기는 농촌풍경으로 바뀌었다. 그러니 눈이 녹아서 질퍽질퍽한 길을 감수해야 한다. 마을 입구부터는 입간판을 잘 보고 운전해야 한다. 너른 들판을 가로질러가서는 둔장해변에서 잠시 방향감각을 잃었다. 길이 질퍽거리는 데다 바람까지 분 것이 원인일 수도 있다. 일방통행이란 걸 깜빡했다. 길을 잘못 들은 줄 알았다.

질퍽한 바닷길을 따라가니 바다를 배경으로 서 있는 또 다른 바다가 보인다. 구리도와 고도, 할미도를 연결했다는 우리가 찾던 바로 그 '무한의 다리' 였다. 빙고. 먼저 온 사람들은 바람도 개의치 않는 눈치였다. 1,004m의 무한의 다리는 터널 같은 디자인이 또 다른 매력이었다. 시시각각으로 변하는 갯벌과 바다풍경에 흠뻑 빠져 볼 만한 경치를 자랑하고 있었다.

다리 위로 올라서는 순간 전혀 다른 공간 이동의 출발점에 서 있다는 착각에 가슴이 설레었다. 오늘은 거기까지였다. 썰물 때는 갯벌의 풍요로움이 있었겠지만 오늘은 출렁이는 파도소리에 나의 거친 숨소리가 보태졌기 때문이었다.

바닷바람이 심해 걷기 힘들겠다는 건 순전히 변명이었다. 무릎통증이 심했다. 구리도까지는 무리를 해 걸어갔다만 오늘의 한계는 거기까지 이었다.

암태면 신안 천사병원의 한방진료실을 찾아갔다. 신안맛집에 들러 백반 한 그릇 먹고 진맥을 받았는데 무리한 탓에 무릎주변근육에 염증이 생겼다고 한다. 며칠 치료 받으면 좋아질 거라며 왼쪽 발가락과 손가락에 침, 그리고 아픈 무릎에는 부황과 온찜질을 받고 왔다.

신안 하하 펜션 101호

신안 안좌도 퍼플 교(Purple Bridge)

2021년 1월 14일(목)

무릎근육염증으로 걷는 것이 영 불편했다. 헬스장에서 종아리와 허벅지 운동을 좀 과하게 한 탓임도 알게 되었다. 운동 후 쉬면 좋아지겠지 차일피일 미룬 것이 화근이었다. 장거리 운전으로 더 덧날 것이란 건 생각을 못한 것이 화근이었다.

오죽 불편했으면 침 맞겠단 생각을 했을까. 눈 뜨자마자 무릎부터 확인했다. 많이 부드러워진 것 같다. 무릎치료가 우선이다. 우리 의료관광 왔다고 생각해요. 미안해서 그러죠. 오늘도 발가락과 손가락에 침. 무릎에 부황 뜨고 온찜질하고 병원을 나서면서 뭐랬게요.

“걷기가 한결 부드러워졌는데. 오늘은 무리만 안하면 걸을 수 있겠다.”

발에 힘이 실린 걸 알겠다. 이렇게 신통할 줄이야. 절뚝거리며 힘들게 걸어 들어왔던 어제의 내가 아니었다. 무릎이 불편하긴 해도 힘이 느껴진다. 며칠은 무리하면 안 된다는 의사선생님의 말이 귀에 남아있을 리가 없다.

치료가 끝나니 12시. 점심은 암태도의 바다식당에서 생새우무침에 나시리 된장국(해초), 망둥어(무사기)조림이 별미였다.

안좌도의 파블교가 처음엔 신흥 종교집단인가 했다. 그곳이 오늘의 목적지다. 마을 지붕마다 온통 보라색으로 칠해 특이했다. 도착해서 알아보니 갯벌도립공원으로 유네스코 지정 생물권 보존지역이라고 한다. 오늘은 걸어야 맛난 여행이 될 것 같다는 생각부터 했다.

퍼블교(Purple Bridge)는 안좌도 두리마을에서 박지도 박지마을을 잇는 547m, 그리고 반월도까지 또 915m를 다리로 연결했다. 그리고 반월선착장에서 매표소를 잇는 문 브릿지 380m를 도보다리로 연결한 워킹코스다.

꽃길 따라 걷고 싶은 섬을 만들기 위해 자생 보라색 도라지 군락지와 꿀, 풀 등 꽃 색을 살려 보라색으로 이미지를 정했다고 한다. 꽃은 물론 나무다리, 마을의 지붕, 생활도구까지 전부 보라색으로 꾸몄는데 그 열정이 대단하지 않아요.

박지도는 900년 된 우물과 바람의 언덕 등 섬 전체를 관광지로 개발했으나 섬마을 사람들의 사는 모습이 별반 달라진 것은 없다고 한다. 퍼플카를 타고 4km의 섬을 둘러볼 수 있었다. 기사님의 구수한 입담에 귀를 기우리는 것도 한 재미다. 길가엔 국화와 아네모네 라벤다를 심어 꽃길을 조성했다.

반월도는 라일락, 수국, 보라루드베키아와 자목련으로 꽃길을 만든 천사공원이 대문이다. 무릎을 조심하며 걷다보니 많이 지체했다. 2시간 10분이나 걸었다. 오늘은 자줏빛과 바다풍경에 취해 걷다 왔다. 무릎이 웬만했어도 두 섬 주민들이 오가던 중노두길은 걸을까 고민해 보겠지만 박지도와 반월도 섬을 일주할 생각은 접고 지나온 것이 못내 아쉬움으로 오래 남을 것 같다.

안좌면 서울이용원에서 이발하고, 교촌치킨에 들렀다.

신안 하하 펜션 101호

압해도 송공산과 에로스서각박물관

2021년 1월 15일(금)

오늘도 견과류와 방울토마토 그리고 치킨 4조각. 코로나가 여행의 일상을 바꿔 놓은 것 중 하나다. 구름이 바람을 불러와서 그런가. 날씨가 음산하다.

이런 날씨엔 일찍 다녀와서 푹 쉬는 것이 남는 것이라며 서두른 감이 없진 않다. 신안 천사병원에서 침 맡고, 부황 뜨고 찜질해서 그런가. 무릎이 한결 부드럽긴 하다. 점심은 암태면사무소 뒤편에 있다는 천사식당까지 걸어가서 먹었다.

입구가 작은 통로로 들어가는 식당이다. 자칫 부담스러울 것 같은 공간을 분재들로 한껏 멋을 부려 다시 찾게 하는 매력으로 바꾸었다. 반찬은 시래기국에 파김치와 미역줄기, 양념장에 찍어 먹는 김. 큼지막한 조기 두 마리다. 황금조기가 아니고 부세조기면 어떤가. 맛나게 구워져 상 위에 올랐으면 되었다.

압해도의 송공산은 천사대교를 건너니 바로였다. 후백제의 수달장군이 신안의 바다를 주름잡던 시절 근거지였다고 한다. 1시간 40분이면 완주할 수 있는 거리다보니 걷고 싶어 안달이 난 나로선 구미가 당긴다. 230m라는데 송공산을 다녀와 말어. 망설이는데 때마침 구름이 후드득 빗방울을 떨어뜨리기 시작한다. 이건 울고 싶은데 따귀 한 대 때려준 것이라고나 할까.

솔직한 마음은 날씨가 좋으면 쉬엄쉬엄 걸을 생각은 있었다. 분명 욕심을 부려서라도 올라갔을 것이다. 그러나 절묘한 타이밍에 하늘이 빗방울을 뿌려주었다. 정상에 오르면 출렁다리도 건너보고 신안 앞바다를 한눈에 볼 수 있다는데 하며 아쉬움을 감추진 못했지만 한편으론 무릎도 안 좋은데 잘 됐네. 또 오면 되지. 그랬다.

오는 길에 에로스서각박물관에 들렀다. '쉘 위 댄스' 라는 작품에 오래 머물렀던 것 같다. 작품 하나하나가 작가의 마음을 담아 그런가, 특색이 있어 호기심이 간다. 자유롭고 자연적이며 원초적인 인간의 순수의 아름다움을 표현하려고 노력했다고 보았다. 조금은 민망하면서도 눈이 가는 작품 하나하나를 보면서 찬바람 맞고 찾아오길 잘했단 생각을 했다. 밖에 바람 부는 걸 보니 자리뜨기가 싫다.

신안 하하 펜션 101호

신안 하하 펜션

순 천

순천 드라마세트장과 동자스님

2013년 9월 7일(토)

오늘은 갯벌과 갈대가 끝없이 펼쳐져 있어 자연과 인간이 공존하도록 설계했다는 생태도시, 순천에서 '드라마촬영세트장' 을 둘러보는 것으로 하루를 시작할 생각이다.

'사랑과 야망, 에덴의 동쪽' 촬영지이기도 한 이곳은 1950~60년대의 순천을 재현한 곳이라 보면 된단다. 순천시내의 옛 모습은 꿈 많던 시절 수원의 모습이기도 하다. 언덕 위의 판자촌은 70년대 서울 금호동 달동네와 판박이었다.

그래서 그런가. 교직에 몸담았던 그 시절을 떠올리게 하고, 어릴 적 놀던 고향마을도 새록새록 끄집어 낼 수 있는 곳이라 쉽게 발이 떨어지질 않는 곳이었다. 방이며 부엌, 툇마루 그리고 집과 집을 이어주는 경사진 좁은 골목길은 제자들이 꿈을 키워온 금호동의 판박이로 그들과 함께 한 나의 청춘이 녹아 있는 곳이었다. 당시 장충중학교에 다니는 많은 학생들이 그런 동네에서 살았다. 가정방문이라도 하는 날은 가파른 언덕을 오르는 것이 쉽지 않아 땀으로 옷이 흠뻑 젖곤 했다. 그러니 가정방문 가지 말고 거짓으로 보고서를 쓸까 그런 생각도 가져봤던 새내기 때의 추억이 있는 곳이다.

"선상님! 우리 손주 녀석 잘 부탁허유."

더 내놓을 것이 없어 안타까워하며 내 놓는 꿀물 한 그릇에 담겨진 마음을 생각하면 지금도 가슴이 따뜻해진다. 당시 종이에 싼 담배 한 갑을 내밀며 눈빛으로 말씀하시던 할머니의 주름진 얼굴하며 굳이 마다하는 나를 한참을 따라와서는 손에 꼬옥 쥐어주곤 도망가듯 돌아가는 어느 어머니. 비록 삶이 고달파도 부끄럽거나 불행하다 생각하지 않았던 그 학생과 부모들의 모습이 아련히 떠오른다. 지금은 60고개를 바라보며 살고 있을 제자들이다.

지난 세월, 되돌아보면 어느 하나 그립지 않은 것이 없다. 우리 마님은 저말 저런 집에서, 저런 조그마한 방에서 사람이 살았느냐며 믿어지지 않는 모양이다. 금호동에선 저 쪼끄마한 방 한 칸에서 네 다섯 식구도 살았다. 식구가 더 많으면 큰 녀석은 부엌에서 자야 했다. 그게 당시의 사는 모습이었다.

그래도 기죽지 않고, 꿈을 잃지 않은 명랑한 학생들을 많이 보아왔다. 그들은 결코 가난한 것이 아니라 조금 부족했을 뿐이란 것을 깨닫게 된 것도 바로 그들의 해맑은 얼굴을 보는 그 때가 아니었을까.

그랬다. 그 학생들은 나에겐 천사였다. 동자스님이었다.

순천만국제정원박람회

"사람들 좀 봐라. 엄청 많다. 아직 이른 시간인데 어디서들 오는 거지 오늘 볼 만하겠다. 표 파는 데는 어디여. 우린 경로니까 공짜겠지. 참 주민등록증 꺼내놔요. 나 화장실 좀 갔다 올게."

한영희 님은 정신이 없다. 매표소 찾으랴. 주민등록증 꺼내랴. 사람 구경하랴. 화장실 앞에선 차례 기다리랴. 그런데 이거 비싸도 너무 비싼 거 아니여! 우린 경로인데도 둘이 만 팔천 원이다. 입장료 공짜에 길들여지다 보니 우리에겐 거금이다. 입장료 냈으니 어깨 펴고 당당하게 걸을 생각이다.

오늘은 아줌마부대가 대세였다. 아기와 함께 온 젊은 부부며 수학여행 온 학생들도 섞여있었다.

"대단하네! 저기 걸어가는 사람들 좀 봐요. 엄청나지 않아요. 색시! 저기가 터키정원이라네. 우리 저기부터 들어가 봐요. 저건 뭐지. 참 넓긴 넓다. 일본정원은 왜놈 티 나지? 나무마다 온통 가위질이잖아. 봐 성한나무 한그루 있나. 밴댕이 속 알 딱지마냥 속 좁은 건 저런 걸 보면 알아. 미국정원 봤잖아. 깔끔한 포인트 하나로 관광객을 불러 모으는 거. 중국정원은 좀 그려 너무 화려해 그지."

혼자 중얼거리며 걷는다고 해도 좋고, 또 수다스러우면 좀 어때요. 영님씨가 심심하지 않으면 되지. 어쨌건 시간은 많으니까 쉬엄쉬엄 걸으면 되겠다 싶어 인파에 섞였다. 얼마나 걸었을까. 사람이 많은 탓이겠다. 갑자기 맹한 것이 바보, 길치가 된 기분이었다.

"가지 말고 잠깐. 우리 나가는 방향이 어딘지 생각 좀 해보고. 나 왜 이러지 갑자기. 우리가 들어올 때 어느 문으로 들어왔더라?"

영님이가 살며시 손을 잡아끈다. 아무 말 말고 따라오라는 신호다. 입구에 들어서니 길이 나선형으로 만들어져 빙글빙글 돌아 올라가는 곳이다. 전망 또한 끝내준다. 걸으면 걸을수록 재미있다. 정상에 오르자 길이 보인다. 사방이 눈에 들어온다.

"응- 그래, 저 길로 가면 되겠네. 잘못했다간 주차장 못 찾아 해맬 수도 있겠다. 이제 보니 정문이 또 있네. 미안해요. 난 그것도 모르고 아무 생각 없이 들어왔잖아. 자기야! 우리가 동문으로 들어온 거네."

달팽이 길은 어렵지 않았다. 앞질러 갈 이유도 필요도 못 느끼는 길이다. 그저 앞사람만 따라 가면 된다. 그렇게 정상에 올라 박람회장을 사방 둘러보고, 다시 출구라고 쓰여 있는 길을 따라 내려가면 된다. 실상 걸어보면 의외로 마음이 편하고 여유가 생기는 길이었다.

내려와선 중국, 프랑스, 영국, 미국, 한국정원 등 눈에 보이면 들어갔다. 인증 샷 하기 바쁜 사람들 틈에서는 자리다툼도 마다하지 않았다. 우리 오늘 걸을 만큼 걸었다. 피곤하고 지친 걸 보니. 영님인 하루 걸은 분량을 체크하고 있었다.

여행에서 중요한 건 볼거리와 놀거리, 먹을거리다. 그러나 우리에겐 맑은 공기 마시며 행복한 웃음 흘리며 걷는 것이 더 중요하다. 웰빙 여행이니까.

순천 베네치아관광호텔

조개산 선암사의 승선교

2013년 9월 8일(일)

순천에만 오면 찾는 절이 있다. 송광사다. 경내로 인도하는 아름드리 침엽수림 마중에 입구에서부터 정신 줄 놓아버리곤 했다. 걸어가다 연못에 마음을 정갈히 하고 나무통으로 흘러나오는 약수 한 그릇 들이키면 속이 뻥 뚫린다고 한다. 불심이 없어도 세속의 아픔이 씻기는 기분이다.

뿐인가 쌍 향수, 비사리구시, 능견난사라는 3대 명물을 보러 오는 사람은 그렇다 치고, 법고소리 들으러 오는 사람도 있다는데 어디 불자뿐이겠습니까. 우리까지 보태다보니 찾는 발길이 끊이질 않는다네요.

그런 송광사는 여러 번 다녀갔으니 오늘은 자투리 시간에 조개산 선암사를 다녀올 생각이다. 다른 절에 비해 무속신앙을 위한 사당이 4개나 있어 우리의 전통신앙과 불교를 잘 접목시켜 찾는 사람이 많다고 한다. 입구에서부터 신발 끈을 고쳐 매고 걸어야 한다. 우리는 선암사부도를 지나고 시냇물을 가로질러 승선교를 지나서야 누각 강선루에 들어설 수 있었다.

아치형의 승선교는 이 냇가에 흔히 있는 냇돌로 만들었다고 하는데 승선교가 계곡과 잘 어울리는 것은 누각 강선루와는 떨어뜨려서는 생각할 수 없는 짝꿍인 데다 자연친화적인 건축물이기 때문이기도 하단다.

이 층으로 된 건물의 아름다움이야 글줄로 표현한다고 만족할까. 강선루를 보고 지었다는 순천부사 김윤식의 시 한 줄이면 그 아름다움이 어떠한지 충분히 알 수 있지 않을까.

'집지은 모양새에 마음도 눈도 놀라워라 / 나는 듯 한 용마루가 첩첩히 이어졌네.'

아치 위에 돌출시킨 돌이 보기에 따라서는 용머리 같기도 하다는데, 이 다리를 건너면 '고통의 세계' 에서 '부처의 세계' 로 들어서는 첫걸음이요, 강선루를 들어서면 완성되는 부처의 세계를 그리워하는 중생의 마음을 표현한 것이라고 했다. 우린 무의식중에도 옷깃을 여미었다.

나오는 길에 선암사 녹차 한 잔 마시며 잠시 여독을 푼 멋도 부려보았다. 눈과 마음이 즐거웠으면 입도 행복해야하는 법이다. 흑염소 떡갈비 먹으로 가야지롱

순천 선암사 가는 길가에 있는 그 집. 그 맛을 잊지 못해 다시 찾은 집이다. 숯불에 석쇠로 직접 구워먹는 방식. 오늘은 전보다 미니사이즈다. 푸짐한 것은 포기했으나 맛은 여전히. 꾹꾹 눌러가며 노릇노릇하게 구워 쌈 채소에 싸먹으면 끝. 밑반찬까지 맛깔스러우니 크기가 작아져도 다 용서가 됩디다.

낙안읍성과 순천만 갈대숲

낙안읍성에선 성벽에 올라 성벽 밟기로 한 바퀴 돌았다. 말이 필요 없다. 성 안은 사람에 떠밀려 걸어야 할 정도로 관광객들로 붐비는 데도 장마당은 시원찮다. 장터분위기가 나질 않는다.

관광지는 외국인관광객의 호주머니를 노려라! 이곳에선 이 말이 무색할 정도다. 이런 장터분위기에서 내국인도 시큰둥인데 지갑을 열 외국인이 과연 몇이나 될까. 우리가 외국여행을 하다보면 정말이지 안 쓰고는 못 배긴다. 그런데 우리의 관광지는 외국인이 와서 쓰고 싶어도 쓸 곳이 없다. 우리의 관광산업 무엇이 잘못되었을까?

순천만갈대숲에 들어오면서 나는 생각이란 걸 버렸다. 갈대밭에서 내 마음을 찾아보고 싶었다. 그녀석이 물결치듯 흔들리면 나도 마음에 잔잔한 파문이 이는 것을 느낄 수 있다. 그냥 갈대밭이 그리워서 지나가는 길에 잠시 들렀을 뿐인데 익숙한 듯 짱뚱어와 묵언의 언어를 주고받고 있었다. 갈대를 길동무 삼아 걷다 왔으면 되었다. 거짓 없는 그 모습에 나 자신을 맡기기만 했는데도 행복해 하는 내 모습을 보았다. 누군 조용히 뒤따르며 낙조를 즐기고 있었나보다. 양 볼이 볼그레하다.

여수관광호텔

순천 선암사의 백매화

2016년 3월 30일(수)

아침식사는 호텔에서 나오는 뷔페. 7시 반부터 오픈이라 부지런은 안 떨어도 되겠다. 사치스럽지 않아 맘에 쏙 들었다. 죽, 밥, 미역국에 5가지 반찬과 계란찜. 그리고 소시지, 식빵에 곁들일 딸기잼이 전부다. 후식은 오렌지주스. 우리는 밥 조금에 깻잎 서너 조각. 짠지 두 쪽 그리고 식빵 반쪽에 딸기잼으로 만족하기로 했다.

순천 선암사에는 600년 된 백매(화)가 꽃을 피웠다는데 마음이 바쁠 수밖에. 그래 한걸음에 달려갔다. 천원, 오만 원짜리 지폐에까지 인쇄돼 있는 걸 보면 우리 민족과 매화는 뗄 수 없는 관계인 것 같다. 어쨌거나 매화는 눈 속에서 꽃을 피우며 봄이 왔음을 알려준다고 하지 않는가.

100년 이상 된 매화나무를 "고매" 라 부르는 데 추위에도 향을 팔지 않을 만큼 고고한 품위를 가지고 있다는데 과연 내 눈에도 그리 들어올까. 매화가 고목에서 피어나는 것을 보고 있으면 겸손해지고 살아온 인생을 자연스럽게 되돌아보게 돼 있단다.

타박타박 걷다보면 순천 전통야생차체험관을 그냥 지나칠 수 없었던 것은 매화에 취해있었기 때문이 아닐까. 우린 백매화가 내려앉은 수반을 끼고 매화차를 마셨다. 자연이 있고 멋과 여유가 있으니 솔향기는 덤이었다. 차 한 잔에 근심 걱정은 나비처럼 나풀나풀 날아갔으니 매화는 영원한 그리움일 것이다. 흰나비와 노랑나비를 불러오는.

마음이 고요하고 평안해지면 몸은 덩달아 회복될 것이다. 며칠 더 묵고 싶단 생각이 자연스럽다. 매화는 꽃이 질 때 깨끗하게 바람과 함께 사라진다고 하니 내 삶의 마지막도 그를 닮았으면 좋겠다는 생각을 했다.

순천베네치아호텔

순천고인돌과 읍성

2016년 3월 31일(목)

순천 고인돌유적지 가는 길엔 벚꽃이 흐드러지게 피었다. 별천지였다. 벚꽃구경 못하고 떠나나 했는데 원 풀었다. 벚꽃 그놈 참 알다가도 모를 녀석이다. 저긴 겨우 눈만 틔우고 있는데 여긴 만개라니. 눈 호강 제대로 하고 간다. 비록 차창으로 스치는 풍경이었지만 원 없이 보자며 거북이운전을 서슴지 않았다.

순천 고인돌유적지에 들러서는 여유부리며 둘러보는데 신바람이 절로 난다. 봄을 몸으로 느끼기 좋은 하루였으니 어찌 안 그렇겠는가. 유난히 따스한 날씨도 기운을 보탰다.

구석기시대와 그 이전 사람들의 삶을 돌아보며 걷기에는 좋았다. 신기하게도 그 시대의 삶이 궁금하다기보다는 이 시대에 태어난 것에 먼저 감사하고 싶었다.

순천읍성에선 중앙도로를 따라 걷다 역사관을 둘러보고 왔다. 저번보단 읍성거리가 많이 깨끗해졌다. 저번엔 저자거리에 음식점이 난립해 있어 상을 찌푸리게 했는데 다 정리하고 국수집, 전집, 밥집만 남겨 놓아 한결 분위기가 좋아졌다. 이제야 자자거리답다는 생각을 해봤다.

그 좋던 날씨가 해질 무렵 되자 심술을 부리기 시작한다. 비라도 뿌릴 기세다. 이럴 땐 숙소로 들어가는 것이 최선이다.

순천만 습지의 에코페이

2020년 10월 11일(일)

마음은 이팔청춘인데 작년 다르고 금년 다르다는 말 실감하고 있다. 움직임이 둔해졌고 걷는 속도도 전만 못하다. 근래에 특히 달라진 것은 나이를 들먹인다거나 몸이 전만 못하단 말을 자주 꺼내는 것이다.

출발할 때 머리가 맑지 못했던 건 코로난가 뭔가 하는 중압감 때문이었을 것이다. 어쨌거나 이 나이에도 나는 함께 떠날 수 있는 친구가 있다. 함께 떠날 수 있는 친구가 곁에 한 둘 있는 것만으로도 늘그막에 복이라고들 한다. 그런데 난 늘 내 곁을 지키고 살피는 아내라는 이름의 친구와 함께 여행을 할 수 있어 대박이다. 친구보다는 아내가 좋다.

오늘은 6시 출발. 좀 서두른 감이 없진 않다. 우리 마님이 옆자리에서 잠시 눈 붙이는 것을 보는 것만으로도 행복한데 뭘 더 바래요. 정안휴게소에서 바람 좀 쏘이고, 뻣뻣한 몸도 풀었다. 오수휴게소에 도착한 시간이 9시 20분.

여행의 첫 발을 내디딘 곳은 순천만습지였다. 젊은이들과 섞일 수 있는 기회가 자연스럽게 찾아온다면 마다할 우리가 아니다. 몸과 마음은 새털처럼 가벼워질 테고 나도 모르게 봉화산 자락에 안길 수도 있다. 망설임 없이 그들 속에 섞여 졸졸 따라다니듯 걷겠지. 앞서거니 뒤서거니 하다보면 전망대까지는 멀지 않으니 갈다오는 걸로 오늘 일정을 그렇게 잡은 건 사실이었다.

그러나 웬걸요. 생각뿐 두 발은 다리를 건너기도 전에 샛길로 빠졌다. 습지생태체험선인 순천만 에코페이는 아마 타보지 못했을 걸. 11시 30분 출발할 예정이라는데 배타는 건 어떠냐고 의사타진을 하자 한 걱정부터 한다. 그뿐이다. 만의 물길 따라 25분간 둘러보며 철새와 눈 맞춤하는 코스의 배에 몸을 실었다. 나쁘진 않다만 7천원으로 경로우대는 없었다.

갯벌갈대숲은 여전하다만 아쉬움이 있다면 어느새 나이와 감탄은 반비례하는 것 같았다. 집 나서기만하면 기분은 날아갈 것 같아 머리는 비우면 된다. 근데 고작 내 입에서 나오는 말은 "갈대 봐. 벌써 머리가 허여쿠먼." 철새며 습지의 망둥어, 게를 찾아보는 일도 시큰둥하다. 무관심이 대세다 보니 처지지 않게 걸을 뿐이다.

점 저는 들마루에서 늦은 점심으로 '밥 꽃 단짝정식' 을 시켰다. 꼬막장비빔밥에 떡갈비가 나오고 꼬막삼합까지. 푸짐한 한상에 만족하며 배가 빵빵하도록 먹었다. 핸들을 잡으니 솔솔 식곤증이 온다. 코로난 때문에 식사패턴을 바꾼 탓이다.

쉬엄쉬엄 달려 여수 오동도에 도착하니 어스름 저녁이다. 저녁을 먹자니 배는 안 고픈데 한 끼 거를 것 같고, 늦은 밤에는 배고플 것 같다면서도 피곤하니까 꼼짝도 하기 싫었다. 왜 안 그렇겠어요. 이 먼 길을 달려왔는데 안 그러면 이상한 거 아닌가요. 나이도 무시 못해요.

여수 소보캄호텔 2304호

순천 승주읍 상사호와 선암사

2020년 10월 14일(수)

7시에 여수서 출발했다. 쌍암 기사식당에서 아침 먹을 계획으로 48km 거리를 달려왔다. 주차장이 운동장만 하다. 50년 전통의 전라도 욕보할머니의 가업을 2대째 이어오고 있다는 식당이다. 어렵게 찾아 온 보람이 있었다. 한가한 시간에 들어왔으니 우선 맘이 편하다. 된장국은 기본이고 돼지김치 찜을 비롯해 16가지 반찬이 나왔다. 염치불구하고 접시를 싹 비웠다.

상사호길 12km는 낭만의 드라이브코스였다. 기룡 마을 숙박촌은 몇 밤 묵으면 힐링 될 것 같은 아늑한 마을이었다. 달리기만 하는 것이 아니라 중간에 쉬어갈 수 있는 공원도 마련돼 있었다. 우린 명지공원에 차를 세우고 한동안 호수에 마음을 담그다 왔다. 너무 멋있다며 아내가 좋아 죽는다.

물문화관은 멋진 드라이브 뒤에 주는 보상이라고나 할까. 공원벤치에 앉아 쉴 수 있도록 나무 아래 벤치가 인상적이었다. 호수를 바라보며 시간을 낚아도 좋고, 젊은 세대가 즐겨하는 카 데이트를 흉내 낼만 한 주차공원도 마련되어 있으니 엄지 척도 부족하다. 물문화관은 아니나 다를까 코로나로 휴관이라는데도 하나도 서운하지가 않았다.

호반길 따라 다시 되돌아가면 만날 수 있는 선암사는 보물 400호인 승선교와 천년의 역사를 담아 기품이 있어 뵈는 나무들이 가득해서 휴식을 취하기에 더없이 좋은 곳이다. 그곳을 가려면 멋진 드라이브코스를 달려야하니 얼마나 멋스러울까.

절 입구에 들어서자 무지개다리가 제일 먼저 손을 맞아 주었다. 다리 위에 올라 절을 바라보는 그 순간, 선암사의 하나하나가 파노라마처럼 스쳐 지나간다. 원통전까지는 마스크를 벗어도 되지 않을까 잠시 고민까지 했다.

선암사에는 석가모니를 모신 대웅전이 또한 보물이다. 불에 탄 대웅전을 1824년에 다시 지었다는데 당대의 뛰어난 건축양식이 잘 드러난 건축물이라고 한다. 불교건축은 잘 몰라도 언뜻 보아도 기품이 있고 조각이 섬세해 보였다.

혼이 반쯤은 나가야 제대로 볼 수 있다는데 저번에 들렀던 사찰이 맞는가. 내 눈을 의심하는 건 당연했다. 승선교 말고는 초면처럼 낯설게 느껴졌기 때문이다.

점심은 예나 지금이나 아랫동네 명품인 염소떡갈비. 어느새 염소떡갈비를 먹어본 기억이 3번째라면 단골집을 찾고 있었다. 사찰 입구 마을에 있는 금성가든이 바로 그 집이다. 이젠 어렵지 않게 찾아갈 수 있다. 오늘도 먹고 왔다. 맛이 여전해 기분이 좋아졌다.

그 맛은 선암사 그네에서 엉덩방아를 찧었던 엄청난 사건마저 까맣게 잊게 했다.

순천만 S호텔 505호 온돌

순천 금전산 금둔사의 납월매

2021년 3월 26일(금)

오늘의 첫 방문지는 매화의 명소로 새롭게 떠오르는 순천 금전산 금둔사다. 백제시대의 절로 토종매화 100여 그루를 심었다는데 그중 6그루의 홍매화와 청매화가 납월매라고 한다.

한겨울 눈을 맞으며 매화꽃(음력 12월)을 피운다고 해서 설중매라고도 불린다는 납월매는 크리스마스 전후해서 꽃이 피며 그 꽃이 3월까지 이어진다고 하니 운이 좋으면 납월 홍매를 볼 수 있지 않을까. 새벽부터 서두른 이유였다. 붉은 꽃을 피운다는 납월매는 어떤 모습일까.

길에는 메타쉐콰이어가 옷을 갈아입느라 정신이 없었다. 누런 헌옷을 벗어던지고 연둣빛이 고운 봄옷으로 갈아입고 있었다. 길가에 버려진 줄 알았던 유채꽃도 언제 그렇게 부쩍 자랐는지 놀래키는 방법도 여러 가지다. 어느새 노란 분으로 단장하고 화사하게 웃고 있지 않은가. 수줍음을 감추지 못하는 들꽃들은 또 어떻고.

그리 꽃들과 눈 맞춤하느라 조금 지체하긴 했어도 언덕바지를 슬쩍 넘으니 일주문이다. 이 절은 사립문을 열면 집 안이 훤히 보이는 보통사람들이 사는 초가집 같다. 일주문을 들어서서도 한참을 걸어 들어가야 중문이 나오고 더 걸어야 안방격인 대웅전이 보이는 그런 양반집 한옥 같은 너른 사찰은 아니다. 그러니 차는 일주문 옆 공터에 적당히 세우면 된다. 아님 도로가에 세우거나.

이른 시간이라 고요 속에 잠긴 풍경이란 표현이 잘 어울리는 절이었다.

절 마당이 매화들로 그득하더란 말을 실감하진 못했다. 다만 산비탈 쪽으로 토종 차밭이 널려있는 길을 걷다보니 다람쥐가 마중 나와 주어 귀빈 대접 받는 기분이었다.

대웅전을 바라보고 서 있는 청, 홍 매화가 먼저 눈에 들어온다. 긴가민가해서 그랬을 것이다. 다른 곳을 더 둘러보면 확실히 알 수 있겠지 했다. 돌로 담을 쌓아 복원중인 동림서원지도 가보고 통일신라시대의 것으로 추정되는 부처의 머리 위에 지붕틀이 비석처럼 보이는 것이 특징이라는 금둔사지의 석조불상과 기단의 각 면에 불교의 팔부신중이 새겨져 있다는 삼층석탑까지 보고 왔다.

그리고 결론은 '납월 홍매' 가 맞네. 그리고 그 붉은 빛까지 담았으니 뭘 더 바랄까. 참 지금쯤 장성 고산서원으로 달려가면 청매화 중 꽃향기가 으뜸이라는 '녹악 매' 를 볼 수 있을 거라던데,

순천 베네치아관광호텔, 순천만 S 호텔

여 수

한려수도 뱃놀이하고 오동도 등대길

2013년 9월 8일(일)

이른 아침부터 서둘렀다. 금오도를 가기위해서였다. 그러나 호텔에서는 금어도는 6시 10분이나 9시 배를 타야 하는데 일요일이라 표를 예매하지 않았다면 힘들 거란다. 조금 늦게는 배가 있겠는데 하루 금오도에서 묵을 요량이 아니라면 배를 타지 않는 것이 좋겠단다. 금어도 비렁길을 걷고 나서 감성돔으로 입을 즐겁게 하는 건 물 건너 간 거네.

궁리는 궁리일 뿐 우린 걸어서 15분 거리에 있는 세계해양 엑스포공원부터 둘러보기로 했다. 예술작품이라는데 덩치 큰 건물들이 서 있는 것이 멋있어 보인단 말은 못하겠다. 입장료를 안 받는 데도 사람이 거의 없는 이런 흉물스런 공간이 작년에 국제행사를 치룬 곳이라니 믿기지 않는다.

오동도까지 걸어가서는 한려수도를 둘러보고 오동도에 내려준다는 유람선도 탔다. 거북선 대교, 돌산대교, 여수를 자랑하느라 선장의 입은 침이 마를 겨를이 없다. 세계해양 엑스포관에 와서도 찬사는 극치다. 그럴 땐 꼭 앵무새 같다는 생각이 들었다.

오동도까지 걸었다. 등대 길로 숲길을 걸어본 건 처음이다. 시원한 바닷바람을 맞으며 스쳐지나가는 바다풍경은 또 다른 여행의 즐거움이었다. 몸도 그만큼 좋아졌을 것이라 생각하니 마음이 한결 가벼워졌다.

장어탕은 고춧가루로 맛을 살려 깔끔 담백하다. 파김치와 국물이 자작한 무김치, 묵은 지까지 우리 입에 맞으니 어쩜 좋아요. 양이 푸짐하다면서 밥한 공기를 다 말아 국물 한 방울 남기지 않았으니 무슨 말이 필요할까.

처음부터 양이 많다며 나한테 덜겠다던 마님도 싹 비웠다. 풍요로움이란 이런 넉넉한 인심에 입 안에서 슬슬 녹는 그 맛이다. 이리 먹어대는데 정말 살 안찌고 배겨내는 재주 있을까.

여수관광호텔

여수 미륵산 키이블카

2014년 1월 5일(일)

오늘은 케이블카 타고 미륵산에 올라가 남해바다를 둘러보고 내려올 생각이다. 숙소에서 자동차로 3분 거리다. 9시 반부터 탑승시작이라지만 여유부리다 10시 넘어 도착했다.

주말 주차전쟁이 장난이 아니었다. 주차장은 이미 만 차. 입구에서 그리 멀지 않은 갓길에 주차할 수 있었던 것도 행운이라고 봐야 한다. 왁자지껄하게 웃는 아이들의 말간 모습에 우린 입 끝에 귀를 걸고 다녔다. 아이들은 행복을 전해주는 천사다. 웃음이란 선물을 받았으니 우리 부부는 무엇으로 갚는다.

한참을 걸어 올라가야 매표소다. 표까지 샀으니 기다리는 일만 남았다.

오래 기다려서 탄 케이블카인데 타자마자 금방 내리란다. 에게 10분. 앞에 앉은 아이가 어찌나 귀엽던지 말을 걸다 보니 시간 가는 줄 몰랐나보다.

미륵산 정상에선 기념사진도 찍고 전망대까지 보고 왔다. 동양의 나폴리라는 통영항과 한려수도의 다도해조망이 오늘 같은 날씨에 올라왔다면 무슨 말이 더 필요하겠는가. 그냥 둘러보기만 했는데도 입에서는 탄성이 절로 나온다.

봄에는 '통영병꽃' 도 볼 수 있다는 미륵산(461m)에 폭 빠지다 내려왔다. 햇살이 온몸을 마사지를 해주었다. 그때다. 저쪽에서 희미하게 대마도가 보인다며 사람들이 웅성거린다, 설마 보일라고. 신기루라면 몰라도 그러면서 어느새 나도 그들 틈에 끼어 있었다.

영취산의 진달래축제, 그리고 해상케이블카

2016년 4월 1일(금)

차로 한참을 달려가야 하니 예정시간보다 서둘러야 한다. 식당에서도 음식이 빨리 준비되었다니 고맙다. 하루의 시작이 좋으니 달리는 기분을 냈다. 한 시간 남짓 달렸다. 영취산을 오르는 길목인 '돌고개 행사장' 에 도착했다. 10시에 오프닝행사가 시작된다니 아직 시간이 있는 데도 상인들은 축제기간 동안 대목 볼 생각에 피곤을 잊은 모양이다. 이른 시간이긴 하나 순천에서 자고 온 보람이 있었다.

차는 정문이 잘 보이는 명당자리에 세웠다. 화장실 다녀오랴, 딸기 챙기랴 바쁜 몸인데도 즐거워하는 걸 보면 아내는 몸이 가벼워진 모양이다. 내 컨디션도 나쁘지 않다. 서두른 것은 사람들이 많지 않은 시간대에 쉬엄쉬엄 오를 생각이었다. 영취산진달래축제를 보겠다는 마음으로 달려왔다는 것만으로도 박수 받고 싶다. 그런데 산 정상을 붉게 물들인 진달래, 거기에다 젊음이 넘실대는 현장에 서 있다. 생각만으로도 가슴이 뛴다.

영취산의 너른 산자락을 끼고 흥국사가 있다는 걸 놓쳤다. '이 절이 흥하면 나라가 흥하고, 이 절이 망하면 나라가 망한다.' 그런 간절한 염원을 담아 절의 이름을 흥국사라고 지었다고 하다. 임진왜란 때 우리나라에서는 유일하게 승병 수군 300여 명이 훈련을 받았던 곳으로도 유명한 절이다. 여기서도 영취봉과 진달래봉으로 이어지는 능선을 따라 진달래와 울긋불긋 사람들의 행렬이 끊이질 않았다. 벚꽃에 흠뻑 젖은 흥국사가 자꾸 눈웃음을 짓는다.

산을 오르며 얼마나 웃고 또 웃고, 찍고 또 찍었는지 가슴이 터지는 줄 알았다. 45도의 절벽 코스가 이어지는 가파른 오름길을 어렵지 않게 오를 수 있는 긴장을 우리 부부에게 준 것에 감사했다. 그리 올라와선 정작 몇 분 거리에 있는 정상은 거들떠보지도 않았다.

가장 높은 곳에 올라가서 내려다보는 것이 우리에겐 무의미하다는 것을 알고 있기 때문이다. 구부능선에서 바라보는 철쭉의 아름다움만으로도 이렇게 가슴이 두근거리는데, 혹시 가슴이 터질까 지레 겁을 먹었는지도 모른다.

내려오는 길엔 산신단에서 산신제를 지내려는 사람들과 섞이면서 길은 더 좁아지고 복잡한데 설상가상으로 무리하게 길을 나선 사람이 길바닥에 누웠다. 주변사람들과 동행인의 당황하는 모습이 보인다. 이럴 때는 도움이 안 되는 나 같은 사람은 자리를 빨리 뜨는 것이 도와주는 거다. "무리하지 마시지." 남 말한다. 얼마 내려가지 않아 구급차가 올라온다. 올라갈 때와 달리 내려가는 길은 올라오는 사람들과 뒤섞여 발을 내디디기도 쉽지 않았다. 경사가 가파르다보니 시간이 더 많이 걸렸다.

늦점심은 교동시장에서 장어탕 먹고 오동도의 해상케이블카를 탔다. 마래산 정상에 내렸다. 참 길다. 아직은 정돈된 느낌이 아니라 주변이 썰렁하다. 2~3년만 지나면 참 멋질 것 같다. 청정바다가 시원하게 내려다보이는 곳에서 아이스크림도 사 먹고 난 초상화도 그렸다.

영취산의 진달래는 잊을 수 없을 것 같다. 전국 3대 진달래 군락지로 봄마다 상춘객을 설레게 하는 곳이라지 않는가. 2016년 봄꽃나들이로 아물아물 피어오르는 아지랑이와 함께 연분홍 영취산 진달래꽃으로 봄의 정취에 흠뻑 젖어 보았으면 되었다 무얼 더 바랄까 만은 아직 남은 게 있다.

순천 베네치아 호텔

금오도 비렁길의 미련

"금오도까지 다리를 놓아서 요즘 사람들이 많이 찾는데. 확실하다니까. 그래도 주차장 때문이라도 일찍 가야 할 걸."

한림해운에서 운항하는 신기항선착장에 도착해서는 장광용의 말을 찰떡같이 믿은 것이 발단이긴 했지만 전화 한 통화면 깔끔할 것을 놓친 내 부주의가 먼저 떠올랐다. '에이그 이 바보야!'

검색결과는 1코스가 시작되는 함구미 선착장주차장까지로 되어 있는 데다 다리가 있다니 날씨는 신경도 안 썼다. 펜스 너머로 아찔할 정도로 가파른 벼랑들이 있어 스릴 만점, 신선들이 놀다 갔다는 신선대가 있다는 말에 정신이 어떻게 됐었나보다.

계획은 1코스 따라 마을까지 가서 '방풍자장면' 한 그릇에 '방풍서대회무침' 한 접시. 꼭 먹고 오라는 앞선 경험자들의 충고니 맛을 봐야겠다. 뚝딱하고 와야지. 함구미선착장에서 두포까지가 5km. 왕복 3시간이면 걸을만한 거리다. 그런 꿈이 한 쌍의 갈매기 되어 금오도로 훨훨 날아가 버렸다.

신기항에 가서야 알았다. 다리는 처음부터 없었다는 것을. 풍랑경보로 배가 오전에는 출항금지다. 선착장매표소라도 안 들르면 뿔딱지가 머리끝까지 솟을 것 같은 기분이었다. 헛걸음 친 사람이 어디 나 뿐이던가. 금오도에 숙박예약을 안 한 것만도 어디여. 뾰족한 묘안이 없으면 미련은 빨리 털어버릴수록 좋다.

여행은 이렇게 언제 어떤 이유로든 일정을 바꿔야 할 경우가 생긴다. 이럴 때 슬기롭게 대처하는 것은 오랜 여행의 노하우가 있으면 훨씬 수월하다. 그래서 여행은 매일 매일이 새로운 놀이마당이다. 비렁길이 아직은 우리에겐 낯을 가리는 모양이다.

여수 향일암

쉬기 위해 여행가는 사람이 있으면 놀기 위해 떠나는 사람도 있다. 몇 날 며칠 골프만 치다 오듯 나는 이곳저곳 돌아다니러 간다 라운딩이 시작됨과 동시에 움식일 수밖에 없는 골퍼들처럼 우리는 이 산자락 저 고장을 이어주는 산책로 따라 걷는다. 오늘은 금오도 비렁길 대신에 여수 향일암으로 바뀌었을 뿐이다.

주변의 바위 모양이 거북이등껍질처럼 보인다하여 영구암이라 부르기도 한다는 향일암을 찾아가려면 공영주차장서부터 걷는 것이 좋다. 조금 먼 거리지만 바닷가를 걸으며 오가는 사람 구경, 가파른 골목언덕길에선 갓김치 아즈매의 전라도 사투리를 들어야 향일암 여행의 감칠맛을 느낄 수 있다. 호객행위가 짜증스럽다면 심신이 지쳐있다는 증거다.

우린 망설임 없이 계단을 밟기로 했다. 노인들은 아이구구 소리를 반주 삼아 걸어야 하는 길이긴 하다. '금오산 향일암' 이라 쓴 일주문을 넘으면 귀여운 세 분의 부처가 나쁜 말을 하지 마라(無言), 지혜로운 사람은 비방과 칭찬의 소리에 흔들리지 않는다(不文), 남의 잘못을 보려고 힘쓰지 않는다(不見)며 두 손으로 입과 귀, 눈을 가리고 있다. 여의주를 쓰다듬고 등용문(登龍門)으로 들어서면 된다. 불이문이라 불리는 집채만 한 바위 사이로 난 석문을 통과하면 그곳이 별천지다.

법당 주변으로 사람들이 엄청 모인다. 인파에 휩쓸리다 보면 왜 왔는지를 까먹을 수도 있으니 조심해야한다. 절에 시주를 하러 온 것이 아니라 발품 팔러 왔으면 부지런히 둘러봐야 한다. 대웅전과 등용각에 도착하면 통과의

례처럼 약수터에서 물 한 모금 마신다. 의자에 앉아 담 너머 바다풍경에 넋을 잃는다고 탓할 사람 아무도 없으니 여유 부려도 상관없다.

관음전을 가려면 천정이 좁고 뾰족한 바위굴을 통과해야한다. 그렇게 천수관음전까지 가서 서두르지 않아도 원효스님 좌선대는 보고 갈 수 있다. 분위기에 취하든, 제멋에 취하든 할일 끝났다 싶으면 삼성각을 찾으면 그때부터 시멘트길이다.

'처갓집' 에서 게장백반. 시장이 반찬이란 말을 실감했다. 도라지, 파래무침, 시금치나물이 맛깔스러운 데다 간장게장과 양념게장이 먹기 좋게 집게다리까지 잘려 있다. 무한 리필이다. 흡족하게 빨고 뜯다 내려왔다. 이게 다 오늘 아침 "게장백반 어때?" 라고 했던 아내 덕이다.

여행은 오래된 친구와는 지나간 추억을 나누는 시간이지만 좋은 사람과는 새로운 추억을 만든다는 말이 있다. 내가 아내와 여행을 하는 이유는 바로 오랜 친구요 더없이 좋은 사람이기 때문이다. 그러니 여행에 동반자가 필요하다면 아내부터 설득하라 권하고 싶다. 친구는 고독을 달래줄 뿐이지만 아내는 함께 아파하는 벗이다.

중포해양공원

서늘한 밤공기 속에서 낯설지 않은 분위기와 마주 앉아 맛있는 추억을 만든다. 다리에 펼쳐지는 빛의 향연까지 보고 올 수만 있다면 여수여행의 추억은 새로운 맛으로 기억되지 않을까. 내가 오늘 낭만포차로 달려가는 이유다.

앰블은 바다전망도 끝내주지만 공간마술에 맛들인 화장실에 앉아 통유리로 내다보는 바다풍경은 정말 그림 같고 짜릿했다. 푸른색과 백색이 어우러진 침실 분위기는 또 어떻고. 오동도의 불빛을 담은 바다의 야경이 넘실대는 걸 보고 있으면 가슴이 설렌다. 그 유혹을 뿌리치고 밤바다를 걸으려는 것은 낭만포차의 유혹이 더 컸기 때문이었다. 하필 풍랑으로 오늘 영

업은 접었단다.

갈고 닦은 끼를 발산하는 젊은이들에게 박수를 아끼지 않는 사람들이 있다. 여학생들과 산책 나온 사람 그리고 우리 같은 나그네. 문외한인 내 눈에도 역동적이고 열정이 있는 남학생들의 춤 실력은 대단했다. 여학생들의 관람태도는 오페라를 감상하는 수준 높은 방청객이었다. 그들의 열정과 젊음이 부럽다. 내 눈에 그들은 거리의 예술가였다.

바로 들어가긴요. '양고기 닭꼬치집' 에 들러 훈연향이 은은히 묻어 있는 양꼬치를 처음이 아닌 것처럼 능숙하게 뜯으며 쯔란을 접시 바닥에서 보이지 않을 때까지 찍어 먹었다는 거 아닙니까.

'남반초밥' 집에선 고연인 우동국물이 수번인 재 거늘먹거린 덕에 그 맛에 쉽게 빠질 수 있었다. 차가운 날씨도 한몫했다. 마님께서 먹고 싶다는 얼큰한 김치찌개는 보여야 먹으러 가든가 말든가 하지요. 여긴 꼰대들이 지갑 열기가 쉽지 않은 곳이다. 젊은이들 입맛에 맞는 퓨전음식이 대세다. 우리 세대는 주 소비층에서 멀어지고 있다는 현실이 서글펐다.

여수 MVL호텔 2006호

아침뷔페에서 자몽의 유혹

2018년 3월 2일(토)

3만 5천원 뷔페와 찌개백반과 맞바꾼다면 잠깐 생각 좀 해봐야 할 것 같다. 가벼운 옷차림으로 내려와 편하게 먹고 올라간다. 같은 조건의 분위기와 고급스러움이라면 우린 오늘은 선자를 택했을 것이다.

뷔페접시에 넘치지 않을 만큼 담을 수 있어 좋았다. 작두콩, 유자에 담근 햄, 계란말이. 아내도 똑같이 따라한다. 햄은 특유의 냄새가 없고, 계란말이는 달달함이 아이들 취향이다. 잉글리시머핀과 크로와상을 치즈와 딸기잼에 발라먹고, 우유에 시리얼.

자몽은 아직도 나에겐 수수께끼요, 미련이다. 눈 한 번 더 질끈 감으면 되는데. 한두 번 먹었다고 뭐 크게 달라질라고. 나 같으면 먹겠다. 그 유혹에 넘어가는 단 한 번의 일탈이 저승길의 초대장이 될 수 있다는 걸 나는 알고 있다. 오랜 투병생활을 해야 하는 백혈병환자라는 걸 촌각이라도 잊어선 안 된다. 참아야한다.

이순신 벽화거리

오동도에서 시내버스 2번을 타고 진남관에서 내렸다. 발길 닿는 데로 가는 오늘 여행의 시작점이다. 남쪽 왜구를 진압하여 나라를 평안하게 하라는 뜻으로 세웠다는 진남관은 단청공사 중이라 관람불가.

유물전시관에서 거북선을 건조하고 각종 병기를 만들어 시험하던 곳이 여수라는 것을 아셨으면 철 이른 홍매화와 황매화가 꽃망울을 터트리는 모습은 꼭 보고 가라는 해설사의 말까지 들은 것은 잘한 일이다.

이순신장군 일대기는 다리 난간부터다. 충무공 이순신의 남달랐던 어린 시절과 무과시험 중 낙마하면서도 강한의지로 시험을 마쳤다는 일화를 시작으로 여진족 토벌장면, 수군정비모습, 거북선제작현장, 옥포해전, 한산대첩 좌 익진, 백의종군, 노량해전에서의 마지막 모습 등을 생생하게 묘사해서 충분한 시간을 갖고 걷는다면 이야기 풀어가는 재미로 시간가는 줄 모르겠다. '호남이 없었으면 나라를 보존했을까.' 했다는 충정공의 전기 한 편을 읽은 기분이다.

고소대에는 노량해전에서 전사한 공의 죽음을 슬퍼하며 부하들이 세웠다는 타루비와 이순신장군과 수군들의 공적을 기리기 위해 세운 대첩비가 있다. 오늘같이 따스하고 바람한 점 없는 날이면 벽화 따라 걷다가 고소대에 들러 장군의 업적을 생각하며 먼 바다를 바라보는 것도 나쁘지 않겠다.

1004(천사)벽화마을

여긴 벽화가 다른데 그리 생각할 쯤이면 달빛갤러리가 눈에 들어온다. 우린 이럴 땐 복 터졌다고 말한다. 여수의 향토작가들이 오늘부터 4월말까지 작품을 전시한다니 따끈따끈한 작품들이다. 작품들을 안 보고 1004벽화마을을 걷는다는 것이 무슨 의미가 있을까.

'여수풍경 17인의 스케치' 라는 제목의 작품발표회장이었다. '고소동에서 바라본 여수항' , '하화도 스케치' 에서 보듯 대부분의 작품이 하화도와 고소동이 배경이다. 고소동은 벽화마을의 행정구역이다. 그런 하화도가 궁금해진다. 작가 분들이 내 고장 하화도라며 작품에 담을 만큼 인상적인 섬이라면 가볼만 한 곳이 아닐까. 어떤 섬일까 은근히 궁금해지기 시작한다.

"우린 기회를 봐서 금오도 비렁길에 하화도를 일정의 맨 위에 올려놓고 들릅시다."

'이순신 전술 연 박물관' 은 작가의 창작실이 곧 박물관이다. 36작품을 보면 오방색을 사용했다. 파란색, 흰색, 노랑색, 붉은색 검은색은 동, 서, 남, 북, 중앙. 연은 꼬리의 길이로 바람이 부는 정도와 피항하는 장소까지 꼼꼼히 챙기면서 아군에게 작전을 지시하는 도구였다고 한다. 연은 곧 전술이요 전략이었다.

1004벽화거리 4구간은 중포해양공원으로 내려가는 골목길이다. 현실감 있는 벽화를 감상할 수 있으니 또 다른 재미가 있다. 여기서부터는 현실에 가까운 만화를 벽화로 남겼다. 엄마 아빠는 그 시절로, 아이들은 과거로 갈 수 밖에 없다. 제 7구단, 식객, 각시탈, 날아라 슈퍼보드 등 만화 주제로 아예 도배를 했다.

200여m 거리에 이순신 광장이 있다. 전라좌수영거북선이 전시돼 있고 관람하는 사람들도 많다. 여기서 중포해양공원, 즉 낭만포차 방향으로 계속 걸어가면 오동도가 나온다. 그리 먼 길이 아니니 누구나 걸을 만한 거리다.

버스 타고 와선 아내는 눕자마자 코 골고 난 여행스케치하며 분을 삭였다. 점심을 꽝 친 덕이다. 그 바람에 저녁은 룸서비스. 까르보나라 스파게티에 콜라, 망고 쥬스. 영님이는 이마저도 입맛이 통 없다며 깨작깨작. 젓가락 놀림이 시원치 않은 걸보면서 점심 기억을 떠올리고 있다.

"아무거나", "알았어요." 실은 메뉴판에 영님이가 좋아할 것 같은 비빔밥과 곰탕도 있긴 했다. 어차피 그 메뉴도 인스턴트음식이었을 것이다.

오동도

우린 동백열차를 타고 들어갔다. 아이들처럼 웃고 떠들지는 못했지만 마음은 그러고도 남았다. 분수광장에서 다녀올 곳 다녀오고 나면 발 가는 데로 가면 된다.

동백숲길을 50여m 쯤 올라가면 부부나무 밑에서 사진 찍느라 정신없는 친구들을 본다. 누가 아니랄까 봐 티가 난다. 샘이라니요. 부럽죠. 대나무숲 터널을 지날 때는 걱정을 사서한다. 한라산에서 조릿대의 반란에 충격 받은 후유증이다. 동백섬도 대나무 숲이 만만치 않던데 머지않아 대나무섬(竹島)이라 불릴 것 같은 불길한 예감 때문이다.

우린 갓바위까지 다녀오고 나서야 동박새 꿈 정원에서 동백꽃차를 마셨다. 동백이 피를 맑게 하고 멍든 곳도 풀어주며 불필요한 물질까지 몸 밖으로 내보내는 이뇨작용이 탁월하다고 하니 안 마실 수 있나. 새콤달콤하면서도 따끈해서 차 한 잔의 효과를 톡톡히 보았다. 벤치마다 동백꽃차를 들고 앉아 있는 모습에서 한가롭다는 것이 무슨 의미인지 알 것 같다.

동백꽃에 선녀가 내려온 들 이리 평화로울 수 있을까. 난 그들에 취해 있었다. 둘이 껴안고 있는 건 흔한 일이고 눈치껏 뽀뽀하는 연인도 있다. 눈길을 피해가며 슬쩍슬쩍 하는 모습이 곱기만 하다. 등대, 동백 숲, 음악분수 쇼가 그들의 웃는 모습과는 비교의 대상이 되지 않는다. 화장실에 들어가면 새소리 분수대에선 음악소리에 물 뿜어내는 소리까지. 봄맞이놀이 잘

하고 간다.

여수 MVL호텔 2006호

여수 그 추억의 입맛이 그리워서

2019년 2월 7일(목)

우린 어머니가 끓여주신 구수한 된장찌개와 칼국수가 그리운 세대다. 시골에 가도 된장찌개 한 그릇 먹기 힘들다며 툴툴대는 사람들도 우리 세대다.

그리운 엄마의 손맛이 시골에 있는 걸 알 리 없는 자식들은 맛있는 음식은 죄다 서울에 있는 줄만 안다. 시골에 가면 변함없는 그 맛을 보존하며 장사하는 노포집이 있어 먼 길을 마다않고 찾아가는 것은 꼭 그 맛 때문만은 아니라는 걸 젊은이들은 알 리가 없다.

아는 맛이 무섭단다. 그 아는 맛을 찾아 아내와 향토별미 찾아 떠나는 이유를 꼭 설명하지 않아도 되겠지요. 입에 넣는 순간 행복했던 기억들을 어찌 글로 다 표현 한답니까. 그러니 맛에 역사까지 있다면 그 식당에 무한 감동하고 올 생각입니다. 올겨울은 대한(大寒)이 이름값을 한다. 대한민국 3대 여행지를 꼽으라면 누가 뭐래도 부산, 전주, 여수다. 부산은 전번에 간이라도 보고 왔으니 이번 겨울 미식여행 2탄은 여수에서 출발할 계획을 가지고 떠났다. 부드러운 해풍을 맞고, 선홍빛을 띄는 동백꽃도 본다. 운 좋으면 화사한 봄빛을 모시고 서울로 올 수 있을지 누가 알겠는가.

아직은 그 맛들을 입이 기억하고 있는데, 또 다른 맛을 찾아 떠나는 건 맛에 대한 기대다. 폭 빠지다 올 일만 남았다.

여수 만성리 검은 모래해변

'남원 현 식당' 에서 96km다. 여수바다를 통째로 맛볼 생각에 다시 찾는 첫 방문지. 55년 전의 기억을 어렴풋이 되살려 내는 것조차 불가능할 정도로 변해 있을 것이다.

아침은 든든히 먹었으니 달리는 일만 남았다. 가는 길은 그야말로 시골 경치로 요즘말로 완전 끝내준다. 내비를 찍고 달리면 농촌풍경이 살아있는 길로 안내한다. 예상대로다. 여수의 해돋이 명소로 꼽히는 곳이라니 이보다 더 좋을 수가 없다. 해송 숲과 함께 공기돌만 한 몽돌들이 매력 있다고 주머니에 넣고 오면 안 되는 곳이다.

"어머머! 여기 파릇파릇 쑥이 올라오는 거 봐요. 그 틈새를 비집고 철없이 얼굴을 내민 노란 민들레는 또 뭐꼬. 봄이잖아. 우리 올라가면서 봄 데리고 갑시다, 호호!"

아마 주름 몇 개는 지워졌을 거라며 영님 씨가 웃는다. 여수 땅을 밟는 순간 봄기운을 받았으니 미각은 자연스럽게 살아날 것 같다. 아내의 몸보신을 위해서 얼큰 담백한 여수의 매력에 폭 빠뜨려야겠는데 어디부터 시작한다.

노년의 삶을 즐기려면 표정관리를 잘 해야 한다. 얼굴 표정에 그 사람의 성장배경이 보인다고 한다. 난 웃는 얼굴을 모르니 밝은 표정이라 할 순 없다. 표정 관리할 줄은 모르는 대신 내 할 줄 아는 게 하나 있다. 함께 가는 여행이다. 여행에 관한한 알파에서 오메가까지 책임질 수 있다. 여행사에 돈 주고 공항이나 서울역에 가면 데려다주고 데려오는 그런 여행 아니다. 자유여행의 맛에 푹 빠진 거다.

국내 유일의 검고 고운 몽돌모래밭. 해변을 걸으면 몽돌과 흑 모래가 주는 촉감을 발바닥이 먼저 안다. 바닷가를 거닐면 경사도 완만한데 파도에 밀려온 풀까지 해변에 널려있는 모습이 싫지 않으면 바다경치에 폭 빠질 준비가 되어 있다는 것이다.

여기서 해변 저 끝까지 연인처럼 걸었다. 아내가 손을 살며시 잡고 놓을 생각이 없는 걸 보면 횡재한 거죠.

여수 금풍쉥이구이와 서대회의 '구백식당'

여수수산시장 주차장에 주차하고 다리 건너면 2분 거리다. 상가 입구라 식당 찾기는 어렵지 않았다. 여수의 별미, 금풍쉥이구이와 서대회요리를 잘 한다는 식당이다.

금풍쉥이의 본래 이름은 '불에 구운 평선' 즉 '군평서니', 일명 '샛서방 고기' 라는 별칭을 갖고 있다. 너무 맛있어서 남편보다는 애인(샛서방)에게 몰래 주고 싶은 생선이라 그리 이름 붙였단다. 이름이 다소 생뚱맞긴 해도 맛있음을 강조하려다 보니 생겨난 애교 섞인 별칭으로 봐 줍시다.

여수 사람들은 '영광 굴비' 와도 바꾸지 않는다는 생선이다. 꾸돔, 꽃돔, 딱돔, 쌕쌕이로도 불리는 금풍쉥이라는 녀석이다. 어른 손바닥만 한 게 구우면 야들야들 부드럽고 고소한 속살이 일품이란다. 맛은 말할 것도 없고 머리 부분이 깨가 서 말이라 고소한 맛이 끝내준단다. 머리 부분이 알고 보면 발라먹을 게 진짜 많네요.

금풍쉥이구이 1인분이 손바닥만 한 녀석 한 마리였다. 갖은 양념을 발라 석쇠에 노릇노릇 구웠는데 간장 소스에 찍어 먹으면 더 맛이 있었다. 말대로 어찌나 맛이 고소하고 담백하던지 우린 굴비와 제주의 옥돔을 합친 묘한 맛이라며 아껴 먹었다. 가시가 억세서 급하게 먹다가 혼나는 수가 있대서요. '딱때기', '쌕쌕이' 란 별칭도 가시와 비늘이 억세서 따라붙은 이름이라 해요. 여수의 별미 맞는데요.

한 마리씩 더 구워 달라 그럴까. 그러며 지나가는 말로 했는데. 서대회는 여수 지역에서만 맛볼 수 있다는데 철지나 못 먹지요. 다음에 와요. 그 소리들은 주인아주머니 친절도 하셔라. 서대는 냉장이나 냉동 또는 말려두었다가 사계절 먹을 수 있어 특별히 제철이 있는 건 아니니 잡숫고 가세요. 우린 여기에 밥 반 공기 넣고 둘이 쓱쓱 비벼먹었더니 없던 입맛도 살아날 것처럼 개운했다.

좀 퍽퍽하다는 느낌은 냉동음식이란 선입견 때문일 것이고, 새큼한 맛은 젓가락을 놓을 수 없는 마성을 가지고 있다. 참기름 향도 좋다며 박박 긁었다. 이집 멸치볶음 안 잡숴봤음 말 마세요. 우리 부부는 시래기국으로 입가심하고 젓가락으로 무시 한 조각 들고 웃었으니까요. 양념 맛이 아니라 손맛이라 예.

여수 베니키아호텔 605호

여수 통장어탕 '자매식당'

2019년 2월 8일(금)

이순신광장에서 여수 신시가지 숙박 촌까지가 9.8km. 조용한 분위기를 가족단위 여행객들에겐 숙박명소가 될 것 같다. 호텔에서 내려다보면 앙증맞은 웅기공원도 보이고, 포구도 한눈에 들어온다. 만남이 익숙하고, 헤어짐이 낯선 것 같지 않은 분위기라 좋았다.

아침은 여수의 대표 먹을거리 바닷장어로 만든 통장어탕을 먹으러 갈 거다. 민물장어와 달리 개흙 냄새가 나지 않고, 식감이 좋은 것이 장점이란다. 토박이들은 두툼한 장어를 토막 내 된장을 풀어 시래기와 함께 푹 끓여낸 된장버전 통장어탕을 최고의 보양식으로 친다고 한다. 우린 여수에 올 적마다 7공주식당에 들려 고추장버전의 얼큰한 맛의 장어탕 한 그릇씩 비우곤 했었던 기억이 있다.

통장어탕은 된장의 구수한 맛으로 먹는다. 부드러운 육질에 느끼하지 않은 국물과 시래기의 식감은 먹어본 사람만이 안다. 이 집은 그래서 토박이들이 추천하는 맛집으로 국동항에 있는 자매식당이다.

우리도 빠질 수 없다. 아침이라 입맛이 없을 줄 알았는데 알고 있는 그대로라 신기했다. 삼삼하고, 달큰하고, 고소한 맛. 얼큰한 국물을 좋아하시는 손님들은 썬 고추를 넣으면 된다. 여수에서만 즐길 수 있는 별난 해장국을 술 한 잔 안하고도 잘만 들어가데요.

식사를 했으면 여수 국동항의 엄청난 규모에 놀라고 가야한다. 길을 잘 모르면 국동항 치고 가면 주차장 걱정 안 해도 되는 곳이다.

다음날 아침엔 상아식당의 장어구이 먹으러 간 걸요. 동그스름한 대추 떡 2개가 접시에 담겨 나오는 것이 매력이다. 얼른 비닐주머니에 넣어 호주머니 속으로 쏙. 시래기장어 국에 밥 한 술 넣어 말아 먹으니 시원하고 개운하데. 밑반찬으로 내온 멍게젓갈과 시금치나물이 입맛에 맞는다며 젓가락이 쉬디 빈 있닌 것 같나.

장어 먹는 거 어느 누구라고 별나게 먹겠어요. 상추 깻잎에 양념장을 얹은 후 생강채와 마늘을 올리고 된장 얹어 한입 물면 담백하고 구수했던 그 맛을 어떻게 잊어요. 여수 국동항에 가면 자매식당 옆집이래요.

여수 하멜기념관

오늘은 이순신광장을 보며 드라이브하다 낭만포차거리에서 추억을 담아갈까 했는데 바닷바람이 차서 뭐하단 핑계로 350여 년 전 3년 6개월 간 살다 고향 네델란드로 간 바다사나이 하멜을 만나러 가는 길이다.

그는 스페르베르 호를 타고 일본 '나가사기' 로 가던 중 풍랑을 만나 1653년 제주도에 표류하면서 귀향까지 13년 28일. 조선에서의 생활을 일기 형식으로 기록하여 유럽에 처음으로 알린 인물이다. 기록물의 엄청난 양에 놀라고 그의 끈기에 또 한 번 놀라야 한다. 하멜표류기에 소개한 글이다.

'이 나라의 여자와 평민들이 사용하는 글자가 따로 있는데 글자는 배우기가 쉽고, 모든 것을 다 표현할 수 있을 뿐 아니라 굉장히 빨리 쓰는 글자라고 소개했다. 집은 대부분 갈대나 짚으로 지붕을 이었고, 집과 집 사이의

마당은 울타리로 구분한다. 겨울에는 날마다 방바닥 밑에 불을 떼기 때문에 방이 언제나 따뜻했다.'

빨간 등대를 보려고 사람들이 오는 건 아니겠죠. 하루를 잡아 여수를 탐할 요량이면 여수 오동도를 둘러보고 걸어서 굴다리를 건너면 바로다. 하멜기념관까지는 걸을 만하다. 바다경치에 빠지다보면 낭만포차도 금방이다. 그곳에는 동백꽃이 좋아 조잘대는 엄지손가락만 한 동박새의 울음소리도 들을 수 있다. 우리 영님 씨는 아마 마음까지 떼어주고 왔을 걸요.

이순신 광장을 들러 진남관을 둘러보고 다리를 건너면 1004벽화 거리. 이 모두 걸어서 둘러보는데 반나절이면 충분하다. 이만한 곳이 어디 쉽겠어요. 우리가 이 길을 추천하는 이유는 아무 생각 없이 걷는다면 한나절. 무한 즐거움으로 여수를 탐닉할 수 있는 충분한 시간이다. 어디든 숙박지로 가실 때 시내버스를 타도 재밌어요.

여수 '이순신 수제 버거'

진남관에 와서는 이순신수제버거 두 개 냉큼 사 온다고 가서는 깜깜 무소식이다. 길을 잃었나. 손님이 그렇게도 많나. 정신없이 달려갔다면 순간 어제로 착각하고 건널목을 건널 수도 있겠다. 갖가지 생각으로 머릿속부터 하얘져버리는데. 내가 잘못했구나 생각은 들었지만 이미 엎질러진 물이다. 빨간 모자만 찾고 있던 그때였다. 빨간 모자가 횡단보도를 건너가고 있는 게 보인다. 이제 됐네. 일단 안테나에 잡혔으면 안심이다. 아! 착각하셨구나. 이제 기다리고 있으면 내가 보이겠지. 잘 보이는 곳에 서 있어야지. 저쪽 건널목에서 손 흔들며 좋아 죽어요. 나두.

얼마나 당황하고 힘들었을까. 겨우겨우 찾아 모시고 차로 와서는 눈감고 잠시 휴식을 취하라고 했더니 무용담만 늘어놓고 있어요. 난 무엇을 애기하고 싶은 건진 다 알아요. 무슨 말을 했는지는 하나도 안 들어오지만.

버거집은 이순신광장 삼거리에 있다. 노랑바탕에 검을 글씨라 눈에도 잘 띄니 찾긴 어렵지 않다. 어제 만성리 검은 모래해변을 걸을 때 젊은이가 맛있게 먹는걸 보고 물어 본 결과물이다.

"그 햄버거 어디서 팔아요? 맛있어 보이는데, 맛 어때요?"

"예 이순신광장에 가면 있어요."

어제는 구백식당에서 바로 왔었다. 불법인 줄은 알지만 잠시면 되니까. 그러면서 버스정류장 앞에 차를 얌체 정차 했었다. 다녀온 아내 손에는 햄버거 딱 한 개. 아내는 무공을 늘어놓습니다. 젊은 애들이 얼마나 많은지 몰라요. 한 개 시켰다고 하니까 양보해 주더라며 으스댑디다. 호텔에서 저녁 식사 대용이었는데 훌륭했어요. 젊은이들이 찾는 이유 알겠더군요. 난 초딩 입맛이거든요.

"한 개만 사오라기에 딱 한 개만 샀지 나도 참. 두 개 살 걸!"

아쉬워하던 아내의 얼굴이 떠올라 오늘도 그냥 지나칠 수가 없었다. 지가 먹고 싶었으니까 그렇지, 근데 우리 마님 고맙단 표현 너무 과했어요. 이런 해프닝을 선물로 준비하시다니. 다신 길 잃어버리지 마세요.

여수 베니키아호텔 605호

신비의 섬 금오도 비렁길 맛보기

<u>2020년 10월 12일(월)</u>

호텔방에 앉아 바다 위로 떠오르는 붉은 해를 바라보았다. 오랜만에 보는 진풍경인데도 그냥이었다. 고작 한다는 소리가. "야! 해 뜨는 장면 오랜만이네."

배는 여수시 신기항 여객터미널에서 9시 15분에 출항한다. 25분 거리라고 하니 모든 상황을 감안하더라고 8시 조금 너머 호텔을 출발하면 될 것 같다.

차를 터미널에 주차하고 비렁길을 접수 할 생각이었다. 우린 두 사람 배표만 샀다. 배 타기 직전에 마음이 바뀌었다. 현지인의 말로는 월요일이라 식당문을 닫았을 거란다. 게다가 사람도 적은데 버스 타고 가서 비렁길 걷는 거 쉽지 않을 거라고 한다. 더욱이 초행이고 나이 드셔 보인다며 난색을 표해서다.

비렁길은 우선 교통이 녹녹치 않을 거라며 금오도에서 며칠 묵으면 모를까 3코스가 무난하니 오늘은 그 길을 걸으라고 조언까지 해 주었다. 명성황후가 사랑한 섬 금오도는 세 번 도전 끝에 성공해 감회가 남다르긴 하다. 과연 나에게도 금오도 비렁길이 '평생 잊지 못할 길' 이 될 수 있을까.

마음은 함구미, 두포, 직포, 학동, 심포로 이어지는 비렁길을 완주하고 싶었다. 그건 욕심일 뿐이었다. 날씨가 꾸물거려 의욕이 뚝 떨어졌다. 여천항 여객터미널에 내려 차를 끌고 바로 비렁길 3코스로 간 것은 잘한 일이다. 당일 코스로 외지인들이 좋아하는 코스이기도 하지만 우리에겐 아침이 우선이다. 그런데 월요일이라 문 연 식당이 있을 것 같지 않다며 한 걱정하며 갔다.

운이 좋았다. 직포선착장에 가니 '비렁길 3코스 식당' 이 문을 열었다. 메뉴 추천해 달랬더니 갓 잡은 갈치로 조림 한 것이 있다며 권한다. 우리 마님이 좋아하는 메뉴인 데다 입에서 살살 녹는다. 오늘 게임 끝났다.

10시 30분. 3코스는 계단이 낡아 공사 중. 추락위험이 있어 이달 말까지는 출입통제다. 2코스로 바꿔 탔다. 칼바람 통 전망대(촛대바위전망대)까지 산길 1.4km가 이렇게 힘든 거리인 줄 몰랐다. 많이 힘들었다.

으스스하던 흐린 날씨가 확 바뀌었다. 바람이 잦아들고 빼꼼이 얼굴을 내민 해님이 반가웠다. 하늘은 구름 한 점 없는 말간 하늘이다. 전형적인 가을의 바다가 옥빛이다. 혹여 하늘이 내려왔나 바다가 올라갔나 했다. 금오도에서 민박을 해야 마음 편히 걸을 수 있겠는데 하면서, 길이 낯설다는 핑계로 14시 40분 한림 페리 9호를 타고 신기항으로 되돌아왔다. 몸이 피곤했던 모양이다.

아쉽던 차에 '승원마을 벚꽃 길 저수지' 가 눈길을 끌었다. 그냥 지나칠 수 없다며 정자각까지 편안한 마음으로 걸은 것은 잘한 일이다. 호텔엔 16시 40분에 도착했다.

저녁이랄 것도 없다. 가져온 것 조금씩 나눠 먹고 자자는 아내가 이겼다. 투명한 날에 부르는 노래는 절로 흥겹다는 말이 실감날 정도로 전형적인 가을하늘에 쪽빛바다가 환상적이더란 말밖엔.

여수바닷길 따라 여수를 탐하다.

여수의 날씨는 다시 흐려졌다. 기분이 꿀꿀한 것은 잔뜩 구름 낀 하늘 탓일 게다. 8~9시 조식뷔페식당은 코로나로 환기시키는 과정에서 온기가 없어져 그런가. 실내가 썰렁하다는 느낌과 뷔페식단이 식어 맛이 전만 못하단 생각도 했다.

10시 45분 호텔을 출발했다. 오늘은 워킹-데이. 솔직히 말하면 걸어서 여수를 탐하다가 오늘의 여행주제다. 수정동에서 출발해서 종화동 고소동에 이르는 세 동의 바닷길 따라 탐방하는 룰루랄라 여행이다.

호텔에서 100m 앞에 차들이 지나다니는 토끼굴 지하도가 보인다. 거길 통과하는 것으로 오늘을 시작했다. 탁 트인 공간의 너른 주차장과 파란 연안바다가 맞는다. 자산공원이다. 우린 주변을 쓱 둘러보곤 마스크를 벗고 깊은 숨을 들이마셨다. 뻥 뚫린 것 같아 살 것 같다.

13년 동안 이 땅에 살면서 하멜표류기의 기록물을 남긴 하멜의 기념관이다. 당시 서양인의 눈에 비친 우리의 사는 모습을 볼 수 있는 곳이다. 11시 45분.

200여m 더 가면 평화롭게 보이는 어촌인 종포마을이 나온다. 여수항이 있다. 배들이 가득 정박해 있는 모습이 풍요롭게 보인다. 한동안 쉬다 가고 싶은 너른 광장과 여수항의 고기잡이배들이 잘 어울려 서구식 어촌마을을 떠올리고 있었다.

하늘은 비구름을 걷어내고 조각구름들로 채워놓았다. 통통배가 바다를 가르고 달리는 모습만 봐도 기분이 좋아진다. 낭만포차거리며 눈에 익은 바다 풍경과 함께 걷다보면 이순신광장이 나온다. 우린 앉을 곳이 있으면 앉고 걷고 싶으면 걸었다. 시간에 구애받지 않았다. 여기가 여수항 해양공원이다.

오늘의 하이라이트는 좌수영음식문화거리의 한 귀퉁이에 자리 잡고 있는 여수시장이다. 시장을 탐하는 이유는 7공주식당으로 장어탕 먹으러 가기 때문이다. 우린 블랙타임이 시작되는 3시를 피해 2시 반쯤 식당에 들어갈 예정으로 걷고 있다. 이젠 코로나가 가져다준 우리의 여행 중 식습관으로 자리 잡아가고 있었다.

오늘은 주 종목인 장어탕을 제치고 소금을 뿌려 구워내는 장어소금구이다. 쫄깃한 육질과 향을 함께 느낄 수 있는 음식인데 맛보기 장어탕마저 좀 짰다. 할머니가 안 보인다.

진남관은 12월 말까지 휴관. 여수 명물 이순신버거에 관심을 가질 밖에. 피곤이 밀려온다. 체력에 빨간불이 켜진 증거다. 오늘도 아내는 50대 마냥 팔팔하다. 태백산 등정 때도 그랬다. 아내는 태백산다람쥐였다.

인생이 단풍이고 몸은 이미 녹슬었다고 무심한 세월 탓만 하면 남은 인생이 아깝지 않은가.

자산공원--하멜전시관--여수항--낭만포차거리--이순신광장--좌수영음식문화거리.

여수 소보캄호텔 2304호

여수 관광호텔, 여수 소노캄호텔(구 앰블호텔), 여수 베니키아호텔, 히든베이호텔

영 광

영광 불갑사 꽃무릇

2017년 9월 19일(화)

도로에 '불갑사 가는 길' 이란 이정표가 붙어 있다. 화살표 따라오라는 건데 뭔 행사가 있는감. 들렸다가지 뭐. 아니! 이게 무슨 일이야. 십리길이 온통 꽃길이라니. 배롱이 받쳐주니 더 곱네. 그때까지도 까맣게 몰랐다. '상사화! 사랑 꽃 담다' 를 읽고서야 눈치 챘다는 거 아닙니까.

우린 함평의 용천사 꽃무릇이 무리 지어 꽃대를 올리는 것을 보면서도 내 마음을 주체 못해 어린아이의 탄생을 지켜보는 기쁨이 이런 것이겠다. 그랬거든요. 여행 중 내내 그 생각만으로도 행복했던 기억을 떠올렸다.

"20일 넘어서 올라온다고. 그럼 서울 들어올 때 선운사 꽃무릇 보고 와. 그때쯤이면 대단할 걸."

"그래! 알았어. 거기도 꽃무릇 많이 피나보네. 많이 시든 건 아니고."

오늘은 여대생들의 졸업여행에 운 좋게 한배 타고 가는 기분이다. '여인의 변신은 무죄' 라며 더 앳된, 숙녀다운 모습을 보이려는 그녀들의 화려한 외출을 훔쳐보고 있는 행복의 시작이었다.

어딜 가나 꽃밭을 헤집고 들어가 개선장군처럼 폼 잡는 못난이가 있기 마련이다. 일행은 연신 셔터를 눌러대며 그 용기에 박수까지 보낸다.

"뭣들 하는 짓이요. 거기 '들어가지 마시오.' 글씨 안 보여요. 일행 중 한글 아는 사람이 그래 한분도 없단 말이요." 했더니 돌아오는 말.

“알았으니 그만 하세요. 그만하시라고 했잖아요.”

약발이 안 먹힌다. 우릴 힐끔 보고는 주판알 튕겨 봤겠죠. 웃음소리가 다시 커지는 걸 보면 쑥대밭이 된 꽃밭에는 미안함이 전혀 보이지 않았다. 일행들은 전리품 챙기듯 승리감에 취해있는데 진짜 뭐하는 사람들일까. 행색을 보면 요즘 잘 나가는 사람들 같긴 한데 물어볼 순 없죠. 개똥 밟았네. 아내에게 들킬라 큰 웃음으로 얼버무리긴 했지만 꽃보다 내 얼굴이 더 붉어진 건 미처 눈치 못 챘을 것이다.

모악산 자락에 터를 잡은 천년고찰 불갑사. 법성포로 들어온 인도 승 “마라난타 존자가 세운 백제 최초의 절이라고 한다. 요즘은 석산(꽃무릇)의 최대 군락지로 더 사랑받고 있다. 잎이 지면 꽃이 피고 꽃이 지면 잎이 나와 서로가 생각하고 그리워만 한다고 상사화(相思花). 그 꽃의 꽃말이 ‘이룰 수 없는 사랑.’ 이라는데, 사찰에서는 ‘피안화(彼岸花)라 하여 잎이 시들면 번뇌 망상이 소멸되는 것이고, 꽃이 피면 깨달음을 통한 열반의 세계라 여긴다고 한다.

‘간다라’ 의 공주가 ‘진희수’ 라는 수발스님을 보고 첫눈에 반해 ‘내세에서는 우리 사랑을 맺자’ 며 건네준 씨앗을 가져와 정성껏 키웠다. 그 스님은 ‘참식나무’ 아래서 함께하지 않아도 같이 있음을 되뇌며 열반에 들었다고 한다. 9월이면 세속의 여인을 사랑하고도 말 한마디 건네지 못한 수발스님의 모습을 닮았다 하여 상사화란다.

글재주가 없으니 고목에도 뜨거운 가슴이 있음을 보여 주는 시 한 수 읊을 수 없고, 나의 애틋한 마음을 아내에게 바치는 글 한 줄 남기지 못하는 것이 안타깝다. 아내에게 들킬라 큰 웃음으로 얼버무리긴 했지만 꽃보다 내 얼굴이 더 붉어진 건 미처 눈치 못 챘을 것이다. 들불이라도 난 듯 타들어가는 꽃불에 내 가슴만 활 활 타는 건 아닐까.

자선모금을 위해 통기타를 든 스님 앞 꼬마의자에 앉아 지그시 눈감고 듣고 있는 아주머니의 모습은 보살이다. 오늘의 깜짝 여행은 큰 보람이었다.

이젠 노을은 물론 예쁜 꽃을 보고도 담담할 수 있는 나이다. 그런데 꽃무릇을 보며 좋아하는 사람들의 표정을 보며 웃고 있는 내 자신에 깜짝 놀라고 있다.

아무포의 전설

'법성포굴비정식' 이 나무랄 데는 없는데 더위에 입맛을 잃었나. 보리굴비의 맛이 그 당시의 그 맛엔 많이 부족해 보였다. 20여 가지 찬이면 젓가락질이 심심하지는 않을 텐데도 가짓수 채우느라 고생했겠단 생각밖에 안 들었다.

굴비정식이 집사람손바닥만 한 길이의 보리굴비 한 마리다. 굴비 전, 고추장굴비, 굴비조림 맛나더란 말을 못하겠다.

백제불교 최초 도래지는 불교신자에게는 성지다. 문외한이던 나의 눈을 뜨게 한 것에 감사하고, 놀라고, 고마워하면서 둘러본다. 보는 것보단 걷는 것이 우리의 목적인 건 맞다. 오늘도 남들은 차량출입금지도 아랑곳하지 않고 좀 더 가까이하며 큰문 앞까지 자동차 궁둥이를 들이밀지만 우린 아예 텅 빈 주차장을 선택했다.

절에 불공드리러 가거나 절 구경하러 가는 사람이 아니니 산책로 따라 바다 구경하며 걷고 싶었다. 바다와 하늘 산천만 보였겠습니까. 바람에 실려오는 꽃향기도 맞고 비릿한 바다냄새에 섞여 먼 어느 날 포구에 들어섰을 낯선 이방인의 모습도 떠올렸겠지요.

산허리를 끼고 서있는 '사면대불' 이며 간다라 불교조각, 건축양식이 불갑사에서 실컷 봐서 그런가. 낯설지가 않았다. '아미타불' 이란 의미의 '아무포(阿無浦)' 는 '마라난타존자' 가 아미타불이 머무는 서방정토에서 다시 태어나기를 바라는 신앙을 전래한 포구라 붙인 이름이란다.

성인이 불법을 전래한 성스러운 포구라 해서 '법성포' . 그가 모악산에 절을 세우고 '으뜸이 되는 절' 이란 의미로 지은 절이 '불갑사' . 그런데 이곳으로 오는 도로는 '굴비길' 이다. 장삿속이 아니면.

영광글로리관광호텔

영광 글로리아관광호텔

영 암

구림 전통마을과 영암도기박물관

2018년 2월 27일(화)

시동을 걸면서도 마음은 콩밭에 가 있었다. 월출산구름다리, 도갑사. 그나저나 아침은 뭘 먹는다. 순천 선암사의 홍매화는 '몰라 예, 아니라 예, 부끄러버 예' 하며 꼭꼭 숨어 나오지 않았으면 어쩐다.

공주 알밤휴게소, 함평천지휴게소에서 잠깐. 그리곤 영산강 무영대교를 단숨에 건넜다. 이제 다 왔습니다. 우리 영암도기박물관부터 갈 게요. 도갑사를 목표로 달려와선 순간에 바뀐 건 화장실 때문이었다.

영암도자기박물관은 영암도기의 역사와 도기유물들을 비교 전시했다. 독이나 항아리 같은 질그릇은 영암 주변에서 쉽게 구할 수 있는 점토를 사용했다는 것도 알려주었고, 냉장고의 기능뿐 아니라 발효그릇으로도 손색이 없다는 것도 이해하기 쉽도록 설명을 붙여 좋았다. 달 항아리, 백자청화 등 조선백자의 다양함과 백자에 이름 붙이는 방법을 배웠다. 그동안 도자기 크기와 무늬만 보며 다녔다는 거 아닙니까.

구림전통마을은 2,200년의 역사를 가진 마을이다. 장천리 선사주거지가 말해주 듯 삼한시대부터 백성들이 살아왔으며 도선국사와 왕건의 지략가 최지몽이 태어난 마을이기도 하다. 골목마다 고풍스런 집들과 황토 돌담이 이채로워 골목투어를 하며 옛 정치를 맘껏 담아갈 수 있겠다.

이 마을은 1565년에 임호, 박규정 등이 조직한 450여년 전통의 대동계가 현존하는 마을이다. 그 문서를 보관하고 있는 곳이 대동계사라고 한다. 대동계가 마을에서 운영하고 현존하는 기록문화유산이라니 전통을 이어오는 마을 사람들의 지혜가 놀라울 따름이다.

왕인박사유적지

백제 말 성기동에서 태어난 왕인박사가 논어 10권과 천자문 1권을 갖고 일본으로 건너가 응신왕의 태자의 스승이 되었다고 한다. 그가 떠날 때 문하생들과 작별을 아쉬워하며 고향을 되돌아보았다하여 '돌정 고개', 그가 떠난 나루터를 '상대포', 공부했던 곳은 '문산재', 서재로 사용했다는 '책굴' 탄생지로 믿을만한 곳이라는 백제시대의 집터까지 있다.

걷다보면 볼 것이 또 있다. 욕심 없어 보이는 모습의 '왕인석상', 계곡에서 멱 감으면 학문을 터득하게 된다는 '왕인지', 왕인박사가 이곳 월출산 정기를 받아 태어나고 자랐다하여 성인의 터라는 '성기골(聖基洞)', 그가 마셨다는 우물인 '성천'. 시간이 있으면 회춘바위도 올라가면 백수 할 수 있을지 뉘 알갔소.

파릇파릇 들풀들이 싹을 틔우는 계절이다. 내일모래면 천지가 들풀들의 세상이겠다. 그러니 '성천(聖泉)' 이 출발점이요 도착점이기도 한 '기(氣)찬 묏길' 이 핫한 이슈가 되고도 남을 것 같다. 물, 숲, 바위를 따라 길을 체험하며 느낄 수 있도록 한 도보전용의 건강로드다. 다리가 불편한 사람도 목발을 던져버리고 싶을 만큼 걷고 싶은 길이라니 마음이 먼저 가니 발은 그저 따라갈 밖에.

도갑사

'월출산 산장호텔' 부터 찾아갔다. 여기 맞네. 2011년 그해 여름, 3.5기 직장암 수술을 한지 일 년이 좀 지났나. 병색이 완연한 몸을 끌고 하룻밤 유하고 서둘러 떠난 기억이 있다. 얼마나 힘든 여행이었으면 전날은 물론 다음날도 어디서 묵었는지 기억에 없다. 그날 천황사지에 가서 감로수 한 모금 마시고 병에 담아오자 한 것 같은데.

"구름다리 멀지 않아요. 쉬엄쉬엄 가면 누구나 올라갈 수 있는 곳인걸요."

[illegible] 반 [illegible] 눈이었다지 얼마나 고통스럽고 힘들었으면 주저앉기를 수도 없이 했을까. 아내는 펄펄 날고 난 기었다. 죽을힘을 다해 오른 월출산 구름다리와 날이 저문 담에 찾아간 '월출산 산장' 만이 기억에 남아 있는 모양이다. 눈 뜨자마자 갈낙탕 먹으러 나가선 청국장 먹고 영암을 떠났다고 아내가 귀띔 해 준다.

도갑사는 월출산산장과 담을 사이에 둔 이웃이나 다름없다. 불이문을 들어서면 거리랄 것도 없다. 계단 모습만 갖춘 길을 걸어가다 보면 해탈문이다. 속세의 번뇌에서 벗어나 근심 없는 부처님의 품안으로 들어간다. 사천왕상은 알듯 모를 듯 그 깊은 뜻까지야 모르겠지만 친근하게 느껴지면 반가울 터이고 무섭게 느껴지면 눈을 맞추지 않으면 된다. 대웅보전, 천불전 뒤에는 산신각까지 절터를 잘 활용해서 그런가, 널찍하다. 명부전에 들르면 염라대왕과 함께 모셔진 삭발한 지장보살이 있다. 지옥이 텅 빌 때까지 지옥중생을 구제하겠다고 나섰다고 해서 적당히 죄 짓고 살아도 된단 얘긴 아니라오.

절집이란 스님들이 수행하는 곳이요, 고통 받는 중생들이 삶의 가치를 깨우치는 곳이다. 대중교통을 이용할 수 있어 접근성이 좋으니 상처받은 중생들을 위한 절집 같다. 앉은뱅이 팽나무의 형상이 기기묘묘하니 잠시 쉬었다 걸어도 주차장에서 넉넉잡고 20분이면 된다.

절집에 들어오면 알겠지만 산이 빙 둘러 감싸는 형국이라 안온해서 마음이 편안해진다. 다녀만 가도 부처가 된 기분이라면 불심이 없는 사람도 한 두 번은 찾게 되는가 보다.

도갑 습지탐방로

우리 부부는 봄볕에 물 올리느라 바쁜 나무들과 눈 맞춤도 하고, 땅속을 뚫고 나와 꽃을 피우려고 자리다툼하는 풀들의 전쟁도 눈썰미 있게 들여다보면서 도갑사탐방로를 걷는 것도 재밌겠다며 입을 모았다. 2.7km 거리밖에 안 되는 억새밭까지 갔다오기는 시간이 벅찰 것 같다는 건 핑계였다. 컨디션 때문이었다.

용수폭포는 석조여래좌상이 봉안되어 있는 작은 언덕에 있는 미륵전을 안고 흐르는 모양새다. 정자 하나가 그 멋을 살려보려고 애쓴다. 봄 가뭄이 심한 계절이라 어째 소문보다 빈약해 보인다. 수량이 풍부하고 더운 날씨면 우선 물 떨어지는 소리에 한기가 느껴지겠건만, 거짓말 보태서 폭포소리가 졸 졸 졸.

미륵전을 보고 가려면 계단을 좀 밟고 올라가 석조여래좌상부터 만나야 한다. 타원형의 큼지막한 얼굴에 두툼한 눈두덩, 넙데데한 코, 쑥 내민 두툼한 입술. 정겨운 모습이긴 하다만 표현하고 보니 나와 많이 닮은 것 같단 생각을 했다. 그냥 대충대충 자리 잡은 세련되지 않은 얼굴에서 거울을 보는 것 같단 생각을 했으니 말이다.

삼거리가 나오면 무조건 오른쪽으로 꺾으면 대나무터널 속으로 들어간다. 멋스러운 길이긴 하다만 멧돼지들이 자주 출몰하는 곳이라며 서둘렀다. 그렇게 우린 도갑 습지탐방로를 완주하고 왔다.

갈낙탕에 밥 반공기 말아 후루룩 짭짭 찢고, 자르고, 뜯으니 맛나던데요. 먹물까지 맛있게 먹었다. 너른 들과 농촌마을 풍경에 월출산의 모습이 이리 잘 어울릴 수가 없다.

이 호텔은 어느 방에서 묵든 월출산이 한눈에 들어오는 조망권이다. 식당이 없다는 것이 흠이지만 장점일 수도 있다. 관절염, 근육통, 신경통에 효험이 있다니 온천도 하고 낙지도 먹고 구경하며 며칠 푹 쉬다 가면 좋겠단 생각 왜 안했겠어요.

영암온천관광호텔 611호

영암 폭풍우 쏟아지던 날

2018년 2월 28일(수)

아침 6시 뉴스에 영국은 꽁꽁, 유럽은 폭설. 특히 이태리의 폭설은 50년 만의 기상이변이라니 지구가 기상이변으로 몸살을 앓고 있다. 여기 남해안도 벨트를 형성하고 많은 비를 뿌린다는데 걱정이다.

어제는 하루 종일 비가 내렸고 바람까지 불었다. 직장암수술후의 투병생활 중. 힘들게 올랐던 그 산행 때를 되새기며 구름다리까지 만이라도 다시 올라가고 싶었다. 그런 욕심이 있기에 이 비로 봄 가뭄이 해갈되길 바라는 마음이면서도 밤에 흠뻑 내리고 아침에 그쳐 달라 누군가에게 청이라도 넣어볼까 생각 중이다.

비는 그칠 생각이 없는 모양이다. 월출산 산장식당도 문을 닫고 외출한 채 〈외출〉이란 꼬리표만 달랑 걸렸다. 게시판엔 '구름다리와 천황사지 가는 길은 2월 28일까지 공사 중 출입금지'

결국 영암읍내로 나와 아침은 우정회관에서 육회고기 먹었다. 고추장을 양념베이스로 한 것이 특이했다. 실파와 마늘, 배를 듬뿍 넣고 계란 노른자를 올렸는데 우리 입맛에는 꽤 매운 편이었다. 매콤한 맛이 또 다른 별미인데 하며 젓가락이 자꾸 간다. 곁들이로 내온 맑은 선짓국이 오늘의 조연. 선지에 두툼하게 썬 무가 일품. 구수하고 시원한 맛이 매콤한 육회와 잘 어울린다. 먹는 게 남는다는 말을 실감하고 있다.

재래시장을 찾아갔다. 바람이 우산을 뒤집기가 일쑤였다. 우린 비를 몽땅 맞으면서도 맛있는 주전부리에 대한 기대 때문이었다. 왕 꽈배기전문점에서 꽈배기와 크로켓을, 난 파리바게트에서 샌드위치와 햄, 그리고 곰보빵과 크림빵 1개씩을 봉지에 담았다. 하나로 마트에선 영암고구마 한 상자에 꿀, 딸기와 우유, 요구르트.

꼭 비 때문에 아무것도 할 수 없는 처지를 쇼핑으로 갈증을 해결하려는 듯 싶었다. 호텔에 왔지만 상황은 더 나빠졌다. 로비까지 걸어가는 것이 문제다. 엄청난 위력의 맞바람 때문이다. 몸을 가눌 수 없을 정도가 아니라 70kg이 넘는 내가 뒷걸음질 칠 정도였다. 나는 바싹 허리를 구부리고 바람과 맞서 로비에 도착하는 데 운 좋게 성공했지만, 아내는 도저히 몸을 가눌 수 없었던지 바람이 잦아 질 때까지 한동안 다른 차 옆으로 몸을 피해 있어야만 했다.

창문을 꼭꼭 걸어 잠갔는데도 휘이잉 하는 비바람소리가 틈새를 파고든다. 차량통행은 뚝 끊겼고, 신흥마을은 숨죽이고 납작 엎드렸다. 월출산은 먹구름 속으로 모습을 감췄다. 점-저라고 호텔에 들어오자마자 햄버거, 샌드위치에 우유하고 딸기 꺼내더니 저녁 겸 야식은 빵 하나씩에 꽈배기 두 개에 요구르트. 서로 얼굴 보며 웃었다. 다이어트 하는 날인가. 오늘은 폭풍을 동반한 비로 가슴을 쓸어내렸다만 내일은 하늘이 내 편이길 바랄 뿐이다.

영암온천관광호텔 611호

영암 월출산온천관광호텔, 영암 현대호텔

완 도

청산도
완도 신지명사십리
청해진 장보고유적지
완도 타워에 다시 오르다
완도 청해포구 해신 드라마 세트장

청산도

2013년 12월 2일(월)

청산도에서 빠름은 반칙이다. 슬로길을 천천히 걸어보는 것이 이곳 여행의 포인트다. 자연을 느낄 수 있도록 도시인들에게 마음의 고향을 만들어 준 주민들의 그 마음이 예쁘지 않아요. 나도 모르게 또 하나의 고향이 마음속에 들어오고 있었다.

한적하던 포구에 느닷없이 등산복차림의 아줌마군단이 들이닥쳤다. 우린 개찰을 알리는 방송이 나오자 화장실까지 다녀오다 보니 발바닥에 불이 날 지경이었다. 검표를 마치고 개찰구터널을 지나서야 배를 탈 수 있었으면 그건 맨 꼴찌로 간신히 배 시간에 대었다는 얘기다.

배는 넉넉한 완도읍의 전경을 뒤로 한 채 크르릉 엔진소리와 물보라를 일으키며 멀어진다. 우리를 배웅하느라 벼랑 끝에 매달려 있는 하얀 등대에게도 손을 흔들어 주었다. 얼마나 외로웠으면 저리 힘들게 서 있겠는가.

'도청항' 에서는 비릿한 갯냄새가 마중 나왔다. 완도와 달리 코끝이 향긋하다. 느림과 여유로움으로 삶의 쉼표를 삼는다는 섬, 무려 11개의 길이 있어 족히 4일은 걸어야 한다는 그 청산리의 초입에서 욕심을 버려야했다.

느림의 종은 이 섬을 찾는 손님들에게 마음 속 종을 울려보라는 마음에서 달아 놓았다고 한다. 슬로길을 걷다 보면 백년도 살지 못할 인생이면서 천년을 근심하는 자신을 되돌아보게 될 것이라며 이 길에다 모든 근심을 버리고 잊고 가시라는 배려라고 한다.

우린 함께 배를 타고 온 일행과 함께 '청산도 슬로 길' 을 걸을 생각이었다. 그런데 '도락리' 입구서부터 길에 그려진 화살표를 따라 가면 되는 것을 깜빡했다. 조용하다고 좋다고만 했지 일행과 점점 멀어지고 있는 것을 눈치채지 못했다. 주민 말이 저기 보이는 소나무 길을 이정표 삼아 가시면 길 찾는 건 물론 일행을 만나는 것도 어렵지 않을 거라고 한다. 그 방향으로 길을 잡았더니 너른 다랭이 논과 푸른 바다, 언덕위의 하얀 집과 서편제에서 주인공들이 진도아리랑을 부르며 걷던 구불구불한 돌담길도 걸을 수 있었다.

봄이면 청보리와 노란 유채꽃이 너른 들녘을 물들게 하고, 가을엔 코스모스가 돌담길을 수놓는 모습이 한 폭의 그림이라는데 우린 철 늦은 계절 탓에 다랑이논의 속살은 보지 못했다. 그래도 우린 '청산도' 에서 큰 선물을 받은 기분이었다.

오늘은 서울을 비롯해 중부지방이 심한 황사와 미세먼지로 고통 받고 있다고 하지 않는가. 그런데 우린 맘껏 비타민D를 몸에 저장하는 축복에 맑은 공기까지 마음껏 마시고 있으니 무얼 더 바랄까. 연애바위 입구에서 당리제까지, 동구정길과 서편제길, 화랑포길도 걸었다.

서편제 촬영지에서 구불구불한 길 따라 펼쳐지는 너른 들을 보고 있으면 가슴이 탁 트이는 것 같은 후련함에 상쾌한 기분이던데 그놈의 군수 송덕비가 속을 뒤집어 놓았다.

완도 관광호텔

완도 신지명사십리

2013년 12월 3일(화)

사과와 귤이 오늘 아침 메뉴다. 아침 사과는 금이라는 꿀떡같은 정보를 찰떡같이 믿고 있다. 사과 한 개면 포만감으로 잠시 배고픈 것은 면할 수 있다지 않는가. 다른 과일과 섞어들면 비타민 미네랄의 부족을 해결할 수 있다기에 가을겨울여행은 필수품이라며 사과를 챙겨 열심히 싣고 다닌다.

비수기에 시골여행은 제 때 아침식사가 쉽지가 않다. 과일가게를 찾아다니는 것 또한 어려운 수수께끼 푸는 것만큼이나 어렵다. 그러니 몇 가지 준비만으로 아침시간에 여유 부릴 수 있다. 여행 중에 여유는 사람을 느슨하게 하는 부작용이 있긴 하지만 멋 부림의 낭만 하나는 주어갈 수 있으니 손해 볼 건 없다.

느지막이 일어나도 창문을 열고 말없이 바다나 산과 들을 바라보기만 하며 된다. 서두를 이유가 하나도 없다. 서도 되고, 의자에 앉아도 된다. 가슴과 얼굴 표정이 달라지는 것이 느껴질 것이다. 티 테이블에 과일 몇 조각이 놓여 있고 따끈한 찻잔이 손에 들려있다고 생각해보라. 무슨 말이 더 필요하겠는가. 사랑하는 사람이 옆에 있어주면 멋진 영화의 한 장면을 되살린 거다. 나 없인 못 산다는 한 여인이 나를 살포시 지켜보고 있으니 더 바랄 것이 없다.

실은 어제 아침 호텔 음식이 짰었다. 그래서 다니다 맛난 것 만나면 먹기로 의견일치를 보았기에 여유를 부리고 있는 것이다.

현실은 이랬다. 창문을 열자 푸른 바다가 펼쳐지고 하늘에 걸려있는 그 빨간 신지대교까지는 10km거리라는데 가까워 보였다. 신지도에 가면 신지명사십리 해수욕장이 있다. 후회할 짓은 안 헐란다. 잘못하다간 오늘 배 좀 곯겠다.

가서보니 멋있다는 수식어론 많이 부족했다. 고운 금빛모래사장에 잉크빛 바다. 모래밭엔 시리도록 눈이 부신 태양이 만들고 파도가 실어다 뿌려놓은 예쁜 조개부스러기들이 널려있었다. 반달을 그리워하며 닮아보고 싶어 했을 모래들이 밑그림을 그려놓고 소나무들을 불러 세웠다. 그 셋이 너무 잘 어울린다.

길고 넓고 고운 백사장 하나만으로도 하와이 와이키키나 부산의 해운대

보다 훨씬 나은 자연조건을 갖춘 신지명사십리에서 한동안 정신 줄을 놓을 생각이었다. 모래사장을 걷기도 하고 소나무 숲에서 잠시 여유를 부려보기로 했다.

청해진 장보고유적지

2021년 2월 21일(일)

낼 모래면 7학년 7반. 6시간 걸린다는 완도까지 운전하고 가야한다. 솔직히 부담되는 나이긴 하다. 어제 밤잠을 설친 것은 아마 긴장을 해서 그러지 않았을까. 오늘도 해 뜨기 전에 출발했는데 새벽 컨디션은 좋았다. 홍성휴게소와 군산휴게소에 잠시 들러 영암순천도속도로에 들어서니 83km 남았단다. 코가 시원하니 살 것 같다.

내내 코를 매콤하게 하던 미세먼지로 불편했는데 깔끔하게 사라졌고 하늘은 투명하리만큼 맑았다. 공기가 깨끗하다는 얘기다. 달리는 내내 꺼림칙한 먼지 때문에 차문도 제대로 못 열었는데 차문부터 열어야할 것 같다. 따스하고 시원한 공기에 향긋한 냄새까지 묻어있다면 믿을까. 스멀스멀 코밑으로 파고드는 느낌이 봄의 냄새였다.

“차 속인데 어때요. 이젠 마스크 벗어도 되요. 완연한 봄 날씨구만. 잠깐 깜빡할 뻔했네. 식당에 전화부터 걸어야 해요.”

장보고 유적지 둘러보고 가기로 계획한 식당 완도의 ‘명품전복 궁’ 이 다음 일요일까지 문을 닫아야 한단다. 금방 눈치 챘을 텐데.

“어떡하지. 다녀간 녀석이 도대체 어떤 녀석이야!”

그렇게 툴툴거렸을 걸요.

오늘 일정은 장보고기념관, 청해진유적지, 장보고공원을 둘러보는 것이다. 여행이란 자기가 사는 곳을 떠나 유람을 목적으로 객지를 두루 돌아다니는 거라고 한다. 우린 아름다운 경치나 멋진 곳이면 가서 보고, 걷고 때

되면 맛집 찾아다닌다. 이번 77생일 여행도 그럴 생각이다.

기념관에선 우리 민족 최초의 세계인이요, 역사상 가장 위대한 한상(韓商)으로 글로벌 해상영웅이었던 장보고의 시대를 보여주었다. 그는 고향 완도로 돌아와 청해진을 설치하였고, 당의 석도진과 일본의 하카다에 무역거점을 확보하면서 동북아 해상무역을 장악한 한, 중, 일 고문헌에 소개될 만큼 한 시대를 살다간 사람이었다.

장보고 선단의 배는 삼나무로 만든 1/4축적이었다. 경주 안압지와 완도군 약산면 어두리에서 출토한 11세기 고려 배를 기본으로 고증을 거쳐 복원했다고 한다. 피나무로 만든 목조벽화, 장보고가 세운 적산법화원, 신 해양시대를 여는 완도의 미래도 보여주었다. 편안한 마음으로 다가가면 무언가를 느끼고 갈 수 있게 꾸몄다.

청해진유적지는 주차장이 좁다. 그러니 기념관에 차를 세워두고 바닷길 따라 걷는 것도 나쁘지 않을 것 같다. 한 15분이면 된다. 장좌리란 마을에서 다리를 건너면 청해진 장도다. 이미 양지바른 언덕에는 뽀얀 얼굴에 화려한 잉크 색 옷으로 갈아입고 등장한 개불알풀이 토끼풀과 쑥과 함께 봄빛을 즐기고 있었다.

청해진은 남아있는 목채와 맷돌, 토성 등을 근거로 복원하였다고 한다. 우린 외성문으로 들어가 모래와 흙을 틀에 찍어 쌓았다는 판축성벽길을 따라 걸었다. 성벽 위에 우뚝 선 소나무 아래에서 빛을 등지고 사진 한 장 찍었다. 내성문, 굴림주, 당제 및 당굿을 하던 곳도 지나고, 치주에 올라서선 점점이 흩어진 바다 풍경에 시간을 잊는 것도 우리 몫이다. 가끔은 마스크도 벗고 시원한 공기를 맘껏 마시며 망중한을 즐겼다.

우린 청해진 입구에 있는 '목고청해' 식당으로 들어갔다. 근데 참 이상하지요. 손님은 안 보이는데 어수선하고 주인 할머니는 동동거리며 뛰어다니니. 손님이 많아 낙지볶음을 포기하고 탕탕이를 시킬 수밖에 없었다. 맛나게 먹었으면 되었다.

장보고동상과 어린이놀이터는 길목이라 어디서든 잘 보인다. 주차장서부터 동요가 흘러나오고 아이들 웃음소리로 귀가 번쩍 뜨인다. 연둣빛 싱그러움이 눈치 보지 않고 우리네 마음속 깊이 파고드는 걸 보면 찾는 이들에게 행복의 바이러스를 뿌려줄 것만 같은 분위기였다.

완도 타워에 다시 오르다

먼 길을 달려온 터라 피곤할 법도 한데 청해진에서 기를 듬뿍 받아 그런가. 아직은 멀쩡하다. 우리 부부는 모노레일타고 올라가 본 그 안개가 그리워, 아니 완도의 바다가 그리워 다시 완도타워를 찾아가는 길이다.

그런데 내비가 낯선 길, 꼬불꼬불한 산길로 안내하는 것이 아닌가. 기억으론 주차장이 언덕 아래여야 맞다. 그런데 타워 뒤로 간다. 달라진 건 또 있다. 200여m의 언덕배기를 걸어가야 하는 것이다. 난 무릎 때문에 애 먹었다. 언덕이 가파른 데다 마스크까지 썼으니 숨이 많이 찰 수밖에.

타워에서 바라본 다도해의 풍경에 눈을 뗄 수가 없었다. 눈부시도록 아름답단 표현 이럴 때 쓰는 것이다. 눈이 시원하더니 가슴이 뻥하고 뚫리는 기분이었다. 그런데도 나는 안개뿐이던 그 날이 떠오르며 그리워하고 있으니 별일이다. 추억이란 이렇게 무서운 것이다. 모노레일에 집착하고 있었다. 나만 그런 걸까. 모노레일은 간데없고 짚 라인이 벼랑에 기대 서 있는 모습이 낯설다.

다도해를 발아래를 보며 줄을 타는 젊은이들에게 모노레일은 기억에도 없을 것이다. 그 사실조차 모른다고 해도 하나 이상할 것이 없다. 어쨌거나 푸른 바다에 퐁당 빠졌다. 표현이 별로 없는 아내가 한마디 한다.

"정말 좋네요. 고마워요. 데려다줘서."

전망대 매점에선 전복 한 마리가 들어앉았다는 장보고 빵은 벌써 매진이란다. '개성순두부집' 은 재료가 이미 소진되어 문을 닫는 중이라고 하고, '진짜 왕 곰탕' 집에서 먹은 갈비탕과 곰탕은 내가 생각하고 있던 맛은 아니었다. “나오긴 뭘 또 나와.” 그러며 ‘완도 과자점'에 들러 빵 한 보따리 사들고 숙소로 직행했다는 거 아닙니까.

난 TV 채널 찾느라 손가락이 바쁘고, 아내는 씻는다고 정신없었다.

완도 파크힐 호텔 506호

완도 청해포구 해신 드라마 세트장

2021년 2월 22일(월)

0시 10분 해신 촬영장에 도착한 시간이다. 바다와 하늘이 꼭 닮았다며 좋아했다. 매표소에서 일러준 대로 조각공원서부터 걸었다. 촬영장을 온전히 둘러볼 수 있는 코스였으니 우리에겐 고맙다 할 밖에. 바다와 연결된 급경사를 조심 또 조심하며 걸었더니 장보고의 동무 궁복이의 집이 보인다. 다음은 파릇파릇 들풀들이 고개를 내밀기 시작하는 양주포구.

이곳에서 촬영했다는 역사 드라마들의 면면을 보느라 마님은 알림판 앞을 떠날 줄 모른다. 이산, 서동요, 대조영, 주몽, 신기전, 근처고왕, 김만덕, 명량, 정도전…. 나이 들면 남자들은 역사 드라마와 운동경기에 퐁당한다는데 우리 마님은 낼 닮았나.

고향의 향수와 추억을 불러내기에 이만한 곳이 없었다. 초가지붕을 한 집들이 늘어선 저잣거리에는 촬영 때 쓰던 물건들로 그득했다. 두레박우물이며 투호 등 체험공간까지 두루 섭렵하느라 바쁘더라도 청해포구까지는 갔다 와야 한다.

아담한 정원을 곳곳에 꾸며 놓았는데 동백꽃이 피고 지는 모습과 녹색의 녹나무가 잘 어울리는 남도의 정취를 잘 살렸다. 멋에 취할 만했다. 그래도 동박새가 봄을 알리느라 바쁜 정원을 잠시 뒤로 미루고 덕진포구부터 다녀왔다는 거 아닙니까. 뭘 더 바랄까. 해변 곳곳에 걷고, 보고, 즐길 거리가 이렇게 많으리라곤 생각도 못했다.

이제 죄수에게 곤장을 치는 관아와 동헌이 있는 본영을 둘러보면 끝이다. 그렇게 길 따라 걸어 나오니 매표소가 앞에 있다. 저녁노을이 일품이라는데 그 시간까지 기다리기엔 오늘 일정이 빡빡하다. 길을 재촉해야 할 것 같다.

완도 완도관광호텔, 파크힐 호텔

장 성

장성 청백리교육관
장성 필암서원
홍길동 유적지
백암산 백양사
장성 백양사에서 엉덩방아 찧다

장성 청백리교육관

2014년 3월 12일(수)

장성의 청백리교육관 입구에 이런 글이 걸려있었다.

'맑은 물에도 물고기는 살 수 있습니다. 부패를 뛰어넘어 청렴을 실천합시다.'

우리의 부패지수가 선진국 중 꼴찌라고 한다. 지연, 학연으로 얽혀있는 우리의 특수한 문화 때문이다. 이곳은 조선시대에 선정을 위해 청렴결백한 관리를 양성하고 장려할 목적으로 실시한 청백리제도가 있었다. 살아있을 때는 염근리요 죽어서는 청백리로 불린다고 한다.

항상 깜장소를 타고 다닐 만큼 청렴했다는 맹사성, 담장도 없는 초가에 단벌옷으로 겨울을 지냈다는 황희, 포항제철의 박태준, 유한양행의 유일한의 이름이 올려있어 그 앞에서 발이 더 오래 머물렀다.

두 사람은 같은 하늘 아래서 숨 쉬고 살았던 사람들이다. 한강의 기적 뒤엔 우리 국민들의 땀과 함께 이런 청렴한 분들이 있었기 때문이다.

"나 정말이지 여행 일정 하나만은 잘 잡는다니까. 봐 겨울여행 내내 언제나 하늘은 맑고 햇살은 화사했지 날씨도 따뜻했잖아 이러기 쉬운가 어디. 뭐니 뭐니 해도 여행은 날씨가 받쳐줘야 한다니까."

그리 으스댔었다. 그런 내가 이번에는 봄비라도 촉촉이 내려주었으면 하는 마음이었다. 그래야 날씨 걱정하지 않고 여행을 떠날 수 있을 텐데. 출발 전에 비가 내리기만을 학수고대하고 있다.

비를 기다리는 사람이 어디 농부뿐이겠습니까. 미세먼지와 스모그에 시달리는 도회지사람도 같은 마음이다. 그들이 봄소식에 앞서 비를 맞으며 환하게 웃어야 하는데.

그런데 필암서원으로 가는 길에 단비가 내린다. 이 귀한 비가, 머리를 적시더니 옷까지 축축하다. 빗줄기는 가늘어도 단비는 틀림없었다. 긴 겨울 가뭄이 해갈되는 소리였다. 얼마나 반가웠는지 모른다. 그러면서도 옷 젖을라 뛰었다.

휴식처로 사용했다는 '확연루' 는 우암 송시열이 쓴 글씨, 선비들이 수업을 받던 청절당의 처마 밑에는 윤봉구가 쓴 '필암서원' 현판이 걸려있었다. 그 뒤에 학생들이 생활하는 공간인 동재와 서재가 자리 잡고 있다. 빗소리는 농부들이 논으로 달려가는 발자국 소리가 아니라 선비들이 글 읽는 소리처럼 들린다. 웃었다.

홍길동 유적지

"우린 복 받은 기여"

장성군 황룡면 아치실 마을에는 홍길동 거주지 유적지를 조성하면서 산성은 홍길동 산성으로 알려진 공주무성산성을 참조하였다고 한다. 시대에 맞게 망루, 의적의 집 등 산채를 조성하면서 홍길동을 소설 속의 허구적 인물에서 역사적 실존인물로 도적에서 영웅으로 다시 태어나게 하였다.

실제로 오키나와에는 민권운동의 선구자 홍길동의 기념비가 세워져 있다는 것도 여기 와서 처음 알았다. 산채를 다닐 때는 봄비의 상큼함 때문에 우산이 거추장스럽더니 지금은 비 맞으며 계속 걷기엔 기온이 차고 비의 양이 많았다.

망루는 올려다보고 산채는 들여다보며 이곳에 옹기종기 모여 고달픈 삶을 이어가던 그들의 희망과 좌절을 보는 거 같아 마음이 무거웠다.

"빗소리가 이왕이면 민초들의 웃음소리였으면 좋으련만. 그래야 이제야 살맛나는 세상이 왔구먼. '얼쑤! 지화자!' 그럴 텐데…."

백암산 백양사

2018년 3월 3일(토)

여수를 떠나올 땐 구름이 산뜩 끼었었는데 이곳은 구름도 바람도 한 점 없다. 어디서 이런 날을 빌려왔나 싶다. 봄은 아름다운 계절임을 실감하고 있었다. 축령산 편백나무 숲을 찾아가 숲의 행복을 임종국 선생에게 빚지러갈까.

그러다 백양사로 발길을 돌렸다. 일주문을 들어서면 묵언 수행하듯 걸어야한다. 어제는 햇살이 그리운 날이었다면 오늘은 햇살을 피해 그늘을 찾고 싶은 날이다. 영님 씨는 겉옷을 벗어 엉덩이에 걸쳤고 난 지퍼를 몽땅 열어 놓았다.

쌍계루에서 다리를 건너면 비자림의 향으로 가득하다는 백양골이다. 계곡 따라 500년도 넘었을 갈참나무와 비자나무가 숲을 이룬다는 곳. 백양공원 지킴터를 지나니 제대로 산 냄새가 난다. 백학봉 방향에 낮고 낡은 돌계단이 보인다. 이 길 맞네 하며 좋아했는데, '탐방로 출입금지' 라는 낯선 팻말을 안고 있었다.

계단서부터 기억의 실타래를 풀어나가기로 했다. 이 계단으로 올라가면 유명한 기도처라는 영천굴과 약사암에 들러 백학봉에 오르고는 기진맥진했던 기억이 난다. 운문암을 바라보며 해 저물겠다며 지름길로 하산했는데 당시에 3시간 정도 걸렸던 것으로 기억하고 있다. 얼마나 힘든 기억이었으면 가끔 입에 떠올리면서도 선뜻 올라가 볼 생각을 못했을까. 내가 너를 처음

만난 것은 아니지만 오늘이 또 처음 같네.

"안녕하세요. 인사해야지. 어서." 아이의 엄마가 반가워한다. 한 가족이 나를 알아본다. 방글방글 웃으며 고사리 손을 흔든다. "누구?". "응, 어제 여수 앰블호텔 아침식당에서 아이가 칭얼대길래 손잡고 가서 식판에 직접 골라 담아보게 해보라고 조언해준 분. 그럼 아이가 좋아 할 것 같다고."

나도 그 말 한 것뿐인데. 엄마가 그걸 기억하고 있었다. 부처님 찾아가는 길인 모양이다. 그날을 함께 떠 올렸으면 되었다. 기억은 추억을 부르고, 추억이 그리움을 끄집어내었으니 더 바랄 것이 없다. 나는 법당마당에 서서 백암산의 학봉을 보고 있었다. 한 폭의 그림이 이보다 아름다울까.

장성 백양사에서 엉덩방아 찧다

<u>2020년 10월 15일(목)</u>

'국립장성치유의 숲' 을 내비에 치고 달렸다. 그런데 고속도로 한복판에서 내비가 멈추었다. 이런 황당한 경험을 또 하게 될 줄은 꿈에도 몰랐다. 백양사로 바로 목적지를 바꾸었다.

우린 작은 연못이 있는 주차장까지 올라갔다.

여기도 한 두 번이 아니건만 오늘따라 낯이 설다.

장성백양사라면 떠올리는 단어가 있다. 단풍이다. 곱디고운 단풍이 내장사 빰친다지 않습니까. 물론 백양골을 지키는 수호신이라는 '안당산과' '바깥당산' 중에 바깥당산만이라도 보고 갈 생각은 했었다. 그런데 을씨년스런 날씨에 바람까지 부니 그만 까먹고 말았다.

단풍이라도 들었으면 모를까. 단풍철로는 좀 이른 계절이다. 그러니 철모르고 불쑥 튀어나온 단풍잎 한 둘에 자꾸 눈이 간다. 10여 년 전만 해도 안 그랬는데 언제부턴가 단풍을 보면 내 모습을 그려보는 버릇이 생겼다. 그래 한동안은 단풍을 멀리 한 적도 있다. 지금도 붉은 애기단풍이 곱긴 해도 초록빛 애기단풍이 더 예쁘다.

백양사 쌍계루는 큰비로 무너진 것을 다시 세우면서 목은 이색과 삼봉 정도전이 글을 쓰고 포은 정몽주가 시를 지었다하여 유명해진 곳이다. 루에 올라가니 바위산, 연못의 풍경, 애기단풍의 초록빛 물결이 그림 같다. 잔잔하게 가슴에 이는 파문을 즐겼으면 되었다.

쌍계루 앞 연못 주변은 7월 상사화를 시작으로 10월 꽃무릇까지. 계절 따라 피는 상사화를 볼 수 있는 유일한 곳이란다. 백양사에서만 꽃을 볼 수 있다는 주황색 꽃송이가 우산 모양으로 모여 피는 백양 상사화까지.

대웅전 바깥마당에 그네는 한바탕 소동이 벌어지고 나서 두고두고 뒷말이 되었다. 처음엔 그네가 좀 높네 했다. 무산 높이였나. 뒤로 뛰어 엉덩이를 걸칠 방식이었다. 꽈당! “어이쿠!” 내가 벌렁 뒤로 나가떨어지는 소리다. 순간 꼼짝하지 못했다. 엄청 놀라긴 했어도 불편하거나 아픈 데가 없는 것도 놀랍다. 아내가 와서 손을 잡아주니 그때서야 바지를 툭툭 털고 일어났다.

엉덩방아를 찧은 것이 아니라 그네가 날 팽개쳤다. 망신살이 뻗혔다. 그런 일이 있은 후부터 어디 아픈데 없느냐며 졸졸 따라다니는 아내와 한동안 신경전을 벌여야 했다. 창피하고 멋쩍은 이 상황을 어찌 수습한다. 그 생각뿐이었다. 그 당시는 내 궁둥이가 멀쩡한 줄 알았다.

“어머 궁둥이에 저 퍼런 멍 자국은 뭐예요?”

백양관광호텔 305호

장성 백양관광호텔

장 흥

장흥 천관산 도립공원

2013년 12월 3일(화)

'신지송곡선착장' 은 차와 사람을 고금도에 데려다준다. 고금도는 노란빛이 하늘과 경쟁이라도 할 요량인 듯 여기저기 지천으로 물들어 있었다. 곱기도 해라. 평화롭고 아름다우면서 정겨웠다. 유자 때문이었다.

고금대교를 건너면 자연과 공존하는 깨끗한 고장, 천관산도립공원이 있는 장흥이 나온다. 천관산은 남원의 지리산, 정읍의 내장산, 무안의 내변산, 영암의 월출산과 함께 호남 5대 명산으로 손꼽는다.

억새풀과 함께 산행이 안겨주는 기쁨은 풍경화 감상만으로는 입에 올릴 수 없을 정도라니 무슨 말이 필요할까. 어른 키에 가깝게 자란다는 그 숲에 들어가면 눈부신 억새무리가 춤추듯 할 것이 아닌가. 장관일 것이다. 그런 구경거리를 지나칠 우리가 아니다. 하루를 온전히 그리 잡기로 했다. 우리는 산 정상에 발을 디디고 인증 샷을 찍고 내려올 생각이었다.

길게 잡아도 4시간이면 왕복이 가능한 그 천관산 구룡봉을 바라만 보다 하산할 처지에 놓였다. 배탈이 났다 하더라도 중도 하차는 자존심의 문제라 쉽진 않았다.

해국과 야생화가 슬그머니 손을 내밀었다. 거절할 용기가 나에겐 이미 없었다. 그들을 보며 위로 받기로 했다. 두고두고 후회는 하겠지만 산행을 버린 대가로 자연을 더 가까이서 만나보는 것이 분에 넘치는 일일 수도 있다. 그래서 천천히 걸어 내려오며 속삭이듯 그들에게 말을 건넸다.

"반갑다. 전엔 몰랐어, 너희들이 이리 곱다는 걸. 아니 안 보였었나 봐. 그런데 그것이 왜 미안하지 않고 자꾸 웃음이 나지? 네 이름은 뭐니. 오! 이 땅에 시집오신 꽃님도 계시네. 잘 어울린다. 우리 함께 살아. 그리고 고마워. 너 아니? 네가 정말 예쁘다는 거. 너희들 곁에 조금만 머물다 가도 괜찮겠지?"

웃음을 헤프게 흘리며 그들에 흠뻑 빠져 아이처럼 노는 우리 부부가 해님은 샘이 났던 모양이다. 구름 뒤로 숨어 끝내 모습을 드러내지 않았다. 대신 우리는 비를 맞으며 천관산자락이 담아 둔 약수를 받아 날랐다.

장흥 정남진 편백숲우드랜드

억불산을 찾아가는 덴 그리 어렵지 않았다. 초입부터 범상치가 않아 일찍 올 걸 그랬나. 그 생각을 했다. 누구나 일상의 스트레스를 벗고 심신의 쾌적함을 느낄 자유가 이곳에 있었다.

장애인까지도 쉽게 억불산(518m) 정상에 오를 수 있도록 길을 만들고 '말레' 라는 예쁜 이름을 붙여준 것이 제일 마음에 든다. 거리가 3.8km라니 큰 맘 먹고 올라가야겠지. 피톤치드를 제일 많이 뿜어낸다는 아름드리 편백나무. 그 숲에서 지친 심신을 치유하고 싶으면 누구나 와도 된다고 한다. 장흥이 한눈에 내려다보인다니 집 걱정은 안 해도 되겠다.

산책로 이름도 예쁘게 지었다. 웰빙산책로. 편백톱밥산책로, 생약초산책로. 길에는 톱밥을 깔거나 동아줄을 깔아 자연과 어울리게 한 것이 정말 마음에 쏙 든다.

황토흙집, 편백나무집, 전통한옥, 삼나무한옥, 며느리바위집, 구들장집이 있다. 이런 재미있는 이름의 집에 머물며 피톤치드로 여행의 피로를 풀고 심신도 안정시키는 시간을 갖는다면 나쁘지 않을 것 같다. 정보만 잔뜩 얻어 간다. 자꾸 되돌아보는 것은 아쉬움이 많이 남는다는 소리다.

정남진 장흥 보림사(가지산)는 의당 있어야 할 산을 버리고 들판에 앉아 있다. 먼 길을 걷지 않아도 가파른 계단을 오르지 않아도 불심만 있으면 몸이 불편한 신도들도 쉽게 찾아 볼 수 있게 배려한 절이다.

포근한 절간이 고향 같단 생각을 잠시 했다. 절 안에 한국의 명수라는 보리약수가 있어 발목을 잡는다. 그렇다고 후회할 필요는 없다. 천관산을 버리고 얻은 시간이 아닌가. 편한 마음으로 맘껏 쉬다 간다고 누가 뭐랄 사람도 없다. 그냥 평화의 집이었다.

담양 골든 리버 모텔

장흥 천관산자연휴양림

2017년 9월 7일 (목)

여행의 기본은 눈이 즐거워야 하는데 문제는 입이다. 우리 나이가 되면 먹는 양이 줄어 조금 배불리 먹었다 싶으면 2끼도 버겁고, 밤늦은 시간에는 속이 허전하고 그걸 해결하자니 뱃살이 문제되고 고민이 많은 나이다. 아침 댓바람에 오랫동안 명성을 유지하던 장흥의 어느 백반 집을 들렀다. 아내가 고개를 좌우로 흔든다. 나는 입을 꽉 다물었다. 젓가락 들고 한참을 망설였다. 주 메뉴인 돼지고기볶음은 너무 퍽퍽하고 된장찌개는 밍밍해서 수저를 담그는 것도 부담스러웠다. 큰일 났네. 오늘 배고파서 어쩐다니. 맛깔스런 찬이 없다. 젓가락 들고 한참 망설이고 있다. 주 메뉴인 돼지고기볶음은 너무 퍽퍽하고 된장찌개는 밍밍해서 수저를 담가보기만 했다. 아니 이거 배고파서 어쩐다. 할머니는 입맛이 변했고 외국인 며느리 입맛은 글쎄다. 발길이 끊어진 이유를 알겠다.

10시 반이면 휴양림에 너무 일찍 도착한 거다. 고참 직원이 9월 1일인가

인터넷으로 신청하고는 미납인데 왜 오늘까지도 그 예약이 말소되지 않고 남아있는지 신기하다며 어떻게 된 거냐고 꼬치꼬치 캐묻는 데 우물쭈물 넘기느라 애 먹었다. 그렇다고 당일 현장에서 결제하는 것으로 부탁했다는 말을 곧이곧대로 얘기할 수도 없는 일이다. 3분 중 한 분은 확실한데 고맙단 인사말도 정작 그분에겐 못하고 말았다. 그게 다 얼굴 없는 고마운 분 배려 덕분인데. 날보고 재주가 좋으시단다.

차 뒷바퀴가 펑크 난 줄도 모르고 천관사까지 걸어갔다 왔다. 휴양림 직원이 일러주어 그때서야 보험회사에 전화 걸었다. 정말 몰랐거든요. 숙소로 가면서 바로 후회했다. 보조타이어로 교체할 것이 아니라 제타이어를 낄걸. 오는 시간 교체하는 시간 합해 시간 반이나 걸렸는데도 그 생각을 못 한 것은 경험부족이라 할 수 밖에 없다. 그제야 보험회사에 전화 걸고는 아내를 숙소로 먼저 들여보냈다. 긴 시간 직원들과 여행담을 늘어놓아야 하는데 입에 거품 물까 조심했다.

시동 걸고 숙소로 가면서 바로 후회했다. 보조타이어로 교체할 것이 아니라 제 타이어를 손봤어야 했다. 계속 오른쪽 공기압이 낮다고 불이 들어오니까 신경 쓰인다. 오는 시간 교체하는 시간 합해 시간 반 걸려서 해결했는데 왜 그 생각을 못 했을까. 휴양림은 자연이 좋아 꼼짝없이 갇혀 있고 싶은 젊은이들이 찾는 새로운 여행의 패러다임이다.

우린 통나무, '산딸나무' 이름 예쁘죠. 다른 숲속의 집과 떨어져 있어 좀 그렇긴 해도 통나무집이라 그런가. 마님께서 모처럼 숙면했다고 하니 기분은 째지네요.

장흥 천관산자연휴양림 '산딸나무'

장흥 천관산휴양림 산책로

2017년 9월 8일(금)

고흥 읍내에서 30여km면 가까운 거리는 아니다. 어제 관리인 말로는 두어 시간이면 오를 수 있는 거리라고 했는데 어제 천관산을 갔다 올 걸 그랬나. 후회하고 있다.

눈을 뜨면 기암괴석이 '주옥' 으로 장식한 천자의 면류관 같다는 천관산이 휴양림에서 보인다. 한 폭의 산수화를 보고 있는 것 같았다. 올라가면 그 장관을 어찌 다 가슴에 담을까. 말문이 막히고 벌어진 입이 다물어지질 않는다. 그러면서 정작 1.8km거리의 산책로나 걷자고 제안한다. 긴 여행에 무리는 금물이라며 한사코 가볍게 걷자는 아내의 말이 오늘은 법이었다.

자연에 우리 피부를 맡기기 좋은 날씨다. 제철 칡꽃 향과 울창한 숲에 취하고 계곡물소리 들으러 가자며 '산딸나무' 에서 나와 호젓한 숲속산책로를 걷기 시작했다. 버섯과 풀벌레들이 소꿉장난하며 살고 있는 그 길을 옷은 풀어헤치고 뒷짐 지고 어슬렁거리며 걸었다. 힐링하고 싶으면 휴양림을 찾으라는 이유를 알 것 같았다.

풋풋한 풀 향기에 나뭇잎 흔드는 소리, 풀벌레들의 날갯짓소리, 개구리와 매미울음소리에 새들의 지저귀는 소리까지 더해지면 자연의 교향악이요, 천사들의 합창이었다.

이런 감명은 처음이었다. 귀에서 이명이 생긴 줄 알았다면 믿겠는지요. 어느새 팔자걸음에 눈은 초점 없이 자연에 흠뻑 취해 있었던 걸요.

숲해설판이 잘 돼있어 읽어보며 걷는 재미도 쏠쏠하다. 내 집이 엎어지면 코 닿을 곳이니 돌아갈 염려 안 해도 된다.

사슴뿔(녹각)같은 아름다운 나무껍질을 가지고 있다 해서 노각나무. 마치 부부가 껴안고 자는 듯 꽃잎이 접어진다고 해서 부부간의 금실이 좋아진다는 자귀나무. 모기를 쫓는 식물이라 하여 옛 사람들은 집주변이나 울타리나무로 많이 심었다는 산초나무. 조상들이 껍질을 벗겨 굴피 집을 짓고, 도토리는 구황식품으로 사용했다는 굴참나무. 발에 밟힐 정도로 산책길에 널려있는 버섯들. 야생버섯은 그냥 보고 즐기시라는 말에 공감을 했다.

장흥 천관산자연휴양림 '산딸나무'

장흥 억불산 우드랜드

2017년 9월 9일(토)

오늘은 영님이가 전나무가 뿜어내는 나무 향에 취하셨나. 아님 어제 사재하나 생각을 맡기고 오시지 그닌가. 일어날 생각이 없어 보인다. 밤늦도록 잠이 안 온다며 뒤척인 건 어렴풋이 알겠는데 언제 일어날진 모르겠다.

냅 둬유. 기다리는 시간은 허비하는 것이 아니니 마음 편히 주무시라고. 바람소리, 물소리는 나뭇잎을 흔들어 깨우고 나뭇잎은 개구리, 새를 부르면 그들은 숲속의 다른 생명들을 깨우기 위해 함께 노래 부르겠지요. 그 소리가 들리면 일어날 거구먼.

바쁘지 않아도 되는 '정남진 장흥토요시장' 에서 힘찬 율동으로 무대를 들썩이는 난타 여인도 보고, 장흥삼합에 식곤증이 날 시간대이긴 하다. '억불산' 자락의 '편백숲 우드 랜드' 도 연륜이 쌓인 만큼 쌓였을 테니 우리는 그 자연의 품에서 녹아들다 내려가면 된다. 정상까지 3시간이면 어렵지 않은 코스니 그리 작심해도 좋고, 숲을 거닐며 가볍게 산책하거나 쉬는 것조차 영님이 컨디션에 맡기기로 했으니 들어가기만 하면 된다. 아점으로 삼합으로 배 두들기며 나왔으니 든든하다.

걷는다면서 우린 결국 입구에서 멀리 가지도 못 했다. 평상들이 죽 늘어서 있는 너른 쉼터에 머물렀다. 색시가 잽싸게 달려가더니 평상 하나를 차지하고 앉은 것이 원인이었다. 결국 영님인 평상에 벌렁 누워 잠을 청할 모양이고, 난 '인생' 의 노래가사를 외우며 분위기에 적응하는 중이다.

"지금 이 시간이 피톤치든지 뭔지 그런 게 제일 많이 나오는 시간이라면서요. 어딜 간들 다를 게 있겠어요. 이왕 앉은 김에 여기서 푹 쉬다 가지요. 평상에 누워 파란 하늘이나 올려다보다 잠이 들면 그것도 좋고. 가볍게 숲을 산책하듯 걷는 것도 나쁘지 않을 것 같은데. 어때요?"

음악회에 숲속 길 담다

음악소리가 우리의 꿀잠을 깬 죄는 있지만 음악이 좋으니 그 죄가 다 묻힌다. 음악소리 들리는 곳으로 발이 저절로 움직였다.

우리 부부의 오늘 여행은 '탐진강의 추억' 이다. 추억이란 어느 날 눈물 살짝 비추는 것으로 끝내면 좋은데. 무심한 세월을 이기지 못해 그새 눈물 마르면 어쩔까. 기억 저편에 있는 걸 무슨 수로 들추어낸단 말인가. 음악소리가 나는 방향으로 걸어가면서 오지랖 넓게 먼 훗날까지 걱정하고 있었다.

괜찮아 보이는데. 청중들도 매너 있어 보이고. 됐다. 오늘 하루는 여기가 명당이다. 우린 9월의 처음이자 마지막 공연이라는 '숲속 힐링 음악회' 의 '숲속 길 담다' 에 궁둥이를 반쯤 들이밀었다.

잔잔한 감흥을 불러일으키는 영국과 아일랜드의 민속음악에 눈을 지그시 감고 듣다가 어깨를 들썩거려야 맛이 나는 요들송을 듣기까지 긴 시간 동안 취했다. 모금함에 지전 넣고 앉아 본격적으로 들었다. 남은 궁둥이 반을 더 들이밀곤 박수치며 웃다 파시가 되는 시간까지 멜로디와 함께 어깨춤을 추다 왔다.

'포커밴드' 의 매력적인 연주와 테너와 소프라노의 화음이 숲의 요정들을 다 깨울 기세였다. '아름다운 산 아가씨' , '즐거운 산행 길' , '행복한나라로' . 귀는 즐거운데 입이 따라주지 못하는 것이 조금 속상하긴 했다.

벤조, 기타, 첼로와 뱃속에 아기를 가진 여인이 켜는 바이올린, 연주자들의 흥은 절정이었다. 오! 얼마나 즐거우셨으면 우리 영님 씨. 가죽피리로 장단까지 맞췄을까.

100km를 넘게 달려왔더니 이번엔 백사장에서 부서지는 파도가 불러준다. 자연의 멜로디에 그만 또 취하고 말았다. 온 종일 콩나물 대가리만 먹고 살았다고 봐야 한다. 우리 너무 행복한 부부인 거 맞지요.

잠을 청할 필요가 없을 것 같다.

고흥 빅토리아호텔

장흥 천관산자연휴양림

진 도

진도 용장산성과 운림산방

2015년 4월 14일(화)

용장산성은 1271년 패전으로 제주도에 근거지를 옮기기까지 고려 때 몽골에 대항하여 삼별초가 항쟁을 벌였던 비운의 산성으로 대몽항쟁의 상징적인 곳이다. 끝까지 목숨을 바쳐 지켜온 군인들은 최씨 정권의 사병조직인 좌별초와 우별초에 이어 몽고에 포로로 잡혀갔다 도망 온 사람들로 편성된 신의군이었다고 한다.

진도에는 팽목항이라는 곳이 있다. 많은 젊은이들을 수장하고도 나서서 책임지는 이 없고 이를 정략에 이용할 생각만이 가득한 곳. 세월호의 저주를 슬기롭게 풀려는 정치인을 찾는 것은 무리는 아닐 텐데.

그런 진도에 추사 김정희가 타계하자 소치 허련선생이 고향인 진도에 내려와 지었다는 화실, 첨찰산 봉우리에 피어오르는 안개가 구름숲을 이룬다는 운림산방(雲林山房)이 있다. 우리 일행은 그곳도 둘러보았다.

저녁에는 해초비빔밥정식을 먹었다. 말이 필요 없다. 맛은 이래야 한다.

영암 현대호텔

진도의 셋방낙조

<u>2021년 2월 23일(화)</u>

진도의 셋방낙조 가는 길. 이보다 더 좋은 드라이브 코스는 없을 거라며 노랫가락에 장단까지 맞춰가며 신바람 나게 달려왔다. 코로나 이후로 이런 달콤한 드라이브는 처음이지 않았나 싶은 코스였다.

진도대교를 건너면서는 진도타워를 올려다보며 '가, 말어.' 그것이 전부였다. 내비가 안내하는 데로 군내면과 진도읍을 지나 임회면까지 논스톱으로 달렸다. 그런데도 피곤한 줄을 몰랐다.

[illegible] 때 진도에 다녀오던 길에 들렀던 임회면을 우리의 입이 기억하고 있었다. 정성찐빵은 아내의 입맛을 돌아오게 한 은인이었다. 병원에 들러야 했던 그날은 마침 임회면 5일 장날이었다. 그 날 사 먹었던 정성찐빵의 맛을 아직도 잊지 않고 있었다. 당시는 300원이었지 아마. 근데 오늘은 500원. 만두까지 사려고 했다는데 한 개에 1000원이 비싸다며 안 사 먹는 현지인들 때문에 찐빵만 판다며 지금은 택배주문도 받는단다. 가게가 전보다 훨씬 깔끔해진 것을 빼곤 달라진 것이 없어 보였다. 우린 찐빵 6개로 사들고 개선장군처럼 좋아했다.

점심은 지산면에서. 자장면냄새에 더는 못 참겠기에. 길목에 있는 '용궁관' 으로 들어갔다. 하나같이 볶음밥을 맛있게 먹고 있기에 따라 했는데 우린 실패했다. 아마도 솥바닥을 긁은 밥이 우리 차례였나 보다. 우리 입맛엔 너무 꼬들꼬들하고 짠 맛이 강해 생각만큼은 아니었다. 한 끼 해결하는 데는 무난했다.

셋방낙조는 그리 어렵사리 찾아간 곳이다. 해질 무렵 붉게 물든 하늘과 바다 그리고 점점이 떠 있는 섬들이 빚어낸 멋진 풍광과 아름다운 낙조를 감상할 수 있는 곳이라는 데 오늘은 바람이 엄청 불었다.

자연에 순응하는 지혜를 여기서 써 먹었다. 우린 미련 없이 자리를 떴고, 셋방낙조에 가면 낙조를 보며 차 한 잔의 멋을 즐길 수 있다는 '해비치 카페' 를 찾아갔다. 바람이 무서울 정도라며 들어간 그곳은 바다가 몽땅 내 가슴으로 들어오는 착각을 일으키게 하는 곳이었다. 우린 오랫동안 차 한 잔씩 앞에 놓고 그 분위기를 즐겼던 기억이 난다.

이제 남은 일은 숙소가 있는 의신면으로 달리는 일만 남았다. 내일 고군면에 있다는 쌍계사를 들르면 진도의 6개 읍면을 다 달려보는 셈이 된다. 호텔 '인컴 홀' 에는 손님들이 정말 많았다. 대기표를 끊고도 한참을 기다려야 했다. 코로나가 가져온 또 다른 여행 풍경은 나이 지긋한 또래의 어르신들이 보이지 않는다는 것이다.

진도 쏠비치 호텔 706

77생일상은 뜸북갈비탕

2021년 2월 23일(화)

오늘이 내 귀빠진 날이다. 일찍 눈이 떠졌다. 무심코 커튼을 여는 순간 바다를 박차고 솟아오르려는 붉은 해와 눈이 딱 마주쳤다. 별 감흥 없이 보던 해 뜨는 장면이 오늘은 달리 보였다. "오! 멋있는데." 이 한 마디가 고작이었다.

놀랄 거 없네요. 내 나이 돼 보소. 그럼 알게 될 거요. 일상이 별 감흥을 주지 못한다는 것을.

오늘 계획은 진도 남망산을 등반하기로 한 날이다. 수품항에서 출발해서 웰빙마을을 지나 아기밴바위까지. 남망산 아홉 봉을 끝으로 수품항으로 돌아오는 거리가 5km라면 우리 걸음으로 3시간 반이면 될 것 같아서였다. 그런데 오늘은 바람이 많이 불고 을씨년스러운 데다 내 무릎까지 보탰으니 이런 환경에 굳이 등반에 목을 맬 이유가 있을까 싶었다.

'신비의 바닷길' 부터 걷기로 했다. 음력 3월이면 가족과 마을 사람들을 만나게 해달라는 뽕 할머니의 간절한 소원으로 앞에 보이는 모도섬까지 바닷길이 열린다는 곳이다. 종종걸음으로 둘러보며 신비의 바닷길은 보는 둥 마는 둥 한 것은 엄청나게 불어대는 바람 때문이었다. 10시 반에 호텔을 나서긴 했지만 바람이 장난이 아니라며 종종걸음으로 둘러보며 신비의 바닷길은 보는 둥 마는 둥 했다는 거 아닙니까.

지금은 굽이굽이 돌아 첨찰산을 넘어가는 중이다. 진도까지 왔는데 놓칠 수 없다며 결정한 메뉴다. 아침 생일상은 진도에서만 난다는 해초 뜸북을 듬뿍 넣고 끓인 뜸북갈비탕으로 정했다. 맛나식당의 멸치볶음, 매생이무침, 시금치나물, 김치까지도 입맛에 맞던걸요.

저녁의 생일상은 '꽃피는 전복식당' 의 삼겹삼합. 삼겹살과 새우, 전복, 장어를 불판에 직접 구워먹는 방식이었다. 삼겹살은 우리 둘 다 피하는 음식이라 삼겹살을 빼는 대신 마님이 좋아하는 새우를 더 주는 것으로 타협을 보았다.

맛보기 전복회는 한 젓가락씩이다 보니 양이 너무 적었고, 전복죽은 참기름 향이 너무 강해 전복냄새가 길을 잃었다. 따끈한 가시리 된장국이 자극적이지 않고 시원한 맛이라 오늘의 주인공으로 손색이 없었다. 오늘 같은 날, 울금막걸리 한 병 사들고 가면 좋았으련만….

진도 현대미술관과 쌍계사

아침 먹은 김에 이번엔 진도 현대미술관이었다. 역시나. 벼루, 징, 글씨, 병풍, 묵화, 도자기 등이 어지럽게 널려있다고 보는 것이 맞다. 수석이며 일정시대의 축음기 재봉틀 등 잡동사니까지 모아 놓은 걸 보면 누구나 우리처럼 실망했을 것이다.

'황금손 왕만두찐빵' 가게 간판이 눈에 띈 건 우연치곤 기적에 가깝다. 애쓴 거라곤 읍내를 지날 때 눈 크게 뜨고 보면 혹 보일지 모른다며 속도를 줄인 것밖엔 없다. 굳이 사 가려고 애쓸 건 없겠다 생각했었다.

"저기 있네."

"잠깐 기다려요. 내 차 세울 테니까."

아내는 달려가고 나는 가까운 주차장에 차를 대고 기다리고. 읍내라 다르다며 만두 6개를 사들고 의기양양하게 걸어오는 아내에게 난 뭘 그렇게 많이 샀어요. 그랬다는구먼. 수고했어요. 하면 될 걸. 초치는 데는 뭐 있다니까.

쌍계사의 목련과 배롱나무에선 어느새 촉촉이 물기를 머금은 모습이 느껴졌다. 난 배롱나무의 다른 이름이 바로 생각나지 않아 한참을 애먹었다. 결국 지나는 관광객에게 물어 "아! 맞다." 그랬다만, 그런 일이 어디 한두 번 이래야지요. 이젠 금방 생각난 것도 가물가물할 때가 더 많다. 그러다간 엉뚱한 곳에서 생각나곤 곧 잊기를 반복한다. 이런 현실을 그러려니 하며 받아들이려 애쓰지만 가끔은 속상할 때가 왕왕 있다. 메모장은 그런 나의 기억력을 버텨주는 힘이다.

일주문을 지나 우화루(雨花樓)문지방을 넘으니 세상을 밝히는 위대한 영웅을 모신 전각 쌍계사대웅전이 보인다. 이 사찰엔 고통 받는 중생을 구원하기 전에는 부처가 되지 않겠다는 지장보살과 저승에서 죽은 자의 죄를 심판하는 시왕의 모습을 나무를 깎아 형태를 만들었다는 목조보살상이 유명한 사찰이다.

진도 첨찰산 상록수림과 운림산방

또 있다. 천연기념물인 원시림의 상록수림이 울창한 곳. 후박나무, 졸참나무, 느릅나무, 쥐똥나무, 삼색싸리. 그리고 돌팔이라고 부르는 돌동부 등이 자라고 있다지만 나의 눈엔 동백, 녹나무 외엔 기억나는 나무가 별로 없어 많이 아쉬웠다. 모처럼 푸른 숲속에 들어와 걷는 기분을 만끽할 수 있어 좋았다. 바람까지 막아주니 더 좋을 수밖에. 이왕이면 천천히 아주 천천히 걸어야지.

운림산방은 연못을 끼고 뒤편에 초가로 된 살림채까지 복원하여 첨찰산 상록수림과 연계하면 나들이하기 좋을 곳이었다. 오늘 보니 소치 허련이 수묵산수화의 대가인 건 알겠지만 5대 손까진 좀 그렇지 않나.

우린 군더더기 없이 창의적인 작품으로 평가받는 수묵화가 박행보의 작품을 전시한 공간이 더 쌈박해서 오래 머물렀던 기억밖엔 없다. 신석기시대의 사냥, 고기잡이, 채집 등으로 생활하며 점차 한 곳에 정착하며 살던 시대부터 이 땅에 살았다는 석기인의 이야기. 몽고의 침략에 대항한 고려인의 대몽항쟁의식을 자랑스러워했으며 그 유적지로 용장산성과 남도산성에 유배문학이 향토문학이 된 배경까지도 잘 보여주어 좋았다.

'운림카페' 에서 으스스한 바람도 피할 겸 따끈한 차 한 잔 나누곤 으스름한 시간이 돼서야 다시 첨철산을 넘었다.

진도 쏠비치호텔 706호

진도 쏠비치 진도

함 평

함평 용천사 생태공원
함평 나비공원

함평 용천사 생태공원

2017년 9월 5일(화)

176km를 달려가는 것으로 오늘 하루는 시작해야 할 것 같다. 비라도 뿌릴 것처럼 하늘이 음산하다. 여행 중 비란 녀석은 귀찮긴 해도 뒤집어 생각해보면 고마운 존재다. 마음을 가라앉히고 그날 하루는 쉼표 찍으면 된다.

설사끼가 있는 마님 화장실부터 챙겨야하는데 깜박 잊고 휴게소 하나를 지나치고 말았다. 어쩌죠? 이 큰 실수 하나를 부담스럽게 안고 다음 휴게소로 들어가긴 했는데. 괜찮기야 했겠어요.

가을이 오면 잎은 지고 꽃이 피니 서로 만나지 못한다 하여 상사화(相思花). 그 애틋한 이름의 꽃들이 산기슭이나 사찰 근처에 많이 피는 이유가 있을까. 용천사와 동네사람들이 매년 이맘때쯤이면 잡초들을 잘 제거해주는 덕분에. 그게 전불까. 비탈진 곳, 사람의 눈길이 닿는 곳이면 자신의 모습을 드러내기를 주저하지 않는다. 상사화와 절 마당에 걸려있는 '소원의 리본' 이 그래서 잘 어울렸다. 이별의 계절인가 보다.

가을이면 꽃무릇처럼 인간들도 사연을 갖기 마련이다. 고마움으로 가득한 얼굴이거나, 시련과 좌절을 이겨낸 당당한 모습, 고통을 이겨내지 못해 힘겨워하는 중생들은 감사의 마음과 위로를 받고 싶은 생각에 이 절을 찾는다고 한다.

우린 다투어 솟아나는 그들의 앳되고 풋풋한 모습을 한발 더 가까이서 보고 싶어 비 내리는 절을 나와 수룡(水龍)이 살았다는 저수지를 끼고 걸을 생각을 했다. 3층 오지항아리의 마중을 받으며 둑길로 들어서면 미니어처 초가집 한 채가 앙증맞게 앉아 있었다. 장독대도 꼬마다.

"오! 여기 봐요. 요놈들 얼굴 내미는 모습들 신기하네. 재밌는데요. 요 귀여운 것들 좀 보세요. 예쁘다. 다들 올라와 한껏 뽐내면 대단하겠다. 여기도 올라오는데." 산등성이를 마을사람들이 풀을 베어놓은 이유가 다 있었다.

마님은 작은 시냇가에서 꽃망울을 틔우는 여린 모습에 눈을 떼지 못하고, 난 웃음을 질질 흘리며 뒤를 졸졸 따라다녔는데. 여행은 이렇듯 한발 앞선 세상을 보는 그 맛인 게야.

함평 나비공원

우리가 첫손님이었다. 아내는 우산을 폈고 난 접었다. 이런 비도 많이 맞으면 옷이 젖는다며 잔소리하는 아내에 "이런 비는 약비여. 오늘 같은 날 분위기 있게 걷는 것이 더 좋을 것 같은데." 하며 맞서는 나. 막상막하다. 결국 내가 손 들고 말았다.

하늘에는 나비와 잠자리, 땅에는 꽃과 난초, 물에는 수생식물과 물고기. 나비공원에는 아직도 아이들이 마음껏 웃고 뛰어다니던 여운이 곳곳에 묻어 있음을 느낄 수 있었다. 보라색 천일홍이 공원의 마스코트였다. 우린 꽃만 보면 "오! 고놈 참 예쁘다. 이름이 뭐더라." 나무들도 궁금하긴 매한가지다. 그렇게 끙끙거리다 보면 몇 건 건진다. 이름을 기억해 내는 것이다. 그땐 입이 귀에 걸린다.

한마디씩 툭툭 주고받으며 걷다보면 심심하지는 않다. 두 다리가 큰 역할을 한다. 지나치면 그만이고. 느낌 그딴 건 버리면 된다. 길이 보이면 무심하게 걸으면 된다. 아주 가끔 "여기 걷기 좋은데!" 그 말 한마디면 된다. 산책길이 보이면 습관처럼 걷게 된지 오래다. 오늘은 그렇게 걷다보니 돌아 나오는 길에 백화정(百花亭)까지 보고 왔다. 꽃동산이란 예쁜 이름을 지어주었다.

함평에 들어올 때 가로수로 심은 배롱나무의 붉은 꽃이 정말 예뻤거든요. 벚꽃에 비교하면 안 되죠. 그걸 생각하며 백화정부터는 꽃구경하느라 정신줄 놓아 버렸다. 능소화, 벌개미취, 금잔화, 촛불맨드라미, 부처꽃이 예뻤거든요. 올 봄과 여름 아이들은 이곳에서 벌, 나비 꽃들을 맘껏 구경하다 갔을 테지만 우린 뒷북치며 구경은 잠시 접어둔 채 원 없이 걷다 왔다.

함평하면 생고기비빔밥과 육회가 유명한 곳이다. 그거 먹고 나오는 길이다. 밥그릇에 비게 두어 점 올리곤 젓가락 넣고 쓱쓱 비벼 드시라는군요. 옛날에는 육회가 너무 귀해 그 부족함을 채우기 위해 넣었다지만 요즘은 그 옛 맛을 살리고 고소함을 즐기기 위해 넣어 드신답니다. 나도 그렇게 먹었죠. 맛나던데요. 맑은 선짓국은 시원한 맛에 국물까지 다 마셨습니다.

함평 뉴 상젤리제호텔

함평 뉴상젤리제호텔

화 순

화순 고인돌유적

2017년 9월 6일(수)

“어때요. 오늘 예약 없으시면 우리 부부를 위해 유적지 해설 좀 부탁드려도 되겠어요? 어찌 생각하시는지. 저 재작년에도 여기 계셨잖아요. 우리 기억 안 나세요? 그날도 비 뿌리고 바람도 제법 불었는데. 날씨가 차다면서 걷는 건 무리니 차타고 가면서 둘러보라고 그러셨잖아요. 오늘은 그때가 아쉬워서 다시 왔는데. 그 땐 사무실이 저 길 건너에 있었거든요. 맞지요? 방명록 들고 와선 여기 이름부터 쓰라고 하셨잖아요. 기억나세요. 할 수 없지요 뭐. 우리 둘이 고개를 넘어 갔다 올 밖에.”

떼 쓴 거 맞거든요. 둘이 걷기엔 부담스러운 거리일 것 같고 해서.

“좀 기다려 보실래요. 사람이 온다고 했으니까 오시면 같이 갈 게요. 저도 한번은 끝까지 걸어보고 싶었거든요. 기억하시고 또 찾아 주셨다니 저도 영광입니다. 참 대단하세요.”

동행해 준다니 고맙다. 그렇게 우리 셋은 우산을 지팡이 삼아 출발했습니다. 어떻게 다 기억하겠어요. 작심하고 메모지를 챙긴 덕이죠.

“지형이 고양이를 닮았다 해서 괴바위래요. 여기서 괴는 고양이 괴랍니다. 저기 마주보이는 언덕꼬리에 묘지 보이시죠? 그곳이 쥐바위라고 한데요. 두 동물은 상극이라 서로 오가지 않으니 명당이라고 누가 조상의 묘를 썼다고 해요. 복자리였음 좋겠는데. 당시는 주변 농경지에 농작물을 먹어 치우는 쥐들을 막기 위해 쥐가 무서워하는 '괴바위' 를 만들었다는 설도 있어요."

"학자들에 의하면 고인돌은 당시 무덤 역할 외에 부족민의 제사 장소로 쓰였을 수도 있을 거라 했어요. 김춘추가 이 칡꽃들을 보고 '너는 나에게 나는 너에게 잊혀 지지 않는 꽃이 되고 싶다.' 란 시를 지었다고 해요. 칡꽃 향이 너무 좋지 않습니까. 지금 한창 꽃필 때라 향이 좋을 때에요."

나는 해설사의 설명을 들으며 손은 바빠도 눈은 길가에 피는 흰 메꽃, 숲길에 피는 쪽빛 달개비, 산을 덮을 기세인 칡꽃, 북나무가 고인돌처럼 흩어진 듯 모여 사는 모습을 보며 걷고 있었다. 너무 좋더라고요. 2,500년 이전부터 이 터줏대감들과 함께 살아왔을지도 모르는 풀꽃들이잖아요. 특히 가을에 불타는 것처럼 붉다하여 북나무를 붉나무라 불렀다는데 그 시절에는 소금이 열리는 소금나무라 하여 귀한 대접을 받았을 거라네요.

보성원님이 이 고개를 넘다가 지역민의 민원을 보았다하여 '관청바위' , 고인돌의 덮개돌이 달처럼 둥글다고 '달바위' , 거인인 '마고할머니' 가 '운주사' 를 축조하기 위해 돌을 옮기던 중 떨군 돌이라는 '핑매바위' , 갓 모양과 닮았다 해서 '감태바위' , 채석장 등을 둘러보고는 널무덤 들이 널려있는 '고인돌무덤방' 을 보는 것으로 마무리 했는데요 3시간 걸렸어요.

시를 좋아하고 낭송이 취미라는 최순희 씨는 이달부터는 우크렐라를 배우겠다는 계획도 갖고 있다고 한다. 여기서 정년을 맞을 생각이라니 한 번 더 들러야 하지 않겠어요.

읍내에 들어가 늦점심으로 팥죽 한 그릇씩 했습니다. 담백한 것이 아주 맘에 들었어요. 새알이 쫀득. 덕분에 다이어트도 하게 되었고. 숙소로 돌아가는 길에는 비가 엄청 쏟아져 힘들었는데 푹 쉬는 건 이런 날이 제격이랍니다.

화순 운주사

운주사는 현재도 100여 구의 석불과 21기의 석탑이 자리 잡고 있는 큰 사찰이다. 동국여지승람에는 석불석탑이 천여 구씩 있었다고 한다. 당시는 그것들이 엄청 많았던 모양이다.

이곳 석불의 특징은 토속적인 얼굴에다 균형이 잡혀있지 않은 어색한 모습, 그리고 손과 발의 부조화에 있다고 한다. 탑 속에 부처님이 삐딱한 자세로 앉아 있는 불탑이며, 빈대떡을 겹겹이 쌓아올린 것처럼 보이는 7층 석탑도 있다. 처음부터 우린 '운주사' 의 둘레길을 완주할 생각이어서 석탑과 석불들을 그리 눈여겨보진 않았다. 지금 생각하면 그게 많이 아쉽긴 하다. 그러나 와불을 어렵지 않게 찾을 수 있었던 것도 그 때문이었으니 퉁치기로 하지요.

'거북바위' 와 의좋은 형제처럼 세워둔 '오층, 칠층' 두 석탑을 만나고, 바람과 비를 피해 바위 아래에 숨겨둔 '석불군' 도 들여다보았다. 키만 멀쑥하게 큰 '사위부처' 는 고향이 그리워서 일 게다. 먼 산을 바라보고 있는 모습이 아랍인 얼굴과 어딘가 닮은 모습이 괴이하면서도 친근감 있게 느껴지니 알다가도 모를 일이다.

여기까지 올라오기만 해도 가슴이 트이는 걸 느낄 수 있다. 드디어 와불 두 분이 누워 있는 곳까진 잘 올라왔으니까요. 이제 능선을 타고 건다 맞은 편 계단으로 내려오면 완벽한 코스다. 근데 멧돼지도 나올 수 있고 진드기도 겁난다며 한사코 이만 됐으니 내려가자며 떼를 쓰는 데야 대책이 없다. 거기다 나도 실은 겁은 나죠. 걷겠다고 앞서는 사람들까지 보이지 않는다면 재간 없어요.

도선국사가 하룻밤 사이에 '천불 천탑' 을 다 세우고 와불 두 분을 세우면 끝나는 건데 새벽닭이 우는 바람에 그만 세우질 못해 이리 누워있게 되었다고 한다. 와불 한 분은 중생의 두려움을 없애주기 위해, 또 한 분은 중생의 소원을 이루어주기 위한 형상이라니 이곳은 중생들의 소원을 비는 발길이 그치질 않을 것 같네요. 와불 앞에 합장하고 서있는 여인은 분명 보살일겁니다.

화순에는 닭장떡국을 맛있게 끓이는 집이 있다 들었다. 닭국물에 간장베이스로 간을 하고 얇게 찢은 닭고기와 떡국을 넣어 끓인 닭장떡국. 우린 밑반찬에서부터 제동이 걸렸다. 간이 너무 세서다. 들어서면서 마당을 보며 맛집이 다르긴 하네. 그랬던 기분이 싹 지워졌다. 저 백일홍 좀 봐. 이집 분위기보면 맛은 보증수표네 했던 말이 무색해졌다. 주인 입맛이 세월을 이기지 못한 걸까. 원래 음식이 이리 짠 건가. 간이 세면 음식이 맛있다는 건 상식이다. 먹는 사람 건강은 아니다. 우리 부부에겐 맛평가가 불가능했다. 맛은 있는데 하면서도 숟가락을 담그는 속도가 점점 느려졌다.

맛이 아니라 할머니 미각이 변한 것이다. 다 나이 탓인 겨.

도고온천 스파 엔 리조트

모후산 유마사

2021년 3월 28일(일)

벌교에서 내비에 화순 모후산 유마사를 찍고 가는 길이다. 순천 고인돌공원에 잠시 들러 걸으면서 고인돌이며 복원한 집 자리, 청동기와 신석기시대의 움집을 둘러보며 가볍게 워밍업.

지그재그 산골길을 한참을 달렸더니 끄트머리쯤이 모후산이란다. 고려 공민왕이 홍건적의 난을 피해 이곳 나복산에 들어와 살다가 난이 평정된 후에 어머니의 품속같이 자신을 보호해준 산이라 하여 모후산이라 고쳐 불렀다고 한다.

산세가 험하고 지리적으로 요충지다 보니 한국전쟁 당시는 빨치산들이 본거지로 삼을 만큼 오지였다. 결국 빨치산토벌이 빌미가 되어 백제 무왕 때 창건한 유마사는 국군에 의해 불에 타 폐허가 되는 역사의 산 증인이기도 하다.

사찰복원이 마무리 단계라 대웅전이 으뜸이겠지만 누가 봐도 '모후산 유마사' 란 이름의 일주문이 이 사찰의 산증인임엔 틀림없어 보인다. 또 있다. 일주문을 들어서려면 통과의례로 건너야 하는 돌 하나로 다리를 놓았다는 돌다리 '유마교' 가 있다. 우리가 '유마사 혜련부도' 를 지나 해탈교를 들어서자 귀가 멍할 정도로 계곡물 흐르는 소리가 폭포처럼 우렁차게 들렸다.

우리 마님은 급한 마음에 앞뒤 가릴 겨를 없이 해우소로 달려갔겠지. 그리고 낯선 환경에 몹시 당황했겠네. 나도 그랬다. '신발 벗고 들어오세요.' 슬리퍼까지 준비되어 있어서였다. 근데 문제는 큰일 보는 화장실이다. 완전 재래식, 푸세식인 데다 깊이도 2m는 족히 되어 보였다. 화들짝 놀라고 재미있어 했지만 아내는 엄청 고생했다고 한다. 아래가 까마득하니 깊어 빠질까 봐 걱정했는데, 일어서야 할 때 잡을 것이 없어 엄청 애 먹었다는 거 아닙니까. 무릎이 탈날까. 그 걱정부터 들더란다. 어떻게 일어났느냐. 그건 안 물어봤는데요.

화순 임대정원

임대정원은 1862년에 민주헌이 귀향하면서 전통정원의 원형을 살려 이곳에 정원을 만들고 팔작지붕의 정자를 짓고는 '임대정' 이라 불렀다고 한다. 우린 피곤한 김에 정자 한 모퉁이를 빌렸다. 일단 편안하니까 여유 있게 정원을 둘러볼 수 있어 좋았다. 아래 정원으로 눈을 돌렸더니 더 멋있는 새로운 세상이 펼쳐지고 있었다. 거목으로 자란 벚나무 5그루가 꽃을 활짝 피우고 두 그루의 느티나무가 새싹을 띄우고 있었는데 이 정원의 어른은 아마도 느티나무가 아닐까. 둘레가 어른의 두 팔로도 가늠하기가 어려울 정도로 엄청 컸다.

유마사가 민주주의와 공산주의가 맞붙은 근대사의 산 증인이라면, 임대

정원은 조선의 유자들의 민낯을 보여주는 곳이다. 개혁보다는 보수, 사대에 편승한 결과가 우리의 현대사에 어떤 결과를 낳았는지를 이젠 되돌아볼 때가 되지 않았는가.

화순 연둔리 숲정이

숲정이는 마을 근처의 숲을 가리키는 순 우리말이다. 1,500년경부터 수해로부터 마을을 보호하기 위해 마을 사람들이 인공 숲을 조성하기 시작했다고 한다. 다리를 건너면 바로 '연둔리 숲정이' 다.

벼슬아치나 유생이 아닌 둔동리 마을 사람들이 조상 대대로 홍수로부터 마을을 지키기 위해 손수 심고 키운 숲이라고 한다. 강변 따라 느티나무, 버드나무 등 아름드리나무들이 늘어서 있다. 제각각의 멋을 부리면서도 함께 어우러져 숲을 이루는 모습이 좋아 보였다.

길을 닦고 화단도 꾸며놓았다. 맷돌, 연자방아와 큰 확에 각종탈곡기를 전시한 방아전시장이며 강 건너 나루까지 오가던 그 시절 나룻배까지 전시했다. 편의시설이 없는 것은 주차장이 협소하니 오래 머물지 말아달라는 방문객에 대한 배려가 아닐까.

현제 남아 있는 227그루의 나무 중에 으뜸은 마을 형성 이전부터 자리를 지키며 살았을 거라는 왕버들이라고 한다. 그 왕버들을 배경으로 사진 한 장 남겼는데 밑동의 굵기가 네 아름은 넘을 것 같은 어마어마한 거목이었다.

김삿갓 종명지

숲정이에서 김삿갓이 방랑생활을 끝내고 숨을 거두었다는 종명지까지는

800m. 그곳에 가면 가진 자의 반대편에 서서 대변하듯 풀어쓴 시 한 구절 한 구절을 적은 시비들이 인상적이었다. 이름하여 김삿갓의 시비공원.

방랑시인 김삿갓이 생전에도 3번이나 이 마을을 찾았을 정도로 마을과의 인연이 남달랐다고 한다. 김삿갓에게 선뜻 사랑채를 내어주어 6년 간 기거하다 1863년 3월 29일에 숨을 거두게 했다는 집주인 丁씨의 집도 가보았다. 오래된 기와에 하얀 벽 지붕보다 낮은 두 개의 굴뚝. 작은 마당. 볼수록 정감이 가는 집이었다. 옛 그대로 그 마당에 그 꽃들이 만발하게 피었는데 아직은 제구실을 못하고 있는 모습이다. 군에서 복원할 생각을 하고 있다고 한다.

아쉬움이 있다면 시비다. 시 구절을 한글로 풀어 쓴 것 까지는 좋았으나 시비 한 가운데 큼지막하게 한글로 쓰고 한시는 옆에 자그마하게 썼음 어땠을까. 한시를 대단한 것처럼 고집하는 것은 시대에 맞지 않아 보여 그런다. 당시에도 세종대왕의 언문이 있었다는 것을 염두에 두었으면 좋겠다.

점심은 수림정에서 한 마리 정식. 점심특선에 대느라 정신없이 달려왔더니 2시 45분이다. 들고 나는 손님들로 시끌시끌해서 놀랬다. 코로나 때문에 걱정은 된다만 조심하는 것이 최선이다. 한마리정식(1만 5천원)은 손바닥만한 크기의 굴비 2마리가 메인이었다. 누군 잡채가 맛나다며 비웠고 내 젓가락은 시래기무침에서 춤추고 있었다.

화순 스테이호텔 416호

화순 도고 온천스파 & 리조트, 스테이호텔

해 남

두륜산국립공원

2013년 11월 30일(토)

두륜산은 직장암 수술 전인 작년 겨울 초입에 친구 현기내외와 들렀던 곳이다. 그날 하늘은 잔뜩 구름이 끼었고 찬바람까지 불었었다. 종종걸음으로 올라갔다 휭 하니 둘러보곤 내려오기 바빴던 기억이 난다.

오늘은 수술이 잘 됐을 거란 믿음으로 찾는 길이니 어찌 감회가 없을까. 그곳을 건강이 좋아져 찾는 길이니 어찌 감회가 없을까.

케이블카를 타고, 계단을 걸어 올라가며 둘러보는 산과 들, 옹기종기 모여 사는 농촌 풍경들이 액자 속에서 방금 튀어나온 산수화 같다. 다도해도 한눈에 들어왔다. 오늘은 운이 좋은 날이었다. 따뜻한 날씨에 파란 하늘 그리고 쪽빛 바다. 손을 내밀면 시골 풍경이 닿을 듯 말 듯. 이럴 때 무슨 말이 필요할까.

다만 이 멋진 자연을 또 찾을 날이 우리 부부에게 있을까. 눈에 넣어간들, 가슴에 담아간 들 얼마나 오래 기억할까. 우린 그냥 이 순간을 즐기는 것으로 만족해야 했다. 산 아래 펼쳐지는 마을들은 그때나 지금이나 변한 것이 없었다. 정겨우면서도 포근하고, 그리움이 묻어나는 것이 꼭 고향 같다.

대흥사와 유선장 그리고 송호리해변

차로 달려 7분 거리가 대흥사다. 묻지도 않고 안내소 옆 주차장에다 차를 세우고 무작정 걸어 들어갔다. 지난 여름의 기억과 아직은 가을을 아쉬워하며 붙들고 안간힘을 쓰고 있는 나무들의 모습이 아직은 애잔해보이는 가을이었다.

걷기 딱 좋은 왕복 시간 반 거리. 걷다가는 생각지도 않게 하룻밤 머물며 추억을 한 움큼 담아갔던 유선장을 보니 반갑다. 그 모습 그대로 그 자리에 있으나 또 묵고 싶단 생각은 안했다. 천 개의 옥불을 모신 천불전으로 유명세가 붙은 대흥사까지 걸어갔다 오는 데만 열심이었다.

송호리 해변에선 노송길을 걸으며 한 여름의 바닷가를 그려 보았다. 고운 모래 무성한 솔밭은 여름 해남의 넉넉함을 짐작하기에 부족해보이지 않았다.

'경치 좋은 길' 77번 국도를 따라가는 드라이브로 한껏 기분을 업 시키고 아름다운 해남에서의 늦은 점심으로 종가집 한정식에서 배 두드리고 호텔에 여장을 풀었다. 바다가 내려다보이고 주변의 산책길이 발목을 잡는 그런 곳이었다.

이곳을 찾는 사람들이나 우리는 그 시간 속에 잠시 머물다가는 나그네일 뿐이다.

땅끝 호텔

검은 갯돌과 세연정

2013년 12월 1일(일)

해남 땅끝마을 '길두 여객터미널' 에서 승용차와 함께 '산양호' 에 싣고 노화도(산양신항)에 내렸다. 보길대교로 연결된 장사도를 거쳐 보길도에서 첫

번째로 찾아간 곳은 예송리의 검은 갯돌이다. 억만 겹의 세월을 닳고 닳아 새로운 생명을 부여받고 다시 태어난 그것들을 밟고 걷는 것만으로도 우리에겐 행복이었다.

더욱이 아내와 노후에 이렇게 걸으며 갯돌의 이야기를 듣고 있지 않는가. 우리 부부의 가슴에는 큐피드의 화살이 정중앙에 꽂혔다. 여름밤이 아니면 어떤가. 하얀 낮 초겨울의 바다가 바로 신비 그 자체인 것을.

윤선도 원림(세연정)은 11시 25분에 도착했다. 원림의 부속건물을 졸속으로 지어 처음 찾는 우리에겐 실망이 컸다. 그러나 세연정은 달랐다. 윤선도선생이 병자호란 직후 은둔을 결심하고 제주로 향하던 중 이곳에 매료되어 은둔생활을 하면서부터였다는 곳이다.

'어부사시사' 같은 주옥같은 시를 남겼으며 자연의 멋스러움과 그 자연을 귀하게 여길 줄 알았던 선조들의 지혜가 놀랍도록 부럽다. '세연정' 을 걷다 앉아 쉬고 우린 그렇게 자연에 취할 수 있는 시간을 넉넉하게 가졌다. 너무 아기자기해서 그런가. 옛 사람들은 이곳에서 소꿉장난하며 놀았을까. 그런 생각을 했다.

사구미해변과 땅끝해양사 박물관

산양 신항으로 돌아와 장보고호를 타고 원위치. 다음은 완도다. 가는 길에 사구미 해변을 걸으며 돌로 바위의 굴을 깨먹겠단 생각을 행동으로 옮기는 것이 쉬운 일은 아니었다. 바다가 베풀고 파도가 키운 굴을 따 입에 넣는 데는 성공했으나 그 대가가 만만치 않았다.

몇 번 손가락을 찧어 피멍이 들었는데 엄살도 못 부렸다. 자연에 순응하지 않은 죗값이라 여기기로 했기 때문이다. 걱정하는 아내에겐 "이까짓 거 괜찮아요." 했지만 손가락의 피멍은 며칠 갈 것 같다.

'땅끝해양사 박물관' 을 들러보니 한 개인이 엄청난 자료를 수집하고 정돈하였다는데 놀랍고 고마웠다. 정말 한 번 들르지 않으면 후회될 것 같은 그런 내실 있는 박물관이었다. 폐교를 이용해서 자료에 비해 공간이 너무 협소하여 둘러보는 것이 힘들었던 것이 흠이라면 흠이다.

호텔에 체크인부터 하고 식사는 귀빈식당에서 멍게비빔밥. 동치미가 시원하고 잘 익어 감칠맛 까지 더하니 그 맛이 정말 일품이었다. 낙지볶음이 전문이나 겨울에는 갈치가 맛이 들 때란다.

완도 관광호텔

해남 울돌-목

2015년 4월 14일(화)

진도대교를 건너 북항. 가을이면 미꾸라지를 미끼로 먹갈치 잡는 광경이 장관이란다.

왼쪽은 목포사람들이 죽으면 그 영혼이 이등봉에 모여 일등봉으로 간다는 유달산이다. 울돌목에 도착했는데도 비는 짓궂기도 하다. 내리는 건지 마는 건지 감질 나는 날씨다.

첫 방문지는 물이 들고 날 때 천둥소리가 난다해서 명량, 애기울음 소리 같다 해서 울돌목이라는 곳. 전라남도 해남군 화원 반도와 진도 사이에 있는 좁은 해협으로 숭어가 올라오는 길목으로도 유명한 우수영관광지.

입구에는 이런 글이 있다. '약무호남 시무국가(若無湖南 始務國家). 만약에 호남이 없었더라면 나라가 없었을 것이다.' 호남 사람들의 자부심이 얼마나 큰가를 보여주는 글귀다.

전시실엔 명나라 신종황제가 이충무공의 공을 높이 기려 보내주었다는 군의장물(軍議臟物)인 팔사품이 전시되어 있었다. 곡나팔, 귀도, 참도, 도독인, 영패, 독전기, 홍소령기, 남소령기. 물론 정품을 볼 수 없는 것이 조금 아쉽긴 하다.

이곳의 이순신의 영정은 서울 인현동지역인의 외모의 평균을 그린 것이라고 한다. 임진왜란은 개인화기가 발달한 일본과 각종 총통 비격진천뢰 등 공용화기가 발달한 우리와의 전쟁이었다.

해남 달마산 미황사

2015년 4월 15일(수)

오전에는 해를 등지고 있어 검은 산(흑산)이라 하고, 이 해가 질 때쯤이면 절이 온통 황금색으로 보인다하여 황금산. 미황사가 있는 달마산으로 가고 있었다. 지금도 달마는 살고 있다고 한다.

달마산은 두륜산(704m)과 함께 남도의 금강산이라는 곳이다. 달마대사가 해동의 달마산에 늘 머물러 있다하여 붙여진 이름이다. 그 미황사를 나무 위에서 한 번 피고 땅 위에서 또 한 번 피고 그대 마음속에서 핀다는 동백꽃을 보러 찾아 가는 길이다.

일주문에는 현판 글씨가 없고, 천왕문에도 사천왕상은 없고 목탁소리와 스님의 설법하는 소리가 들리는 곳이 대웅전이란다.

마조화상의 꿈에 황금색 금인이 돌로 된 배를 타고 오더니 "여기가 금강산이요?" 하고 물었다고 한다. 금인이 소를 끌고 가 멈추는 곳에 절을 짓거라 해서 끌고 왔더니 그 소가 바로 이 자리에서 "미황" 하고 죽었다고 해서 미황사다.

'달마는 속눈썹과 쌍꺼풀이 없고 코가 크며 얼굴선도 크다. 그 인도인 달마가 동쪽으로 온 이유는 자신의 육신을 찾으러 왔다고 한다. 자신의 속눈썹을 잘라 땅에 심어 자란 것이 졸지 않으려고 먹는 녹차나무라고 한다. 이 절엔 현세불인 석가모니부처가 있는 나무석가모니불을 모신 대웅보전이 떡하니 버티고 있다. 과거불은 다보불이요, 현생불은 석가모니불이다.'

경주불국사 경내에 있는 다보탑과 석가탑이 바로 과거불과 현생불의 탑이라지 않는가.

해남 노화도를 거쳐 보길도낙선재

해남 갈두산 땅끝전망대에 오르면 신선들이 노니는 걸 볼 수 있다는데 우린 안개바다만 보고 왔다. 모노레일을 타고 갔다. 다도해의 경치보다 더 보기 어렵다는 풍경인 멋진 안개 속을 거닐다가 왔다.

해물탕은 항상 눈과 손만 바쁜 요리라고 해서 좋아하지 않는데 오늘 점심도 역시나. 육수의 맛을 살리지 못했으니 꽝이다.

노화도는 전복의 고장이다. 게다가 너른 농토까지 발달해 있어 이곳에선 돈 자랑하지 말란 말이 돌아다닌다고 한다. 노화도를 거쳐 바람이 세어 담이 많고 높다는 보길도로 간다. 땅 모양이 북쪽에 큰 산, 앞에는 강이 있어 물 위에 떠 있는 연꽃모양 같다는 곳이다. 산세가 완만해서 그런가. 마음이 포근해지는 건 우리뿐만이 아닐 것이다. 이 섬을 청산도와 함께 슬로우시티라고 표현하는 이유를 알 것 같다. 참으로 조용한 섬이다.

고산 윤선도가 낙향하여 자연을 벗 삼아 일생을 소일했다는 낙선재를 둘러보고 있다. 내 생각은 이렇다. 선비들이 할일이 별로 없으니 거문고나 튕기며 어부사시사를 지었을 것이고. 윤선도와 그 가족들은 세연정을 지어놓고는 거북바위를 바라보며 놀다 오죽이나 친구가 없었으면 매, 난, 국, 죽, 송을 벗 삼아 오우가를 지을 생각을 했을까.

생활공간이요 놀이공간인 낙선재는 연못으로 상연지와 하연지가 있고, 효종이 수원 화성에 지어준 집을 통째로 뜯어다 해남에 옮겨 놓았다는 녹우당도 보고 왔다. 큰 바위 7개를 옮겨다 놓았다는 칠암정, 옥소대를 향해 활시위를 당기기 좋으라고 바위를 다듬었다는 사투암, 무희들이 춤추던 동대, 악사들이 연주하던 서대까지 있다.

비흥교 건너편에서 정자를 바라보면 연못 속에 떠 있는 것처럼 아름답다고 했는데 난 그걸 모르겠다. 굴뚝다리라는 판석보를 건널 때가 더 좋았다. 저녁은 강진까지 달려가 강진의 남도 한정식 한상차림에 눈과 손과 입이 호사했다.

영암 현대호텔

해남 천일식당과 피낭시에 과자점

2021년 2월 24일(수)

이번에는 맛집 찾아 50km를 달려온 것이 맞다. 9시 45분에 떡갈비로 유명하다는 '해남 천일식당' 근처 어느 주차장에 도착했다. 개천을 끼고 해남 매일시장이 상권을 형성하고 있는 곳이었다. 식당에는 주차장이 없다고 해서 주차문제로 한 걱정을 하며 달려왔는데 저거 주차장 같다며 아내가 먼저 좋아한다. 그것도 자리가 딱 하나 남아 있었다. 이게 웬 떡.

겉옷이라도 벗어 들고 가야하나 행복한 고민을 했다. 상인에게 물었더니 개천 바로 조기란다. 보인다. 들어서자마자 음식을 시켰고 밑반찬이 나오는데 절로 침이 넘어간다.

톳, 꼬막무침, 매생이, 돌게장, 그리고 겉절이와 쌈 채. 본게임으로 양배추 낙지볶음에 내가 좋아하는 계란찜이 나오더니 넙데데한 떡갈비가 상 가운데를 떡하니 차지하고 있다. 과연 헛소문이 아니네 했네요. 맛날 밖에요. 상을 싹 비운걸요. 마님은 겉절이를 비닐봉지에 담기까지 했다.

해남에는 갈 곳이 또 한 군데 있다. 우리 밀과 해남산 고구마를 활용해 만들었다는 고구마 빵으로 유명세를 탄 빵집이다. 그 '피낭시에 과자점' 을 찾아 나섰고 어렵지 않았다. 식당에서 두 블록 뒤 상가에 있었다. 밝고 진한 청기와색이라고 해야 하나. 어쨌건 멀리서도 눈에 확 뜨인다. 우린 '고구마' 피낭시에, '고구마' 크림카스테라와 고무마 모양의 고구마빵을 한가득 주워 담았다.

강진에 와서 좀 더 살 걸 하며 얼마나 후회했다고요. 그 빵 정말 맛있었고 건강해지는 느낌이었다니까요.

해남 땅끝 호텔

광주여행 5박 6일

광주국립박물관

2014년 3월 13일(목)

서울서 달려와 첫 방문지인 광주국립박물관에 도착했다. 빗줄기는 더 신이 났다. 우산을 때리는 소리가 마치 봄을 부르는 소북소리처럼 들린다. 박물관 정원도 비로 인해 봄빛이 돈다. 벗은 몸매가 더 아름다운 배롱나무가 양옆으로 줄 서서 맞고 겹매화가 나보란 듯이 웃고 있었다.

집 떠날 땐 내가 광주로 내려가서 봄 마중해야지. 했는데 봄이 벌써 와서 나를 기다리고 있었다. 우산을 접으면서 혼자 중얼거렸다. “이 비 너무 많이 오면 곤란한데. 이 비 좀 그쳤다 저녁에 와주면 안 될까.” 그 좋던 마음 다 어디 내다버리고 또 내 욕심만 차린다. 청백리도 보고 왔으면서.

여유부리며 찬찬히 둘러보기로 우린 눈빛으로 교감한 상태다. 쌀쌀한 바깥 날씨에 비해 박물관 안은 따뜻했다. 이 나이에 구경거리로 치면 박물관만 한 곳이 없다. 볼 것 많고 정리 잘 돼 있어 머리 식히며 동행인과 과거로 돌아가 오순도순 이야기 나누며 둘러본다. 궁금한 것이 있으면 메모도 하고. 아내는 내가 쓸데없는 질문을 해도 잘 받아주었다.

마님은 전생에 저 시대에 촌장 마나님으로 사셨을 겁니다. 귀염 받고 머슴 부리고, 호사 하고. 난 아무래도 조기 불 피우고 있는 머슴이거나 사냥

꾼이었을 걸. 맑은 공기 마시며 산과 들로 짐승 사냥 하러다니는 계급. 지금이나 달라진 거 없네. 다음 생애선 뭐 좀 나아지려나.

우스갯소리로 한마디 하면서도 궁금한 것 못 참는다. 그 시대 사람들은 정말 무슨 생각을 하며 살았을까. 힘들게 배고프게 살았을까? 사냥하고 열매 따먹어가며 아담과 이브처럼 그렇게 살았을까. 비록 소음과 미세먼지에 시달리고 있긴 해도, 모르긴 해도 지금이 훨씬 살맛나는 세상이 아닐까.

자연에 의존해 살아야했던 고대인들은 흙으로 여인상을 빚어 '지모신 신앙' 으로 의인화한 것을 보면, 자연물에는 영혼이 깃들어 있다고 본 것 같다. 최초로 토기용기에 칠을 했다는 칠기그릇이며, 토기에 들꽃과 곤충그림을 그려 넣은 것들도 볼만했다.

슴베찌르개, 각종 농사도구, 현악기. 방직도구 등 유물도 보았다. 대단하데요. 우린 놀랐다. 당시 사람들의 지혜와 그 솜씨에. 신안해저유물전시관에서는 청동기시대에 이미 국제교류가 활발했음까지 보여주었다.

박물관을 나서니 이젠 바람까지 합세해 우산을 날려버릴 기세였다. 길 건너 중외공원을 눈앞에 두고 일정을 마무리할 수밖에 없었다. 배고픈데다 이런 날씨에 더 이상의 나들이는 무리라 생각했다. 계절감기라고 우습게 알다 큰코다칠라. 숙소로 가선 따끈한 물로 목욕하고 한잠 자야 할 것 같다.

무등산 자락에서 꿀잠을 자고 나면, 우리 서민들이 을이 아닌 갑으로 살 수 있는 그런 날이 와 있었으면 좋겠다. 그럼 또 다른 무소불위의 계층이 생겨나겠지.

무등산 관광호텔

남도향토음식박물관

2014년 3월 14일(금)

11시에 일어났는데 비구름은 간데없고 해님이 웃고 있었다. 남도향토음식박물관을 가는 날이다. 남도의 향토음식을 보전개발하고 다른 지역사람들이 남도의 멋과 맛을 느끼고 배울 수 있도록 하는 곳이란다. 맛난 음식을 그림으로 보는데도 침 넘어가는 소리가 내 귀에까지 들리니 놀랄 노자다.

광주 꽃 송편, 광양 숯불구이, 담양 떡갈비, 화순 뽕잎부각에 다슬기수제비, 강진 매실장아찌, 장성 메기탕과 대합죽, 영암 짱뚱어탕, 목포 홍어찜에 연포탕, 나주 동아전, 해남 감단자, 고흥 유자인절미를 소개하는 가하면 서울 떡찜. 개성 조랭이 떡국. 제주의 옥돔죽까지 전국 향토음식을 망라했다.

떡찜이야 우리 영님이에게 아양 떨면 맛나게 해 줄 테고, 조랭이떡국은 인사동 개성집에 가면 먹을 수 있는 메뉴다. 남도의 음식상에 청, 백, 황, 흑, 적색의 오방색을 갖춘 음식을 내놓으면 음식의 화려한 멋과 품위를 살리는 것이라고 했다. 이곳에서 기정떡을 서울에선 술떡이라 부른다는 것도 알았다.

3층은 호남문화자료전시관이다. 권력에서 밀려난 지식인들이 낙향하여 풍류와 멋으로 일궈낸 고장답다. 호남의 판소리 농악 민요에 그 멋과 한이 남아있음을 보았다. 삼별초항쟁, 의병항쟁, 동학농민전쟁, 광주학생독립운동, 5.18광주민중항쟁으로 면면히 이어져온 의향호남이라지 않는가.

광주 호수생태원

호수생태원은 소쇄원에서 큰 길 건너면 멀지 않다. 충효동 왕버들이 유명한 곳이기도 하다. 일송, 일매, 오류라는 이름을 받은 세 그루의 왕버들은 천연기념물로 지정되어 있단다.

우린 습지와 갈대숲에 조성한 목재생태탐방로를 따라 걸었다. 길만 보면 우선 걷고 보는 것이 우리의 일상이다. 이곳에서도 습지가 많다보니 갈대가 임금 노릇 하고 있다. 광장에는 원형광장, 암석원, 솟대, 생태연못, 물레방아, 전망대도 있다. 연둣빛 버드나무에 정원은 녹색카펫에 자주색 꽃무늬를 수놓았으니 봄은 봄이다. 참 예쁘다.

이름 모를 풀들이 소금을 뿌려놓았다. 한참을 걸었더니 배가 홀쭉해졌다. 생태원에서 파는 '박순자 도넛' 은 아가들을 땅바닥에 주저앉게 하는 맛이라는데 우리도 정신 줄 놓고 먹었다. 아메리카노 한 잔에 꽈배기 5개. 참 달달하고 맛나다며 마파람에 개 눈 감추듯 했다면 믿을까.

무등산은 무슨 고뇌가 그리 컸던지 밤새 머리가 하얗게 세어버렸다. 호호백발의 머리를 하고 아직도 맴은 소녀처럼 수줍은 듯 얼굴을 돌린 채 눈길을 마주치려 하지 않는다. 그래 자연인들 늙어가는 것이 좋을 리는 없겠지.

나이가 자랑일 수 없는 세상이다. 벼슬이 아닌 건 알지만 정치인들 입에 오르내리는 건 정말 싫다. 우린 쓰레기가 아니라 세월의 손때 묻은 고가구인걸랑요. 한 표를 행사하는 유권자라는 것 잊으면 안 되지요.

무등산 관광호텔

무등산 원효사

2014년 3월 15일(土)

샤워실에서 물소리가 요란하다. 그 물소리에 섞여 나오는 목소리는 내 컨디션 아주 엉망이거든요. 라고 말하는 것처럼 들린다. 목욕타월로 둘둘 말았다. 기침까지 보탠다. 콜록 콜록.

"기침하는 걸 보니 감기 걸리셨네. 옷 입고 병원부터 갑시다. 건강이 우선 아닙니까. 감기 그거 우습게 볼 것 아니에요. 나이 들면 감기가 저승사자라잖아요."

본인은 괜찮아질 거라며 가져온 기침약 먹으면 된다며 손 사례지만 난 서둘렀다. 조승렬내과가 호텔에서 가깝다고 하니까 그리 갈 생각이다.

의사선생님이 위아래 쓱 보더니 진맥한다며 몇 마디 묻고는 나가 기다리랬다는 것이다. 자기 생각엔 성의 없이 건성건성 묻는 것 같더라나.

그게 큰 병 아니란 표현이에요. 아시겠어요. 약 먹으면 된다니 걱정 끊으세요. 우리 마님. 그랬더니 약 털어 넣고는 금방 웃는다. 그 마음 알지요. 날 안심시키기 위한 것이라는 거. 그런데 감기인 줄 뻔히 알면서도 무등산 가겠다고 떼쓰는 건 뭣 때문일까요? 감기가 만병의 근원이라 걸 그새 까먹은 걸 아닐 테고.

주말인 데다 감기기운으로 컨디션이 안 좋으니 드라이브 삼아 무등산 북쪽 원효사나 들러보자며 길을 나섰다. 과거에는 천불전이 있던 절이다. 위 주차장은 이미 다 차서 우린 아래 주차장에 겨우 차를 세운 것도 행운이라 생각기로 했다. 차들이 엄청 몰려왔다는 아닙니까.

걷다보니 일주문이라 거의 다 온 줄 알았지요. 그 다음부터가 문제였다. 비탈길을 걷다보니 호락호락한 길은 아니라고 생각했어요. 그리 힘든 길은 아니라며 앞서 걸어갔지만 만만하게 볼 길은 아니더라고요.

아내는 거리가 멀어지고, 가다 서다를 반복하더니 결국엔 주저앉고 말았다. 화장실이 급하니 도루 내려가자는 시위였다. 화장실은 내려가는 것보단 올라가는 것이 훨씬 가깝다고 꼬드겼지요. 몸을 추스르고는 다시 걷기 시작했는데 나로선 가시방석이었다. 솔직히 말하면 나도 얼마나 힘들었게요. 컨디션도 안 좋은데. 이를 악물고 걸었어요. 화장실에서 나오더니 방글방글 웃는다. 손까지 흔들며 컨디션이 좋아졌다는 표정을 짓는다. 그렇게 어렵게 도착했다.

원효사 사천왕문에는 우락부락한 얼굴은 둘 뿐이었고, 용 두 마리가 자리를 잡고 있어 특별했다. 청룡이었다. 일본사람들이 사당 주변 소나무에 소원쪽지를 걸고 기도하는 것을 본 기억이 있다. 안동하회마을에서도 보았다.

'소원나무' 가 대웅전 옆 소나무에도 있었다.

약수터 돌담 위에는 어미가 아이에게 젖을 먹이는 조각상이 있었다. 여기선 어미는 부처요, 아기는 중생이란 뜻인 것 같다. 물은 어미의 젖이요 생명을 불어넣어 주는 감로수가 아닐까. 약사암은 사찰 뒤에 있다고 한다.

약수터 옆에는 옛날 스님들이 쌀 씻던 돌그릇에 봄비가 와 물이 고였다. 그곳에 개구리란 녀석이 알을 낳은 것이 신기했다. 어떻게 이 높은 곳까지 뛰어올라 알을 낳고 사라질 수 있었는지 생각할수록 신기해서 보고 또 보았더니, 약수 마시러 온 사람이 거든다. 사라진 것이 아니라는 얘기죠.

"거 개구리가 알을 낳아 놓고는 밤마다 알 낳은 곳을 찾아온대요."

오래된 사찰에는 말로 표현할 수 없는 무게가 있다. 그 세월의 무게를 다 이긴 사찰만이 안고 있는 향이 산사를 찾는 우리 마음을 편안하게 해주었는가보다. 그러니 미물인 개구리의 마음도 그러하지 않았을까.

무등산 관광호텔

무등산 증심사

2014년 3월 16일(일)

오늘은 무등산의 대표사찰 증심사다. 이 절에는 무등산 산신 위패가 있고 증심사 오백전은 개미와 관련된 설화가 있다.

"김 방이란 사람이 경양방죽 공사 현장에서 커다란 개미집을 발견하였다. 불심이 깊었던 김 방은 개미집을 그대로 무등산 기슭에 안전하게 옮겨 주었다. 그 무렵 김 방의 가장 큰 고민은 공사에 동원된 수많은 일꾼들의 식량을 조달하는 일이었다. 그런데 어느 날부터 공사가 끝날 때까지 개미들이 줄을 지어 쌀을 물어다 주는 것이었다. 이에 그는 개미의 은혜에 보답하고자 증심사에 오백전을 지어 오백나한상을 봉안했다고 한다."

오백전은 하찮은 미물도 보은의 마음이 있다는 것을 상징으로 보여주며 만물이 회통하라고 지은 전각인 셈이다. 나는 원효사의 개구리를 떠올렸다.

주차장에서 2.3km를 걸어가야 하는 거리다. 찾는 사람이 어찌나 많은지 떠밀려가고 있었다. 실은 사람이 많이 오는 날을 택해 산에 오르려고 일정을 잡기는 했다. 젊은 사람들 틈에 끼어 정상을 밟고 싶어서였다. 그런데 생각보다 너무 많은 인파였다. 거기다 아내가 컨디션 회복이 덜 되었다.

절의 불상은 근엄한 표정이 아니라 인간적인 모습을 하고 있다는 철조 비로자나불 좌상은 법당문이 굳게 닫혀 있어 보지 못했다, 목을 축이러 온 약수터엔 이런 글귀가 있다.

'한 방울 약수에도 천지의 은혜가 있네. 감사할 줄 아는 이 감로수 되리라. 병고에 시달리는 이를 위해 한결같은 마음으로 몸을 청결히 한 후, 위에 쓴 다라니경을 백 여덟 번 외워 복용케 하면 병고가 소멸되느니라.'

어째 난 믿음이 간다. 눈에 보이는 약만이 치유하는 약은 아닐 것이다. 번뇌 많은 정신을 가다듬어 마음을 다잡아주는 것이 진정한 약수의 역할인지도 모른다. 그래서 그런지 사찰에 오면 약수 한 바가지 들이킬 생각에 피곤한 줄 몰랐다.

오랜 세월 시대마다 민초들의 크고 작은 소원이 약수를 지금까지 있게 했을 것이고, 더 나은 세상을 바라는 보살들의 바램이 약수마다 넘쳐났을 것이기에 그럴 것이다. 무등산 등반은 다음으로 미루자고 한다. 무등산 치마폭 잡고 놀다왔음 됐지 뭘 더 바라겠는가. 그게 다 욕심이지.

아련한 추억 속으로

2014년 3월 17일(월)

여행이란 일상생활에서 벗어나 아련한 추억 속으로 떠나는 것일 수도 있고 강과 바다 혹은 낯선 고장에서 다른 모습을 만나면서 자신의 삶을 되돌아보게 되는 계기가 될 수도 있다. 그러나 언제나 누릴 수 있는 건 아니다.

자유를 외치며 홀가분하게 집을 비워도 괜찮은 나이, 머리에 서리가 하얗게 내려앉고 일에서 해방되는 그 때를 놓치면 다시는 기회를 잡을 수 없을지도 모르는 나이, 막차가 플랫폼에 도착하기 전에 떠나야한다.

서울 도착하면 푹 좀 쉽시다.

생각해보소. 우리 나이가 몇 이유. 그렇게 우린 휴게소에서 순두부 한 그릇씩 먹고 서울로 가는 길인데 입은 광주로 되돌아가고 있었다. 순두부 맛이 어째 시원치 않다. 어제 팔 칼국수 시켜먹을 때 내온 맛깔스러운 열무물김치며 배추겉절이가 칼칼하면서도 입 안이 깔끔해서 정말 좋았는데. 호텔 근처 돌게장 전문점에선 또 어땠고. 여수 돌게장 생각이 난다며 광주 맛에 취하지 않았던가. 가끔 그리 울 것 같다

이제 오후는 산행을 못하고 내려온 탓에 남은 시간을 호텔 뒷산에 투자했다. 올라갈 때는 리프트 편도를 이용했다. 내려서는 능선을 따라 걸으며 급경사는 돌아서가는 요령까지 부리며 힘들게 전망대에 올랐다. 광주 시내를 내려다보는 순간 힘든 건 다 잊었다.

의도적으로 힘든 길을 피하는 날은 컨디션이 별루란 표시다. 해가 갈수록 그런 날이 점점 많아지는 건 세월 탓 일 게다. 여유부리다 내려왔다. 노란 꽃잎을 달고 있는 생강나무(팥배나무)며, 잡초들의 생존 경쟁하는 모습에서 강한 생명력을 느꼈으면 되었다.

올라오면서 원효사의 약수터를 들러 왔다. 내 건강을 지켜줄 거라는 믿음과 더 이상 나쁘지 않게만 해달라는 소원까지 담아왔다.

광주광역시 광주무등산관광호텔

전라북도

내가 꿈꿔온 유토피아

내 나라 여행은 마음만 있다면 언제든지 돈 몇 푼 들이지 않고도 다녀올 수 있다. 적당히 몸을 움직여 근육의 긴장을 느낄 때의 기쁨이 필요하거나 좋아한다면 대중교통으로 1박 2일로 다녀올 곳을 찾으면 좋은 곳이 많다. 적당히 컨디션을 조절할 의지를 가지고 있기만 하다면 정도에 따라 심장이 터질 듯한 희열을 느끼며 오를 때의 그 쾌감을 느껴볼 수도 있다.

여행에서 숙박은 외박이 아니다. 활력을 위한 쉼이다. 나이가 있다 생각하시면 가끔 2박 3일로 산 좋고 물 좋은 곳에 가서 쉬며 놀다 오시라 권하고 싶다. 맛 들여 보시라는 미끼다. 우리 나이가 되면 여행은 남편바라기의 바보아내가 더 바보에게 손을 내밀어 손잡고 가는 나들이다. 일상으로 되돌아와 다시 그 어딘가로 가고 싶어 스스로를 담금질 하는 내 한쪽을 바라보는 흐뭇한 마음을 담아 겁 없이 유토피아를 꿈꾸게 된다.

'어부가 어느 날 배를 타고 가다 도화림에서 길을 잃고 동굴로 들어갔는데 갑자기 동굴밖에 평화로운 모습이 펼쳐지더란다. 그곳에 사는 모든 생명들이 너무나 여유 있고 행복해 보여 어부는 그들의 부탁을 무시하고 표시한 길을 따라 찾아갔으나 찾지 못했다고 한다.'

이 이야기는 유토피아를 밖에서 찾으려한 인간의 어리석음을 탓한 것이다. 이상향을 빤히 보면서도 너무 평범해 더 높은 곳, 큰 것을 찾다 놓친 것이다. 내가 꿈꿔온 유토피아는 지금 여행을 다니며 행복해 하는 이 모습이다. 매일 밤 그 유토피아와 덩실덩실 춤을 추는 꿈을 꾸며 살고 있다.

김 제

벽골제

2016년 1월 5일(화)

아침은 고창 그 집에서 된장찌개로 속을 달래고 나들이 길은 김제다. '하늘과 땅이 만나는 오직 한 곳' 이라며 자랑할 만 했다. 지평선의 도시. 우린 호남의 곡창지대라고 부르지만 백제가 그들의 문화의 꽃을 활짝 피운 것도 바로 이 너른 평야가 한몫을 했을 것이다.

견훤이 아들에게 쫓겨나 유배생활 하다시피 했다는 금산사는 전번 여행 때 다녀왔으니 이번 길엔 제외했고 우리나라 최대 최고의 수리시설이 있고 지평선 축제가 해마다 열린다는 김제벽골제를 찾았다.

"몽고침략 당시 조연벽 장군이 백룡을 도와 청룡을 물리쳐 그 보답으로 가문의 융성을 약속받았다는 설과 신라 때 김제 태수의 딸 단아가 스스로 청룡의 제물이 되어 아버지의 살인을 막고 벽골제 공사를 무사히 마무리 할 수 있었다는 이야기가 전해오는 곳이기도 하다."

벽골제의 가장 큰 조형물인 청룡과 백룡이 여의주를 물고 승천하려는 듯 포효하는 이유다. 규모나 시설이나 어느 하나 흠 잡을 것 없어 보였다. 지금은 한산한 겨울이지만 벽골지 문을 들어서면 그 함성과 열기가 그대로 느껴졌다. 장터에선 지짐이 부치는 아낙의 손길이 바쁠 것만 같아 기웃거려 보았다. 메뚜기체험 농장, 짚풀공방을 지나 바람개비공원으로 들어서면 농경문화의 진수인 소몰이 농부의 조형물에서부터 추수하는 모습까지 농경문화를 한눈에 볼 수 있었다. 그것들을 보느라 눈이 쉴 틈이 없었다.

소 테마공원에는 밭갈이 농부를 표현한 조형물을 보며 실물인가 착각할 뻔하기도 했다. 농경문화박물관은 들어서는 순간. "후여이, 음매!" 하는 소리가 들린다. 그뿐인가 참새를 쫓는 소리며 소가 우는 소리도 들렸다. 상설 전시실과 2층의 쉼터 그리고 들판을 한눈에 바라볼 수 있는 전망대까지 올라가 봐야 심이 풀린다.

매년 2월 초하루면 머슴 날이라고 하여 머슴들을 맘껏 먹고 놀게 했다는데 우린 총체보리한우 갈비탕 한 그릇 비운 것으로 맘껏 먹는 기분을 냈다.

금산사

2016년 5월 15일(일)

내일은 일찍 일어나야지. 그게 말대로 쉽진 않았다. 하루 컨디션 좋으면 다음날은 그만 못하고 그리고 언제 그랬냐 싶게 기분이 좋아지기도 하고 그런다. 여행이 매일매일 구름타고 다닐 수는 없다.

오늘은 컨디션의 문제가 아니라 아침 때문이었다. 가다 보면 음식점 하나는 있겠지. 막연한 기대가 시간이 갈수록 어긋나는 거 있지요. 그러다보니 쫄쫄 굶은 채 정읍의 옥종호를 찾아갔는데 그곳도 공사 중이라 출입금지란다. 기운 쑥 빠졌다. 김제 금산사로 급히 방향을 틀었다. 얼마나 배가 고팠으면 저 멀리 마을이 보이자 환호성을 질렀을까. 정읍시 칠보면 면소재지였다. 이 시간에 문을 연 식당이 딱 한군데 있었다. 얼마나 반갑고 고마웠던지. '고향식당' 이었다.

우린 메뉴판보고 백반 시키려고 했는데 오늘은 올갱이수제비가 맛있다며 주민이 권하는 바람에 그 맘. 간이 좀 세긴 했어도 별식이 맞네요. 맛나게 먹었다며 깍듯이 인사하고 나온 걸요.

금산사는 너무 낯설었다. 7년 전(?)에 다녀간 기억이 있는데 어찌 그리 많이 변했던지. 고개를 갸우뚱하면서 걸었다. 후백제 견훤이 유배생활을 하다 시피 했다는 절이 고풍스럽고 멋스러움은 온데간데없고 수십 채의 새로운 건물들로 빼곡히 들어차 있는 사찰을 보니 "어! 커도 너무 크다. 절 이름만 빼곤 다 바꾼 거 아니야?" 그랬던 것 같다.

그나마 다행인 것은 주저리주저리 열린 전설들은 어디 가서 주워 담지. 그 답답한 마음을 달래주는 곳이 있었다. 걷기 좋은 나무그늘이 있고, 평상에 누워 물소리 듣고 구름을 바라보도록 한 곳이 있었다. 덕분에 힐링 여행의 맛을 한껏 누린 것은 맞다. 평상에 누워 아이들의 물장구소리와 새들이 지저귀는 소리, 나뭇잎 흔드는 바람소리. 이렇듯 자연의 소리에 귀를 맡겼으니까. 아마 낮잠도 한숨 자고 왔을 걸.

김제 '망해사 박서정'

<u>2019년 2월 13일(수)</u>

언제나 생각지도 않은 곳에서 일이 터지기 마련이다. 실은 나주에서부터 빨간불이 켜졌었다. 항문에서 피가 조금씩 보이긴 했지만 어제는 기저귀가 흥건히 젖을 정도로 피를 흘려 3번이나 기저귀를 갈았다.

아내가 눈치 챌라 조심하며 하루 일정을 소화하느라 애를 먹었다. 오늘이 문제다. 호들갑을 떨며 병원으로 달려갈 것이냐. 아니면 하루 더 지켜보며 오늘 일정을 소화하고 내일 병원엘 갈 것인가.

손님을 맞은 건 망해사가 아니라 팽나무였다. 두 그루의 팽나무와 바위 끄트머리에 붙어 있는 낙서정이 만경강 하구의 아름다운 낙조와 함께 망해사의 명물이라고 한다.

망해사에 발을 디디는 순간, 그 매력에서 빠져나오기 쉽지 않았다. 명물은 한군데 더 있다. 해우소를 지나치면 안 된다. 나이 드신 분은 추억을 불러 올 테고, 젊은이들은 '이게 뭐야!' 하며 새로운 경험을 하겠지.

우리 부부는 이런 날은 심포항까지 걷는 건 무리라며 3층 전망대까지만 걷기로 했다. 만경평야와 만경강이 온전히 자신을 다 들어내 보이는 곳이었다. 망해사에서 300m 거리다. 가보면 알지만, 달팽이계단이 앙증맞다고 생각 들기 전에 몸은 이미 올라가 있을 겁니다. 우리도 그랬으니까.

부설스님이 세운 절은 무너져 바다에 잠겨버린 걸로 알고 있다. 그 후 진목스님이 만경강 하구가 잘 보이는 진봉산 기슭에 대충 손질한 나무를 기둥삼아 자그마한 '낙서정' 을 짓고 그 기념으로 팽나무를 심지 않았을까 추정할 뿐이란다.

하루는 진목대사가 망해사에 계실 때 굴을 따서 먹으려는데 지나가던 사람이 "왜 스님이 육식을 하느냐" 고 묻자, "이건 굴이 아니라 바위에 핀 꽃이요(석화)." 라고 했다는 일화가 전해지는 곳이기도 하다.

경치야 서 있기만 해도 마음이 평안해진다. 갈대숲의 철새들까지 돕는다면 금방 자리뜨기가 쉽지 않을 걸요. 작은 암자에 방과 부엌까지 딸려있는 손바닥만 한 낙서정에서 진목스님이 열반에 드셨다면 빈손으로 왔다 빈손으로 가는 삶 몸소 보여주신 거네요.

김제 '대흥각' 의 육미자장

2019년 3월 26일(화)

봄이 성큼 다가와 있음을 실감하고 있다. 6시 반에 집을 나섰다. 하늘이 개떡 같아 고민이다. 날씨가 꼭 심술부리며 발목 잡는 마귀할멈 같다. 3시간 정도의 드라이브 거리면 9시 반경이면 도착할 것 같은데 그땐 좀 달라져 있겠지. 그리 위안 삼으며 서해안 고속도로로 들어섰다.

오늘은 살랑살랑 봄바람이 실어다 주는 봄 향기보다 미세먼지가 먼저 코

끝을 엉망으로 만들어 놓았다. 하루건너 찾아오는 미세먼지로 힘들게 하루하루를 버티지만 봄이 우리 코끝에 와서 맴도는 데는 성공한 것 같다. 바람이 차지 않다며 봄 맞으러 길을 나서고 있으니 말이다.

우리 부부는 이번 별미여행에선 들녘에 숨어 피워내는 여린 꽃들을 보면 눈길 한번 씩 주고 오자며 새끼손가락을 걸었다. 들꽃들의 미소를 보며 어릴 적 추억 한 장 씩 끄집어내는 건 어떠냐고 했다. 봄은 사랑하기 좋은 계절이다. 사랑받기 좋은 계절이다. 눈길 한번 주건 말건 자기들끼리의 봄 잔치에 초대받지 않고 가는 손님이고 싶다.

야트막한 산길은 산책하는 기분으로 걷다 쉬다 하다보면, 주변 풍광이 제 알아서 내 눈과 가슴에 들어오겠지. 우린 소년소녀시절로 돌아가 가슴 설레면 된다. 파릇파릇 돋아나는 보리도 볼수록 대견하겠다.

여기까지 왔는데 어떻게 돌아가 말도 안 돼지. 그러며 고집스럽게 망해사길을 걸을 줄 알았지요. 독가스를 마시며 걸을 생각은 개구리오줌만큼도 없는데 우리가 미쳤어요. 섶을 지고 황사를 뒤집어쓰겠다고 달려들게.

급히 수정한 우리의 첫 목적지는 대흥각이었다. 겉모습만 보면 영락없이 어렸을 적 오며가며 보았던 짱깨집이다. 홀 크기도 손바닥만 해서 8명 정도 앉았는데 이미 꽉 찼다. 우리는 어정쩡한 점심시간대라 방에 들어가는 덴 어렵지는 않았다. 대흥각은 삼대천왕에서 육미짜장과 고추짬뽕을 맛나게 한다고 소문난 집이다.

홀 식탁부터 죽 스캔하며 방으로 들어갔다. 고추짬뽕은 채 썬 돼지고기를 수북이 올려놓은 것이었다. 군침을 돌게 하는 데는 성공했지만 푸짐하고 맛깔스러워 보이지는 않았다. 그런데도 손님들은 대부분 고추짬뽕이다.

우린 잘게 다진 돼지고기를 넣어 독특한 맛을 낸다는 육미자장을 선택했다. 아내의 식성을 십분 고려해서다.

육미자장은 손님이 많아져서 감당이 안 돼 그런지는 몰라도 돼지고기는 대충 다지면 안 되는 음식이다. 잘게 다져 식감을 살려야 제 맛을 내는 메뉴다. 그런데도 맛이 있으니 다 용서가 되데요. 정말 별난 식당이다. 땀 뻘뻘 흘러가며 짬뽕도 맛보고 올 걸 그랬나했다.

김제 귀신사

2021년 4월 28일(수)

날씨가 궂을 거란 예보에 겁부터 먹었는데 하늘은 그렇질 못했다. 먼 길 달려온 보람이 있었다. 금평저수지 가는 길에 귀신사가 보여서다. 모악산 마실 길을 걸으면 그 중간에 귀신사가 있다. 다는 못 걸어도 절까지는 걸어야겠단 생각을 했던 기억이 난다.

이 절은 많은 전란을 겪으면서 전각이 소실되고 대적광전과 명부전만 남아 지금은 금산사의 말사가 되었다지만, 예전엔 급이 달랐다고 한다. 금산사를 말사로 거느릴 정도로 큰 사찰이었다. 그 증거가 흙으로 만들었다는 이 절의 삼불상이었다. 비로자나불을 중심으로 약사불과 아미타불. 절의 규모에 비해 불상이 엄청 큰 걸 보면 알 것 같다.

지금은 조선후기의 목조건물로 웅장하다기 보단 아담하고 예쁜 절이라는 표현이 더 잘 어울리는 절이다. 법당의 규모는 작지만 있을 건 다 있다고 했다. 이 마을의 나쁜 기운을 누르기 위해 사자상 등 위에 얹은 남성성기 모양의 돌기둥도 볼수록 매력 있다는데. 여심의 세심한 손길 때문일까. 장독대가 시골부잣집 장독대 같아 마음이 편해지더란 생각이 먼저 들었다.

금평 저수지길

금평저수지 수변산책로의 시작점은 증산법종교 본부 앞 주차장. 9시 15분부터 걷기 시작해서 12시 10분에 원점 회귀. 그러다 보니 3시간을 온전히 저수지에서 걷는 걸 즐겼다는 얘기다. 우린 입구의 '시인의 길' 에서는 나무에서 꽃이 피고 땅바닥에 떨어져 다시 한 번 핀다는 겹벚꽃에 홀딱 반하다 보니 걸음이 느려졌다.

이렇듯 우린 시인의 길, 느티나무 골, 벚꽃 길, 멍석 길, 대나무숲길, 소나무숲길, 자갈과 흙길, 어망길, 그리고 마지막으로 147계단을 걸어 올라가면 아늑한 분위기의 벤치가 두 개 놓여있다. 둑은 공사 중. 한참을 저수지를 내려다보고 있어도 지루한 걸 잊게 하는 곳이다. 더 머물고 싶어도 배가 고파 돌아가야 한다.

길에서 만난 등나무, 겹벚꽃. 오동나무는 한창 꽃피는 시기에 오디와 버찌가 볼수록 신기했다. 자연의 섭리에 놀라고 있다. 또 있다. 저수지 가장자리바나 놓여있는 [illegible] 기구. 코로나 때문에 사람 많은 곳은 부담스럽고 색다른 기분을 내고 싶을 때, 저수지바람을 쏘이며 걸으라 권하고 싶은 길이었다. 생각만으로도 너무 멋지고 눈과 가슴이 탁 트이는 곳이었다.

점심은 금산사 앞에 있는 검정콩두부 맛집이라는 '청원골' 에서 두부전골. 나올 땐 검정콩만두 한 팩을 포장해 달라 했다. 말은 비상용이었다.

만경능제저수지

김제만경평야는 한반도에서 유일하게 지평선을 볼 수 있는 너른 농경지다. 동진강과 만경강이 흐르는 그곳에 꼭 한번은 가보고 싶다는 꿈을 이루었다. 추억의 보리밭을 걷는 그림을 그리는 것만으로도 행복할 것 같았는데 만경평야를 가다니.

끝이 보이지 않을 정도로 너른 바다를 만경창파라 한다고 한다. 만경은 만 개의 이랑이요. 헤아릴 수 없을 정도로 많은 이랑이 끝없이 넓다는 뜻이라고 한다. 만경평야는 그런 곳이었다. 달려오면서 끝도 없이 너른 평야에 감동 먹으면서 정작 만경읍에 도착했을 땐 내가 꿈꿔온 그런 평야는 아니었다. 그냥 농경문화가 주업인 농촌마을이었다.

능제저수지로 달려갔다. 고려 때 만들어진 70만평의 넓디넓은 저수지에 봄기운이 가득했다. 얼마나 황홀했으면 시인이 되어 호수를 걷는 기분을 맛보았다.

놀래 키는 일상에 여행만한 것이 없다는 말이 있다. 새로운 볼거리, 먹거리에 눈이 휘둥그레지고 입맛 다시는 것은 일상이다. 오늘은 저수지 구경 나왔다가 바닷가를 걷다 왔다고 해야 할 것 같다. 그러니 산책하듯 무심하게 걸어보라 권하고 싶은 곳이다. 신작로처럼 너른 길이니 편하게 걸으면 된다. 출렁이는 소리와 풀벌레들이 뛰어 노는 모습을 보며 걷다보면 얻어가는 것이 많을 것이다.

내가 보아온 저수지와는 비교 불가. 오늘은 오래 머물 수 없는 것은 바로 짙은 황사 때문이었다. 온종일 황사가 기승을 부릴 거란 예보에 긴장했지만 다행히 금평저수지는 황사 걱정 대신 비를 걱정하며 걸었었다. 그러나 만경 능제저수지는 안개 같은 뿌연 먼지가 밀려오고 빗방울까지 간간히 떨어지는 바람에 오래 걸을 수가 없었다.

금평저수지에선 오가는 사람이 드문 산책로에선 가끔씩 마스크를 벗곤 했지만, 이곳 능제에선 황사 때문에 벗을 생각도 못했다.

사람 많은 곳은 부담스럽고 색다른 기분을 내고 싶을 때 이곳 능제저수지의 바람은 기분에 따라 서해 어느 바닷가에서 불어오는 해풍으로 치부해도 될 것 같다. 너무 멋지단 생각과 함께 오늘따라 숨이 많이 가쁘다. KF94마스크를 써서 더 심했는지 모른다.

어스름한 시간에 카페 '60 C M' 을 찾아갔다. 아이스커피와 우유 라떼 한 잔씩 마시며 하루를 정리하곤 숙소로 달렸다. 노곤하다. 14,298보

김제 샵 모텔 902호

김제 샵 모텔

군 산

군산 식도락여행의 시작

2016년 5월 4일(수)

작은 문제가 하나 생겼다. 호수가 한눈에 내려다보이는 5층을 포기하고 2층으로 옮겼다. 예약은 더블로 했는데 이 호텔은 더블트윈이 없단다. 싱글트윈밖에. 난감하게 되었다. 숙박비는 4박에 66만원에서 52만 8천원으로 저렴해지긴 했다만 낭패다. 오늘 밤 네가 온다고 해서 한 방에서 지내려고 했는데 잠자리 땜에 걱정 하나를 잠시 달고 있어야겠다.

호텔에서 추천한 집이다. 택시를 불렀다. 구시가 골목에 있었다. 이 식당 메뉴는 한우불갈비인데 황동석쇠로 숯불에 구워 접시에 담아 내온다는데 정말 맛나더구나. 은은하게 밴 숯불향이 코를 행복하게 했는데, 후식으로 미니곰탕이 단돈 2천량. 양도 적당해서 난 홀딱 반했다.

그 식당 아주머니가 일러 주는 대로, 나가서 왼쪽으로 죽 걸어가면 4거리. 거기서 왼쪽으로 걷다보면 5거리. 건널목을 건너서 오른쪽으로 죽. 그럼 긴 줄이 보일 거란다. 일러준 데로 하면서도 중간 중간 확인은 했지. 못 믿어서가 아니라 너 그거 아니. 젊은 사람을 만나면 그냥 물어보고 싶은 거. 내 기억력도 썩 미덥지 못할 거란 것도 한 이유다. 한눈에 알아보았다.

단팥빵과 소보로빵이었다. 근데 군산에 사신다는 앞줄 아주머니가 이집 '야채 빵' 도 맛있다며 귀띔 해주지 않겠니. 본인도 서울 가는 길에 야채빵 사가려고 줄섰다는구나. 그래 작전을 바꿨다. 야채빵에 비중을 왕창 두기로.

호텔에 들어와 야채 빵 한 개씩 먹었는데 정말 고소하고 먹은 뒷맛이 깔끔하더라. 빵 꼬투리도 버리기 아까운 맛이었다. 저녁끼니로도 야채빵을 먹었다.

태연아! 누굴 기다린다는 것이 이렇게 행복한 것인 줄 전엔 미처 몰랐다. 어쩔 수 없이 인내와 지루함은 덤인데도 선물이었다. 아! 그랬지. 오는 길에 부여에 들러 궁남지와 계백 5천 결사대 동상 주변 공원을 걷고 어디 좋은 숙박지 없나 드라이브 삼아 부여 뒷골목까지 둘러보고 오긴 했다. 공주, 부여, 익산이 백제역사유적지구로 세계문화유산에 등재된 기념으로 금년 7월 연꽃축제 할 때 부여에 와서 구경도 하고 며칠 쉬어갈까 해서 예비답사 좀 했다.

군산 맛집 여행

<u>2016년 5월 5일(목)</u>

"김제시라지만 여긴 그냥 시골구석이다. 손님 많다는구나. 가보지 않을 수 없지. 돼지볶음과 김치찌개는 어땠냐? 기름지긴 해도. 우리 딸이 맛있다 그래야 하는데. 그러며 왔는데. 다행히 네 입맛에도 맞다니 되었다."

"입맛 다시며 그릇 싹싹 비웠으면 말이 필요 없는 거 맞지?"

호텔에 와서도 너는 가만히 안 있더구나. 난 피곤하다며 호텔로 먼저 들어갔는데 넌 엄마를 졸라 기어코 은파호수공원 둘레길을 산책하고 왔다는 거 아니냐. 두어 시간 걸렸나. 태연아! 알아야할 것이 있다. 엄마가 따라나선 건 컨디션이 좋아서가 아니라 너 기분 맞춰준다고 그랬다. 나이는 못 속인다. 그날 밤 네 엄마가 많이 힘 들었던 모양이더라.

저녁은 우리 좀 늦게 출발했지. 3인분에 소시지 1인분 추가해서. 아니지 이집의 마스코트라는 햄버거 두 개 사들고 온 것도 쳐야지. 땀 흘려가며 남기지 않고 맛있게 먹었으면 된 거 아니냐. 번호표 끊고 기다리는데 종업원이 준비된 음식이 떨어질 수도 있으니 그만 돌아가라 하지 않더냐.

그때 바로 자리 뜨지 않고 버티고 있었던 것이 다 너 때문이었다. 맛있는 게 번난 거 메이미는 마음 때문이었겠지. 우리 뒤로 줄선 사람들이 되돌아가는 걸 보니 괜히 으쓱해지더라. 오늘은 맛집 여행이었다.

많이 불편했겠다. 빈 객실이 없다니 어쩌겠니. 덕분에 딸내미와 한 방에 자는 복도 누렸구나.

군산리츠프라자호텔

무우국 먹고 짬뽕 먹고

2016년 5월 6일(금)

난 6시 조금 넘어서 눈이 떠졌는데 두 사람은 정신없이 자더구나. 8시 반 지나서야 눈비비고 일어난 걸보면 미인들은 잠꾸러기라더니 그 말 틀린 말 아닌가보다. 내비에 찍었다.

신참동 골목까진 어제 답사를 했으니까 그 주변에 차를 세우고 식당으로 들어선 것까진 수월했지. 손님이 별로 없는 걸 보고는 소문과는 다르네 했다. 내가 그랬던 거 기억 나냐? 먹고 나서 간판을 보니 어 여기가 아닌데 한 거. 착각을 했다.

이런 맞은편 집에서 20m 전방으로 이전한 걸 몰랐네. 태연아! 너와 엄마는 상호의 글자 하나가 다른 걸 보았는데 내가 속상해 할까 봐 입을 꼭 다물었다면서. 그래 잘했다. 맛있게 먹었음 된 것 아니냐. 서울 사람들은 생일날 무국을 먹는 풍습이 있다. 내일이 네 엄마 생일이다.

월명공원에서는 주차장이 없어 헤매다 아무 골목에나 주차하고 걸을까도 생각했지만 아니다 싶었다. 주민에게 피해 줘가며 나 편리하겠다는 건 아닌 것 같다. 그래 근대역사박물관을 둘러보고 정문에서 만나 영화원을 찾아갔는데 또 줄섰다.

길지는 않았지만. 오늘 같은 날은 바쁘다며 자장과 짬뽕만 주문 받는다는구나. 국물이 시원하고 뒤끝이 깔끔해서 착착 감기기는 하다만 내 입엔 좀 짜더라. 건더기만 먹는다면서도 우리 거의 다 비운 거 기억나지?

군산 근대화거리

점심 전에는 근대역사박물관에 들어가 그 시대 군산사람들의 생활상을 둘러보고, 월명동 일대 거리를 걷다가 군산세관 앞에서 인증사진도 한 장 찍었다. 그리곤 이즈상사, 장이갤러리, 조선은행군산지점, 진포해양공원의 군함, 전투기를 주마간산 식으로나마 둘러본 거는 잘했다. 참 우린 갱이 공연장 앞 벤치에 앉아 아이스커피 한 잔씩으로 여행의 노고도 풀었던 거 기억 나냐?

너와 엄마를 인력거 태워 한 시간을 근대문화역사거리탐방에 내보내고 나는 반시간짜리 인력거에 몸을 맡겼는데도 재미있던데. 너흰 어땠냐. 우리 박물관에서는 한 시간 반 자유 관람하기도 했다. 너와 우리는 서로 관람 방법도 다를 거다 해서 그랬던 건데. 만족했는지 모르겠다.

인력거 여행할 때 8월의 크리스마스 촬영지로 이름난 초원사진관은 보았냐고 물었어야 했는데. 그걸 왜 못 물어봤는지 지금 생각해도 속상하다. 나는 거긴 가지 못했다. 그 앞은 관광객들로 바글바글 하다면서. 인력거 앞에서 검정치마 흰 저고리 입고 사진 찍는 네 환한 웃음 오래오래 기억하마. 정말 예뻤다.

그리고 널 바래다주러 버스터미널까지 가지 않았니. 근데 길가에 차를 세우려다 그만 택시와 내 차 뒤꽁무니가 살짝 부딪치는 불상사가 있었다. 차 없는 걸 내려서 확인하고 화면을 보고 후진했는데 어디서 튀어 나왔을까. 고의사고로 의심이 드는데 어쩌겠냐. 20만원 던져주고 자리를 떴다. 여행분위기 망치기 싫어 얼른 입마금하고 말았지만 고의접촉사고로 돈 뜯긴 기분이 들었다. 오래가진 않았다. 넌 잘 올라갔겠지.

우리와 함께 했던 시간들이 좋은 추억으로 남았으면 좋겠구나, 저녁 먹으러 나가고 나갈 기분도 아니었다. 오는 길에 네 엄마가 눈치껏 영국빵집에 들르자는구나. 그 집에서 단팥빵, 곰보빵, 야채빵을 샀다. 당시는 왜 이리 많이 사나 했다.

맛은 이성당 빵과 별반 차이를 못 느끼겠더라. 나도 그렇지만 덜 단 것이 네 엄마는 더 좋다고 한다. 그걸로 마음을 풀었다. 여행길에는 소똥도 밟고 개똥도 밟고 그러며 다닌다지 않냐.

군산리츠프라자호텔

월명거리의 근대거리축제

<u>2016년 5월 7일(토)</u>

태연아!

네 엄마가 오늘 아침은 호텔에서 아메리칸 스타일 어때요 한다. 오늘 너희 엄마 귀빠진 날이거든. 생일날은 미역국이란 풍습으로 미역국을 뺏어 먹을 핑계를 반복하지 않아도 되겠다.

오늘 같은 날은 칼질은 못해도 기분이라도 내자며 당당히 돈 내고 들어갔다. 볶음밥과 게 속살, 찜 요리가 맛이 괜찮던데. 식빵에 버터 바른 것으로 칼질 한 거로 치려고 할 참인데 속 보인 건 아니지.

넌 미혼이니 우리 눈엔 아직도 어린이날이면 되살아나는 내 딸내미다. 그러네. 어린이날도 의미 있는 날이네. 이번 주말은 네 엄마생일과 어버이날이 있어 군산까지 와준 거. 그거 고마운 거 다 안다. 무리해서 다녀간 네 마음이 너무 고마운데 거기다 네 엄마에게는 생일 축하여행 온 것으로 생색내려고 한다.

오늘은 근대거리축제의 첫날이라 그 축제의 하이라이트에 맞추어 나갔다. 월명거리가 바로 축제의 그 현장이지 뭐니. 잘되지 않았니. 골목구경부터 한다며 골목을 누비고 다녔다. 볼 것이 너무 많더라. 골목마다에는 축제로 사람들의 웃음소리가 넘쳐나고, 엄마와 나는 여유부리며 골목여행을 마음껏 즐겼단다. 우리가 이런 축제의 한가운데서 주인공이 되다니 믿겨지지 않더구나. 어떻게 해야 하지 얼떨떨한 채 그냥 군중 사이에 끼였다.

하나도 어색하지 않았다. 아이들과 함께 온 젊은 부부들, 데이트 족, 추억을 담으려고 다시 찾은 중년 부부, 우리 같은 노인들은 죄다 박물관에 넣어두었나 왜 코빼기도 안보여 그러며 마주보고 웃었다. 그래도 우린 기죽지 않았다. 어깨 펴고 다녔다. 네가 있었으면 사진기 불났겠다면서 네가 옆에 없으니까 허전해 하신다. 살 건 없고 그냥 돌아다니다 왔지 뭐.

이곳저곳에서 인증사진 찍으랴 여기선 정신 줄 놓으니 다닐 만 하던데. 하나하나가 신기하고 재미있는 것뿐이던 걸. 행사요원과 관광객들과 어울림마당에서 어울려도 보고 싶단 생각 너희 엄마한테 했지. 쪽 팔린다며 한사코 말린다.

거리에는 온통 흰색으로 몸을 도배하고 마임 하는 젊은이, 사방치기 하는 아이들, 옛날 교복입고 골목을 휘젓고 다니는 젊은이. 검정 치마에 흰 저고리 입은 여인들과 일본 순사복을 입은 사람들이 쫓고 쫓기는 3.1운동 재현 거리공연장면은 정말 재미있어서 우린 아이들처럼 따라다니며 구경했다.

일본인 부자가 살았다던 예쁜 집도 보았다. 정원이 아기자기하면서도 깔끔하게 꾸며 놓았더라. 관리도 잘 돼 있고. 허지만 내부를 볼 수 없으니 앙

꼬 없는 찐빵 먹은 기분이다.

명신슈퍼가 문을 열었다. 옛날과자를 팔더라. 몇 번 망설였지만 맘 같지가 않았다. 포기한 이유는 간단했다. “누가 들고 다닐 건데.”

생일상엔 무우국에 깍두기

골목엔 각종 전시물이 넘쳐나니 볼만 하더라. 그러니 신이 날 밖에. 엄마는 분위기에 젖는데 시간이 좀 걸린다.

초원사진관까지 걸어왔다. 골목사거리는 축제를 즐기려는 사람들이 일찌감치 모여들기 시작했다. 그 속에 엄마아빠도 자연스럽게 끼였다. 말 타기 벽화 앞에서는 엄마가 포즈를 취하며 사진 찍어달라고 조르기까지 하는 거 있지. 네 엄마 어떤 땐 어리광도 부리고 떼도 잘 쓴다. 어쨌거나 거리축제 구경하느라 배고픈 것을 잊고 있었다. 밥 때를 놓쳤단다.

거기다 번호표 받고 구경들 다니고 있는 줄 어찌 알았겠니. 배는 고픈데 대기번호를 부를 때까지 40분 넘게 기다렸다는 거 아니냐. 배고파 죽는 줄 알았다. 뜨거운 거리로 다시 나갈 용기는 없고 기다리는 시간에 우린 식당 2층에 마련된 옛 생활용품 전시장에 들어갔는데 등에서 땀이 흐르더라. 오늘이 덥긴 더운 날씨였나 보다. 그것도 모르고 분위기에 취해 더운 줄도 모르고 쏘다녔다.

무국은 서울 토박이의 생일날 아침상에 오르는 메인 메뉴가 아니냐. 그것이 전란을 겪으면서 부산으로 피난가게 되고 미역국으로 바뀌었다고 한다. 그러니 오늘은 제대로 된 엄마 생일상을 차려준 것 같다. 한일옥에서 소고기 무국을 시켰으니까. 찬으로는 깍두기, 배추김치, 콩나물, 생마늘, 그리고 김이 나오데. 네 엄마가 맛있게 먹었다니까 기분 좋다. 손님이 많은 음식점은 어수선하기 마련이던데 여긴 그렇지는 않았다.

엄마가 네 생각 많이 했다. 이 분위기와 맛을 너에게 주지 못해 못내 아쉬워하는 마음이 보였다. 요즘은 축제기간이고, 내일은 주말이라 안 된단다. 그럼 육회비빔밥은 물 건너간 거네.

깍두기도 무국과 함께 서울 토박이음식이다. 그 음식을 서울이 아닌 군산에 와서 먹었다는 것 아니냐. 기분이 참 묘했다. 서울에선 무국 파는 음식점이 있다는 걸 들어보질 못했으니까.

여행 맛나게들 하시네

무국 먹고 나와선 물어물어 영화시장까지 걸어가지 않았겠니. 시장 안 골목 깊숙이 자리 잡고 있더구나. 한일옥에서 걸어서 한 10분 거리던데. 시장의 상점들은 대부분 문을 닫았는데 유독 한 집만 사람이 바글바글 하는 거 있지. 우리까지 보탰으니 오죽했겠냐. 여기가 '안젤라 분식집' 이다.

말도 마라. 줄은 서야겠지. 그런 각오로 오긴 했지만 줄이 길어도 너무 길더구나. 이렇게 사람이 몰릴 줄은 몰랐다. 그들은 맛있는 집을 찾아다니며 줄 서서 기다리고, 먹고 싶은 음식 사 먹는 재미를 아는 사람들이더구나. 난 좀 알지 줄 서서 기다리는 그 기분.

새벽부터 준비한 음식은 방금 다 팔렸다고 한다. 다시 만드느라 식당 한 구석에서는 주인과 종업원들이 마음뿐이겠냐. 손도 바쁘다. 손바닥만 한 식당에 의자라곤 몇 안 되는 그런 작은 분식집이었다. 그곳을 차지하고 앉은 사람들로 이미 만석이었다. 밖에서 줄 서 기다리는 사람들은 또 어떻고. 그래도 하나같이 행복한 표정이었다.

가게 안에서 기다리는 사람이나 밖에서 줄 서서 기다리는 사람들이나 여유들이 있어 보이긴 매한가지다. 그들도 이 분위기를 즐기고 있었다. 차례가 올 순간을 떠올리고 있었다. 인증사진 보내느라 손들이 쉴 틈이 없네. 그들의 이런 모습이 난 마냥 부러웠다. 그런데 네 엄마는 더는 못 기다리겠단다. 그 깐 콩나물잡채하고 떡볶이 먹으러 줄까지 서느냐며 차례가 와도 음식이 남아 있을지 모르는데 하며 손을 잡아끈다. 방금 밥 먹고 왔는데 꼭 줄까지 서야겠느냐며 압박이 들어오니 어쩌겠냐.

이왕 줄 선 김에 조금 기다려보다 갑시다. 혹 알아요. 잡채 한 그릇 우리 차례가 올 런지. 그래도 소용없었다. 실은 니 엄마 이런 길거리음식 안 좋아한다. 난 시장가면 좋아죽는데 니 엄만 덤덤하게 따라다니는 걸 보면 안다. 그래도 오늘은 좀 져 줄 줄 알았지 그랬는데 나한테 져 준 건 여기까지 와 준 걸로 퉁 치자는 거 같다. 아쉽지만 어쩌겠느냐.

이 집의 콩나물잡채와 김밥, 떡볶이가 백종원의 3대 천왕으로 입소문을 타긴 탄 모양이더라. 언제 시간 되면 평일 날 와서 요것조것 골라 먹을 생각이다. 오늘은 그 사이 콩나물잡채 먹으러 갔다가 식겁하고 왔다는 추억만 가져간다. 아직도 내일 새벽 8시에 줄설까 말까 고민하고 있다.

군산 리츠프라자호텔

군산 내고향 꽃게장 '계곡가든'

<u>2016년 5월 15일(일)</u>

꽃게는 봄철이 제철이라지만 간장게장은 계절을 타지 않는다. 꽃게에 간장을 부어 만드는 간장게장. 갖은 한약제와 양념을 넣어 끓여낸 간장소스가 비린내를 잡아주고 삼삼한 맛을 낸다. 간장게장하면 꽃게로 유명한 태안과 서산이다. 그러나 군산의 이 집도 맛을 겨루라면 물러날 기색이 없는 집이란다.

그 집의 맛은 역사가 증명하지만 고풍스런 건물과 넉넉한 주변 풍경에 좌우될 수 있다. 1인분 시키면 간장게장 한 마리가 먹기 좋게 다듬어져 나온다. 이 집을 흉내 낼 수 없는 맛은 단연 된장무침나물과 배추물김치다. 우린 본게임은 치르지도 않았는데 밑반찬부터 거덜 내고 말았다. 게장 먹고 된장찌개에 밥까지 말아먹고는 끝.

식당은 없던 입맛도 돌아오게 하는 것 같았다. 많은 손님들이 한 홀에서 시끌벅적거리며 먹고 있는데 입맛이 없을 수가 없지요. 우리 마님 말없이 자릴 뜨더니 양념게장 한 박스 사들고 나오신다. 입맛 잃은 나를 배려해서였을 것이다.

호들갑 떨어보지만 달라지지 않는 건 없었다. 쉬쉬하며 기저귀를 눈치 채지 않게 갈아입으면서 버텼지만 더 이상은 무리였나 보다. 들켰으니까. 아내의 걱정이 태산이었다.

이번 여행은 여기서 접어야할 것 같다. 피곤하긴 하지만 마무리는 깔끔해야 한다. 나 이성당주차장에 차댈 테니 야채 빵이며 잡숫고 싶은 것 있음 몽땅 사와요. 마님께서 알아서 챙기시라는 얘기다.

의미심장하게 웃기만 하는 아내, 태연한 척 하면서도 속은 타들어가는 나. 직장암 수술한 지가 얼마나 됐다고. 피를 보고도 이리 덤덤할 수 있는 건지.

그럴 리가요. 속은 타 들어가고 있었습니다. 속아주고 속은 줄 믿으면서 우린 그날이 와도 오늘처럼 하루를 열심히 살다 조용하게 떠날 생각입니다.

군산 대장도 대장봉 할매바위

2019년 3월 28일(목)

새만금 1호 방조제는 운전하는 사람이면 한번쯤은 달리고 싶은 드라이브 명품길이라고 들었다. 우린 서울이 아닌 부안궁항에서 달려왔다. 기력도항을 지나 가락대교를 건너서 좌회전. 그리고 신시대교를 올라서자 고군산군도의 자랑거리 고군산대교가 위용을 드러내었다.

1주 탑의 현수교로는 세계에서 제일 긴 다리라는 위용을 감상하다보면 무녀도에 도착하게 되고 선유대교를 건너서는 길 끝날 때까지 가보는 거지 뭐. 그랬던 것 같다. 그렇게 도착한 곳이 '장자도' 다.

장재미와 가자미를 합해 장자도라 불렀다고 한다. 뛰는 말 앞에 커다란 먹이처럼 장자봉이 우뚝 솟아 있어 인재가 많이 나온다는 섬이다. 어쨌든 60여 개의 섬이 떠 있는 고군산군도.

산과 바다를 함께 즐기려고 찾아온 사람들과 어울려 구불구불한 길 따라 걸으며 여유, 자유를 느끼고 싶은 생각에 맴이 들떠 있었다.

가야할 곳을 찾았으니 서두르진 않았다. 아내는 비상식량인 육포, 난 초콜릿으로 허기는 면했다. 펜션단지에 가면 먹을 것이 있을 거라는 희망이 있어서다. 그림 같은 펜션단지에 예쁜 볼거리로 길손의 마음을 흔드는 주민들에 감사했다. 너무 예쁜 마을로 꾸며놓아 그랬다. 화분, 수석, 벽화 어느 것 하나 사랑이 아닌 것이 없다. 이 모두가 손님만을 위한 배려라고 생각하니 섬사람들의 마음이 그려진다.

할매바위를 찾아가는 일은 초짜 방문객도 어렵지 않다. 우린 어묵, 라면을 팔고 계신 아주머니한테 물으면 바로 옆에 난 길을 알려준다. 길 따라 가다보면 장자할매바위는 찾는데 어렵지 않다. 그림 같은 섬들을 보며 오르는데 뒷동산을 걷듯 했다면 믿겠는가. 지루한 줄 몰랐다.

우린 망설임 없이 가던 길로 계속 직진이다. 진달래, 생강나무, 별꽃, 개불알풀에 약초밭에 있어야할 너무 희여 눈이 부실만큼 고운 산자고까지 길을 안내하다보니 그냥 좋아죽는다. 동행하는 사람이 있으면 덜 외로울 텐데.

난 마님 손에 고삐 잡힌 소처럼 계단을 올랐다. 오늘은 142.8m라 그리 어려운 산행은 아닌데도 힘이 든다. 드디어 정상. 그 기분 어찌 말로 다 표현할까. 들꽃과 탁 트인 바다, 그리고 점점이 떠 있는 섬들에 취하니 배고픈 것도 다 잊었다.

할아버지가 과거에 낙방하여 어느 사대부집 외동딸의 글 선생으로 지낸지 15년이 지난 후에야 과거에 급제하여 금의환향할 때 소실부인의 손을 잡고 오는 걸 보고 장자할머니가 기가 막혀하자 이를 본 부처님이 둘을 돌로 만들어버렸다고 한다. 장재미에 있는 장자할머니바위는 마치 여자가 애기를 업고 밥상 차려들고 나오는 형상이고 빗갱이에 있는 할아버지바위는 할머니의 분이 풀리지 않아 바위로 남아 있다는 전설이다.

할매바위는 자신을 바라보며 사랑을 약속하면 이루어지게 해줄 것이다. 발길을 붙잡는 비경 때문에 당일치기 여행은 많은 아쉬움을 남길 것 같은 그런 여행지다.

군산 '등대로'

등대로는 비응항에 있다. 호텔에서 3km밖에 안 된다. 서해바다로 떨어지는 일몰이 멋있다는 곳. 거기다 홀에 들어서면 재즈풍의 음악이 흘러나오고 스크린에선 콘서트가 열린다고 한다. 분위기 죽여주는 식당인 모양이다. 인기가 너무 많아 예약은 필수. 일반 횟집과 달리 레스토랑분위기가 풍기는 식당이라고 한다.

예약을 하고 갔는데 홀이 휑하니 비었다. 손님이 별로 안 보인다. 군산이 현대조선소와 GM자동차가 문을 닫으면서 협력업체까지 줄줄이 줄도산을 하는 바람에 경기가 얼어붙었다는 말은 들었지만 이렇게까지 인 줄은 몰랐다. 예약하고 간 우리를 멋쩍게 만드는 분위기였다.

식사는 B코스를 시켰는데 호박죽과 멍게가 나오고 해물찜에 해파리냉채 광어, 생연어, 농어 등의 회를 내오고 해삼 전복도 실하다. 거짓말 보태서 우리 마님 손바닥만 하다. 마무리가 대구탕인데 오늘은 이가 부실해 맛을 제대로 못 느꼈다.

여긴 분위기를 먹으로 온 것이니 그런 것도 용서가 되지만 바다로 넘어가는 해마저 구름 속에 숨어버리더니 깜깜 무소식이다. 일몰마저 구름이 삼켜버렸다. 맛은 몰라도 분위기는 그랬는데. 건진 것이 없으니 망한 거다. 그 뒤로 몇 쌍이 들어오긴 했지만 썰렁한 분위기를 바꾸기는 역부족이었을 것이다.

군산 베니키아 아리울 호텔 902호

고군산군도 선유도 남악산

2019년 3월 29일(금)

아침식사는 호텔에서 콩나물국에 떡볶이까지. 식빵 구워 버터와 잼을 발라 먹고 시리얼까지 먹었으니 오늘 점심은 안 먹어도 되겠다.

더도 덜도 말고 날씨는 어제만 같으면 된다. 무리하지 않고 완주하는 것에 목적을 두었다. 그 출발선에 예쁜 꽃게와 소라, 갈대 파라솔이 아직도 해변을 떠나지 못하고 있다. 고운 모래가 십리에 걸쳐 있다고 해서 '명사십리' 라는 해수욕장이다.

모래사장에 발이 빠지지 않아 좋다며 해변과 은근한 눈빛도 교환했겠다. 분위기에 취해 SUN라인의 종착점이 있는 솔섬까지 단번에 걸었다. 선유카페에선 추억의 군고구마까지 먹은 걸요. 선유3구마에서 대봉전망대에 올라서면 솔섬이 동생과 두 손자까지 거느리고는 망주봉과 해수욕장, 고군산도의 작은 섬들까지 파노라마처럼 한눈에 담았다.

남악산 정상(155.6m)까지 간 김에 봉우리 두 개를 더 넘었다. 비탈길을 어렵게 내려오니 몽돌해변이다. 동글동글해진 흑돌이 깔려 있다. 산새들의 울음소리에 귀 기울이고 바람소리를 동무 삼아 성유도 유람선선착장까지 걸었다.

등대횟집에 들어가 물회를 시킨 건 충동적이고 배려도 생각도 없는 선택이었다. 지쳐서 그랬나. 여름인줄 착각했던 모양이다. 입 안이 얼얼해서 먹을 수가 없었다. 창피해서 도망치듯 나왔다. 남편바위, 아내바위가 있는 망주봉(104.5m)으로 방향을 잡았다. 요즘은 낙상사고가 많아 출입금지라니 우린 벽화거리 천사날개와 오룡묘, 숭상 행궁터를 지나는 갯벌 따라 걸었다, 드디어 명사십리.

'선유도 해수욕장→ 솔 섬→ 모래사장을 밟고 선유3구→ 대봉전망대 → 3개의 봉을 넘어→ 몽돌해변→ 남약리 마을→ 선유3구→ 등대횟집→ 유람선선착장→ 망주봉을 우회하여 → 갯벌 → 선유도해수욕장주차장.'

우리의 여정을 지켜보던 해도 저 바다 너머로 쉬러 가는데 우리도 긴 여행에 무리하지 말아야 할 것 같다. 오늘은 선유도를 완주한 뿌듯함에 배고픔도 잊었다.

군산 베니키아 아리울 호텔 902호

군산 진포해양공원

군산항의 옛 지명이 진포다. 진포해양공원은 아주 잠시 짬을 내서 시간여행만 하다 갈 생각이었다. 그런데 전혀 몰랐던 비화를 공원에 다 모다 놨더라고요. 금강하구 진포(군산)에 왜구가 침입하자 최무선이 발명한 화포로 왜선 500여척을 물리친 해전을 기념하기 위해 세운 공원이다. 궁금증이 발동하는 건 그 뿐이 아니다. 아점을 늦점심으로 바꾸고도 후회 없을 정도로 역사공부가 재밌었다.

조선 세종 때(1389년) 박위 장군이 100여척의 전함을 이끌고 대마도를 정벌하여 300여척의 왜선과 그 소굴까지 불태운 것은 바로 진포해전이 도화선이었다고 한다. 그 옛날에 진포(군산)에 왜구가 침입하자 최무선이 발명한 화포로 왜선 500여척을 물리친 해전 기록에 의하면 왜구들의 만행을 기록한 글을 보면 놈들이 약탈해 간 곡식을 나르면서 흘린 쌀이 한자도 넘게 길을 덮었다고 했다. 왜구의 약탈이 얼마나 심했는가를 보여주고 있다.

당시 진포대첩으로 퇴각할 수밖에 없었던 왜구가 육지로 숨어들어 또 다시 약탈을 자행하자 이번에는 이성계가 이들 왜구를 물리친 것이 황산대첩이다. 왜구들은 진포와 황산에서의 패배를 설욕하고자 몰려온 120여척의 왜선을 화포로 격파한 관음포해전이다.

이곳을 방문했으니 뜬 다리(부잔교)는 건너가 보아야 한다. 군산내항이 교역물류의 중심지일 것을 염두에 둔 일본은 1899년 화물운송작업을 수월하게 하기 위해 수위에 따라 다리가 올라갔다 내려갔다 하는 뜬 다리를 만들었다고 한다. 그 다리가 120년의 세월을 먹고도 끄떡없다. 그들의 장인정신에 놀라고 존경할 줄 알아야 하며 당시 우리는 뭘 할 수 있었을까. 내 탓부터 해야 옳다.

이 해양공원에는 최무선의 화포이야기, 진포대첩이야기로 도배했다. 세계의 함선과 우리의 배의 발달과정을 한눈에 볼 수도 있다. 울산암각화의 배, 신라, 가야시대의 통나무배, 장보고의 무역선과 교관선, 고려시대의 전함인 누전선, 조선시대의 판옥선까지 보는데 시간 좀 걸리던데요. 퇴역함인 상륙함 '위봉함' 에 들어가면 다 볼 수 있다.

군산 빈혜원

얼마 전에 무한도전에도 나왔고 영화 '타짜' 와 '빛과 그림자' 라는 드라마의 촬영장소로도 선택받을 만큼 건물 내부가 완전 오래된 중국요리집이다. 꽤 이름난 곳이라 해서 찾아왔는데 실망시키지 않는다. 시설을 더 한 것도 아닐 텐데 대단하다. 군산에서 가장 오래된 음식점으로 지금은 문화재로 등록되었다고 한다.

고풍스럽고 아니 중국 냄새가 물씬 풍기는 그런 식당인 것만은 확실하다. 여긴 짬뽕, 짜장보다 요리가 더 유명하다고 해서 탕수육과 깐풍기를 저울질했지요. 깐풍기로 결정했는데 실망시키지 않았어요. 그러나 맛이라도 보고 가겠다며 시킨 자장면은 별 다른 특별한 맛을 찾지 못했다. 분위기를 먹으려면 요리를 시켜야 제격이다. 요리 한 접시 와서 잡솨 보라고 추천하고 싶다.

군산 월명공원

2020년 7월 22일(수)

어찌하면 여행을 맛나게 할 수 있을까. 그 생각뿐이다. 오늘도 그걸 고민하게 하는 하루의 시작은 한일옥에서 무국을 먹는 것으로 하루를 그려보기로 했다.

무국과 깍두기에 반하고 월명거리의 근대거리축제에 깊숙이 녹아들었던 그날이 자꾸 떠오른다. 좋은 추억만 가득한 거리를 뒤로 하고 오늘은 좀 색다르게 군산을 즐겨 볼 생각이다.

여행객이 아닌 시민처럼 섞여 사는 하루. 그래서 찾은 곳이 주민들만 찾는다는 월명공원이었다. 월명공원주차장을 내비에 찍었다. 삼성아파트 등 아파트촌의 끄트머리에 있는데 꽤 너른 공간이었다. 거기서부터 시작했다. 빗방울 때문에 먼저 챙겨야 할 것은 우산. 등반이라 할 것은 못되지만 산행 기분을 내는 데는 이만한 곳이 없겠다 싶었다.

101m의 월명 산이지만 오르며 내내 탄복했다는 거 아닙니까. 이런 산이면 무릎 아픈 노인도 허리 굽은 할머니도 지팡이만 짚으면 도전하는데 어렵지 않을 것 같았다. 공원이 혜망동과 신흥동이면 시내 한복판에 있는 거나 다를 곳이다. 거기다 교통도 편하겠다. 이런 산을 갖고 있는 사람들은 전생에 복 많이 받은 사람일 거란 생각도 했다.

월명공원은 6~70년대에는 군산 최고의 수학여행코스였다고 한다. 지금은 산책로가 12km로 등나무와 벚나무로 우거진 공원으로 조성되었다고 한다. 우린 그 월명산의 정상을 찍고 월명사탑공원에서 잠시 머물었다. 찾아온 사람들이 정말 많았다. 안내판을 보니 여기서 왼쪽으로 길을 잡으면 멀지 않은 곳에 월명호수가 있다. 시간 반 걸리는 호수둘레길을 걷고 싶긴 하나 그럼 주차장에서 더 멀어진다는 불안감은 있다. 그래서 동국사 방향으로 길을 잡았다. 동국사에서 택시로 주차장까지.

호텔에는 말랑 복숭아 한 상자와 김밥 두 줄 들고 들어왔다. 비 오고 코로나가 걱정인데 옷 입고 나가서 저녁 먹고 오는 것이 좋겠다고요. 그럴 생각이 없는데요.

태풍이 오던 날의 고군산군도

2020년 7월 23일(목)

호우경보가 발령됐다는 것을 까맣게 모르고 있었다. 평소와 같이 일어나서 아침은 아메리칸 스타일. 군산-부안을 잇는 군산방향새만금방조제를 타고 57개의 섬으로 이루어졌다는 고군산군도의 무녀도를 가기로 한 날이다.

자연이 준 선물이 고스란히 남아있고, 미사어구가 넘쳐나는 곳이지만 고군산군도는 주워 담기도 버거울 추억이 있는 곳이기도 하다. 내 머리에선 쉴 새 없이 쏟아지는 기억을 끄집어내느라 바쁘고 아내는 귀만 열어놓고 풍경을 즐기는 표정이었다. 그런 멋을 즐길 줄 아는 아내가 부럽고, 수다를 떨어야 기억해내는 자신에게 감사하는 나 또한 고맙다. 여행이 어디 마음먹은 대로 되는 거랍니까. 시작은 좋았으나 문제는 비였다. 부슬부슬 내리면 둘이 우산 쓰고 걸으면 제격이겠지만 현실은 무녀도에 가까워질수록 빗발이 굵어지고 있다는 것이다. 바람도 거칠지는 않지만 제법 불었다.

오늘은 전번 여행에서 놓쳤던 신시도를 탐방하고 시간이 남으면 추억을 주워 담을 생각이었다. 그러나 비 때문에 월영봉과 무녀도의 무녀봉은 계획에서 끝냈다. 주차장까지 가 보지도 못하고 장자도로 직행했다는 거 아닙니까. 거리를 기억하고 있으니 비바람을 피할 수 있겠다 싶었지요. 선유, 장자대교를 건너니 바로다. 사람이 너무 많아 비벼볼 엄두도 못 내고 돌아섰던 '호떡당' 에는 당당하게 들어갈 수 있어 좋았다. 호떡에 감성을 담는다는 곳이다.

우산을 제대로 받기 어려울 정도로 비바람이 거칠었다. 거리는 쥐 죽은 듯 적막 그 자체였다. 난 커피 아내는 생강차에 호떡을 앞에 놓고 수백 척의 조기잡이 배들이 불을 밝히며 장관이었던 시절을 그리고 있었다. 우린 굴러다니는 단풍잎을 줍 듯 추억을 주워 담기에 바빴다.

할매바위가 잘 보이는 곳에 앉아 대장봉에 올랐던 그 날을 되짚어보기도 했다. 섬이 너무 아름다워 신선이 놀았다는 선유도. 남악산을 종단하며 트레킹에 폭 빠졌다가 몽돌해변으로 내려온 일이며, 해변 길을 걸어 기도등대 오룡묘, 만주봉을 보며 행궁터까지 걸었던 추억도 다시 그려내고 있었다.

서둘러 돌아가는 길은 까만 먹구름에 엄청나게 쏟아 붓는 비와 거친 바람에 물안개까지. 시야를 가릴 정도로 최악이었다. 덜컥 겁이 났다. 차의 속도를 줄였다. 그렇게 군산시내에 들어왔더니 회색구름에 빗방울만 간간히 날리고 있었다.

호텔에 들어서기 무섭게 비를 쏟아 부었다. 거친 바람까지 동반했다. 하늘이 뚫렸는지 아예 양동이로 퍼 부었다. 야채빵과 복숭아로 점심과 저녁을 해결했으니 완전히 다이어트식단이었다.

군산 리츠프라자호텔 싱글트윈

군산 은파호수공원

2020년 7월 24일(금)

계획대로 오늘은 분위기가 있어 보이는 은파호수를 섭렵하기로 했다. 거리랄 것도 없다. 호텔방에서도 걷고 있는 주민들이 보일 정도로 가까운 거리에 있다. 주변에 설화가 넘쳐나고 코스가 적당해서 주민들이 많이 찾는 오락과 휴양을 겸비한 유원지라 하지 않는가. 은파호수를 온전히 걸어보는 것이 이번 여행의 목적 중 하나였다.

먹구름을 몰고 온 바람과 양동이로 쏟아 붓던 비는 잊어도 될 것 같다. 오늘은 한여름에 봄비를 맞으며 호반을 여유부리며 걸을 수 있을 것 같은 날씨였다. 10시 40분, 은파호수공원산책로를 따라 우산을 받치고 걸었다. 그래도 낭만을 느끼기엔 충분했다. 아직 감흥이 죽지 않았다는 증거다. 오늘 만은 멋을 부려보고 싶었다.

이런 날씨엔 우산을 접고 비를 맞으며 걸어야 제격이다. 그러나 현실은 우산을 접고 걷자니 오래 맞으면 비에 젖어 감기 들까 걱정되고, 우산을 펴자니 거추장스럽고.

자연의 나이는 거저먹는 게 아닌가 보다. 이렇게 빗속을 걷는 것도 긴 시간을 한 우산 속에 있어 본 적이 있었나 싶었다. 아내는 즐거워했고 난 언제 접나 그 생각만 했다. 별빛다리와 물빛다리는 모른 척 지나쳤다. 뚝방이 길은 막고 있다. 더는 나아갈 수 없으니 돌아가던가, 가려면 오르고 내리는 길이 끝없이 이어지는 것쯤은 각오해야 한단다. 우산을 들고도 걸을 수 있는 트레킹 길이니 망설일 생각이 없었다. 이야기보따리를 풀어놓는 고갯길, 방아길이 있으니 지루하지 않다고 하지 않는가.

삼국시대 이전부터 명맥을 이어온 보부상(등짐, 봇짐장수)들이 드나들던 미곡의 집산지 '쌀물방죽'. 이들이 모이는 곳은 벌이마당. 즉 돈벌이 하는 장사꾼이 모이는 마당이라 하여 밭골이라 지명도 있다. 널찍한 밭과 들이 있고 산딸기가 지천으로 널려있다는 방앗간 마을 '방아동' 은 잊혀진 마을이긴 하나 지금은 호수에 잠겨 있다하니 호수의 공주다. 곡식을 쌓아두고 한양으로 곡식을 날랐다는 째보선창이 있던 마을은 사창(社倉)골. 이 마을에는 늪에서 솟아오르는 물이 방죽의 원천수가 되는 용천(龍泉)이 있었다고 한다.

늦은 점심으로 은파호수공원 끝자락에서 석갈비. 저녁은 비오는 데가 이유의 전부다. 대충이라면 복숭아와 요구르트다. 그 걸로도 끼니가 되었다. 분위기 먹고 와서 그런가. 내일이 주말이라 호텔주차장엔 예쁜 차들로 가득 찼다.

군산 리츠프라자호텔

김제 샵 모텔

고 창

고창 판소리박물관

2015년 4월 16일

이곳은 대표적인 명창들을 만날 수 있다. 판소리 개척자이자 이론가이며 후원자였던 동리 신재효의 유품을 정리한 '아니리마당' 이 있고, 단가 한마당을 따라 배워보는 '발림마당' 도 있다. 우리 소리를 최초로 체계화한 동리 신재효의 사저였다.

'고창읍내 홍문거리/ 두춘나무 무지기안/시내우에 정자 짓고/ 정자 곁에 포도시렁/ 포도 끝에 연못이라/ 너도 공부하량이면/어서어서 찾아오소.'

신재효의 방아타령이다. 당시는 소리광대는 소리가 좋아서, 훌륭한 스승을 찾아 자신만의 소리세계를 위해 득음의 경지를 이루기 위해 떠돌아다니는 삶이었다. 그만큼 삶이 궁핍했다. "그 시절 소리꾼들은 부채가 없으면 소리를 안 했다오. 부채에 가사가 적혀있으니까." 그런 우스갯소리도 그 때 나온 말이라고 한다.

쑥대머리는 귀신같은 머리를 말한다. 임방울 씨가 그 쑥대머리를 소리하고 가려는데 한 총각이 울더란다. 사정을 물으니 기르던 새끼돼지가 모두 죽어서 운다고 했다. 그 소리를 들고는 그날 받은 세경을 모두 그 총각에게 주었다는 일화가 있다. 판소리란 소리하는 사람, 북을 치는 고수, 추임새를 하는 사람이 어우러져 판을 벌이는 놀이마당이다. 우리도 놀이마당처럼 남과 북이 어우러져 신명나는 판을 벌일 그날이 어서 왔으면 좋겠다.

서편제와 동편제는 섬진강물줄기가 갈라놓았다. 동편제는 남성적으로 소리가 끊어지는 매력이 있고, 서편제는 여성적으로 음을 늘어뜨리는 특색이 있다. 우리나라 최초의 여성소리꾼 진채선은 당시 남장을 하고 소리를 했다고 한다. 그만큼 여자소리꾼의 설자리가 없었다는 이야기다.

강나루에서 풍천장어를 맛나게 배부르게 먹었다. 3월이면 동백꽃, 4월이면 벚꽃, 8월이면 상사화(꽃무릇), 가을이면 단풍으로 아름답다는 선운사에 들러 우리 부부는 깅헤인 산책길을 찾아 걸었다.

소슬바람이 제법 차게 느껴지지만 좋은 여행이었다.

선운사 동백꽃

선운사에서 눈 뜨기 무섭게 달렸다. 아내가 좋아한다는데 어딘들 못갈까. 나주곰탕 먹으러 가는 길이다. 참 맛있다. 우리가 지리산 구례에서 그랬던 것처럼 할매집의 첫 손님이었다. 수육 한 접시에 특 곰탕 한 그릇을 비웠다. 참 맛나다.

영광 드라이브 길은 아름답고 깨끗하고 가슴까지 뻥 뚫린 기분이다. 그리움이 묻어날 것 같은 환상적인 길이었다. 전망대에 올라 바다를 바라보기도 했다. 아내의 얼굴 한번 살피고는 차를 타고 고창 공읍면 선동리의 학원농장을 가보기로 했다. 4월 중순부터 한 달 동안 청보리, 유채꽃으로 중년을 유혹하고 9월 초엔 솜사탕을 뿌린 듯한 메밀꽃으로 노심을 흔든다는데 한겨울은 어떤 모습일까 궁금했다.

새 생명을 키우는 모습에서 어린 시절 늦가을 초겨울이면 보리밭에 거름을 주어야한다며 똥지게로 지어 나르던 고교시절을 불러내는 것 같아 놀라웠다. 정말 너르다는 말밖엔 할 말이 없다. 아내의 한마디. "봄에 오면 참 좋겠다!" 이 말은 봄에 한번 데려다 달라는 얘기다. 휘 둘러본 것으로 오늘은 만족해야겠다.

월요일은 박물관휴관. 걸을 수 있는 길목마다 크고 작은 고인돌이 널려있는 고인돌유적지와 아직도 물이 넘쳐흐르는 습지관찰로를 따라 병바위까지 걸었다. 억 겁 년 긴 세월을 길동무 삼았다. 저 큰 바위 밑에 정말 죽은 사람을 묻었느냐며 궁금해 하는 아내. 지금은 그 안에 아무 것도 없어요. 다 자연으로 돌아갔겠지요.

이야기가 있는 이 길을 걷길 잘했다 싶다. 바람이 석양의 붉은 빛을 싣고 온 모양이다. 이리 고운 걸 보면.

선운사 관광호텔

고창읍성과 소리박물관

2016년 1월 5일(화)

고창판소리박물관 멋 마당에는 근대 명창들의 사진이 걸려있다. 소리마당에는 판소리의 유례와 동편제와 서편제의 특징을 알려 주었고 아니리마당에선 판소리 개척가요 후원자인 동리 신재호의 일대기를 담았다. 판소리를 체험해 볼 수 있는 발림마당, 영상을 볼 수 있는 혼마당으로 꾸며져 있어 빨리 이해할 수 있어 좋았다.

고창읍성은 호남 내륙을 방어하는 전초기지로 왜침을 막기 위해 여인들만의 힘으로 축성한 자연석 성곽이라고 한다.

'작은 돌을 이고 성을 한 바퀴 돌면 다릿병이 낫고 두 바퀴 돌면 무병장수하며 세 바퀴 돌면 극락 승천한다는 전설이 있다.'

지금도 중앙절이면 고창주민들이 성벽 밟기 놀이를 한다는데 이를 '답섬놀이' 라고 한다. 성곽을 밟고 걸었을 때 탁 트인 들판과 고창읍내 풍경이 아름다웠던 것을 지금도 기억하고 있다.

성벽을 밟고 걷다가는 바람에 날아갈지도 모르겠다는 생각이 들 정도로 오늘은 바람이 장난이 아니었다. 성안 길이나 걸으며 동헌 객사 등을 둘러보아야지 그랬다.

찬바람은 점점 세게 불고, 해는 넘어가려 해도 읍성은 꼭 한 번은 둘러보고 싶었다. 그 소원은 풀었다. 부지런히 걸은 결과 땅거미가 지기 전에 마쳤으니 우리가 겨울 한풍과 싸워 이긴 거 맞다. 이제 집으로 가야지.

선운사관광호텔

고창 선운산 숲길 산책로

2017년 9월 20일(수)

오늘은 선운사다. 일찍 출발한 것은 '꽃무릇 축제' 로 들썩들썩한다면 주차가 쉽지 않은 때문이었다. 주차하기 수월한 시간대에 도착하려는 속셈이 있었다. 불갑사에 사람이 몰리는 걸 봐선 선운사가 더하면 더했지 덜하진 않을 거라고 생각했었다. 어제 전화로 호텔방을 예약은 했는데 노인과 통화다보니 찜찜한 마음도 없었던 건 아니다. 빨리 확인해 보고 여의치 않으면 오늘 서울로 올라갈 생각이었다.

"어! 주차장이 왜 이렇게 한산하지. 벌써 축제가 끝났나?"

축제 같은 건 아예 없었다고 한다. 그런데도 사람의 발길이 넘치지는 않지만 꾸준히 찾는 사람들은 늘고 있었다. 도솔천을 끼고 걷는 산책길은 언제 걸어도 말이 필요 없는 길이다. 오늘은 꽃무릇이 흩어져서 반겨주는 특별한 길이 되었지만 검게 보인다는 도솔천까지 붉게 물들인 것이 달라진 모습이다.

함평의 용천사에서는 갓 태어난 꽃무릇의 아기 모습을, 불갑사에선 여인의 변신은 무죄라며 여인들의 반란을 홀린 듯 보고 왔는데 오늘은 풋풋한 여고생들이 오고가는 운동장에 서 있는 기분이었다.

우리 부부는 숲길 산책로로 들어갔다. 오가는 사람이 적어 시끄럽지 않은 길이다. 걷다가 '진흥굴' 을 들여다보고 그 앞 '장사송' 에 눈길 한번 주곤 바로 산책로로 되돌아오면 된다. 먼지 폴폴 날리는 찻길은 피하고 싶었다. 우린 '도솔암' 엔 눈길조차 주지 않고 직진했다.

선운산 천마봉 들러 도솔암

우리는 천마봉을 가기 위해 도솔암을 지나지 않고 바로 가파른 계단을 오르는 지름길을 택했다. 이 길은 다니는 사람이 적어 조용한 것이 장점이다. 페이스만 잃지 않는다면 천천히 걸어도 상관없고 눈치 보지 않아도 된다. 힘들긴 해도 산행의 매력을 만끽할 수 있는 것이 장점이 있다.

선운산 정상을 밟고 싶은 마음과 그리 높은 산이 아니라는 것 외엔 아는 것이 없었다. 경험에 의하면 시간에 구애받지 않아도 되고, 산책하듯 걸으면 된다. 처음이 어렵지 재미있는 코스가 아닐까. 콧노래를 흥얼거릴 수 있을 정도니 예감은 좋았다.

안마당 같이 너른 '천마봉' 에 올라 가슴 한번 펴고 그 옆 '낙조대' 로 가서는 흥분을 가라앉히느라 애 좀 먹었다. 가파르게 솟아오른 바위 위에도 올라가 보았다. 그때 바람을 온몸으로 받으며 버티고 서 있는 기분. 경험한 사람만 아는 통쾌함이 있었다. 정복이 아니라 해냈다는 만족감이었다.

정상에는 산악회 사람들끼리도 자리 확보하느라 치열한 경쟁을 벌이고 있었다. 어쩔 수 없는 선택이긴 했겠지만, 능선 길에 자리 펴고 앉아 도시락을 먹는 모습이 썩 좋아 보이진 않는다. 소수에 대한 배려가 전혀 보이지 않았다. 개인은 떠밀리듯 그들을 피해 다녀야하고 서둘러 자리를 뜨는 수밖에 없었다.

'용문굴' 을 지날 때는 언젠가는 무너질 그날이 지금일지도 모른다는 오싹함을 몸으로 느끼며 걸었다. 기울어져 가는 바위를 받치고 있는 나뭇가지들이 부러지지 않을까 걱정하는 아내의 말이 귀에 쏙쏙 들어왔다.

도설암 마애불은 고려시대에 조각한 것이라 한다. 거기엔 윤장대가 있다. 글을 깨우치지 못한 불자들에게 부처님의 공덕을 전하기 위해 만들었다고 한다. 돌리면 부처님의 가르침을, 부처님이 가신 길에 대해 그리고 나와 모든 중생들이 업장, 소멸, 해탈한다고 하니 불심을 안고 사실 분은 마음을 다해 돌리면 된다.

가수 '박희진' 의 '연꽃에 물들다. 산사에 올라' 주제로 야외 음악회가 열리는 곳에선 음악에 취하고 분위기에 취해 박수치고 고개를 까딱까딱 하기도 했다. '꽃보다 아름다워' 에 이르면 함께 흥을 [illegible]지 않고는 배길 재간이 없다 흠뻑 빠졌다.

우린 붉게 물들어가는 가을 문턱에 서 있었다. 이런 날 산사 어딘가에서 잔잔한 멜로디가 들려오고 그 음악에 취할 수만 있다면 그곳이 바로 낙원이 아니겠는가.

선운산관광호텔

고창 '온천장'

2019년 2월 12일(화)

침대에는 전기장판을 깔고, 난방으로는 소형 전기난로가 여관 시설의 전부였다. 그러니 어제같이 추운 날씨에 냉방에 앉아 몸의 열기로 방을 덥힌다는 것이 쉬운 일은 아닐 것 같다. 난로를 켜놓고 담양에 떡갈비 먹으로 다녀왔더니 방안이 제법 훈훈해서 하룻밤 지낼 만 하다고 했지, 좋다곤 못하겠다. 그나마 웃풍이 세서 으스스하고 어설펐다.

옛날 그 시절을 떠올리며 아련한 과거로 돌아간 기분이었다. 이런 환경의 여관은 요즘은 숙박 경험하기도 쉽지 않다. 사실 숙박지를 선택할 때 날씨가 이렇게 쌀쌀할 거라곤 짐작도 못했고 이런 허술한 시설이리라곤 상상도 못했다. 오죽하면 겨울만 피하면 가성비 괜찮은 여관이겠다. 그랬을까. 난 손이 시리니까 만사가 다 귀찮았다. 꾀부려도 부끄럽지 않아 좋았다.

'나! 물이 차서 세수하기 싫은데.' 하면 아내는 들어주었다.

난 씻지 않고 전기장판이 있는 침대로 쏙 들어갔다. 이 나이에도 이것이 통하는 사람이다. 왜 이러세요. 수건에 물 적셔 와선 얼굴 닦고 자야한다며 손과 얼굴을 씻겨주던데요. 물론 난 못이기는 척하고 얼굴을 쏙 내밀었다는 거 아닙니까.

실내가 따뜻하지 않으니까 어설프기가 말도 못해요. 옛날에 어찌 살았나 싶다. 70년대까지도 아침에 눈뜨면 머리맡에 두었던 자리끼물이 꽁꽁 어는 것은 예사였었다. 물 끓여 세수하고 손 씻던 기억도 새록새록 난다. 그런 기분이었다.

읍내라 분위기나 안전은 괜찮아 보인다만 난방이 제대로 안되니 문제다. 어제 오늘이 추운 날씨였거든요. 아침에도 침대에서 얼굴만 내놓고 누워서 우리 언제 나가요. 좀 있다 몸 좀 녹이고 갑시다. 오죽 했으면 그러고 한동안 이불을 뒤집어쓰고 누워있었을까.

고창 온천장 여관 201호

고창 선운산관광호텔, 고창 온천장

남 원

남원 흥부마을

2016년 5월 11일(수)

'온갖 궂은일을 하며 살아도 흥부의 살림은 가난을 벗어나지 못했다. 그런 어느 날 흥부는 둥지에서 떨어져 다리가 부러진 새끼 제비를 주워 정성껏 돌본 후에 돌려보낸다. 이듬해에 그 제비는 흥부에게 보은(報恩)하고자 박씨 한 개를 물어다 주었는데, 가을이 되자 잘 여문 박을 거두어 켜게 되었다.'

그 흥부마을 발복지는 전형적인 농촌마을이다. 흥부 박춘모의 묘가 있다는 마을을 가려면 '흥부골 삼성마을 입구' 에서 내리면 된다. '박 마을로 박타러 가세' 라고 쓰여 있는 간판을 보고 마을로 들어서면 전형적인 시골마을이 나온다.

장수읍내에서 여기까지 오는 길이 바로 봉화산자락이다. 그 유명하다는 봉화산 철쭉꽃을 보려는 등산객들로 북적대는 등산로를 여러 번 지나쳤다. 그 곳을 지나칠 때마다 욕심이 왜 안 생겼겠니. 길이 낯설다는 핑계가 더 설득력 있어 보이겠지만 실은 갈 길이 바쁘다는 것이 핑계였다.

이리 좋은 곳을 지나칠 줄은 전혀 예상 못했기도 했고, 봉화산 철쭉꽃을 보러 가려면 한 뼘 거리밖에 안되지만 갈 길이 바쁜 우리에겐 그림의 떡이니 어쩌겠냐.

남원 정령치휴게소

태연아!

정상까지는 몰라도 7부 능선까진 오르다가 화사하게 핀 철쭉꽃은 보고 내려와야 하는 거 아니니. 그런 아쉬움을 안고 바래봉으로 가는 길이다. 언제 맘먹고 이 깊은 지리산을 또 들어와 보겠니. 드라이브 욕심을 좀 내 보았다.

숨을 내쉬고 깊이 들이마시기도 아까울 것 같은 맑은 공기와 지리산 정기가 흠뻑 젖어 있을 것 같은 36km 구간의 지리산 계곡을 달렸다. 서두르지 않았다. 그렇게 정령치휴게소에 도착하지 않았겠니.

해발 1,172m나 된다는 지리산 자락의 정령치휴게소. 누구나 한번 쯤 들르고 싶어 하는 정상이란다. 엄마가 깜짝 놀라더라. 이렇게 먼 길을 위험하게 돌아올 필요가 뭐 있냐며 예쁜 투정을 하는 거 있지. 속으론 좋으면서. 그곳에선 한참을 여유부리며 쉬다 내려왔다.

산에서 내려오는 등산객들의 밝은 표정에 취하기도 했지만 정말 더 오래 있고 싶었다. 숨을 깊이 들이쉬고 내쉬기를 반복하다 보면 얼굴에 미소가 피는 네 엄마의 얼굴을 볼 수 있어 좋았단다. 상큼하고 풋풋한 모습이 산꽃 향기에 풀냄새가 섞여 있어서였을 게다.

남원 파비각과 박초월 생가

이성계장군이 왜구를 무찌른 업적을 기리기 위해 세운 황산대첩비를 보러 왔다. 일본인들이 이 비석의 비문을 파괴한 것을 1973년에 복원하여 세웠다하여 '파비각' 이라 부른다고 한다.

그 '파비각' 으로 들어가는 길목에 두 그루의 느티나무가 있다. 긴 평상을 열두 폭 치마처럼 두르고 서 있더구나. 그 느티나무 밑을 '소리쉼터' 라고 하던데 잠시 그늘에 앉아 쉬다 누군가 소리 한가락 하면 박수 좀 나올 것 같은 그런 분위기였다.

판소리 동편제의 창시자요 가왕이라 불리는 송홍록과 심청가 수궁가로 무형문화제5호인 박초월의 생가가 있는 마을 입구이기도 하다. 말하자면 느티나무가 표시목 역할을 하는 셈이다.

우린 박초월의 생가에서 꽤 오래 앉아 있었으면서 너무 서둘러 나온 것을 후회했나 보다. 날씨도 엄청 더웠고, 파비각과 소리쉼터가 언뜻 어울릴 것 같지 않은데도 잘 어울리는 쉼터였다.

남원 바래봉 철쭉제

바래봉 철쭉제는 보고 가야지 하고 갔지만 이미 아랫동네 철쭉은 다 졌고 철쭉 보러가는 등산객들만 신바람 내고 있었다.

아침에 오른 등산객들이 끝없이 내려온다. 철쭉장마당은 변함없이 그 자리에서 여전한데 꽃은 올라가고 사람은 내려오는구나. 우린 손 꼭 잡고 운지사까지 만이라도 가보자며 그리 걸었다.

그게 어디냐. 그래도 장사치의 호객소리 등산객의 거친 호흡에 섞인 웃음소리에다 스피커를 타고 흐르는 뽕짝메들리까지 힘을 보태는데. 그런 것들이 잘 어울리는 것은 어쩌면 축제가 있기 때문일 것이다.

그나마 다행인 것은 늦둥이 철쭉들이 피고 있어 힘든 줄은 몰랐으니 헛수고는 안 한 것 같다.

남원호텔

남원자연휴양림

2016년 5월 12일(목)

오늘은 100년 전통의 탕수육명가 경반루, 소보로빵으로 유명세를 타고 있다는 명문제과와 서문주차장의 위치만 알아 두곤 남원자연휴양림에 가서 힐링하고 올 생각이다.

그런데 네 엄마 컨디션이 어제만 못한 모양이다. 긴 여행 중이니 그럴 만도 하지. 조금 걷는가 싶더니 이내 적당한 곳에 앉아서 쉬었다 내려가면 안 되겠냐며 조르신다. 길이 가파르긴 해도 숨을 할딱거릴 정도는 아니었는데 말이다. 야영텐트촌에 있는 평상에 누웠다. 더는 걸을 생각이 나도 없어졌다.

그런들 어떠하리. 자연을 벗 삼아 머리와 마음을 비우기만 해도 여행의 목적은 90%를 달성하는 것이니 말이다. 하늘은 푸르고 공기는 맑고 졸졸졸 물소리에 맞춰 새들이 노래까지 불러주니 이만한 복락이 또 있겠는가. 게다가 연두색 잎이 마음을 흔들어 놓는데 그냥 맥 놓고 있을 수만은 없었다.

나는 아는 노래는 총 동원했지-롱. 아빠가 주로 부르고 엄마는 늘 그렇듯이 듣는 편이다. 그동안 가사 외워 노래 부르기를 꾸준히 한 것이 오늘 그 값을 톡톡히 했다. 이럴 때 써 먹을 줄이야 생각도 못했거든. 23곡에다가 또 몇 곡 더 불렀더니 시간은 금방 가더라. 휴양림에서 제대로 휴양하고 간다.

만인의총, 만복사지에서 향교까지

점심은 경방루에서 별미인 100년 전통의 옛날 탕수육만으로도 배 두드리고 나왔다. 그게 끝이지 뭐. 우리의 한계니까. 참 양장피는 꼭 먹고 가야 한다며 새끼손가락 걸고 나왔단다. 그 약속은 결국은 부도내고 말았지만.

만인의총을 다녀왔다. 정유재란 당시 명나라 군사 3천을 포함 1만여 군민이 남원성에서 왜놈과 싸우다 전사한 영혼이 잠들어 있는 곳이다. 아직은 자리가 잡히지 않아 앉아 쉬어갈 작은 의자 한 개 없는 것이 아쉬웠다.

만복사지는 3면을 활용해 사람형상을 한 얼굴에 눈을 심하게 돌출시켜 분노의 모습을 띄게 조각한 보살의 모습이 특이했다. 상반신 옷은 훌떡 벗어버렸데. 왜 그랬을까. 궁금하긴 하지.

오층석탑은 만복사지 터의 한 귀퉁이에 서 있었다. 부처의 공덕을 기린 그림을 거는 당간지주 1개와 같이 서 있는데도 꼭 너른 광야에 버려진 느낌이더라. 그 탑을 보수공사 하던 중에 5층에서 사리가 나왔다고 한다.

만복사지에서 작은 비각이 눈에 확 뜨이는 것은 너른 공간에 단 한 채라는 궁금증 때문이 아니겠니. 그 건물에는 석조여래입상을 모셨는데 웃는 모습이 온화하고 인자하여 마치 살아있는 보살 같다고들 한다. 보살은 뒷면에도 있다. 평화로운 모습을 하고 있었다. 보고 있는 나도 은은한 미소를 짓게 하는 묘한 매력이 있었다.

향교도 둘러보았다. 대성전에서 공자의 제사를 모신 것은 조선이 유교를 통치이념으로 삼았기 때문인데 그게 사대라는 거다. 역사는 역사지만 답답한 마음은 어쩔 수 없다. 건물의 특이한 것은 당과 진강루를 공중(하늘)다리로 연결한 건축방식이라고 한다. 내 눈엔 꽤 멋져 보이던데. 거기까지다.

춘향제 전야제

그리곤 광한루로 달려가는 길이다. 오후 7시 반부터 춘향이 선발대회가 열린다고 하지 않니. 오늘밤이 춘향제 전야제라는구나. 언제 또 와서 볼 기회가 있겠니. 오늘 우리는 맘껏 즐길 생각이다.

이몽룡이가 부용당에서 백년가약을 맺었다는 월매집에서는 사람들의 웃음이 그치질 않는다. 부엌에 쪼그려 앉아 아궁이에 불 때고 있는 향단이, 문간방에서 술상을 받은 방자, 안방에선 월매가 장죽을 물고 흐뭇한 웃음을 흘리고, 건넌방에서는 알콩달콩 춘향이와 이몽룡을 밀랍인형으로 재미있게 표현했던데. 그래서 우린 보고 또 보고 왔다.

뜰 안의 작은 연못이 인기는 단연 수련이었다. 자주색 붓꽃, 노랑창포 꽃이 예쁘게 피어 발길을 잡는데 성공한 것 같다. 젊은 사람들도 그냥 지나치지 못하고 갔다. 우리도 사진 몇 장 박는다고 수선 좀 떨었다.

내친김에 춘향관에도 들러 춘향이를 만나보고 오는 길이다. 뿐이겠니. 아름다운 인연을 맺어주었다는 누각도 둘러보고 한창 춘향제 공연 준비 중인 완월정에서도 한동안 구경하다 왔다. 배가 너무 고파서 춘향이 선발은 끝까지 보지 못하고 나왔다. 밤늦은 시간이라 식당은 다 문 닫았고 우린 결국 편의점에서 사발면을 사들고 호텔로 가서 저녁을 해결했다.

남원호텔

남원시내를 걸어 명문제과

2016년 5월 13일(금)

서울은 어떠냐? 어제는 여기도 엄청 더웠다. 다행히 나무그늘에만 들어가면 시원함을 느꼈으니 얼마나 다행이었는지 모른다.

오늘은 춘향제가 열리는 날, 아침부터 흐림. 선크림 스트레스 안 받아도 되겠고 종종 선글라스 벗고 다닐 수 있는 호사를 누려도 될 것 같다. 9시쯤 길을 나섰다.

차는 춘향테마공원주차장에 주차하고 천변을 따라 걷는 일에서 하루를 시작했다. 행사요원이나 장사꾼들은 정신이 없더구나. 시작 시간 13시에 맞추어야하니 오죽 바쁘겠냐.

행사가 진행되려면 아직 시간이 있어 광한루 정문으로 들어가 어제 미처 보지 못한 곳까지 찾아서 산책하며 여유 있게 시간을 보냈다. 지루할 즈음 광한루를 나와 남원 시내도 돌아다녔다. 만만한 거리가 아닐 텐데도 어디서 나온 자신감인진 모르겠다. 거리구경하면서 명문제과를 찾아갈 수 있겠단 생각까지 했다. 남원시내는 걸어 다니기는 정말 좋았다.

너도 언젠가 와서 시내를 활보해보렴 생각보다 좋을 걸. 나지막한 건물들, 번잡스럽지 않은 가게들이 추억을 떠올릴 수 있을 것 같은 그런 거리와 골목이 눈길을 끌었다. 길 가는 사람마다 붙들고 물어보며 가는 중이다.

“지금 시간에 가셔서 사실 수 있겠어요.”

사기 힘들겠다는 말이 아닌가. 그렇다고 돌아설 우리도 아니다. 어떻게 여기까지 왔는데 그지. 가서는 두말없이 줄부터 섰지. 번호표는 내 앞에서 끊어졌다만 그래도 줄에서 벗어나지 않았다. 혹시 남은 것 있을지 아니.

결국은 앞에 줄 서 있는 몇 사람한테 부탁까지 했다. 우리 서울서 왔는데 예[illegible] 안돼요. 우리는 슈크림소보로 빵을 꼭 먹고 가야하는데.’ 그러니까 젊은 부부가 웃는다. “부탁해요. 네.” 엄마가 못을 박네요. “남겨주실 모양이다. 고맙지 않니.

기대를 저버리지 않았다. 이 집에서 유명하다는 수제햄 빵 2개, 꿀 아몬드 2개, 슈크림소보로빵 6개를 들고는 빵집에서 나오는데 나도 모르게 웃음이 절로 나오더라. 빵 몇 개로 이렇게 행복할 수 있다니 신기하지 않니.

제과점에서 대각선으로 길 건너면 거리에 쉼터 의자가 하나 있다. “저기서 먹고 가자 우리.” 그 말 한마디면 돼. 길가 벤치에 앉아서 드문드문 오가는 자동차들을 보며 따끈한 수제햄 빵과 아몬드로 점심을 대신한 걸. 참 맛나더구나. 우린 서로 얼굴 보며 웃었다. 이거 뭐하는 짓이여 하는 표정이었을까. 아님 재미있네. 그랬을까.

춘향이 축제에 폭 빠지다

오작교에는 아이들의 웃음꽃이 활짝 피었다. 네 엄마도 웃더라. 그냥 무뚝뚝하게 지나갈 순 없었던 모양이다. 팔뚝만한 잉어와 놀고 있는 어린이와 그 엄마를 보니 되게 부럽단 생각 떨치지 못했다. 아이들이 분위기를 띄워주는 바람에 우리는 웃음을 헤프다싶게 흘리며 그 주위를 맴돌았던 것 같다.

사랑 고백하기 코너에서 네 엄마와 손가락러브마크까지 그려가며 사진 찍고 나의 아직은 빛이 덜 바랜 춤까지 추었더니 예쁜 열쇠고리까지 주더구나. 내 가방 한 귀퉁이에 걸려있는 '눈 문양' 이 바로 그거다.

오후 6시쯤에서야 테마공원으로 발길을 돌렸다. 5인조 여성품바의 흥겨운 리듬이 발걸음을 재촉하던데. 흥은 나지요. 엿은 사야하나 말아야하나 망설이다 기회를 놓치고 말았다. 못 산거지. 그렇게 풍물시장을 가로질러 가면 춘향테마공원이 나오지 않니. 그 안에 식당이 있겠다 싶어서 가는 길이다. 날씨가 쌀쌀한데다 배고플 때가 되었거든.

'야관문 한우전문점' 에서 엄마는 갈비탕 난 목마르다고 물냉면을 시켰단다. 반찬은 완전히 섭렵했다고 봐야지. 맛있고 신선한데다 차림까지 깔끔해서 젓가락이 저절로 갔단다. 취나물, 무생채, 고추된장무침, 콩자반, 어묵조림, 깍두기까지 싹 비웠으니까. 결국 냉면은 남겼다. 시원하긴 한데 솔직히 육수의 맛은 별루였거든. 전문점이 아니라 그렇겠지. 어디 가서 전문점이 아니면 가능한 냉면은 사먹지 말자고 주장하는 편인데 오늘은 날이 너무 더워 그만 깜빡했나보다.

그리고는 여성국극단의 '연극 춘향전' 을 보고 숙소로 가려했는데 아뿔싸 차를 뺄 수가 없게 가로주차를 누가 했지 뭐냐. 이때 찡그리면 안 된다. 그냥 여유 있게 기다리지 뭐 그러고는 차에 걸려있는 핸드폰으로 연락하고 다시 올라가 마로니에찻집에서 커피로 몸을 녹이고 내려와 봐도 그대로. 마침 옆 차가 빠지는 바람에 차를 뺄 수 있었다. 네 엄마가 하루 종일 밖에서 놀았으니 얼마나 피곤했겠냐. 나도 정신 모르고 잤을 거다.

남원호텔

남원추어탕 '현 식당'

2019년 2월 7일(목)

남원 광한루주차장에 주차했으면 걸어서 남원추어탕거리를 지나 삼거리로 가야 한다. 거기서 왼쪽으로 꺾으면 바로 보인다. 식당은 낡은 간판에 촌스럽긴 하지만 정감은 있어 보여 좋았다.

메뉴판에는 추어탕 8,000원. 달랑 메뉴가 하나뿐이다. '저희 식당에서는 모든 음식이 재사용되지 않습니다. 맛있게 드세요.' 추어튀김, 추어정식 뭐 너절하게 메뉴판에 걸려있는 것을 당연한 듯 보아온 내가 혼란스럽다.

이집 추어탕에 들어가는 시래기도 예사롭지 않단다. 간이 좀 있긴 해도 구수하고 부드러운 맛은 보증수표였다. 밑반찬으로 나온 콩나물 미역줄거리도 너무 맛있는 거 있지. 이렇게 오랫동안 전통의 맛을 지켜온 가족들에게 고마운 마음 가져야 도리가 아니겠니.

재래품종의 열무시래기를 직접 파종하고 수확하여 사용한다니 어떠냐. 믿을 만하냐? 휘파람 불며 나왔다는 거 아니니. 남원추어탕의 맛과 정을 먹고 호주머니 가득 넣어 온 기분이었다.

"감사합니다. 잘 먹고 갑니다!"

미꾸라지는 한자로 추(鰍). 고기 어(漁)에 가을 추(秋)가 들어갔으니 가을 고기. 그 미꾸라지를 푹 삶아 체로 거른 뒤 시래기와 고춧가루, 들깨가루 등 갖은 양념을 넣고 푹 끓인 국을 추어탕이라 부른단다. 음식은 상술보다 더 중요한 게 있다는 걸 알았다. 그게 바로 전통의 맥을 이으며 내려오는 그 변함없는 맛과 정성이 아닐까.

남원 남원호텔

무 주

무주 반디랜드

2018년 10월 16일(화)

백운산의 숲 향기가 그득한 곳. 자연과 함께 하다보면 마음은 힐링 된다는 무주를 여행해보면 알겠지만 동심으로 돌아갈 수밖에 없을 거라는 반디랜드에서 시작하기로 했다.

반딧불을 주제로 했기 때문에 나이든 사람도 호박잎에 반딧불을 담아 등처럼 들고 다니던 어린 시절을 떠올릴 수 있을 것이다. 누구든 찬찬히 둘러보다 보면 행복한 웃음을 흘리게 되어 있다. 얼굴을 펴고 근심 걱정 내려놓다 보면 어린아이가 되어 나오지 않을까. 그런 기대를 가져도 될 것 같다.

아이들이 우릴 보고 손을 흔든다. 웃는 모습이 예쁘다. 얼마나 기분이 좋았는지 모른다. 그런다고 사철 썰매장까지 따라 가는 건 좀 그렇겠지요. 낮달 보겠다고 하면 청승맞다 그럴 테고. 생태온실이나 곤충박물관에 들르는 게 우리로선 최선이겠네요.

거기선 화석이 들려주는 이야기도 들을 수 있고, 곤충채집한다고 들로 뛰어다니던 그 시절을 떠올릴 수도 있을 것 같다. 잊은 걸 되살려주어 좋았다. 이 나이에 배우는 게 꼭 필요해서라기 보단 알아가는 과정을 즐기는 것이다.

애반딧불이가 홀 중앙에 발로 버티고 손님을 맞고 있었다. 눈길이 자꾸 가더구나. 이들은 다슬기를 먹으며 10개월간 물속에서 유충시절을 보낸다고 한다. 그 반딧불이가 늦게라도 찾아줘서 반갑고 고맙다고 인사하는 것만 같았다.

"안녕하세요."

박물관으로 들어서자면 내 눈은 크게 떠졌다. 언제 보아도 정겹고 신비로운 모습의 멋쟁이친구들을 볼 수 있다는 기대가 실망시키지 않았다. 딱정벌레며 한국의 나비들을 둘러보는데도 지루할 틈을 주지 않았다. 크고 화려한 외국 친구들은 신기하기만 할뿐이지만, 어디서 본 듯한 낯익은 친구들은 우리와 함께 살아서 그런가. 친숙하고 정겨웠다. 재미있으면 시간 가는 줄을 모르겠더구나.

의료원 다녀와서 와인동굴까지

금산에서 반디랜드 방향으로 금강을 따라 드라이브 하고 있었다. 나룻배 한 척이 금강을 여유롭게 노 저으며 건너는 모습에 넋이 나간 듯 보고 있었다. 노 젓는 사공과 아침 물안개에 잠겨있는 강물이 어쩜 그리 여유로운지. 어디서 본 듯 처음인 듯 낯 익고 낯설은 장면에 그만 정신 줄을 놓고는 차에서 내려 한참을 서 있었다.

삼거리에서는 이정표에 옥천, 영동이 나오니까 우리 옥천에 가서 어탕국수 한 그릇 먹고 올까, 영동황산포도마을에 가서 포도라도 한 상자 사들고 오면 어때. 아무 말이나 막 하고 있는데 옆에서 잘도 받아주신다. 우린 농담 따먹기 해가면서 마냥 기분 좋은 드라이브를 즐겼다.

"그럼 그러시던가. 금방 먹었는데 들어갈 배는 있을라나 모르겠네."

반디랜드에서 외국산 사슴벌레, 호랑나비, 하늘소 5개의 뿔을 가진 5각뿔 장수풍뎅이를 전시한 희귀 곤충관을 둘러볼 때 눈치 챘어야 했다. 아내가 힘들어 하는 걸 보면서도 재미가 없어 그러는 줄만 알았다. 아니 피곤하니까 앉아 쉬면 좋아질 거란 섣부른 판단이 일을 그르칠 뻔 했다.

아내가 조금 아프고 힘들지만 견딜 만하다고 해도 그 말을 곧이 들으면 안 되는 걸 미처 생각 못했다. 남자보다 참아보려는 유전자가 훨씬 많다는 걸 까먹었다. 아픈 기미가 있을 때 바로 병원으로 달려가자고 했어야 했다.

정신없이 두들겼다. 무주 의료원을 찾아야 했다. 울릉도에선 내가 하루를 의료관광으로 보냈듯이 이번엔 무주에선 아내가 의료관광을 하게 생겼다. 다행히 한참을 진료실에 있다 나와서는 날 보더니 웃는다. 고맙다는 마음과 든든하다는 믿음의 표시가 아닐까요. 약을 먹었으니 곧 나을 거라는 말 난 또 곧이 믿었지요. 바로 숙소로 갔어야 했다.

와인동굴을 찾은 건 판단 미스였다. 관람시간이 5시까지인데 4시 15분에 들어갔으면 거의 막차 탔다고 봐야 한다. 동굴 끄트머리에 마련된 와인코너에서 머루와인 한 잔씩 마셨다.

와인 족욕도 12회 막차를 탔다는 거 아닙니까. 원래는 20분간인데 우린 4시 55분까지 했는데 더 해도 된다고 잡는데 아내는 피곤하다며 그냥 가자는데도 눈치를 채지 못했다. 아내가 몸이 불편할 거란 생각도 못한 거죠.

미안해한 들 이미 기차는 떠나간 뒤가 아닌가. 큰 병일 때 이리 느긋했더라면 어쩔 뻔 했어요. 병명이요 말해줬는데 뭐랬더라. 여행 왔다고 그러니까 오늘 저녁 무조건 푹 쉬란데요. 머리는 챙기겠다고 하면서도 몸은 따로 놀고 있었던 거죠. 난 무심한 남자. 미안해서 어쩌죠.

무주 아리스모텔

나제통문

2018년 10월 17일(수)

무주구천동 제1경이라는 나제통문은 반디랜드에서 멀지 않다. 무주 첫 방문지를 나제통문으로 하고 반디랜드로 올 걸 그랬나. 그래놓곤 금방 후회했다. 그러지 않길 정말 잘 했다.

호텔에서 17km. 어제 왔어야 하는데 오늘 온 것은 횡재였다. 덕유산곤돌라를 타려면 이 길을 놓쳐서는 안 되는 길이다. 환상의 경치에 감탄사를 연발하며 달려야 한다. 그래도 부족한 길이다.

나제통문 얘기부터 하지요. 백제와 신라의 국경이었다는 역사적 배경도 재미있지만 굴 하나를 사이에 두고 지금도 무등면은 경상도 사투리를, 설천면은 충청, 전라도 사투리를 사용한다고 한다. 가는 길의 풍경이야 말해 뭘 해요. 바로 농촌풍경 산수화인걸요. 눈길이 닿는 곳은 다 그림이더라는 얘깁니다. 사과밭에는 발갛게 익어가는 사과가 주렁주렁 달려있는 모습과 가을의 빈객인 구절초가 너무 잘 어울리니 그림일 밖에요.

이 아름나운 부수의 농촌풍경을 보고 가슴 설레지 않을 사람이 몇이나 될까. 초콜릿빛깔의 수수밭, 황금빛들녘, "아-우! 멋져!" 그렇게 설천교까지 달려와서는 나제통문을 보고 있습니다. 걸어서 갈까. 차를 타고 통과할까. 고민은 잠시, 나제통문이 좁다는 핑계로 차를 타고 무등면을 다녀왔다. 여기가 신라, 백제 때부터 자유로이 사람들이 오가며 살아왔던 곳. 신라 땅 통문 옆 낡고 퇴락한 열녀비에서 세월의 무상함도 보았다.

이제 구천동계곡까지의 멋진 드라이브코스가 기다리고 있다. 달려보지 않은 사람은 모른다. 37번국도 따라 16km. 바쁠 것 없다. 산천경계유람 하듯 핸들을 잡으면 된다. 잊지 못할 추억이 될 풍경에 정신 줄을 놓게 될 것이다.

덕유산 리조트관광곤돌라 대기번호가 15, 16번. 오늘 첫차. 곤돌라를 타기만하면 해발 1,520m 설천봉까지 데려다 준 데잖아요.

덕유산 미니산행

향적봉까지 갈 생각이 없더라도 바람 쏘이며 정상 기분을 내긴 더 없이 좋은 곳이다. 레스토랑, 주전부리 파는 가게, 화장실, 거기다 8각정 쌍제루 쉼터까지 있다. 북적거리는 겨울스포츠 계절은 아니지만 아이들은 뛰어다니느라 정신이 없다.

리프트를 타고 올라와서 스키를 타고 내려가는 꿈만 꿔도 행복할 것 같은 그런 곳에서 오래 머물 수 없는 것이 아쉽긴 하다. 해발1,614m인 향적봉을 가려면 600m를 더 가야 한다. 거기서 3~40분 정도 더 가면 해발1,594.3m의 중봉이 나온단다.

우린 향적봉에서 인증사진 몇 컷 찍고 바로 중봉으로 향했다. 시작부터 마음에 부담이 되는 길이다. 내려가는 계단을 보면 까마득하게 보이는데 저 길 언제 내려가나 한 걱정을 하며 걸었다.

대피소까지는 계단만 내려가면 된다. 여기는 산행하는 사람만 그 멋을 아는 공간이다. 향적봉에서 서성거리는 관광객들을 보면서 우리가 특별한 사람이라는 생각이 드는 걸 보면 정말로 알다가도 모를 일이다. 고얀 녀석이 그 기분을 즐기고 있더라니까요. 나무탁자에 컵라면이나 주먹밥, 도시락을 꺼내는 젊은이들 틈에 슬쩍 끼어 앉았지요.

가을이라 붉게 타는 단풍을 기대하고 왔는데 여긴 잎이 다 떨어진 한 겨울이었다. 단풍대신 수령 3~500년생 천여 그루의 주목과 구상나무의 짙푸른 군락들이 주인노릇을 하고 있다는 곳을 가야 한다.

마루금 숲에선 봄, 여름에는 휘파람새와 같이 산다는 '자주솜대'를 찾아보기도 했다. 쉽게 생각한 것이 큰 실수였다. 해님이 방긋 웃으면 따뜻하고, 숨바꼭질 하겠다고 구름 속에 숨으면 금방 기온이 뚝 떨어지는 그런 날씨였다. 발길을 돌리는 것도 큰 용기라고 생각했다.

한 50여m 되돌아왔을 때 만난 사람이 조기 산허리 돌아가면 중봉이니 같이 가자고 하네요. 이정표만 제대로 확인하고 갔었어도. 그건 핑계구요. 으스스 한 것이 이러다 우리 둘 몸살 나게 생겼는걸요.

무주구천동과 적성산사고

내려오니 또 다른 세상이 기다리고 있다. 곤돌라에서 4.8km. 무주뚝배기에서 설렁탕 한 그릇 때리고 바로 무주구천동. 거기 간 것은 궁금해서다. 대학 시절 구천동계곡을 걷다 계곡물에 발 담그며 더위를 식히던 기억이 엊그제 같은데 어느새 그것이 추억이 된 나이가 되었다며 갔다.

요즘 세대는 여름철엔 캠핑가고, 리조트에서 수영하고, 겨울엔 리프트 타고 올라가서는 스키타고 내려온다. 달리 여긴 여름 한철은 대단할 것 같다. 무주의 숙박, 요식업이 다 모여 있는 것을 보면 알만하다. 계곡을 꼭 올라가야 할 필요를 못 느꼈다. 입구에서 난쑹 구경만 하다 왔다.

해발1,034m의 적상산을 가셨으면 전망대까진 둘러보고 올 것이지 왜 적상산사고만 보고 내려왔느냐면 할 말은 없다. 거기가 거긴데. 기암괴석과 단풍이 어우러져 마치 여인의 치마 같다하여 붉은 적(赤), 치마상(裳)을 써서 적상사라 불렀답니다. 그러니 가시거든 와인동굴에서 피로 풀고 올 계획을 잡고 가시면 반나절 품으로 손색이 없으니 그리 계획을 잡아보라기에 그랬죠.

우리는 계획이 뒤엉키는 바람에 마음만 바빴다. 드라이브코스는 멋있긴 한데 길이 꼬불꼬불해서 나이가 있으면 위험할 수 있는 코스였다. 사고에는 조성왕조실록과 황실족보 복사본이 전시되어 있어 빈손으로 돌아오진 않았다.

숙소 근처 식당에서 어죽은 예상치 않은 수제비의 등장으로 입이 즐거웠다. 모텔에선 사과며 음료수가 냉장고에서 사라진 사건이 있었다. 주인아주머니가 똑같은 것을 구입해드릴 테니 기다려달라는데 나도 못 구한 걸 어디서 구하시겠다는 건지. 마음만 받겠다고 했어요.

내일 10월 18일은 의로움으로 민족의 정신을 지켜낸 땅. 전라도 1,000년의 날이다.

무주 아리스 모텔

무주 아리스모텔

부 안

부안 게화회관 풀코스

2016년 5월 5일(목)

어린이 날. 눈이 떠지면서 하루 일과가 머릿속에서 데굴데굴 굴러다닌다. 계획을 세우긴 했는데도 걱정이다. 우리 부부 사이에 예쁘고 가장 귀여운 불청객? 이 한사람 끼어들었지 않니. 게다가 요것이 늦잠까지 자요. 하긴 어젯밤 12시가 다 되어 호텔로 찾아왔으니 피곤하지 않은 게 이상하지. 저녁을 빵으로 요기하고 잤으니 배도 고플 게다. 태연아! 7시가 넘었는데도 감감무소식이었던 건 아니. 조금 짜증이 날라 그랬다. 일찍 출발할 생각이었거든.

8시 반이 넘어서야 배시시 웃으며 들어오더구나. 같이 웃었다. 부모의 맘이 그렇단다. 푸석한 얼굴을 보니 안 되었더구나. "잠자리 불편하진 않았냐. 오늘 일정은 부안이다." 그 말밖엔 딱히 할 말이 떠오르지 않데. 우리가 10시 반 되어서 계화회관에 도착했지 아마. 풀코스로 세 사람이 얼마였더라. 까먹었네. 그보다 부안향토음식 1호 이런 음식 먹어보기 어렵다고 내 자랑했다.

내소사1

내소사에 들러 경내를 둘러보는데 얼마나 걸렸을까. 딸아! 정말 걷고 머리 비우는데 이만한 장소가 어디 쉽겠냐? 내소사 일주문을 들어서면서부터 너는 정신 줄 놓은 아이 같더라. 아주 좋아 죽어요.

시원스레 뻗은 전나무숲길은 나도 "정말 멋져 부러!" 그 소리가 무심코 나왔단다. 지 안 따라온다고 엄마 조르고 또 정신없이 뒤쫓아 가고 언뜻언뜻 네 여고시절 모습이 보이더구나. 다리 건너자 그 때부턴 아예 우린 안중에도 없었나 보더라. 혼자 저만치 달려가고 우린 천천히 뒤따라 걸었다. 그러나보니 눈에 들어온 [illegible] 꼬마동승 [illegible], 임생나게 큰 느티나무, 나무 사이에 낀 동자승이 전부였나 보다.

눈이 널 따라다니느라 뭐 뵈는 게 있어야지. 그냥 수박겉핥기식이었다. 아니 네 뒷모습만 따라 다니다 왔다는 표현이 더 적절한 표현일 것이다. 금방 끼니때가 되네. 시간 참 빨리 간다. 오늘은 엄마 아빠는 별나게 피곤한 날인가 보다. 아니 네가 곁에 있어 행복에 겨웠던 모양이다.

내변산 직소폭포

호남의 소금강이라고 불리는 내변산의 직소폭포를 가려면 2.3km의 산길을 걸어야 한다. 길을 잃을 염려는 안 해도 된다. 두어 시간 잡으면 편하게 다녀올 수 있는 거리다. 계곡 따라 걷는 것이 장점이긴 하나 눈에 넣고 싶은 것이 많아 지체되기 마련이다.

극성부리던 미세먼지도 제풀에 꺾인 것 같다. 오늘 오전은 망쳤지만 반쪽이라도 건질 수 있어 얼마나 다행인가. 붉은 진달래꽃에 취해 걷다 지나치기 싶지만, 들꽃들은 약간 들뜨게 하는 매력은 가슴이 알아서 진정시켜주었다. 사랑을 속삭이는 연인들이나 가족 나들이객이 내 미소의 주인공이다.

서울촌뜨기처럼 싱겁게 싱글벙글 웃음을 흘리며 걸었다.

초의선사가 지었다는 '실상사지' 까지 왔으면 '인장바위' 가 어디 있나 찾아보는 것이 좋다. 지나치기 쉬우니 돌아보는 걸 잊지 말아야 한다. '자생식물관찰원' 과 불교 4대 성지라 불리는 원불교제법성지도 지났으면 산이 들려주는 소리에 귀 기울일 때가 되었다는 얘기다.

그렇게 선녀탕을 지나고, 직소보전망대에서 물소리, 새소리, 나무들의 숨소리까지 들었으면 되었다. 우리 마님은 호수에 발 담그고 있는 나무만 보면 이팝나무란다. '밀양 위양못' 의 이팝나무의 절경을 못 잊고 있다는 증거다. 이제 마지막 가파른 계단만 걸으면 직소폭포. 난 숨이 찬데 아내는 내색도 없다. 아내의 건강이 좋아졌다는 증거다. 더 바라면 욕심꾸러기가 된다.

내변산 직소폭포는 수량이 적으면 재미없겠다는 걱정을 한순간에 날려버렸다. 시원하게 떨어지는 물줄기의 모습은 그 자체가 명화였다. 자연의 경이로운 모습이었다. 내려오는 길에 미선나무 꽃을 보았다. 내 평생 처음인데 순간 소복한 여인의 모습을 연상했다. 화려하지 않으면서도 여린 모습의 하얀 꽃잎을 갖고 있었다.

이런 기분 상상이나 했을까. 수줍은 듯 여린 아내의 마음을 닮은 미선나무 꽃. 자연은 이렇듯 어디 있으나 아름답고 당당한 것은 서 있는 그 자리가 바로 극락이요 천국이라 여기며 살고 있기 때문일 것이다. 직소폭포 가는 길은 여느 사찰의 三門에 들어설 때의 그 마음이면 된다.

부안 베니키아 채석강 스타힐스 호텔

내소사2

2019년 3월 27일(수)

오늘 아침에는 채석강에 해무가 끼는 환상적인 바다의 비밀을 보았다. 도저히 감당하기 버겁고 잊을 수 없는 풍경이었다. 한치 앞도 안 보이더라는 말 오늘 새벽에 처음 경험했다. 진귀한 구경거리가 아니라 신비로움 그 자체였다. 갑자기 그 바다안개 속으로 들어가는 길이 바로 저승사자가 다니던 길이 아닌가 생각이 들었다. 안개해변을 걸을까 했더니 마님은 도리질로 거부 의사를 밝힌다.

시간 반을 더 침대에서 뒹굴다 갔다. 백제무왕 때 창건한 지 천년의 세월을 보내고 조선 인조 때 다시 중창했다는 내소사에 왔는데 안개 속에 숨고 싶었는지 천년고찰 내소사는 아름드리나무들과 안개에 살짝 가려져 있어 신비로움을 더했다. 우린 일주문 앞에 있다는 할배 느티나무부터 찾았다. 400여 년 전, 내소사를 중창할 당시 심었을 것으로 추정되는 전나무 숲 이야기도 전해지고 있다. 이 길을 걸으면 건강에도 좋고, 모든 시름과 걱정을 잠시 내려놓을 수 있다고 한다.

새로운 세상을 여는 숲이라는 말이 어울린다. 사람들의 스트레스와 아토피가 호전된다면 이보다 더 좋을 수가 있을까. 그곳이 바로 아미타불이 살고 있는 세상, 극락정토가 아니겠는가.

오늘 같은 봄날에는 전나무 숲에서 자라고 있는 풀들을 무심하게 지나치지 말아야 한다. 그 풀들은 가을을 위해 사는 상사화의 봄이었다. 아는 만큼 보인다는 말 실감했다. 사실 나도 오가는 사람에게 물어 알았다. 지천으로 널려있다면 가을의 상사화를 그려보는 것도 어렵지 않을 것이다.

서늘한 기운에 밀려 미세먼지도 범접하지 못할 것 같은 청정지역인 데다, 내소사 일주문에서 피안교까지 600m 숲길을 전나무가 독식하고 있다. 그 아래선 상사화가 숨죽이고 제 역할을 다 하고 있었다. 덕분에 이곳을 찾는 사람들은 횡재했다. 가을을 그려보고 피톤치드를 받는 치유의 숲길도 걸을 수 있으니 말이다.

'피안교' 란 온갖 번뇌로 고통 받는 인간세상에서 고통과 근심이 없는 깨달음의 세계로 가는 다리라 알고 있다. 일주문은 절이 시작됨을 알리는 큰 기둥이요, 절대적인 진리를 상징한다고 한다. 천왕문은 부처의 나라로 가기 전에 몸과 마음에 남은 악귀를 없애주는 곳이라고 한다. 봉래루는 부처의 세계로 들어선다는 의미를 갖고 있다. 알고 찾아 걸으면 재미도 배가된다.

우리는 법당 안에 들어서자마자 이번엔 할매 느티나무를 찾았다. 대웅보전의 꽃살문도 유심히 보라고 하기에 보긴 했는데 내 눈에는 그저 그렇고 그런 것입디다. 절이나 궁궐에서 보는 특유의 문양이라 고풍스럽긴 하다만 감흥은 별루였다. .

내소사의 느티나무 수령이 1,000년, 700년이라고 한다면 고려시대부터 이 사찰에서 당산제가 열렸다는 것인데. 그렇다면 당산제는 절에서 불교신앙과 민간신앙을 결합하기 위한 노력의 하나였을 것이다.

백성들을 자연스럽게 사찰로 끌어들이는 매개역할을 했을 것이고 불교신앙을 포교하는 데도 활용하지 않았을까. 난 그늘을 많이 만들어주는 느티나무 고목이라 좋았다.

부안 '곰소궁 횟집'

· 이 집은 87년 전통의 4대가 운영하는 젓갈 전문점. 젓갈정식을 안 시키고 백합탕을 시켰는데도 백합탕에 꼴뚜기, 낙지젓, 명란젓, 창란젓, 바지락과 갈치속젓 등 14가지 젓갈이 나오는데 환장하겠더라고요, 하나같이 우리 부부가 의식적으로 멀리해야하는 반찬 들 뿐이었다.

수저가 갈 곳을 잃고 방황했다면 이해하시겠어요. 실은 이걸 예견하지 못한 건 아니었다. 철이 지났긴 했지만 풀치조림을 먹으면 되겠다. 그러고 들어갔지요. 그럼 백합탕 주세요. 이렇게 시작된 겁니다.

시장 끼를 해결하느라 애 먹었다는 거 아닙니까. 밑반찬이란 것이 짭짜름한 것 밖에 없으니 백합탕 한 그릇 제대로 먹고 오겠다는 건 물 건너갔지요. 그렇다고 이 메뉴 아닌데 그러면 무식하단 소리 들을 테고. 아야! 소리 못하고 대충 끼적거리다 나왔어요. 우릴 유심히 지켜보던 주인. 젓갈사라는 선전은 안하데요. 우리로선 황당한 경험이었다. 전 같으면 젓갈 종류 가리지 않고 정신없이 먹었을 텐데. 세월이 야속하달 밖에요.

능가산 개암사

천년고찰 개암사를 가려면 5리나 되는 벚나무터널을 지나야만 일주문이 나온다. 거기서 사찰까지 300m가 전나무숲에 녹차 밭까지 있어 걷는 것만으로도 마음이 평안해진다고 한다. 개암사에는 김유신장군의 사당도 있고, 사찰 뒷산 능가산에는 어금니 바위라 불리기도 하는 울금바위가 있다.

사찰에는 깊은 역사의 간직했던 문화도 있지만, 그 옛날 백제 유민들이 모여 백제부흥운동을 전개한 본거지였다고 한다. 울금이란 위용이 있고 크다는 뜻의 '위큼' 에서 변화되었다고 한다. 즉 한반도가 호랑이상이라면 변산은 남성의 성기, 울금은 바로 낭심(불알)이라고 한다. 원효가 울금바위 동굴에서 수도한 이후 요석공주를 맞았다며 많은 수도자들이 거쳐 간 곳이다.

평균 수명 150년이 된다는 300m 전나무 숲. 그 길을 걷고만 왔는데도 피톤치트가 피부에 스며든 것 같았다. 기운이 솟는 느낌이니 왜 안 그렇겠소. 온 김에 이곳저곳 눈길 가는 데로 다니다보면 연꽃받침돌 위에 책상다리하고 앉아 있는 지장전의 돌부처(석불좌상)도 만날 수 있다. 그리고 개암사는 1,300년의 역사가 있는 죽염의 노포집이란 것도 알게 될 것이다.

죽염을 만들려면 대나무 속에 천일염을 넣고 황토로 입구를 막은 뒤 소나무장작불에 굽고 또 굽고, 그렇게 아홉 번을 구워야 독소 및 불순물이 없어지고 대나무와 황토의 유효성분이 조화되어 건강한 죽염이 만들어진다고 한다.

1,300여 년 전 진표율사가 이곳 개암사 성터에서 최초로 죽염을 구워 상비약으로 사용했다고 하니 이 사찰이 바로 죽염 노포집이다. 지금도 1,300년 전통을 팔고 있었다.

적벽강과 수성당

채석강과 함께 '적벽강' 도 변산의 지질공원이라는 걸 아는 사람이 별로 많지 않다. 어두운 퇴적암반과 밝은 색의 절벽으로 되어있어서 붉은 노을이 적벽강의 사자바위를 비추면 붉게 보이는 모습은 신비함을 떠나 엄숙해지기까지 한다고 한다. 실은 '이암이 검은색으로, 사암은 붉은 색으로.' 보이기 때문이란다.

억겁의 세월 동안 파도가 바위를 씻기고 깎아 아름다운 절벽을 만들었고, 절벽을 바닷물에 씻겨서 동굴을 만들었다. 이렇듯 대자연의 신비와 비밀을 간직한 곳이 적벽강이다. 주상절리며 해식동굴, 돌개구멍 등의 구조를 볼 수 있어 학창시절로 잠시 되돌아가는 즐거움도 맛보았다.

절벽을 올려다보면 저 멀리 대나무 숲이 보인다. 그 너머 바다가 잘 내려다보이는 곳에 당집이 하나 있다. 서해를 다스리는 개양할머니와 그의 여덟 딸을 모셨다는 '수성당' 이다. 그곳으로 가려면 시원한 바닷바람이 자주 발길을 멈추게 하니 서두르지 않는 것이 좋다. 뒷짐 지고 어슬렁어슬렁 걸어도 얼마 안 걸린다. '바다 마실길' 의 한 부분이다. 그런 길인데도 차량만 들락날락할 뿐 걷는 사람이 없다. 편리함이 멋을 잃어버리고 있었다. 솔직히 걸어야 제 맛이 나는 길이다.

'계양할머니는 여덟 자매를 낳아 일곱 딸을 팔도에 하나씩 나누어주고 막내딸만 데리고 살았다고 한다. 서해바다를 걸어 다니면서 깊은 곳은 메우고, 위험한 곳은 표시해 어부를 보호하고 풍랑을 다스리며 고기를 잘 잡히게 했다는 바다신이다.'

음력 정월 초사흘, 풍어와 마을의 평안을 바라는 제사를 지낸다고 한다. 흔들의자에 앉아 들녘을 바라보는 영님 씨가 그리 행복해 보일 수가 없었다. 나도 너른 들에 필이 꽂혔다. 봄을 심느라 바쁜 손길을 따라다니고 있었다.

부안 베니키아 채석강스타힐스 호텔

부안 전라좌수영 세트장 궁항

<u>2019년 3월 28일(목)</u>

오늘 아침에도 20m 앞을 가늠하기 어려울 정도로 안개가 채석강을 덮었다. 다행히 어제보단 양호한 편이다. 새벽이면 피워내는 채석강의 바다 안개. 볼수록 신비롭고 진기한 풍경이 이젠 재미로 즐긴다. 어디론가 춤을 추며 몰려가는 안개도 볼거리였다. 그 뿌연 안개 속에서 바닷물이 철썩거리는 소리가 들린다.

어제와 매한가지로 안개가 걷히고 채석강의 모래가 빠끔히 얼굴을 내밀 때까지 기다렸다. 10[illegible] [illegible] [illegible] [illegible].

전라좌수영 세트장 궁항이다. 지금은 관광객들로부터 외면당하고 있지만 한땐 '불멸의 이순신' 을 촬영한 곳으로 관광버스가 북새통을 이루었던 시절도 있었다. 그 당시 우리도 한몫 거들었던 추억이 있어 다시 찾았다. 그런데 추억이 아니라 잊힌 과거의 편린들을 꿰어 맞추느라 힘들었던 기억만 있다.

이순신의 인간적 고뇌를 설정하기 좋은 곳이라는데 실은 그의 비장함을 엿보게 한 것은 지금의 황량함 때문일 것이다. 너무 낡고 퇴락해 10수년 전 들렀을 그때가 그립다.

이 좋은 경치가 다 망가지면 어쩌지. 그런 걱정하며 둘러보았던 것 같다. 아직은 아름다운 풍광을 못 잊어 찾는 사람들의 발길이 있으니 수리 보수는 그렇다 치더라도 청소 정리라도 잘 해둔다면 더는 실망하고 돌아서는 일은 없을 것이다.

부안 베니키아 채석강 스타힐스 호텔

순 창

순창 간청산 군립공원
순창고추장마을

순창 간청산 군립공원

2016년 5월 14일(토)

공원 입구부터가 장난이 아니다. 죽여준다. 2km이상 긴 터널을 만들만큼 매타쉐콰이어가 하늘을 덮고 있어 환상의 코스였다. 공원에 들어서면 5분도 안 걸리는 거리에 바위가 있다. 그 바위에 비단을 두른 것처럼 폭포수가 바위를 휘감고 떨어진다 하여 붙여진 이름이 병풍폭포라고 한다.

'이 폭포 밑을 지나는 사람은 죄진 사람도 깨끗해진다.' 그렇게 쓰여 있다. 폭포에서는 음이온도 많이 나온다는데 실컷 마시고 가야지.

태연아! 강천사 가는 길에 굴 바위가 하나 있다. 바위 아래서 구걸하는 걸인들은 구걸한 돈의 일부를 강천사에 시주할 만큼 불심이 깊었다하여 거라시바위(걸인바위)라고 이름 붙였다는구나. 다리를 건너면 사바세계에서 극락에 이른다는 극락교가 나오고 숲 터널을 지나면 근자에 복원했다는 강천사가 보인다.

절 앞엔 비각을 바라보고 서 있는 것처럼 보이는 나무가 한 그루가 있다. 300년은 훌쩍 넘겼다는데 우리나라에서 가장 오래된 모과나무라고 한다.

'강천산 성 테마공원' 도 있다. 그 앞 바위를 타고 떨어지는 구장군폭포가 음과 양이 서린 폭포 같다하여 그를 둘러 싼 바위산이 남성. 폭포 중간이 음푹 팼으니 여성. 폭포가 떨어지면서 음양이 조화를 이루고 있어 공원 이름이 되었다고 한다.

화장실에도 위트가 숨어 있다. 서서 누는 남자와 앉아서 누는 여자의 그림이다. 이곳의 조각이며 사랑소도 몽땅 그리스의 신화에 등장하는 연정과 성애의 신, 에로스였다. 발마사지를 하고 나면 뭐가 달라도 달라질 것 같은 기분이었다.

우리는 구장군폭포에서 왼쪽으로 0.15km 들어가면 강천호수에 다다른다기에 그 길로 들어섰다가 바로 후회했다. 계단 폭이 너무 넓고 경사가 가팔라 오르기가 불편해서 엄마에게는 더 이상 올라오지 말라고 하곤 나만 계단 끝까지만 올라갔다왔다. 무리할지 모르는 계단을 굳이 올라가서 호수를 내려다보는 순간을 즐기느냐 아님 무릎을 조심해서 10년을 더 건강하게 사용하느냐다. 이길 땐 약수 한 사발이 네 엄마에겐 위로가 될 수 있을 것 같다.

강천산 현수교 일명 구름다리를 건너야 한다고 엄말 꼬드겼다. 계단은 나도 걷고 싶지는 않거든. 그러나 이번엔 달랐다. 계단이 가파르고 계단 수는 엄청 많아도 계단 폭이 좁아 오르기에 적당하다는 것이 이유가 아니겠니.

"뭐 하늘에 떠 있는 것 올려다보았음 됐지 올라갈 필요까지야."

"저곳이 강천산의 마스코트거든. 저기 올라가 인증사진을 찍어야 한다나봐요. 사람들 많이들 올라가잖아요. 우리도 천천히 올라갑시다."

50m 밖에 안 된다는데 꽤 높게 느껴지더라. 78m 길이의 현수교 앞에서는 무섭다며 못 걸을 것 같다며 잘도 따라 오시데. 누구냐고 아 있잖아.

걸어 내려오는 반대 방향은 경사가 완만한 대신 좀 지루하긴 했다. 좋지. 산길인데. 내려와서 바로 건너간 다리가 장수를 상징한다는 십장생교.

산책길이 건강 뿐 아니라 눈까지 즐겁게 해 주니 하늘이 내려준 보물이 아니냐. 사람들이 강천산, 강천산하는 이유를 이곳에 와서야 알 것 같다. 정말 한 번도 안 온 사람은 있어도 한 번 밖에 안 온 사람은 없을 것 같다. 우리도 꼭 한 번 더 들르자며 약속했거든.

순창고추장마을

끼니때를 또 놓쳤다. 그러니 늦은 점심이다. 김용순 본가에서 산채비빔밥 된장찌개를 시켰다. 밑반찬이 이 정도다. 연근, 도토리묵, 메추리알, 매실, 감자볶음, 죽순, 깻잎, 무장아찌, 콩나물, 상추겉절이, 김치. 모두 신선하고 맛깔스러웠다. 반찬그릇을 싹 비웠다. 아마 밥은 반 이상 남겼을걸.

순창고추장마을은 기대에 많이 못 미쳤다. 오래전에 보았던 그 모습 그 방식에서 한 걸음도 더 나아가질 못한 것 같아 아쉬웠다. 변한 것이, 발전한 모습이 보이지 않았다는 얘기다. 내 눈엔 새로움은 더 멀어지고 장삿속만 보이는 퇴락해가는 모습이었다.

발효의 고장 순창. 햇볕에 잘 말린 태양초. 장인의 손맛이 어우러진 된장과 고추장. 그것 말고는 내세울 게 예전에도 그랬지만 지금도 내 눈에는 보이질 않는다. 외국관광객을 불러들여 우리의 맛을 알리고 지갑을 열게 할 묘안이 없는 것이다. 그걸 고민한 흔적을 찾아 볼 수가 없었다.

그들이 둘러보고 우리의 된장 고추장을 선물로 사 가도록 머리를 싸매고 궁리해야 관광대국으로 한 걸음 더 나아갈 수 있다고 본다.

우리는 딱 15분 걷다 지루하다며 되돌아섰다. 너무 실망스러운 모습만 보고 왔다. 그래도 빈손으로 자리를 뜰 순 없다며 고추장 작은 것 한통 사들었다. 이럴 줄 알았으면 강천산에서 더 오래 머물다 올걸 그랬나. 많이 후회했다.

순창 S 모텔

순창 S 모텔

삼 례

삼례문화예술촌
대둔산
완주 모악산과 김제 금산사

삼례문화예술촌

2018년 10월 18일(목)

이곳은 맹꽁이가 터주대감이었다. 1920년 일본이 수탈한 양곡을 보관하기 위해 돌, 벽돌, 콘크리트, 블록을 쌓는 방식으로 지었다. 건물 2동과 일본식 목조건물 4동의 양곡창고를 개조해 만든 삼례문화예술촌이다.

우린 모모미술관으로 자연스럽게 발길이 가네요. 홍대미대교수들의 '내일을 향하여', '생의 순환'. 과 와이어를 활용한 '사뿐사뿐', '거울 앞의 여인', '늑대와의 춤' 같은 작품을 선보였다. 나는 여인의 입술을 다양한 모습으로 묘사한 작품이 더 눈에 쏙 들어오는 건 아직도 수컷이고 싶은 마음이 있기 때문이겠다.

디지털아트관은 설 교수가 삶을 고민하면서 그 속에서 새로운 조각기능을 발휘한 작품들로 가득했다. '5형제 두꺼비', '한 여자 두 남자' 등 작품은 주로 동물의 형상을 의인화한 것들이었다. 늑대, 여우, 고양이, 곰도 등장한다. 특히 밥그릇을 지키는 충견과 예술가들이 밤의 작품 활동을 빗댄 올빼미의 작품이 맘에 쏙 들었다.

김상림 목공소는 조선목수들의 목가구를 재현한 곳이다. 망치, 끌, 대패, 칼, 자귀, 톱, 먹통 등 낯익은 연장들이 보인다.

책 공방에선 지역주민들이 와서 책을 읽고 나만의 책을 만들기도 한다는데 책에 대한 모든 것을 보여주고 있었다.

'소극장 시어터에니' 는 지역주민들이 참여하고 즐길 수 있도록 만든 복합예술 공간이었다. '신인종' 의 사물놀이를 영상으로 보여주었고, 정원공간에는 맹꽁이, 사마귀, 달팽이, 도롱뇽을 모자이크 처리하여 전시한 이색적인 작품들로 채워 놓았다. 맹꽁이의 서식지가 일제에 의해 파괴된 곳을 다시 되살리려는 애틋한 마음도 보았다.

'문화카페 뜨레' 에서 누군 페퍼민트, 난 아메리카노를 마시며 전라도 1,000년의 의로운 정신을 끄집어내는 데는 성공했지만 결국 아는 만큼 보인다는 진리만 깨달았을 뿐이다.

마냥 여유 부려도 느려 보이지 않고 흉이 되지 않는 공간. 삶에 대한 희망을 버리지 않는다면 이곳은 우리의 미래다.

대둔산

'삼례 책 마을' 에서 책거리를 걷다 우연히 눈에 뜨인 집이다. 길이 너무 좋아, 너무 멋져. 조금만 더, 그렇게 걷다 만난 백반집이다. 향우백반을 시켜 깔끔하게 설거지까지 하고 나왔다.

대둔산 가는 길은 바쁘거나 설레지도 않으면서 심쿵하게 하는 매력이 분명 있었다. 56km를 달린다는 것만으로도 행복했다. 모텔 같던 예전의 모습이 아니었다. 깔끔하게 꽃단장하고 친절함까지 갖추었으니 분위기를 확 바꾼 것이다. 아쉬움은 언제나 술찌거미처럼 남기 마련이니 신경 쓸 건 없다. 구름 한 점 없고 코가 싱그럽다면 가을 날씨라면 이보다 더 좋을 수는 없다.

케이블카에선 원효대사가 3일간 머무르며 기도했다는 동심바위, 북쪽을 향해 장군이 절을 하는 모습이라는 장군바위는 어쩌고저쩌고 스피커를 타고 흘러나오는데 주위가 어찌나 시끄러운지 잘 들리질 않아 포기했다.

전망대까지 가는 시작점에서 철 계단을 걸어 금강구름다리까지 올라갔다. 더는 급경사라 사양하고 싶다는 아내의 말에 동의했다. 올라서면 더 기분이 좋을 건 알면서도 선뜻 나서지 못하는 건 그만큼 경사가 급하니 발을 헛디딜 경우를 생각 안 할 수가 없었다.

기암괴석에 단풍뿐이겠습니까. 녹색의 자연에 가을 풀꽃까지 보탰다면 자연의 오케스트라지요. "어-머!" 하는 탄성이 절로 나오네요. 정상을 밟지 못한 아쉬움이라니요. 무리일 것 같다면 피하는 것이 최선의 선택입니다.

옥상쉼터에서 호떡 하나 입에 물고, 휴게소에선 쌍화차 한 잔. 아무 의미 없을 것 같은 대화, 저녁은 식당에서 산채비빔밥을 시켰는데 나물비빔밥을 먹었다.

완주 대둔산호텔 214호

완주 모악산과 김제 금산사

<u>2018년 3월 5일(월)</u>

완주 모악산은 비가 변수였다. 일부로 숙소도 예약 안 했다. 봄 가뭄이 심하다보니 적당히 오다 말라 할 수도 없고, 그렇다고 시원하게 쏟아 부으라 할 수도 없는 처지. 여행은 끝 날이 가까울수록 심신도 피곤한 법이다. 하루를 여유 두고 다니는 이유다.

모악산도립공원을 내비에 치고 갔더니 김제시 모악산 금산사에 내려놓는다. 모악산은 한국의 곡창으로 불리는 김제와 만경평야를 발아래 두고 있는 산이다. 그곳에 흘러드는 물의 근원이기도 하다.

그러니 어머니 산이랄 밖에. 비는 그칠 생각이 없는 모양이다. 이곳은 호남미륵신앙의 본산이다. 중생들을 깨달음의 길로 인도해달라고 기도하고 참회하는 실천신앙의 절이란 뜻이란다. 금산사는 돌로 된 거북이가 대웅전을 지키고 있었다. 3층 미륵전부터 보고 갈 생각이다.

자청한 문화해설사는 육각다층석탑 앞에서 끝을 볼 생각인 것 같다. 3

층 목조건물에 계신 미륵부처님 이야기며, 수계법회를 거행할 때 사용했다는 방등계단이 통도사와 이곳 두 곳에만 있다는 것까지 일러준다. 누구나 부처님 뜻대로 살겠다고 맹세할 수 있는 곳이라 붙여진 이름이라고 한다. 그 방등계단 위에 세워진 오층석탑은 백제 땅에서 유행했던 백제 석탑의 대표작이다.

"비 때문에 잘 들리지 않아서 우리가 그냥 둘러보고 갈게요." 대적광전의 뒤편에 있는 나한전, 조사전, 삼성각까지 둘러보고 나오면서 깨달은 건 더 이상 비와 맞서선 안 되겠다는 거였다. 오후부터 갠다는데 잦아들 기미가 보이질 않는다.

왕건도 이곳에 유폐된 견훤을 빌미로 후백제를 멸망시켰고, 동학혁명의 기치를 든 전봉준도 모악산이 길러낸 인물이다. 그 금산사는 우리 마님 한 마디로 끝을 냈다. "이제 그만 갑시다." 난 핸들을 서울 방향으로 확 꺾었다.

완주 대둔산호텔

익 산

익산 고분군과 미륵사지석탑

2016년 5월 8일(일)

욕심은 끝이 없다고 한다. 아빠는 황등비빔밥을 먹고 오면서 선짓국 한 그릇은 먹고 왔어야 하는데 그러며 아쉬워했다. 배가 불러 더 주어도 못 먹을 거면서 가끔 이렇게 욕심 부릴 때가 있다. 토렴한 밥에 콩나물 그리고 육회가 고명으로 올려졌다. 돼지비계를 넣어 먹는 것이 포인트다. 시금치나물, 채 썬 파가 전부.

오류동마을 뒷산, 함라산이 있는 입점리 고분군에 가서는 전시관을 먼저 보고 고분군을 둘러보기로 했다. 금동관과 금동신발이 출토되었다는 고분이 있는 함라산이다. 정상까지 올라갔다가 따스한 햇살 받으며 걸어 내려왔다.

6세기 중엽 이 일대 최고의 세력으로 군림한 사람의 무덤으로 추정되는 입점리 86-1호분을 보고, 금 귀걸이 등 출토된 유물의 양이 가장 많다는 98-1호분 까지 둘러보는데 한 시간 가량 걸렸다. 우린 바쁠 것 없으니까.

딸아!

우린 국보 11호인 익산미륵사지석탑도 보았다. 해체 복원되고 있는 모습과 미륵사지 경내의 엄청난 크기에 놀라며 유물전시관까지 보며 걸은 것만으로도 우리 부부에겐 로또 맞은 기분이었다. 먼 훗날 완전히 복원된 모습을 보고 싶다는 욕심은 버리기로 했다. 이곳처럼 휭 하니 너른 공간에 주춧돌만 널려있을 것이 뻔한데, 굳이 '왕궁리 유적' 까지 보러 갈 필요 있겠냐며 숙소로 바로 가자고 조르는구나. 못 이기는 척 했지만 실은 나도 같은 마음이었다.

아빠 맘을 알아서 대변해주니 얼마나 고마운지 모르겠다. 진안에 들어서니 잔뜩 찌푸린 날씨에 비까지 부슬부슬 내리기 시작하고 물안개가 온 천지를 뒤덮고 있었다. 날이 저물려면 아직 시간이 있는데도 우린 한밤처럼 느긋하게 호텔방을 꿋꿋이 지키고 있었다.

진안 홍삼스파

장이와 선화공주의 '미륵사지'

2019년 2월 12일(화)

장이 서동과 신라의 선화공주가 주인공인 드라마 '서동요' 를 재, 재방송까지 보며 둘의 알콩달콩 사랑 이야기와 긴박한 삶과 죽음을 오가는 인생역전을 보았는데 궁금한 것이 왜 없겠는가. 그래서 서동(薯童)으로 불리는 무왕과 선화공주(善化公主)와의 설화가 깃든 절터를 찾아가는 길이다.

"순수한 사랑을 한 서동과 선화공주. 이를 정략결혼으로 이용하려는 신라의 얕은 술수에 마음고생이 심했을 선화공주는 결국 병을 얻어 앓아 눕게 되고 백제무왕의 품에 안겨 숨을 거둔다는 그 곳으로 모셔다 드릴랍니다. 마님 어때요?"

우리 마님 좋아 죽는다. "정말이요. 고마우셔라." 그러셨으니 단연 이번 여행의 하이라이트는 마지막 선화공주가 장이의 품에 안겨 숨을 거두면서 여기다 미륵부처를 모시면 서동과 모든 영혼들의 극락왕생을 빌게 될 거라고 했다던 그 곳일 것이다.

지금은 터만 남았다는데 어딜까. 거기가면 드라마가 새록새록 생각나겠지. 그랬는데 거기가 거기지 뭐에요. 미륵사지석탑이라고. 2016년 5월에 보고 간 곳. 삼국시대 절 가운데 백제의 절로는 최대의 규모이니 그 복원도 마찬가지겠다며 "우리 부부가 완성된 미륵사지를 다시 보러오긴 쉽지 않겠네." 그러며 돌아섰던 기억이 난다. 동시에 아내 보기가 민망해서 얼굴 들 수가 있어야지요. 이게 다 무지의 소치라는 거 아닙니까. 도대체 뭘 보고 다닌 건지 원.

'백제무왕이 왕비와 함께 사자사(獅子寺)에 행차하였을 때 용화산(龍華山) 아래 큰 못가에 이르자 미륵삼존(彌勒三尊)이 나타났으므로 수레를 멈추고 경의를 표하였다. 왕비가 왕에게 이곳에 절을 세우기를 청하였으므로 지명법사(知命法師)의 도움으로 못을 메워 절을 창건하고 미륵사라 하였다.'

삼국사기에는 미륵사탑에 벼락이 떨어졌다는 기록이 있고, 조선 태종임금 때는 보경사(菩慶寺), 진구사(珍丘寺)와 함께 나라에서 자복사찰(資福寺刹)로 지정된 것으로 보아 이때까지는 사찰이 있었던 것 같다.

사찰의 남은 것이라곤 돌무더기뿐이던데 호텔시설은 특급호텔이었다.

익산 웨스턴라이프호텔 905호

익산 서동 생가터 마룡지

2021년 4월 29일(목)

일기예보에는 황사가 밀려오니 KF94 마스크를 꼭 쓰고 나가는 게 좋겠다고 권한다. 내가 좀 지체됐나보다. 우리 언제 나가냐고 묻는다. 준비되면 떠난다고 한 시간이 7시 반. 시골여행 때는 아침 거르기가 십상이다. 그런데도 요즘 준비가 점점 소홀해지는 것 같다. 아침은 굶기로 했다. 귀찮은 게 이유다. 나이와 게으름은 비례하는 모양이다.

연못에 안개가 자욱한 어느 날, 못에서 출현한 용을 한 여인이 품었다. 입덧이 시작되었다. 익산의 운명을 바꾸는 전설의 입덧이었다. 백제무왕, 서동의 탄생설화의 배경인 마룡지는 큰길가에 있었다.

서동은 마룡지 연못을 뛰놀며 어린 시절을 보냈을 것이다. 어렵게 마를 캐며 홀로된 모친을 모시던 서동. 지금도 동네 사람들은 서동이 마시고 컸을 용샘을 마을 우물로 쓰고 있다고 한다.

홍연이 핀다는 연못가를 걷는 길이 무왕길이다. 연못가로 아름드리 버드나무의 당당한 모습에 자꾸 눈이 간다. 버드나무 가지에 바람이 불면 그림자가 수면 위에서 출렁이는 것이 마치 용이 승천하는 것 같더라는 표현이 실감날 정도로 대단한 위용을 자랑했다.

오늘은 백로와 흑로 한 마리씩이 연못에서 놀고 있는 것을 보고 왔다. 철이 되면 연못에는 홍련이 필 테고 이른 아침에 오면 수련이 피어있는 모습이 용의 붉은 혓바닥 같더란 표현에 감동할지 누가 알겠는가. 오늘은 아니었다. 홍련이 꽃을 피우는 모습을 보려면 6월까지는 기다려야 할 것 같다.

마룡지의 풍경을 보고나면 여행자는 허탈할 수도 있다. 그러나 오래 전 사라진 백제의 이야기를 듣고 볼 수 있다는 것만으로도 상상의 날개는 얼마든지 펼 수 있다.

어디를 가든, 자연이든, 건축물이든 꽉 차 있는 모습만 보는 게 여행인데, 오늘은 백제의 황혼을 둘러보는 여행이니 보는 것보다 생각할 것이 훨씬 더 많은 여행이었다.

익산 쌍릉

마룡지에서 2.5km 가면 백제무왕 서동과 신라의 선화공주무덤으로 추정되는 쌍릉이 있다. 입구에서 오른쪽으로 걸어 들어가서 서동의 대왕릉을 보고 나왔는데 선화공주의 소왕릉은 공사 중이라서 능 모습조차 보지 못했다.

능을 둘러싸고 있는 우거진 소나무 숲이 장차 볼거리가 될 것 같다. 수령으로 보아선 역사의 흔적을 찾아볼 순 없지만 세월이 흐르면 많이 달라져 있을 것이다. 익산과 무왕의 인연이 어디 여기뿐이겠는가. 익산은 부여, 공주와 함께 세계문화유산으로 지정되었다. 이제 공은 역사학자에게 넘어갔다.

백제의 화려했던 문화를 되살리는 것은 그들의 몫이다. 쌍릉의 출토유물과 현실의 규모 및 형식이 부여의 능산리고분과 비슷하다는 것 외엔 속 시원하게 밝혀진 것이 아직은 없다니 안타깝다.

쌍릉 옆에는 산 기[illegible] 쌍릉공원이 있었다. 수자장에서 공원에 들어서면 바로 정자가 보인다. 그곳에 걸터앉아 불어오는 시원한 바람을 온몸으로 맞아야 제 맛이다. 그 다음은 길 따라 찬찬히 걸으면 된다.

능을 닮은 문양이 자주 눈에 뜨이는 것과 정자의 너와지붕과 맷돌모양의 주춧돌과 댓돌을 사용한 것에 눈길이 자주 간다. 쌍릉이 좁다 싶으면 공원을 산책해보는 건 어떨까. 답답함이 조금은 풀리지 않을까.

익산 왕궁리유적

쌍릉에서 3.1km 더 가면 왕궁리유적이다. 백제무왕 때는 궁성으로 사용하였으나 폐망 후 통일신라시대엔 궁을 사찰 터로 전락시켰다고 한다. 그래도 백제왕궁의 흔적이 남아있다고 하니 불행 중 다행이지 아닌가.

발굴현장을 살펴보면 궁궐담장의 길이가 남북 490m, 동서 240m 담장의 폭이 3m로 일부 복원한 것이 보인다. 주춧돌이나 그 흔적이 남아있었기에 정전이며 건물터 그리고 정원, 후원, 화장실을 살려 낼 수 있었던 것이다.

전시관은 내부 확장공사 중. 유적탐방 할 때는 직선이 아니라 지그재그로 걷는 것이 좋다. 많이 걸을 수 있어서다. 걷기 시작하자 제일 먼저 눈에 들어오는 것은 양쪽으로 늘어선 야트막한 궁궐 담장. 거기에 궁궐의 물 빠짐을 위한 수구와 배수로도 복원해 두었다.

계단을 올라가면 버드나무가 가득한 왕궁터의 정원이 있고 중앙 계단을 더 오르면 미륵사지 석탑을 본떠 만들었다는 백제의 5층 석탑이 우뚝 서 있다. 그 뒤로 대형건물터며 크고 작은 건물터들이 수없이 나타난다. 우리 눈에 보이는 건 주춧돌뿐인데도 상상이 가능하니 희한한 일이다.

백제가 패망하자 신라는 왕궁을 부수고 그 자리에 사찰을 지었다고 한다. 백제인의 기백에 엄두가 나지 않아서였을까. 아니면 종교의 힘을 빌어 삼국의 진정한 통일을 기원하고 싶어서였을까. 사라진 궁궐을 보고 있으면 궁금한 것이 한두 가지가 아니다.

노년의 삶은 자기하기 나름이라고 한다. 그러니 시간을 내어 이 아름다운 역사적 흔적을 둘러보며 걷는 것만으로도 얼마나 행복한 일인가. 즐거우면 노래 부르고, 힘이 들면 쉬었다 가면 된다.

익산 용포 곰개나루의 길손식당

오늘의 실수는 공원에 대한 개념차가 아니라 당황하는 바람에 벌린 에피소드로 치부해야 할 것 같다. 세대 간 음식뿐만이 아니라 놀이문화 차이도 크다는 걸 알았다.

입점리 고분군은 차창으로 흘려보내고 용포면에 있다는 식당으로 올인했다. 민생고를 해결하는 것이 먼저여서다. 실은 나루터공원을 찾아가는 길목에 있다기에 먼저 민생고를 해결하려는 것뿐이다. 아침 5시부터 문을 연다는 길손식당이다.

가정식이었다. 산채정식백반, 김치찌개도 있지만 아내에게 뭘 먹겠냐고 물었더니 아무거나. 그러기에 잘됐다 하곤 내가 좋아하는 돼지고기볶음을 시켰다는 거 아닙니까. 시장도 반찬이라고 무시할 순 없지만 맛에 관한 타의 추종을 불허하는 것은 맞다. 배추된장국의 시원함이야 말할 필요도 없고, 간장베이스의 생나물무침의 간도 과하지 않았다. 무나물이며 겉절이는 또 어떻고. 메인인 돼지고기볶음까지 입에 댕긴다며 아내는 젓가락을 놓칠 못했다. 내 입엔 약간 맵던데….

용포곰개나루는 생각했던 그런 곳이 아니라는 것만 보여주었다. 젊은이들과 우리 부부는 여행문화가 오십보백보로 별반 다르지 않을 거라 생각했었다.

몸이 즐거워야 하는 건 같은데 젊은이들과 달리 우린 다리가 고단해야 좋은 여행이다. 코로나 때문에 젊은이들이 많은 곳은 의식적으로 피하는 습관이 있다. 서 선발로 돌아가라고. 우린 주차장에 차를 세우지도 않았다.

익산 숭림사

곰개나루와 맞바꾼 곳이 바로 숭림사다. 가는 날이 장날이라고. 큰길에서 멀지 않은 일주문부터 벌목현장이다 보니 먼지는 폴폴, 지저분하고 시끄럽고 쌓아놓은 나무들로 주차공간도 어수선했다. 그렇다고 되돌아설 수도 없고. 6~70m 걸어 올라갔더니 사찰 주변도 다를 것이 없었다. 경내도 온통 벌목하느라 기계톱소리가 요란했다.

숭림사는 함라산둘래길과 연계돼 있어 걷기 좋은 곳이라고 해서 찾아갔는데 벌목현장이다 보니 먼지만 잔뜩 뒤집어쓰고 왔다.

익산중앙시장은 6시 반이면 일몰시간이 한참 남은 시간인데 조용하다. 상점이 모두 문을 닫았다는 얘기다. 남은 식당은 배달전문식당처럼 보이는 '나라온 자장' 딱 한곳. 선택의 여지가 없으니 고민할 것도 없다. 실은 익산이 된장자장이 유명하다 해서 큰 맘 먹고 나왔는데.

유미자장을 붉은 플라스틱그릇에 내왔는데 어째 꺼림칙했다. 바로 옆 좌석의 술 취한 손님까지 신경이 쓰였다. 찜찜해서 마스크를 벗어야 되나 말아

야 하나 조심한다곤 했지만 마음고생 좀 했다. 12,126보

익산 그랜드펠리스 호텔 703호

익산 웨스턴라이프호텔, 그랜드펠리스 호텔

임 실

임실치즈벨리

<u>2016년 5월 9일(월)</u>

여행 중에 가장 염려되는 것이 있다면 그것은 컨디션이 안 좋을 때다. 그날이 오늘인 것 같다. 아침부터 비 왕창 뿌릴 것 같은 꾸물꾸물한 날씨 탓도 있지만 몸이 무겁다. 호텔식당에서는 아메리칸 스타일까지 소태맛이더라. 한마디로 입맛까지 잃었다는 얘기다.

아프지 않으면 움직여야 하는 것이 또한 여행이다. 그런 마음가짐이 있어야 잊고 훌훌 털고 일어날 수 있다. 여행의 재미가 다운됐을 때 가끔 있을 수 있는 일이긴 하다. 분위기 바뀌면 달라질 수 있으니 크게 염려 안 해도 된다.

오늘은 임실치즈테마파크를 찾아가는 길이니 기대해도 되지 않을까. 우린 아이들처럼 풀밭을 뛰어다니지는 못했지만 이곳저곳 그야말로 발길 닿는 곳은 다 걸어 다니지 않았나 싶다. '도레미송' 언덕에 올라가서는 테마파크의 전경은 물론 새로 공사를 시작한 어린이놀이터와 꽃동산까지 한눈에 내려다 볼 수 있어 좋았다.

당기더라. 그래 치즈요구르트와 치즈아이스크림을 사먹었다. 달달한 것이 깔끔한 맛까지 보태니 맛이 좋더라. 우리 같은 여행 족만 찾아오는 곳은 아니었다. 휘 둘러보고 가는 단체관광객들도 있고, 잔디밭에서 야외행사를 치루는 사람들까지 다양했다. 세미나에 참석한 청년농부들을 보니 축산농민들의 미래를 보는 것 같아 흡족했다. 컨디션 난조는 벗은 것 같다.

옥정호

국사봉전망대를 내비에 걸고 달리는 중이다. 27km. 안개비 때문이겠지만 가는 길의 자연이 싱그럽단 표현도 부족했다. 살아 꿈틀대는 걸 느꼈다. 전망대 3층 누각에 올라서서 보니 옥정호는 보일 듯 말듯, 마치 찬 물속에서 천년을 살면 용이 된다는 이무기가 살아 있을 것 같은 분위기였다. 물안개가 거들긴 했겠지만 여기 와서 보면 신비롭다는 단어의 의미를 알 것 같은 그런 경치가 정말 끝내주었다. 네 엄마도 "어머 정말 멋있네!" 를 연발하며 감탄사를 아끼지 않았다.

조선 중기에 한 스님이 옥정리(玉井里)란 마을을 지나다가 이곳이 "머지않아 맑은 호수, 즉 옥정이 될 것" 이라는 예언에 옥정호로 명명하였다고 한다. 그 물을 담수하고 있는 댐이 섬진강댐이다. 임실군과 정읍시가 이 호수의 개발을 두고 다툼이 잦다고 들었다.

1928년에는 호남평야에 농업용수를 공급하기 위해 이곳 물줄기를 가로막은 운암제(舊댐)가 있었고, 1965년에는 용수량 확보를 위해 다목적댐(新댐)을 건설하면서 운암호, 섬진호로 불리기도 한다는데 오늘은 신비로움 그 자체였다. 마이산 데미샘에서 발원한 물줄기가 모여모여 자연의 비경까지 고스란히 담아내고 있으니 마이산 가는 길이면 꼭 들러보고 가라고 엄지 추첨하고 싶은 곳이다.

아쉬운 건 남매인 듯 보이는 중년의 네 사람이 3층 누각에서 아무 죄책감 없이 삼겹살을 구워 먹고 있는 것이다. 이곳을 잘 아는 지역주민일 테지만 부럽다는 생각과 이마에 주름살 잡히는 불쾌감을 동시에 느꼈다. 저러다 불 나면 어쩌려고.

사실 해발 747m인 국사봉은 몇 걸음 걷지 않아도 오를 거리인데 뿌리는 빗방울 때문에 거두었다. 날씨 탓이라고 우기고 싶지만 컨디션이 안 좋아 그랬다. 많은 여행의 시작점이지 않니. 컨디션 조절을 잘해야 한다며 전망대에서 본 것으로 끝내기로 네 엄마와 의견일치를 보았다. 눈빛만 봐도 알 수 있다.

입석산장과 용담호 쉼터

열심히 알아서 간 수어촌붕어찜 식당은 폐업했더라. 관광공사에서 일러준 운암면에 있는 옥정가든은 여기서 6.4km지만 가보기로 했다. 그런데 그만 차머리를 잘못 들이미는 바람에 상황이 반전했단다.

2km 쯤 가서 차를 돌리려고 했는데 '입석산장' 이란 간판이 보이지 않겠니. 여기에서 8.4km를 가서 붕어찜 먹고 다시 되돌아와야 하는 것이 갑자기 부담되더라. 기다리는 사람이 있는 것도 아닌데 꼭 그럴 필요까지 있을까. 그러니 답이 나오데. 밥상을 어디다 차린들 맛이야 그만그만하겠지. 뭐 특별할라고. 그래서 바꿨다.

"산골인데도 차가 여러 대 서있는 걸 보니 맛없는 집은 아닌 모양이다. 여기 들어가지요. 뭐."

엄마가 은근히 압박을 하는 거 있지. 갓길에 차를 세웠다. 오는 길에 붕어찜에 필이 꽂혀 내내 입맛을 다시다보니 배가 고프기도 했다. 시래기를 깐 붕어찜은 양념을 잘해서 정말 맛나데. 붕어는 아마 옥정호에서 잡은 건 아닐걸.

64km를 달려가니 진안 읍내. 그리고 가까운 용담호 쉼터를 찾아가기로 했다. 비가 계속해서 내리는 건 아니니 운전하거나 산책하기엔 좋은 날씨임

엔 틀림없다. 따가운 햇살이 없으니 엄마로부터 선크림 바르라는 잔소리를 안 들어서 좋았다. 너 그 잔소리 반복해서 뿌리치는 것도 쉽진 않다. 그래도 많이 들어주는 편이다.

참으로 한적한 곳이었다. 용담댐을 만들면서 수몰된 청천면, 상전면 주민들과 추억을 공유하고 싶은 현대판 실향민들의 애환이 담긴 곳이었다. 기억과 추억을 되새기겠다고 용담호사진관을 만들었는데 월요일다보니 찾는 사람이 아무도 없네.

방명록을 보니 어제 그제는 황금주말인데도 고작 10명 안 밖. 용담호는 끈적끈적한 인연을 끊기가 쉽진 않겠지만 서서히 잊히겠고. 읍내 사람들은 드라이브코스와 쉼터로 젊은이들은 데이트 코스로 역할이 바뀌지 않을까.

읍내에 들어가니 마이산이 숨바꼭질을 하자고 조르는 것 만 같다. 비구름 뒤로 숨었다가 빠끔히 얼굴을 내밀었다간 머리카락 보일라 숨바꼭질하자고 한다.

방을 옮겨주었다는 종업원 말에 시큰둥했는데 웬걸 마이산이 물안개 사이로 한 눈에 들어오는 방이었다. 마이산의 모습이 신비롭기까지 했다. 피로가 싹 풀리는 것 뿐 아니라 기분만큼이나 기대도 업 되었다. 내일은 마이산을 넘을 수 있는 날씨였음 좋겠다.

진안홍삼스파호텔

임실 왕의 숲, 성수산 상이암

2021년 4월 27일(화)

하늘의 소리를 듣는 곳이라는 성수산 상이암이다. 드라이브하기 좋은 날. 따뜻한 날씨에 누군가가 하늘에다 오리털까지 뿌려놓았으니 집 떠난 나그네가 뭘 더 바랄까. 전형적인 봄 날씨다. 왕의 숲이라 불리는 성수산을 내비에 찍고 차문을 열었다. 32km를 달리는 드라이브의 시작을 알리는 신호였다.

성수산은 해발 876m로 산의 형세가 아홉 마리의 용이 구슬을 물려고 다투는 형국이라고 한다. 도선대사는 왕건의 아버지 왕윤에게 백일치성을 권유하여 고려 건국의 대업을 이루는 계시를 받게 했고, 태조 이성계는 무학대사의 권유로 이곳을 찾아 3업을 깨닫고는 삼청동(三淸洞)이란 글씨를 남겼다는 곳이다.

상이암은 드라마 '정도전' 에 소개된 후 KBS에서 다큐까지 방영되면서 유명해졌다고 한다. 동학혁명, 의병활동, 한국전쟁을 치르면서 불타고 다시 중건하기를 되풀이 한 기구한 운명의 암자다. 상이암까지 가려면 입구부터 가파른 오르막을 올라가야 하는 험난한 코스가 기다리고 있었다.

900m 지점부터 걸었다. 어찌나 가파른지 대수롭지 않게 생각했다가 엄청 고생하긴 했지만 그만큼 보람은 있었다. 이성계의 글씨를 보관한 삼청각에서 삼청동이란 글씨를 읽고서야 도착했음을 실감했다. 그 쾌감은 그야말로 짱이었다. 뿌듯하면서도 가슴 벅찬 만족감은 이루 말할 수 없을 정도로 컸다. 힘들게 올라왔더니 몇 배의 행복을 얻어갈 것 같은 기분이었다.

상이암은 바위가 일주문이었다. 산신각의 산신령 얼굴이 이성계의 용안이라는 설도 있어 보고 싶긴 하다. 뿐인가. 소원하나는 빌고 내려갈 법도 하건만 힘들게 올라와선 무심하게 내려왔다. 암자(도량)가 범접할 수 없는 기운이 느껴져서 그랬나. 경내에 들어설 엄두도 못 냈다. 처음 겪는 일이라 당황했다. 기운이 너무 세서 그런지는 몰라도 우린 삼청동 전각 앞에 서 있다 돌아섰다.

우린 주변 산천과 바람소리만 듣다 왔다. 숨은 비경이란 이런 곳이다. 왕의 숲이라는 성수산 품에 안길 용기를 가진 것만으로도 산의 기운을 다 받은 느낌이었다. 그런 곳에 관람료 내란 사람도 없으니 얼마나 좋은가. 인적이 드문 산. 싱그러울 정도로 푸르른 나무, 새와 풀벌레, 산과 계곡을 타고 지나가는 바람소리. 정원이 아니라 자연 그대로의 모습만이 있어 좋았다.

올라갈 때는 몸이 지끈거리고 뻐근하던 무릎이 내려올 땐 어라! 몸이 가뿐한데. 그랬다면 소문을 무시할 수는 없는 거 아닌가. 내가 그랬다.

임실 오수 의견공원

오수면은 먼 옛날 산불로부터 주인을 살리기 위해 몸을 강물에 적셔가며 오가기를 수 백 번. 주인을 살리고 산화한 의견 이야기가 전해 내려오는 애견인들의 고장이다. 주인이 그 개의 무덤에 지팡이를 꽂아두었는데 그 지팡이가 자라 느티나무가 되었다고 한다.

그 오수의견공원을 다녀왔다. 요즘 떠오르는 오토캠핑장이 아니라, 잔디밭을 골프파크와 워킹트랙으로 꾸민 아이디어가 돋보이는 공원이었다. 우리가 보기엔 오수의 못, 의견비를 배경으로 한 철쭉동산이 공원의 명물이었다. 철쭉꽃이 한창 아름다울 때이니 꽃에 취할 밖에.

공원은 충견들의 영원한 안식처로 꾸몄다. 신라시대, 이 지역에 살던 토종견인 '오수견' 을 비롯해서 영국 에딘버러에서 태어났다는 '보이' , 미국 알래스카의 '알토' 등 충견들의 동상을 세우고 기리는 작업을 했다. 우린 트랙을 걷고 동상 주변 벤치에 앉아 잠시 여독을 풀고는 오수천을 끼고 달렸다.

임실 둔데기 마을

둔데기 마을 입구에는 느티나무와 둔덕정(屯德亭)이 있다. 우린 그 주변에 주차하고 마을은 걸어 들어갔다. 따스한 햇살 탓인지 둔데기 마을은 닭이 알을 낳고 품는 둥지 같아보여서 인진 몰라도. 어미 품을 찾아드는 병아리 같단 생각은 했다. '이 웅재 고가' 는 누구나 한눈에 알아볼 수 있는 곳에 있었다.

둔덕리에 맨 처음 들어와 살았다는 효령대군의 증손인 '이 담손' 이란 사람이 지은 집으로 안채, 사랑채, 대문채의 ㄷ자형가옥이었다. 가옥이 낡고 퇴락하긴 했지만 위엄은 그대로였다. 조선시대 이 지방 사대부의 주거생활을 잘 보여주는 가옥이라고 한다.

집 안을 둘러보다보니 본채 뒤쪽에 은밀한 공간이 또 있었다. 아마 여인들의 공간이었을 것으로 짐작되는 곳이다. 오늘은 방마다 문을 떼어 헌 창호지를 새 창호지로 바꾸는 작업이 한창 진행 중이었다.

임실 옥정호 산장

'옥정호 산장' 은 옥정호 나들이 맛집으로 꽤 유명세를 탄 식당이다. 백여 대는 너끈히 주차할 수 있는 주차공간이 있고, 때가 한참 지난 시간인데도 손님들이 끊이질 않는다.

온도 체크하고, 쓰고, 앉으면 종업원이 달려와선 메뉴판을 두고 간다. 우린 붕어찜. 얼큰하다면서 땀을 뻘뻘 흘리며 시래기까지 요절을 냈다. 붕어찜냄비의 바닥을 보고서야 일어났으니 설명이 필요할까. 매운 음식은 위에 해롭다는데 매워도 맛있으면 다 용서가 되더구나. 아쉬움이 있다면 그 많은 반찬에는 곁눈질 한번 주지 못했다.

카페 '미스터' 에선 나의 소중한 사람과 옥정호를 바라보며 차 한 잔 마시는 여유를 부르며 분위기를 즐겼단다. 옥정호가 오늘은 손에 닿을 듯 가까웠다.

물안개와 함께 주변의 산세가 어우러져 빼어난 경치에 눈을 뗄 수가 없더라는 평을 많이 들어봤다.

국사봉 전망대 나들길

제 1, 2 국사봉전망대 주차장. 우리가 머뭇거리고 있는 사이에 젊은 한 쌍이 앞서 걷는다. 부지런히 뒤따라갔다. 길이 낯설 땐 이것도 괜찮은 방법이다. 숲 향기에 취해 계단을 내려가다 보면 보이는 섬이 붕어섬이란다. 한 치의 오차도 없이 마치 그려놓은 것 같은 진짜 붕어 모양으로 여름으로 가는 5월~7월이 가장 아름답다고 한다. 근데 붕어처럼 이라니요. 내 눈엔 일반 섬들과 별반 달라 보이지 않았다.

그들은 앞서가고 우린 뒤따르는 모습이었다. 내려온 계단으로 다시 올라가지 않고 다른 길로 간다. 뒤따라가긴 한다만 조금 불안하긴 했다. 데이트하듯 걸으면 우리도 따라하고. 지그재그 아니 미로 같은 코스를 걸으면 우리도 뒤 따라 걸었다. 거리가 점점 더 멀어진다. 느릿하게 걸으려고 애쓸 필요가 없어서였다. 산책하듯 데이트하듯 그렇게 걸었다. 한참을 걸으니 주차장이다. 신기하고 재미있었다.

더구나 요즘은 오동나무 꽃이 예쁜 계절이다 보니 눈이 호강했다. 예전엔 딸을 낳으면 오동나무 한 그루를 마당에 심었다고 한다. 그 딸이 장성하여 시집갈 때면 오동나무를 베면 장롱 하나를 마련할 수 있다지 않는가. 아무 땅에서나 잘 자라니 서민들의 집에선 보물 같은 나무였을 게다. 물자가 흔한 요즘 아이들은 알 리가 없겠지만.

내친김에 국사봉전망대로 갔다. 전망대에 올라가서도 붕어섬을 보았지만 내 눈엔 붕어처럼 생겼단 생각 1도 안 드니 어쩌면 좋냐. 잠깐 국사봉전망대라는 곳이 옛 용담도 쉼터 분위기던데 아닌가.

임실 물안개 길과 요산공원

임실의 물안개 길은 주변의 산세와 어우러져 때 묻지 않은 자연경관에 취해서 걸을 수 있는 멋진 코스라는 말에 생각 없이 계획에 넣었던 것이 나의 실수였다. 주차장이며 숙박 등 제반여건을 좀 더 알아보고 출발해야하는데 그걸 게을리 한 것이다. 다만 옥정호의 호반도로는 드라이브코스로 최적화된 길임을 알게 된 것은 이번 여행의 수확이었다.

물안개 길은 낯선 이에게 쉽게 길을 내주지 않았다. 그 곳이 일반인들에게 사랑받으려면 최소한 주차문제만은 해결되어야 한다. 숙박, 식당, 주차. 어느 것 하나 제대로 된 것이 없으니 큰맘 먹고 찾아 나선 여행객으로선 불안할 밖에. 지역주민이거나 산악회 회원들 말곤 걸을 수 있는 길이 아닌 것 같다.

요산공원은 나지막한 동산이라 친근감이 더 있다. 꽃잔디 공원이라 불릴 만큼 예쁘게 꾸몄다. 노약자들도 산책삼아 걸을 수 있는 곳을 우리라고 마다할까. 우리도 요산공원산책로의 아기자기한 맛에 끌려 걷는데 동참했다. 산책로를 따라 걸어보려는 관광객들로 제법 인기가 있었다.

요산공원과 붕어섬 사이에 연결다리를 놓는 공사가 한창 진행 중이다 옥정호를 찾는 관광객들이 나들이명소로도 손색이 없을 것 같다. 조용히 사색하며 걸을 수 있는 코스가 함께 해야 사랑받는 관광지의 요건을 갖추는 것이다.

옥정호의 추억은 땀흘려가며 붕어찜 먹은 것과 물안개 길을 걷겠다고 주차장을 찾아다니느라 애먹은 기억밖엔 없다.

임실 힐링 펜션 201호

임실 힐링펜션

장 수

장수 의암 충혼테마공원
장수 팔공산 팔성사
장수 논개생가
장수 장안산 군립공원
장수 신무산 뜬봉샘 생태공원

장수 의암 충혼테마공원

2016년 5월 11일(수)

마이산의 귀도 못보고 간다. 구름이 보여줄 생각이 없으니 별수 없다. 어제 산 찹쌀떡 한 개씩을 입에 물고 장수로 달리는 중이다.

매력이 많고 의미 있을 것 같아서 장수군의 논개사당을 찾아가지 않았겠니. 사당을 중심으로 공설운동장, 의암저수지, 의암 충혼테마공원을 몽땅 한 그릇에 담았더라. 작아도 여럿이 함께 있으니 쓰임새가 배가 되던데. 그 바람에 장수군의 첫인상을 너무너무 좋게 보았다.

공원에서 보면 공원 정상에 우뚝 서 있는 팔각정의 의암루가 한눈에 들어온다. 능선을 따라 걸으면 '사각정' 이 산세와 안성맞춤으로 능선에 앉힌 모습을 보고 감탄했다. 오! 정말 능선과 정자가 너무 잘 어울리더구나.

의암호에는 산책길과 연못도 만들고 연꽃을 심었다. 누구나 가볍게 걸을 수 있도록 했는데 안 걸을 수 없다며 걷는 네 엄마의 걸음이 너무 빠르다 했다. 그건 그만 보고 가잔 얘기다.

장수 팔공산 팔성사

"자기야! 서울에선 코로나가 겁나서 어디 나다닐 수나 있겠어요. 안 그래요? 그러니 우리 숨이나 편하게 쉬며 살게 지방 나들이 하는 건 어때요? 19일에 화이자 백신도 맞았겠다. 무릎치료도 경과가 좋겠다. 그럼 남은 건 서울을 떠나는 거네 뭐."

그 한마디에 아내는 목요일부터 짐을 싸던걸요. 나는 어깨춤을 추고. 그래요. 지인이 히말라야에서 400년마다 핀다는 Mahameru꽃을 카톡으로 보내오며 한 말이 기억나네요. 그 기운으로 좋은 일만 있으라고, 이참에 무릎재활 겸 꽃구경이나 다녀올까. 그리 떠난 여행이다.

팔성산은 백제 무왕 때 해캄이라는 스님이 창건하여 일곱 제자와 함께 8개의 암자를 지었다하여 붙여진 이름이라는 설과, 원효와 의상대사가 8명의 중국스님들과 함께 성적산에 거주하였다 하여 팔공산이라 불렀고, 그분들이 모두 깨달음을 얻어 성인이 되었다 하여 팔성사로 불렀다고도 한다.

S자 곡선의 가파른 언덕길을 두 번 돌아 숨 가쁘게 오르다보면 민들레와 질경이가 밭을 이룬 부도가 나온다. 연못과 원두막이 있고, 절을 둘러싸고 있는 길쭉길쭉한 소나무들과 은행나무가 철쭉 숲에 갇혀 있는 분위기가 좋았다. 수도도량, 범종각, 대웅전, 삼청각, 극락전, 설법전이 산세를 따라 빙 둘러치듯 서 있는 모습이 다른 절들과는 달랐다.

시원한 공기, 눈부신 햇살, 구름 한 점 없는 파아란 하늘까지 받쳐주어 그런가. 꽃밭이 아니라 작은 화원을 찾아 산책하는 것 같았다.

사과의 고장답게 사과 꽃들이 눈이 부시도록 고왔다. 그 먼 길을 달려 팔성사부터 찾았으니 불심이 대단하다 하겠지만 그건 아니다. 절은 손을 맞는 시간이 따로 없다보니 아침 이슬 맞으며 찾아도 넉넉한 품이 되어주어 그랬던 것뿐이다. 게다가 힐링 여행이니 그런 분위기에 젖는 것도 나쁘지 않겠단 생각을 했다. 이른 시간에 산 속에 있는 절을 찾아 한참을 걸어 들어갈 수 있는 곳이라면 금상첨화가 아닌가.

분위기에 젖을 수도 있고 마음이 평안해진다면 무얼 더 바랄까. 무언가 담아 갈 것 같은 분위기였다. 둘레 길은 물론 트레킹까지 마다않는 우리로선 절은 꽤 괜찮은 여행지다.

팔성사의 주차장에 청, 홍 단풍나무를 심어 주위의 편백과 소나무까지 숲의 멋을 살린 것이며 철쭉꽃이 손을 맞는 분위기가 예사롭지 않은데 금강역사가 일주문이라니. 절 마당에 서면 한 눈에 다 들어온다.

"옴마니 반매홈" 을 반복하면서 돌리면 모든 소원이 이루어진다는 '황금마리차' 는 아미타불불상 옆에 있다. 돌아가나 한번 돌려봤다. 절이 아담하고 아기자기한 걸 보면 여승들의 도량이다.

장수 논개생가

아점은 논개생가식당. 시장이 반찬이란 말을 실감했다. 씻은 묵은 지와 파김치, 시금치와 도라지나물, 오이무침과 된장범벅고추, 특히 동치미의 익은 맛이 좋았다. 고기를 구워먹었더라면 잘 익은 동치미의 참 맛을 보았을 텐데 아쉽다.

육회비빔밥 먹으러 들어가 놓곤 굽는 건 별루라며 육회 한 접시 시켰다. 육회는 간이 강하긴 해도 큰 접시로 수북이 얹어 푸짐하다. 그런데도 입에선 자꾸 댕겨 젓가락을 놓을 수 없으니 참으로 요상한 일이 아닌가. 입가심으로 소면 한 그릇 맛 배기로 시켰는데 배 두드리며 나왔다.

논개생가 터는 논개생가식당 바로 옆에 있다. 대곡관광지와 연계하여 볼 것도 있고, 걷는 거리도 제법 될 것 같아 기대가 컸다, 실제 논개생가는 대곡저수지축조로 수몰되었고 지금의 생가 터는 논개할아버지가 서당을 차렸던 장소에 복원한 것이라고 한다. 먼저 너른 광장을 가로질러 가야 한다. 입구에서도 논개동상이 보인다. 끄트머리쯤에서 계단을 몇 개 오르면 된다. 동상을 자세히 보면 어디서 많이 본 듯한 낯 익은 모습, 엄마의 얼굴이다.

부엌과 안방, 그리고 생전에 논개가 사용했을 건넌방과 글방이 전부인 일자 식 초가집 한 채에 자그마한 광. 장독대며 마침 뜰에선 들꽃들이 잔치를 벌이고 있었다. 울타리를 끼고 걷는 길이 도깨비소풍길이다. 작은 언덕에 올라서면 도깨비전시관이 있고, 내친김에 한옥마을까진 보고 갈 수 있다.

장수 장안산 군립공원

오후 일정의 하이라이트는 장안산 군립공원. 덕산재를 지나 주차장으로. 오늘은 덕산계곡을 끼고 걷는 생태탐방로가 포인트다. 용이 살았다는 2개의 용소와 울창한 숲, 그리고 시원하게 흐르는 계곡의 물소리. 이만하면 걷기 좋고 마음이 편해지는 매력을 지닌 곳이라 할 수 있지 않겠는가.

처음엔 하늘은 아기얼굴처럼 맑고, 몸은 날아갈 듯 가벼운데 주차장이 한산해도 너무 한산해서 의아했다. 들꽃과 새잎 돋아난 나무에 계곡의 물소리까지 맘에 쏙 들어도 우리뿐이라는 것이 어째!

입은 옷이 거추장스러운 걸 제외하면 나들이 날씨론 최고였다. 우린 오히려 한산할 정도로 조용한 것이 매력이라며 좋아하기로 했다. 계곡이 곧 숲이었다. 물소리 시원하고 공기 좋으면 됐지 뭘 더 바라나 그랬거든요. 코로나가 우릴 이렇게 만들었지 뭡니까. 우린 마스크부터 벗었다. 계곡을 끼고 걸으면 방화동자연휴양림까지가 3.5km. 너끈히 다녀올 수 있는 거리긴 하다. 그러나 오늘 우린 생태탐방로 왕복 2.4km로 만족하기로 했다.

덕산계곡은 6.25 당시 이현상 부대인 남부군과 합류한 빨치산 500명이 1년 만에 처음으로 옷을 벗고 목욕하는 인상적인 장면을 촬영한 곳이다. 연못과 폭포, 기암괴석이 어우러져 신비스럽기까지 하다며 장수 팔경의 하나로 꼽는 곳이다. 계곡 따라 걷다보면 돌 튕기는 소리도 정겹고, 풀벌레 울음소리도 피곤함을 잊게 한다.

계곡은 수많은 생물들의 생활터전이겠지만 오늘만은 우리 둘만의 쉼터

이고 싶다. 승천하지 못해 화가 난 아들 용이 살았다는 윗용소, 아빠 용이 하늘로 승천하자 엄마 용이 그리워하며 옮겨와 살았다는 아랫용소도 다녀왔다. 무엇보다 우린 들꽃이며 나무장승, 숲의 나무들 하나하나에게 너무 매력적이라며 눈인사 하느라 바빴다. 그리 걷다보니 어느새 두 갈래 길이다. 큼지막한 돌다리(징검다리)를 건너 신작로를 따라 가면 방화동자연휴양림이다.

벽계쉼터를 내비에 찍고 무룡고개 주차장에 주차하면 장안산 정상까지는 2시간 반 거리라는데 마다할 우리가 아니다.

2016년의 장안산 군립공원은 싹 잊었다.

저녁은 '북경 얼큰 돼지짬뽕' 집에서 자장면. 남들은 짬뽕 맛집에 가서 자장이라니 하겠지만 매운 음식은 조심해야 할 나이다. 나올 적엔 탕수육을 포장해 왔는데 그게 신의 한수였다. 식당에서 자장 한 그릇씩을 뚝딱 한지가 얼마나 됐다고 그새를 못 참고 탕수육까지 들어번쩍 했다면 알 만하지 않는가. 그 쫄깃한 맛과 비주얼이 끝내주었다. 13926보

장수 제이모텔 601호

장수 신무산 뜬봉샘 생태공원

2021년 4월 26일(월)

태조 이성계가 신무산 중턱에 단을 쌓고 백일기도 중 봉황이 하늘로 날아간 자리에 있는 옹달샘이 뜬봉샘이다.

어렵지 않은 일정이라 비 핑계되고 늦장 좀 부렸더니 많이 늦어졌다. 어제 저녁은 우두두둑 빗방울소리가 들리기에 이번 비로 봄 가뭄이 좀 해소되려나 했다. 눈을 뜨니 비 찔끔. 하늘은 눈이 부실 정도다. 읍내의 주차전쟁은 장난이 아니었다.

'착한식당' 은 우리가 첫손님이었다. 메뉴는 달랑 김치찌개 하나. 멸치볶

음, 호박버섯 지짐, 정구지, 동그랑땡, 계란부침, 참나물, 생오이무침 접시를 싹 비웠다면 주인의 손맛이 좋다는 얘기다. 아내는 김이 모락모락 나는 '별난 만두, 찐빵' 집을 발견하곤 뭐 살까? 만두, 찐빵 한다. 우린 결국 고기만두 1팩을 차에 실었는데 도착도 전에 들어번쩍 했다.

12시 15분은 뜬봉샘 생태공원에 도착한 시간이다. 공원은 놀이터까지 있어 아이들이 뛰어 놀며 즐기기에 최적화 된 장소였다. 마음이 바쁜 우린 '리온놀이터' 를 지나 '뜬봉샘 나래울마당' 까지는 입을 꾹 다물고 걸었다. 바쁜 걸음을 멈추게 한 곳은 웅덩이였다. 새까맣게 몰려다니는 북방산개구리 올챙이 떼에 눈과 마음을 뺏겼으니 어찌 안 그렇겠는가. 고놈들 보느라 아예 정신 줄 놓고 있었다. '마실길 쉼터' 까지 한 시간이 걸렸다.

[illegible] 뜬봉샘을 가려면 가파른 계단을 올라가야 한다. 문제는 끝이 보이질 않는 것이다. 버드나무 쉼터, 향기 쉼터, 소나무림 등 쉼터만 있으면 벤치부터 찾았다. 아내는 팔팔한데 내가 힘들어 한다. 그렇게 한 계단씩 오르다보니 봉수대. 이정표에는 550m를 더 가야 한단다. 멍석길이지만 오르막이다 보니 트레킹코스라 생각하면 어렵지 않다.

뜬봉샘에 도착하니 세상 다 가진 것 같은 기분이었다. 신무산 8부 능선. 이곳에서 솟는 물이 강태등골을 따라 금강으로 흘러간다고 하지 않는가. 내려갈 땐 계단을 세어보기로 했다. 380계단. 왕복 4시간 걸렸다면 이해가 됩니까. 아무리 룰루랄라 하며 걸었다지만 그래도 그렇지. 내가 많이 지체했나 보다.

저녁은 호타루초밥집에서 포장해 온 모듬초밥에 찐빵과 김치만두. 코로나 때문에 일상화 된 일이라 이상할 건 없다. 9524보

장수 제이모텔 601호

장수 제이모텔

전 주

전주 국립, 역사박물관

2016년 1월 6일(수)

어제 찬바람의 고얀 심보는 버리고 오늘은 얌전하다. 김제는 농부의 땀의 고장이라면 고창은 소리의 고장이다. 소리가 음식만 못하다 들었다. 전주는 음식의 고장이다. 우린 그리로 가고 있다. 한양, 평양, 의주, 충주와 함께 조선 5대 도시의 하나로 꼽히는 도시요, 후백제의 수도, 조선왕조의 발상지이기도 한 곳이다.

전주국립박물관은 전북의 불교미술, 부안과 고창의 도자기, 조선왕실과 서화, 예향 전북의 서화. 이 네 주제로 구성했다고 한다. 볼수록 신기하고 불심이 들게 하는 작품 하나하나에는 분명 혼이 들어있을 게다.

'부처를 위해 공덕을 쌓기 위해 만든 미술품은 그 시대를 살았던 사람들의 신앙심과 함께 정신을 오롯이 담아내었다.'

부처를 품은 사리 갖춤, 진리의 상징인 불상(예배대상), 불교의식에 사용하는 그릇들(정병 수병 등), 목칠공예인 종이공예 뿐 아니라 조선시대 선비와 양반가 여성들의 생활문화와 음식문화도 보여주었다.

구석기시대에서 신석기시대를 거치면서 현재까지 이 고장사람들의 삶의 모습을 보여주었고, 병신년을 기린 '이야기 원숭이' 도 재미있게 보았다. 녹두꽃이 떨어지면 청포장수 울고 간다는 동학농민운동의 녹두장군, 임진왜란 당시 지켜냄으로서 왜가 호남으로 들어올 수 없게 했다는 전주성, 지금도 이곳 사람들은 호남이 없으면 나라가 없다는 자긍심으로 사는 이유를 잘 보고 느끼고 간다.

전주 한옥마을

호텔 앞이 한옥마을이다. 사람들로 북적북적, 한옥에 입힌 조명발, 길거리 음식의 풍성함. 가슴이 벌렁거리다 못해 허기지는 것 같다. 중앙로를 따라 내려가다 사거리에서 커피부터 한 잔 했다. 길에 넘쳐나는 젊은이들, 그들이 내외국인을 막론하고 한복을 입은 모습이 참 곱다. 한옥마을 숙박객에게 한복을 무료 대여하는 방식은 정말 굿 아이디어다. 숙소에서 입고 나오면 관리도 수월하고 보는 우리들을 흐뭇하게 하니 일석이조다.

전동성당은 관광객들로 한 겨울인데도 백합꽃향기가 난다. 우린 다소곳한 마음으로 성당을 둘러보고 경건한 마음을 갖고 나왔다. 성당이나 절에 가면 많이 겸손해진다.

오늘 점저는 한옥마을을 둘러보며 군것질로 대신할 생각이다. 자 그럼 떠나볼까. 배터지게 먹어야지. 골목을 둘러보다 들어간 첫 집은 만두가게. 사람들이 하도 많아 줄 서는 것은 기본이고 어디서 어떻게 먹어야할지도 고민해야한다. 줄 서고 나면 앞으로 가야하고 줄은 점점 길어지고 생각할 겨를도 없다. 만두는 다 한 개다.

새우딤섬, 부추교자만두가 각 천원. 철판새우군만두, 야채군만두, 왕만두, 매콤왕만두가 개 당 이천 원. 의자에 궁둥이를 붙이고 반개씩 나눠먹는 것도 즐거움이었다. 결국 걸으면서 하나씩 입에 또 집어넣었다. 문꼬집에서 닷 량에 우린 매콤이. 애담에서 수제 과일찹쌀떡에 쌍화차 한 잔. 점심 끝.

동학혁명기념관에서는 수운 최재우와 손병희의 새로운 세상을 열고자 했던 한 인간의 삶과 고뇌의 흔적을 둘러보았고, 고려 우왕 때 월담 최담 선생이 낙향하여 이곳에 심었다는 600살 잡순 은행나무가 고택의 집 앞에서 시멘트를 둘러쓰고 서있는 모습도 보았다.

땅거미가 질 무렵 저녁바람 쐰다며 또 나갔다. 저녁은 임실 농부에서는 구워먹는 치즈꼬치, 한옥마을 수제초코파이, 교동 고로케, 찹쌀로 만든 찰 스틱, 전주비빔밥고로케, 풍년제과에 들러 양갱을 사 먹고도 허기졌나.

원조 오짜에서 치즈맛 오징어짱 한 마리를 뜯고서야 배 두드리며 돌아섰다. 아직도 고프다. 한옥마을에는 아직도 색다른 먹을거리가 널려있다. 살 찌는 것 막는 재주는 어디 없나.

전주 라한 호텔

전주 영화의 거리

2016년 5월 15일(월)

호텔이 영화의 거리 한복판에 있다. 어제까지 전주영화제가 열렸다는 축제의 그 현장 말이다. 열기가 아직 식지 않았네. 좁은 길은 일방통행이란 카드로 멋지게 해결해서 진입하기 수월했다.

전주는 맛의 고장답게 다 맛나다고 한다. 어디서 뭘 먹지에서 어디서란 단어는 필요 없는 곳이란다. 뭘 먹지만 결정하면 된다니 얼마나 좋으냐. 그걸 정하려고 골목을 쏘다니고 있다는 것 아니니. 그 때 눈에 딱 걸린 집이 '꽈배기전문점' 이었다. 네 엄마가 꽈배기 정말 좋아하거든.

눈에 딱 들어오데. '유생촌' 은 30년 역사를 걸고 장사한다는 집인데 단돈

만원도 안 되는 가격에 돈가스와 음료수며 뷔페음식이 무제한. 손님도 많고 음식 종류도 너무 많아 질릴 정도로 먹었다.

뭘 먹지에서 어떤 걸 먹지. 이것저것 조금 집어 먹은 것 같은데 배가 불러 더 이상은 무리겠더라. 음식 맛이 나쁘단 생각은 안 들었다. 그러나 또 갈 생각은 안 해봤다.

젊은이들과 아이들이 맛나게 먹는 걸 보니 부럽더라. 우리 거기서 뭐 먹었느냐고.

"돈가스, 닭봉, 떡볶이, 조각파스타, 야채샐러드"

로니 관광호텔

전주 남부시장

2016년 5월 16일(화)

그냥 걷는 거지 뭐. 그리 시작한 영화의 거리에서 한옥마을까지 걷기로 했다. 얼마 걷지 않아 '가족회관' 이 골목 안에서 빠끔히 얼굴을 내밀고 있더구나. 전주비빔밥 무형문화제 39호 식당이다. 그거 있지 않니. 시골여행 가서 골목길을 걷는 건 눈에 익힌다는 의미도 있지만 주민들의 사는 모습을 가까이서 느낄 수 있다는 장점이 있다.

그 덕분에 큰일을 모면했다. 네 엄마가 갑자기 화장실이 급하다지 뭐냐. 서울거리 걷다 그랬으면 애 먹었을 거다. 쭈꾸미 집 도움으로 큰 위기를 넘겼다. 고맙더라. 그런데 정작 그 여종업원에게는 고맙단 말도 못하고 왔다. 가끔 이렇듯 몸과 맘이 따로 놀 때가 있다.

풍남문을 한 바퀴 빙 둘러보는 것으로 오늘의 일정을 시작했다. 풍남문은 한옥마을의 이정표이자 남문시장의 마스코트다. 아쉬운 건 이곳 재래시장의 열기도 시골 여느 시장과 별반 달라보이지는 않는다는 것이다. 분위기부터가 썰렁하다. 문 닫은 상점이 많이 눈에 띄었다. 가게 문을 열 시간이 안 되었으면 좋겠다.

시장 맛집인 '삼번집' 은 남부시장 안에서 김치콩나물 국밥을 파는 집이다. 홀이 작고 손님도 우리 부부 합쳐 달랑 4명. 그때 알아봤어야했다. 돼지고기장조림, 무장아찌 외 장아찌, 오징어볶음에 김치 깍두기. 비슷비슷한 밑반찬 아니니. 수란 두개로 우리 얼굴이 잠시 펴지긴 했지만 우리 입맛엔 영 아니다 싶었다. 멍 때리데. 김치 군내가 심해서 더 그랬던 것 같다.

시장골목으로 들어섰다. 사람들이 바쁘게 움직이는 모습이 내 레이더에 포착됐다. 골목으로 꺾어 들어가는 곳이라 따라잡긴 어렵지 않았다. '조점례 피순대' 가 보인다. 저 집이네. 그랬다. 한 접시에 만원하는 피순대 맛은 어떨까. 난 궁금했지만 너희 엄만 처음부터 시큰둥했다. 그런 음식 별로 좋아하지 않거든. 그러면서도 따라 들어오시데.

간은 간간한데. 깻잎에 싸서 생마늘을 얹으니까 먹을 만 한가보다. 네 엄마 입에서 맛있다는 말이 나온 건 흔치 않은 일인데. 나도 놀랬다. 순대 한 접시 비우는데 순암뽕순대국 한 그릇 먹는 나보다 더 빨랐다니까.

단체손님들이 들고나고 종업원이 마이크로 안내하고 주문까지 받는 걸보면 알만한 식당 아니냐. 사실 그보다 홀 안이 너무 시끄러워서 귀가 멍할 지경이었다. 예의고 뭐고 다 내팽개친 사람들 같긴 하더라. 손님이 많다는 건 다 이유가 있다.

한옥마을에 한복여인

큰길 건널목을 건너면 바로다. 경기전이 근처던데 뭘. 오늘은 쉬고 싶은 날인가 보다. 네 엄마가 자주 그늘에서 쉬었다 가잔다. 날씨가 오죽 더워야지.

한옥마을을 달라졌다. 우리는 재미있는 풍경에 눈이 호강했다. 한복을 차려입은 젊은이들이 거리를 돌아다니는데 세트장인 줄 착각할 뻔 했다. 너무 고운 거 있지. 뿐이냐. 눈만 즐거웠겠냐. 한동안 벤치에 앉아 지나다니는 사람들을 보고 있으면 내 입꼬리가 올라가고, 이마에 주름 두어 개 잡히는 걸 느꼈다. 무엇보다 네 엄마가 예쁘다 곱다 그 소리를 자주 한다.

어진박물관은 월요일이라 휴관. 그러다보니 관광객의 불평이 크다. 이건 공무원들 편의만 생각하는 탁상행정의 전형이다. 빈 대청마루를 찾아 걸터앉았다. '신발 벗고 올라오세요.' 라는 문구가 보이지만 우린 신발 벗기 싫어 걸터앉았다. 여유를 즐기는 것도 잠시였다.

한복 입은 젊은 여자가 신발 신고 성큼성큼 대청마루로 올라가는 것을 보았기 때문이다. 순간 엄마랑 나는 얼마나 당황했는지 모른다. 이러면 안 되는데 하면서 손짓발짓으로 신발 벗고 올라가야 한다고 하니까 금방 알아채신 한 것 같다. 네 엄마한테 아무데나 끼냐고 핀잔 들었다.

한옥마을의 볼거리는 한복을 곱게 차려입고 다니는 젊은이들이었다. 먹을거리야 소문 다 났으니 굳이 나까지 보탤 것 없고. 가게를 기웃거리며 길거리음식을 사 먹는 재미가 좋다. 엄마가 빙수 먹고 싶다는구나.

시간 내서 한번 다녀가렴. 이런 여행이면 해볼 만하지 않겠니.

가족회관의 그 할머니

네 오빠가 전주 가면 꼭 가서 먹어보라고 추천한 곳이 가족회관의 비빔밥이었다.

전주비빔밥에는 몇 가지나 들어가나. 보면 또 뭐라 한마디 할까 봐 네 엄마 몰래 적어봤다. 계란지단, 당근채, 취나물, 청포묵, 무나물, 표고버섯, 호박나물, 콩나물, 김, 오이, 고사리, 도라지, 생계란 노른자에 고추장양념 위에는 은행, 무순, 잣, 깨를 얹었더구나. 손이 엄청 많이 가는 음식이더구나. 혹 빠진 거 있는지는 난 모르지. 보이는 것만 적었으니까.

그런데 내 눈에 한 할머니가 달랑 반찬그릇 4개 놓고 식사하는 것을 보았다. 엄마가 저기 저 할머니 여기 걸려있는 사진 속 그 할머니 맞네 하신다.

우린 한 끼 비빔밥에 각종 나물을 고명으로 올려 먹고 나오는데 정작 주인 할머니는 젓가락 들 힘조차 없을 그 손으로 혼자 앉아 찬그릇 4개 놓고 수저를 들고 있는 모습을 보니 짠하더라.

갑자기 세월이 서글프단 생각이 들었다.

로니관광호텔

전주 건지산 둘레길

2016년 5월 17일(수)

"뱅뱅 맞은편 버스정류장에서 165번(동물원행)버스를 타시고 그 앞에서 내리세요."

호텔종업원이 일러주는 대로 찾아가는 길이다. 어제와는 달리 그새 골목이 낯설지 않고 눈에 익은 것이 신기했다. 윗마을로 마실가듯 할 생각이다. 시내버스 타고 한 30분 걸렸나. 더 많은 시간이 걸렸을지도 모르지. 사람들이 타고 내리고. 초점 없이 차창 밖을 내다보는 아낙, 핸드폰에서 눈을 떼지 못하는 젊은이들. 모두가 나에겐 이웃이었다. 시시각각 변하는 사람들의 표정이 재미있던데.

동물원에서 내릴까. 소리문화전당에서 내릴까. 엄마한테 일단은 물어보았다. 나도 어찌하는 것이 최선인지 모르겠으니까. 네 엄마의 대답은 이랬다.

"아무데서나."

태연아! 얼떨결에 내리고 보니 전주예술의전당 앞이더라. 난 아무 말도 안 했다. 그런데 그러신다. 네 엄마가. 동물원구경은 뭐 그늘도 없잖아. 땡볕을 걸어야할 텐데. 그러시네.

그래 건지산(해발100m)입구로 들어가기로 했지. 입구에서 왼쪽. 장군봉으로 가는 길로 들어섰다. 체력단련장서 부터가 문제였다. 오른쪽으로 오송제라는 이정표를 따라 가야하나 어쩌나. 오늘 하루는 땅따먹기 하듯 걸을 참인데 여기서 망설이게 되더구나. 편하게 걸을 수 있는 이런 산을 갖고 있는 전주사람들이 엄청 부러웠다. 우린 덤으로 즐기고 있는 거다.

아는 길도 물어 가라는 말이 있다. 그래 가는 곳마다 헤프다 싶게 웃으며 길을 묻고 또 물으며 걸었지. 행복은 이렇게 가까운 곳에 있었다.

"저기가 어디예요. 멀어요?"

그렇게 우린 저수지 방향으로. 묵묵히 걷기만 하면 재미없지. 사람들에게 물으면 한결같은 대답이 길 따라 가 보세요. 갔지. 알았지. 오송제가 저수지이름이란 걸.

붕어가물치가 살고, 왜가리 쇠물닭이 날아온단다. 조류관찰대를 만들어 놓은 것이 그게 [illegible] 보니. 정자도 있던데. 우린 쉬어갈 생각은 않고 계속 걷기만 했다.

편백나무 숲에선 '103회 오성제 사람들 공연' 이란 현수막을 걸어놓고 연주와 노래를 들려주었다. 말하자면 숲속의 공연이지. 현직교사가 정년을 맞으면 무얼 할까 고민하다 공연을 하게 되었다는데 입담도 수준급이고 노래솜씨며 연주 실력이 들을 만 했다.

'사랑이 지나가면' '솔개' 등 귀에 익은 노래가 나오면 어깨가 절로 들썩이는 걸 보니 아빠는 아직 흥이 죽지 않았다. 앉아 듣고 있는 사람들은 모두 하늘에서 내려온 선남선녀 같더라.

덕진공원

장군봉에서 어린이 회관으로 간다는 것이 그만 길을 잘못 드는 바람에 시골냄새 폴폴 풍기는 과수원농장을 만났다. 어디선가 장미꽃향기가 솔솔 나는 것 같더니 네 엄마의 얼굴이 상기되더구나. 꽃과 여인은 뗄 수 없는 관계인가 보다.

빨간 넝쿨장미가 울타리를 타고 올라가 활짝 핀걸 보곤 좋아 죽는다. 네 엄마 복 터졌지 뭐니. 얼마나 고왔는지 모른다. 6월 장미를 먼저 보고 있는 거잖니.

나는 묻고 또 물으며 걸었다.

"저- 덕진 공원 가려는데요. 여긴 어디죠. 저기 하얀 새들 많은 숲은요?"

"건지산인데요. 이리 죽 내려가세요. 큰 길이 나오면 길을 건너세요. 그리고 왼쪽으로 가다 바로 오른쪽으로 들어서면 거기서 부터가 덕진공원이에요. 다 왔어요."

학습지 아줌마 고맙지 뭐니. 말대로 한적한 골목길을 벗어나니 금방 알겠던데. 호수를 끼고 걷는 공원길을 보자 걸음이 빨라졌다.

호수 반 바퀴 걷고는 중간에 호수출렁다리를 질러가는 방법을 택했다. 바로 정문인데 더위에 지친 데다 배가 너무 고팠거든.

'정담' 에서 두부찌게로 늦은 점심 먹고는 덕진공원으로 다시 들어갔다. 취향정에 앉아 호수를 바라보며 아무 생각 없이 더위를 식히다 왔다.

오늘 날씨 좀 더웠냐. 버스 타고 호텔로 돌아왔다. 쉬는 게 보약이라잖냐.

로니관광호텔

전주 마약김밥

오늘 아침에는 마약김밥 꼭 사들고 가야 하는데. 아침을 그것으로 해결했으면 좋겠고 안 되면 가다 휴게소에서 해결해야지 뭐. 그러며 출발했다.

어렵게 도착해보니 간판이 옛날 김밥집이더구나. 유명식당이라면 시장 안이나 상가가 형성된 곳에 있는 것이 상식이지 않니. 그런데 가게도 허름한 데다 그냥 변두리 어느 한적한 주택가 골목 안에 있어 황당했다. 말하자면 골목 안이 이 집 한 집만 가게다.

큰맘 먹고 3줄이나 샀는데도 먹다보니 부족하지 뭐냐. 엄마가 뭐랬는지 아니?

"더 살 걸 그랬다. 참 맛나다. 들어간 것이라곤 계란, 당근, 박 무침? 이 전부 인 거 같은데. 글쎄 강하지 않으면서 자꾸 손이 가는 맛이네. 좀 더 사 와도 될 뻔했는데. 차 돌릴 수 없죠?"

우린 전주 '오선모 옛날 김밥집' 마약김밥 이야기만 하며 온 것 같다. 때문에 지루하지 않게 집에 도착하는 힘이 될 줄 누가 알았겠니. 맛있는 음식 하나가 이렇게 행복을 가져다 줄 줄이야. 꿈에도 몰랐다.

전주 '조점례 남문 순대'

2019년 2월 12일(화)

그렇게 시간 잡아먹고, 손 시리다며 장갑 챙겨 달라 조르고, 전주 남문시장의 공영주차장 한곳을 내비에 찍었다. 아침 먹으러 가는 길이다. 8년 전엔 순댓국을 먹었다. 오늘은 암뽕순대국을 시키면서 마님은 순대국을 좋아하지 않는다며 피순대를 시킨 것이 잘못이었다.

우린 주차장에서부터 앞서 가는 가족을 졸졸 따라가는 모양새였다. 전주 남부시장 골목에 있는 피순대로 유명하다는 식당에 가는 길이다. '동문1'로 들어가 죽 걸어가더니 시장골목 삼거리에서 오른쪽으로 탁 꺾는다. 우리도 그랬다.

알지요. 돼지 창자에 각종 재료를 넣고 삶아낸 '피순대' 와 암뽕순대국이 이 집의 대표 메뉴다. 순대국은 식감이 부드럽고 진한 맛이 있어 해장 음식으로도 인기 메뉴란다. 이 지방에서 동네 잔칫날이면 암 돼지를 잡아 내장 등을 삶은 뒤 뼈 국물을 고아내고 순대를 해먹던 습관이 이어진 것이라고 한다.

알지요 피순대가 막걸리 한 잔 없이 먹기엔 퍽퍽한 느낌이 있을 거라는 거. 아침이라 그런지 둘러봐도 피순대 시킨 테이블은 없던데요. 우리 마님이 유일해요. 아! 암뽕순대 시킬 걸 그랬나. 내가 후회했다. 암뽕순대를 한 숟가락 입에 넣어보더니 아내는 "오! 맛있는데요!" 그러며 감탄사를 연발하는 거예요.

한 그릇 시켜달란 얘긴가. 아니면 몇 숟가락 뜨고 말겠다는 건가. 그게 애매해서였을까. 난 아마 못들은 척 했던 것 같다. 시켜줄 걸 그랬나.

한옥마을 걸어 구석구석

2020년 10월 17일(토)

늘어지게 자고 일어나서는 하품부터 했다. 게으름 피워도 뭐랄 사람이 없는 나이긴 하다. 긴 여행에 피로가 많이 쌓였다. 아침은 어제 사온 만두를 비닐봉지에 싸서 커피포트에 데웠더니 금방 쪄낸 만두처럼 말랑말랑하고 따끈따끈해서 좋았다. 난 생각 없이 밖을 내다보며 부지런히 움직이는 사람들을 보며 부러워하고 있었다.

11시. 오늘은 전주 한옥마을 미답지역을 걸으며 눈에 담아 갈 생각이다. 지루 할 수도 있으니 쉽진 않을 것이다. 골목마다 어깨를 부딪쳐야 걸을 정도로 관광객이 많으니 신바람이 저절로 생긴다. 한옥마을 공용주차장을 찾아보는 일로 하루를 시작했다.

교동미술관에서는 이부석 작품 '魚花둥둥' 에 넋이 반쯤 빠진 채 나왔다. 물고기와 꽃. 두 생물의 어울림에 아이들처럼 웃었다. 작가가 달빛, 별빛을 벗 삼아 아름다움을 빚고, 다듬은 세월만큼 그의 작품에 녹아들었을 것이다. 그 작품들을 보고 공감하는 것으로 우린 만족했다. 함께 또 따로. 사람들이 어울려 사는 맛난 세상을 꿈꾸는 작가의 크고 너른 마음을 보았다.

천년전주 천년김치의 전주김치문화관은 경기 전 돌담길을 걷다보면 나온다. 전주의 다채로운 김치를 알아보고 체험하며 즐길 수 있는 공간이었다. 새우젓, 황석어젓, 고개미젓, 멸치액젓, 갈치젓, 가자미젓을 사용하는 전주

김장의 특색은 감칠맛과 담백함에 있다고 한다.

현대 슈퍼마켓은 골목 깊숙이 들어가야 있다. 오랫동안 명맥을 이어온 낡은 간판이 주인공이다. 젊은이들이 사진촬영명소다. 이마에 주름살 살짝 잡으며 향수에 젖다보면 전주천이 나온다. 한옥마을 뒷골목인데도 관광객들로 북적이는 거리다.

오무가리 화순집은 기린봉 기슭 아래 오모가리 맛집 거리에 있다. 냇가에서 천렵으로 여름을 보냈던 철부지 시절을 떠올리기에 이만한 음식이 없다. 내 입에 짜게 느껴지는 것은 그동안 식생활이 변했기 때문일 것이다. 손에 쥐어준 큼지막한 누룽지에 누군 뿅 갔다. 따끈따끈하고 말랑말랑한 누룽지인데 받아 든 우리 마님 함빡 웃으신다.

수령을 가늠하기 어려울 은행나무가 이 향교의 역사를 말해주는 것 같아 찬찬히 둘러보지 않을 수 없었다. 온전히 보존된 향교라는데 우린 휘 둘러보는 것으로 오늘을 마무리했다. 전주향교는 결혼식장으로도 활용하는 것 같았다.

이 골목도 관광객으로 길이 비좁을 정도다. 실은 우무가리 먹고 카페에서 커피 한 잔 시켜놓고 쉬어 갈 생각이었다. 그런데 엄두도 못 내었다. 손님이 많아 고개를 갸우뚱하곤 포기했다. 코로나가 발목을 잡는군요. 우린 거리를 오가는 젊은이들 구경하느라 진이 다 빠졌나보다. 세 시 반인데도 입실을 기다려 달란다. 숙박 손님이 그만큼 많은 거다.

전주 라한호텔 디럭스트윈 913호

전주 아중유원지 수변 길

2020년 10월 18일(일)

전주는 사계절 아름다운 수변길이 있다는 소릴 들었다. 선택이 문제였지 찾는 데는 어렵지 않았다. 한옥마을에서 3~4km 거리에 있다. 곳곳에 주차장이 마련돼 있어 접근성이 좋았다. 12시 30분. 호수로 알고 왔는데 후백제의 혼이 담긴 저수지였다.

아중유원지는 지역주민들의 휴식공간으로 이미 자리가 잡힌 모양이다. 수변 2.4km 구간의 순환산책로를 만들었는데 여기에 후백제왕릉을 스토리텔링 하는 작업이 남아 있다고 한다. 수변산책길을 걷다가 풍경에 취하거나 쉴 생각이면 벤치나 앉은뱅이 그네에 몸을 맡기면 된다.

복잡한 시내를 벗어나니 이런 한적한 공간이 있다는 것이 놀랍고 마음에 흡족했다. 사실 여기는 마음이 한가하고 시간만 있으면 된다. 햇살 쏘이며 걷다가 자연과 주고받는 독백은 여행의 또 다른 매력이 아닌가. 내려놓는 것에 익숙하면 자연과 친해지는 건 어렵지 않다. 흉내라도 내 보자는 것이 오늘의 목표다.

여긴 건강한 삶을 즐길 줄 아는 사람들의 쉼터 같은 곳이었다. 우린 맞은편에서 오는 사람이 없으면 잠시 마스크를 벗어들고 걷다가 저만치 사람이 보이면 얼른 쓰곤 했다. 전주 사람들은 달라보였다. 마스크 벗고 다니는 사람을 보지 못했다.

점심은 유원지주변 '구들장청국장' 집에 들어갔다. 청국장 한 그릇 뚝딱할까 했는데 순간 마음이 변했다. 먼저 온 상차림이 푸짐하기에 물었다. 우렁 쌈밥정식.

배부르게 먹었다. 수육까지 나오는 한상차림에 홀딱 반했다. 맛이야 말할 것도 없고 부족한 영양소까지 제대로 챙기고 왔다.

국립전주 박물관

국립전주박물관은 지역의 역사와 문화를 알려주고 휴식까지 할 수 있는 지역주민들의 생활공간으로 자리매김 하고 있었다. 박물관은 들르기만 해도 역사와 문화를 배울 수 있고, 지역 주민들의 정서를 느낄 수 있는 곳이다. 휴식공간도 마련돼 있어 누구나 쉬었다 갈 수 있는 놀이터와 같은 곳이다.

주차장뿐 아니라 야외공간도 잘 꾸며 놓았다. 시민들을 위해 활짝 열려있었다. 누가 봐도 아기와 엄마들의 놀이공간이요 어르신들의 쉼터였다. 정원이 아름다우니 살짝 눈을 뺏기며 걸어도 좋다. 그나저나 변변한 유물이 남아있지 않은 것이 아쉽다. 대부분 깨져있거나 붙인 것들이라 관광객을 만족시키기엔 역부족으로 보였다.

다양한 문화를 꽃피웠던 고장, 전주는 그 문화의 중심지요, 왕가의 본적이라고 자랑하고 있다. 그러나 가야에서 백제, 후백제에 이르기까지 멸망의 전철을 밟아오다 보니 변변한 유물이 남아 있는 것이 없나. 그것이 아쉬웠다. 침략군은 짓밟고 부수고 불태우기만 했으니 온전히 남아있을 턱이 없다. 이런 전북의 아픈 역사를 이해하는 데 많은 도움이 되었다. 복원에 많은 관심을 쏟아야 할 것 같다.

전주 라한호텔 디럭스트윈 913호

전주 수목원

2020년 10월 16일(금)

오늘같이 쌀쌀한 날씨엔 따끈한 국물요리가 제격이라는 아내의 한마디에 의견일치를 보는 것은 어렵지 않았다. 나도 어제의 민망함을 씻고 싶은 마음을 보탰다.

"그래 나주곰탕 그거 먹으러 가면 되겠네. 구례에서도 자기가 아침에 나주곰탕 먹고 싶다고 해서 그 먼 길을 달려간 적이 있는데 뭘. 그냥 해보는 소리가 아니다. 53km면 한 시간 거리다. 마님! 오케이 사인만 하세요. 달려갈 테니까."

"그냥 아무 생각 없이 해본 소린데. 운전 힘들지 않겠어요. 난 걱정이 돼서…"

그건 가서 한 그릇 먹었으면 좋겠단 소리다. 나주 노안집에 들렀다. 수육 한 접시에 수육곰탕 한 그릇. 뱃속이 따뜻해졌다. 다만 할머니의 미소와 손끝이 그리워 찾았는데 보이질 않아 아쉬웠다. 묻진 않았다. 더 보태면 힘들어질 것 같아서다. 노포집이 하나 둘 없어진다 생각하니 아쉬워서 그런다.

따끈한 국물 덕에 나주에서 전주수목원까지 120km를 단숨에 달려왔다. 이 수목원은 고속도로 건설 당시 불가피하게 훼손되는 자연환경을 복구하기 위해 조성한 공기업에서 운영하는 유일한 비영리수목원이라고 한다. 23개의 테마로 사계절의 맛을 느낄 수 있도록 조성했다.

오늘은 입구에서 오른쪽. 수생식물원의 벤치에 앉아 나른한 볕을 즐긴답시고 시간 많이 까먹은 건 사실이다. 정신이 들어 폭포를 지나면서 구절초와 쑥부쟁이의 안내를 받았다.

장미화원은 정말 환상적이었더란 말밖에 나오질 않는다. 아낸 눈앞에 펼쳐지는 장미를 보는 순간 상기된 표정을 짓는다. 퐁당 빠진 줄 알았다. 시쳇말로 뿅 갔다. 여긴 계절을 뛰어넘어 피어낸 끝내주는 장미 꽃밭이었다. 장미꽃잔치에 초대받은 손님답게 시간가는 줄 몰랐다.

찾는 사람이 많아 불편하긴 해도 분위기는 짱이었다. 여기저기서 웃음소리가 끊이질 않는다. 우리도 가을꽃 나들이에 흠뻑 빠지다 왔다. 마님께서 장미 향기에 취해 눈으로 접선하고 코로 스킨십하며 행복해 하는 그 모습은 내 눈엔 여고생이었다.

3시 반. 전주에 오면 꼭 들르는 전주의 관문 한국관에서 전주육회비빔밥으로 신고부터하고 호텔로 직행했다.

한옥마을은 음산하고 찬바람이 부는 날씨에도 젊은이들은 추억 만드느라 골목마다 들썩들썩한다. 그런데 우린 을씨년스럽다며 종종걸음을 했다. 우린 카페에 들어가 밤늦게까지 따끈한 차 마시며 놀다 늦게 들어가자고 해놓곤, 젊은이들이 바글바글한 식당, 웃음소리가 흘러나오는 카페는 들어갈 엄두를 못 내고 돌아서야 했다. 코로나가 원수여. 저들과 우린 코로나를 다르게 받아들이는 다른 세상에 사는 것 같았다.

결국 '다우랑 만두집' 에 들렀다가 바로 호텔로 돌아갔다. 개꿈도 자주 꾸다보면 복꿈이 된다지 않는가. 내일이라는 단어에 기대를 걸어봐야겠다.

전주 라한호텔 디럭스트윈

전주 라한(구 르윈 호텔), 전주 로니관광호텔

정 읍

정읍 쌍화차거리

2018년 3월 3일(토)

쌍화차 한 잔 마시고 골목사냥에 나설 생각이었다. 그런데 "어서 오세요." 호객하는 소리에 그만 얼떨결에 딸려 들어가고 말았다.

묻지도 않았는데 '촌놈들의 추천' 이라는 석갈비와 생 갈비매운탕이 나오는 '세트메뉴A' 가 어떠냐며 추천한다. 석갈비는 주방에서 석쇠에 고기를 구워 상에 내온다 해서 붙여진 메뉴다. 생 갈비매운탕은 비법육수에 양배추와 파, 당근, 납작 당면 등을 넣고 얼큰하게 끓여낸 탕류다. 내 입맛에는 엄청 매웠다. 맛을 본다던 아내는 맵다면서 숟가락을 자꾸 담갔다. 그 바람에 사이다를 두 병이나 마셨다.

순서는 바뀌었지만 식당 앞이 쌍화차거리다. 입가심하고 가야한다. 모두당 쌍화차는 택시기사가 30년 전통명가라며 소개한 집이다. 늦은 시간이라 가게가 한산하다. 내부인테리어는 통 대나무로 서까래를 올리고 볏짚을 엮어 실내지붕을 얹었다. 거기다 창살문으로 실내장식을 한 것이 자연친화적이긴 하나 화분들이 어지럽게 널려있어 오히려 어수선한 분위기였다.

쌍화차에 대추, 은행, 밤을 많이 넣어 약간 텁텁한 느낌이었다. 이 거리만의 특징이라 뭐라 평할 수는 없지만 가래떡 몇 조각 구워주는 집도 있다고 들었는데 다이어트 하는 친구들 한 끼 식사로도 손색이 없겠다.

서울 인사동 전통찻집의 쌍화차에는 얇게 썬 건 대추와 잣을 얹어 깔끔한 맛이 있다. 어느 맛에 입이 길들여지느냐에 따라 호불호가 갈리는 것 같다.

정읍 H호텔

정읍 무성서원

<u>2018년 3월 4일(일)</u>

정읍의 하루는 학당을 찾아가는 것으로 시작했다. 무성서원은 정극인이 빈 서림이 원촌부락에 향약을 상설하면서 세웠다고 한다.

홍살문을 들어서면 內二門에는 교수가 강의를 하던 강당인 향악당, 유생들이 기숙했다는 강수재가 보인다. 內三門은 향사를 지내는 곳으로 '태산사리' 라 쓰여 있다. 물론 잡인은 출입금지.

소리가 참 맑다. 새들의 울음소리에 머리가 맑아지고 가슴이 뻥 뚫리는 느낌이다. 참새들은 아침부터 동료들을 불러 모아 판을 버릴 기세였다. 참새소리에 엉덩이가 들썩거리다니 창피하다. 평화로운 농촌 풍경이다. 잠시 머리를 식히며 원촌부락까지 다녀오기로 했다.

무성서원을 보았으면 마을 구경을 나서야 격이 맞는다. 원촌마을 한옥민박이란 팻말을 붙인 민박집에는 평상이 2개나 된다. 넉넉한 공간을 확보해서 식구 많은 집이 들러 몇 날 쉬어가도록 꾸몄다. 민박집 뒤는 백련이 핀다는 너른 습지연못까지 갖추었으니 무얼 더 바랄까. 좀 더 걸으면 태산선비문화사료관까지 둘러볼 수 있도록 동네를 관광자원화 한 것이 특징이라 할 수 있다.

광해군 때 7광 10현이라 하여 폐모사건에 뜻을 이루지 못하자 이곳에 모여 어지러운 세상에 벼슬을 버리고 세월을 보냈다고 한다. 상춘대는 해발이랄 것도 없는 뒷동산이다. 시간나면 올라가 볼만 할 텐데 우린 곁눈질도 안 했다.

99칸 김명택 고택

가보면 알겠지만 주차장 옆에 초가집 한 채가 있다. '호지집' 이라고 노비들이 거주하는 집이었는데 지금은 해설사의 집이다. 당시는 담장밖에 8채가 있었다고 하나 지금은 뒤쪽의 호지집까지 2채만 남았다. 우린 안인례 해설사의 도움을 받았다.

벽의 기둥과 기둥사이가 한 칸인데 1784년 김명관이 건립하고 6대가 살았다는 집이 99칸이란다. 과거로의 여행은 이렇게 출발했다.

집은 '지네 산' 을 등지고 앞에는 '동진강' 상류의 맑은 물이 흐르는 배산임수였다. 주위에 나무를 많이 심은 이유는 '지네' 의 서식처를 만들어준다는 의미와 외부에 노출을 꺼려하는 집주인의 성격 때문이었을 거란 설명이다.

"양반들이 말에서 내리고 타기 편하도록 대문 왼쪽에 하마석이 보이죠? 그럼 이제 집안으로 들어가 볼까요. 솟을 대문이 조선 후기로 올수록 점점 높아지는 것은 가마가 커지기 때문이요, 홍살문을 한 건 잡귀가 들어오지 못하도록 한 것으로 옛날엔 귀신들이 날아다닌다고 생각했다고 한다네요. 대문빗장부터 보고 가죠. 거북이모형의 빗장으로 문을 지르도록 했는데 가정의 장수, 다산, 이건 부적의 민속신앙으로 보면 된다네요."

대문을 들어서면 소박한 듯 세련된 바깥사랑채가 보인다. 남자들이 사는 공간이다. 창고와 마구간이 있고 귀한 손님이 머물다 갈 수 있도록 했다. 문간사랑방에선 이 집 청지기가 기거하며 손님을 안내하고 하인들을 통솔했다고 한다.

안 사랑채는 주인어른과 아들이 거주한다. 집 안에 연못을 만들고 돌확을 두어 물을 담아 수련 등을 심었다. 부인방인 안채로 갈 수 있는 비밀통로를 만든 것이 재미있다. 옛날에는 남자는 가족들 눈에 띄지 않게 은밀히 부인 방에 드나들었던 모양이다.

안채는 외부와 격리되어 있었다. 정교하게 만든 빗살창이 눈에 뜨이는 건 여인들이 사는 공간이라 세밀한 곳까지 신경을 써서 지었다는 증거다. 오른쪽 큰방은 시어머니, 왼쪽 작은방은 며느리, 대문 양쪽으로 한 간씩의 행랑채는 여종들이 기거하던 방이다. 부엌, 변소, 곳간, 책방 등을 보면 안주인의 살림규모를 짐작할 만하다.

쪽문은 평소엔 안주인 손님이나 박물장수가 드나드는 문이나 따님이 해산하러 친정에 들렀을 때 머무는 곳으로 뭐라 부르던데. 고새 까먹었네요.

연지못 함벽루와 피향정

피향정은 호남 제일의 정자라 불린다. 시인들도 이 연못을 거닐며 풍월을 읊었다고 한다. 피향 저수지(연지 못)를 거느리고 있는데 그 연지못의 함벽루에 올라가 시원한 바람 쏘이면 그리 넓지 않으면서도 풍경이 기죽지 않는다고 한다. 철이 이른데도 허명이 아니었다.

이제 연지의 여름을 떠올려 보았으니 누가 아는가. 시 한수 읊는 분위기가 나올는지. 나는 그럴만 한 위인도 못되는 사람이다. 함벽루에 올라가선 연지를 보는 것은 건성, 내자의 눈치나 살피다 내려왔으니 원.

상황은 이랬다. 함벽루에 먼저 오르지 않고 한우와 한돈으로 만들어 궁중에서는 고기떡이라 부른다는 귀리떡갈비부터 먹으러 간 것이 화근이었다. 내 배가 고프니 방법 있나요. 게다가 아내는 먹을 준비가 안 되었는지 속이 거북하다며 깨작거렸겠다. 카운터에 비치된 상비약은 없고, 약국 또한 찾는 일이 쉽지 않았다. 일요일에 문 연 약국 서울서도 쉽지 않은 거 알잖아요. 시골도 그래요. 이리 뛰고 저리 뛰어다녀 겨우 찾아낸 태인약국. 소화제와 감기약을 들고 뛴 사건이 있었지요.

"아니 내 감기기운이 있다는 것은 어찌 아시고. 너무 고마워서 어쩌지!"

아내의 말에 미리 챙기지 못한 아쉬움과 미안함이 내 몫이긴 했지만 미리 살피지 못한 마음이 쉽게 사그라질 것 같진 않다. 마음상하지 않았나. 눈치 살피는 것이 먼저다. 그러니 연지못은 건성일 밖에.

2인분의 떡갈비를 먹느라 입은 호강했을지 몰라도 배는 고생 좀 했다. 소화제가 생각지도 않게 내 것이 되어 있더라고요.

천하명산 내장산

전망대까지 오르는 케이블카는 20분 간격이었다. 굳이 서두를 필요를 느끼지 못했다. 지금도 충분히 산 냄새에 취할 수 있다. 그러나 내장산은 기억 속에서 추억을 불러내는 마술사이기에 달라야한다.

오늘은 소나무와 나목들 속에 숨어있는 바위며 좀처럼 모습을 드러낼 것 같지 않던 백련암까지 모습을 보여주었다. 봉우리마다 저마다의 숨겨진 이야기를 듣고 나왔다. 논을 가는 써레를 닮았다 하여 서래봉, 부처가 출현했다 하여 불출봉. 가을 내장산의 화려한 아름다움과는 격이 다르다. 봄볕을 즐기며 맞는 모습이 역동적이었다. 솔바람과 개울물이 산보고 기지개 펴라는 걸 보면 풀꽃들을 깨우는 자명종이 따로 없다.

좀 젊었을 땐 전망대에 와서 그랬겠지. “오! 경치 죽이는데. 내장사가 저기구나. 이제 다 봤으니 내려가자.” 그때도 이 길로 가면 내려갈 수 있는데 오늘 똑같은 실수를 되풀이했다. 까먹었단 얘기다. 후회하지 않으려면 그냥 내려가면 되는데 그걸 눈치 챈 아내가 선수 친다. ‘이왕 왕복표 샀는데.’

내장사는 차로 이동할 만큼 먼 거린 줄 알고 있었다. 착각이었다. 나이 먹으면 착각을 기억으로 믿는 수가 있으니 조심해야겠다. 천왕문을 들어서자 관음전이 보인다. 관음전 안에는 ‘조선동종’ 이 앉아 있다. 불탄 내장사를 다시 세우면서 전남 보림사에서 옮겨온 종이라는데 덩굴무늬가 특징인 조선후기의 범종이라고 한다. 내장사에 시집 와서 대접받고 사는 거 보소. 대웅보전은 물론 먼발치서나마 누구든 소원성취하고 극락왕생한다는 극락전도 보았으니 공짜라고 해서 감로수 대신 차 한 잔 마시기로 했다.

‘자연숙성차’ 시음회가 있다기에 안으로 들어갔다. 차 한 잔 앞에 놓고 웃고 있는 모습들이 모두 보살님들이시다. 우리도 옅은 구리 빛의 차 한 잔 놓고 입은 닫고 미간을 열어 놓았다. 너무 조용한 것을 빗대어 절간 같단 말이 이래서 생긴 모양이다. 어찌나 조용한지 내 숨소리가 옆 사람에 들릴 까, 차 마실 때 후루룩 소리 날라 조심 또 조심했다. 나올 때도 깨금발을 하고 걸었다.

봄을 맞는다며 내장산 얼음골을 따라 걷는 나들이 길에서 병정들처럼 줄 서있는 애기단풍은 다가올 가을을 기대하는 모양이다. 절집으로부터 나의 기억을 되돌려 받았고 소쿠리가 넘치도록 추억까지 담아간다. 기약 없는 이별이기도 하다.

정읍 비빔짬뽕과 볶음 탕수육

"아니 음식점에서 재료가 떨어져 더 이상 손님을 안 받겠다니 말이 돼요. 지금 7시도 안됐는데. 아저씨 거 말이 된다고 생각하세요?"

"식당에서 손님을 안 받는데요. 앞에 이 집 모르세요? 좀 전까지도 손님들이 줄 서 있었는데 어느새 다들 갔네. 근데 홀이며 방에는 앉을 자리가 없이 꽉 찼데요."

주말이면 손님들이 길게 줄을 선다는 얘기까지. 내 안테나엔 잡히지 않은 핫한 뉴스들뿐이다. 깨금발을 해서라도 안을 들여다보니 말 그대로였다. 우린 내일 저녁.

부지런을 떨었는데도 한동안 문밖에서 기다려야 했다. 방에 앉아서도 또 한참을 기다렸다. 그제야 밖에선 기다리는 사람들을 위해 대기번호표를 돌리기 시작한다.

"이집 짬뽕 밥이 맛있어 자주 오는데 소문난 후로는 때맞춰 먹는 것이 쉽지 않아요. 정읍짬뽕은 어디가나 다 맛있는데 왜 이집만 몰리지."

이 동네에 산다는 어르신의 말이다.

드디어 우리 차례다. 비빔짬뽕과 볶음 탕수육을 시키는 건 당근. 먹어본 소감은 짬뽕은 깔끔하면서도 목 넘김이 부드러운 매운맛이긴 하나 내 입엔 맵다. 땀을 뻘뻘 흘리며 먹었다. 그릇의 크기도 크기지만 양도 많다. 면을 깔고 돼지고기, 오징어, 양파, 호박, 버섯 등으로 면을 덮었는데 거의 절반이 고명이다. 면을 먼저 먹어야하나 건더기를 먼저 건져 먹어야하나 잠시 망설였다. 우린 비빔짬뽕 한 그릇을 둘이 먹고도 1/3이나 남겼다. 그런데도 배가 찼다.

볶음탕수육은 따끈할 때 몇 조각씩만 먹어 보곤 포장해 달라 했다. 익숙한 맛이다. 달지 않은 닭 강정 맛이다. 매콤하다. 식은 담에 먹어도 맛있을 것 같은 비주얼이었다. 사이다 사달라고 마님께 졸랐다.

밤 늦게부터 많은 비가 온다는데 이거 먹으면서 TV보면 되겠네.

정읍 H호텔

진 안

진안 마이산돌탑

진안 마이산돌탑

2016년 5월 10일(화)

대언이! 이제는 아빠가 구름신이었나 보다. 아니면 네 엄마였거나. 가는 곳마다 먹구름을 몰고 다니며 빗방울을 뿌리지 않았겠니. 임실 국사봉 가는 길부터 그랬다. 먹구름, 아니 비구름을 머리에 이고 다녔다.

차에서 내리면 비가 내리고. 호텔에 들어오면 비가 그치더구나. 한나절을 비 맞고 다녔다. 빗방울 정도라 대수롭지 않게 생각할 수 있겠지만 그것도 달고 다니면 신경 되게 쓰인다. 내일 아침에는 개겠지 했지만 밤늦은 시간까지 개구리 떼가 울어대는데 그 울음소리가 어디 비를 쫓을 소리냐. 청량하게 들린다만 그 소리가 걱정거리를 불러오는 소리다.

여행 다닐 땐 경치도 중요하지만 어떤 분위기에서 식사했느냐. 그것도 중요하다. 실은 오늘 아침 호텔에서 식사했는데 엄청 시끄러웠다. 제발 좀 그만 하지 하면서도 외국여행 간 우리 모습이 떠오르더라. 낯 뜨거워 얼굴 데이는 줄 알았다. 외국 나가면 정말 조심해야겠다.

개구리가 울면 비가 온다는 말 맞네. 눈 뜨자마자 창문부터 열었지. 아니나 다를까. 비는 여전히 열심히 제 몫을 다하고 있더구나. 아련한 그리움을 키우는 사람들을 위해서라도 그칠 비는 아니었다. 누군가의 그리움이 봄비가 되어 내려오고 있는 모양이다.

마이산은 비구름 뒤로 꼭꼭 숨어버렸다. 그래도 여기까지 왔는데 마이산은 당연히 다녀와야 하는 거 아니니. 숙소에서 9.8km 거리밖에 안 되는 남문으로 갔다. 방원이가 말의 귀를 닮았다 해서 이름 붙였다는 암, 수 마이봉이 있는 곳이다. 이성계장군이 백일기도를 드렸다는 은수사도 있다.

김갑용이라는 처사가 공들여 쌓았다는 80여 개의 돌탑이 더 유명세를 타고 있는 탑사가 말사인데도 그 탑들이 120여년이라는 긴 세월동안 강한 비바람에도 쓰러지지 않았다는 그 오묘함과 신성함까지 갖추어 많은 관광객과 기도객을 불러 모으고 있었다.

우비를 둘러쓴 코 큰 단체관광객들도 눈에 뜨인다. 서양인은 눈에 잘 띄잖니. 그들도 카메라를 들고 정신없는 걸 보면 그들의 눈에도 이 오밀조밀한 탑들이 신기하긴 한가보다. 우리도 외국여행 나가면 똑같이 행동했을 텐데 뭐. 비가 제법 굵은 비로 바뀌면서 그칠 기미가 보이지 않으니 마이산을 종단한다는 계획은 포기하기로 했다.

다만 간간히 보슬비를 뿌려주는 덕에 봄비가 촉촉하게 대지를 적셔주어 오늘 하루 돌탑관광은 어렵지 않았다. 금년 겨울 가뭄은 물론 물 걱정까지 덜었으니 이 봄비는 분명 축복의 비가 될 것이다. 우리가 비를 몰고 왔다.

식당거리에서 커플 메뉴를 시켰다. 등갈비 장작구이와 흑돼지삼겹살 그리고 된장찌개에 도토리묵, 산채비빔밥 한 그릇씩이니까. 진안의 8진미 중 3미인 등갈비와 흑돼지삼겹살 그리고 산채비빔밥은 먹고 간다.

읍내 풍물시장에서 찹쌀떡하고 김밥 두 줄 사들고 들어왔다. 비를 핑계로 김밥 두 줄이 오늘 저녁식사다. 엄마는 다이어트 중이다.

진안 홍삼스파 호텔

진안 홍삼스파 호텔

호남여행의 에필로그

호남은 지리산의 정기를 품은 너른 들에 다도해까지 거느리고 있으니 풍부한 식재료에 인심은 덤이 아니더라도 넘쳐나는 걸 눈으로 확인한 여행이었다. 어머니의 품 같은 땅에서 옹기종기 부락을 이루며 법 없이도 살아온 사람. 그들을 만나러 간다면 입맛부터 다시는데 이걸 말릴 수 있는 명분이 없겠단 생각도 했다.

흠이라면 우선 맛이 맵고 짠 거다. 그게 사람 잡는 당께. 맛이 덜하면 적게 먹으면 되겠지만 그렇지 않으니 문제다. 식탐을 즐기지 않을 수 없는 이유다. 호남지방을 며칠 여행하고 오면 살이 붙어온다고들 한다. 젊은이들 사이에선 푸드 여행이라고도 한다면서요. 일단 스트레스 해소가 되니 좋고 맛집 찾아다니는 즐거움도 있으니 음식 한 접시에 기쁨은 두 배가 되었다.

여행은 입이 즐겁고 건강까지 챙기면서 볼거리까지 따라 준다면 일석삼조가 아닌가. 호남여행은 이 세 가지를 다 잡은 여행이었다.

목포만으로 흘러 들어오는 영산강, 전남 동부산악지대를 따라 흐르는 섬진강, 추억과 낭만의 탐진강이 여유부리며 남해바다로 빠져나가는 고장이 아닌가. 너른 나주평야를 젖줄처럼 흘러가는 영산강이 품은 것은 또 어떻고. 망초도 꽃잎 떨구고 허연 머리 드러낸 걸보니 호시절 다 보낸 모양이다. 세월에 장사 없다는 말 실감하고 있다.

파도여! 그댄 고운 머리 긁지만 말고 바닷가 흠진 바위 찾아 부서져도 보시게나. 내 마지막 삶은 그러고 싶다.

2017년 9월 21일(목)